高职高专规划教材

经济学基础

主　编　张作民　黄海梅

副主编　张　丽　胡佳佳

参　编　张海军

机械工业出版社

本书介绍经济学的基本原理，共 12 章，包括绪论，微观经济学及宏观经济学三个部分。绪论内容包括了经济学简介、学习经济学的意义和方法；微观经济学主要介绍了需求与供给、消费者行为、生产者行为、市场结构、生产要素市场及市场失灵与政府干预；宏观经济学内容有国民收入的核算与决定、失业与通货膨胀、经济周期与经济增长、宏观经济政策及对外经济知识。

本书通俗易懂，为便于教学，每章中设有案例导入、案例分析、知识窗、请注意、想一想及教学拓展等内容，每章后都安排有课内实训、课外实训、基本问题、发散问题、案例分析等形式的练习，内容新颖，资源丰富。

本书既可作为高职高专、成人高校财经类各专业及其他专业学习经济学的教材，也可作为各类学习班的培训用书，还可作为经济工作人员、对经济学有兴趣者的自学用书及有关人员的参考读物。

图书在版编目（CIP）数据

经济学基础/张作民，黄海梅主编. —北京：机械工业出版社，2011.8
高职高专规划教材
ISBN 978-7-111-34481-0

Ⅰ. ①经… Ⅱ. ①张… ②黄… Ⅲ. ①经济学—高等职业教育—教材
Ⅳ. ①F0

中国版本图书馆 CIP 数据核字（2011）第 151691 号

机械工业出版社（北京市百万庄大街 22 号　邮政编码 100037）
策划编辑：孔文梅　张　亮　责任编辑：张　亮
封面设计：鞠　杨　　　责任印制：乔　宇
北京瑞德印刷有限公司印刷（三河市胜利装订厂装订）
2011 年 8 月第 1 版第 1 次印刷
184mm×260mm・16.25 印张・396 千字
标准书号：ISBN 978-7-111-34481-0
定价：30.00 元

前　言

"经济学是一门研究人类一般生活事物的学问。"十九世纪马歇尔在他的《经济学原理》中这样写道。今天，比起马歇尔时代，社会已经有了巨大的变化，人们生活在经济飞速发展的时代，人人都感到学习经济学的重要性。

生活中人们会遇到各种问题，例如：为什么前几年汽车的价格比房子的价格高，而如今房子的价格却大大地超过了汽车的价格，并且房价还在不断地上涨？为什么2008年在美国发生的金融危机会影响到整个世界，远在北欧的冰岛又怎么会受到那么严重的打击？前几年毕业的学生很容易就找到了工作，为什么今年却变得很困难？这些问题会使人们感到困惑。但是，读者可以在学习经济学这门课程时得到答案。

经济学难学吗？经济学并不神秘，它与人们的现实生活联系紧密，像"供给"、"需求"、"价格"、"生产"及"市场"等都是大家耳熟能详的经济学词汇，因此人们对经济学并不感到陌生。谈起经济问题来，人人都能发表一些自己的见解，谁都可以就肉价跌了、房价涨了该高兴还是该沮丧等问题发表一通议论，但是若要谁拿出一个真正能解决肉价跌房价涨的办法来，却不是一件容易的事情，需要系统地学习经济学的理论知识，方可以获得成功。

经济学是各高校财经类各专业的一门重要基础课程。学习经济学除了能为有关专业课程奠定基础外，更重要的是，为人们提供了分析方法，能帮助人们观察现实社会，解决生活中的有关问题，帮助人们进行正确地选择，怎样去生产经营，怎样去生活消费。

现在高职高专院校的财经类专业都开设了经济学基础这门课程，编者根据高职高专教育的特点和人才培养目标的要求，编写了这本《经济学基础》教材。在编写中，编者作了以下几方面的考虑：

（1）高职高专教育对人才的培养是以职业性、技术性及应用性为目标，因此编者以"学以致用"为原则，突出应用性。例如第一章绪论中，在介绍经济学常用的分析方法和分析工具时，编者作了较为详细的阐述，这些分析方法和工具，学生在进行经济分析和写作时是用得到的。再如第十二章对外经济的知识中，编者不是重点讲解对外经济的理论，而是重点介绍对外经济业务有关的知识。

（2）教材的使用者是高职高专学生，对他们的要求是既要掌握经济学的基本知识，又不必涉及过于深奥的经济理论，以"必需和够用"为原则。因此在编写时既照顾了理论的系统完整性，又注意了难度适中，慎重使用数学公式、模型，对一些必需的公式、模型进行简化，使其易懂易学。

（3）经济学是舶来品，生于西方，长于海外，把西方经济学理论的外国文字翻译成中文，往往是晦涩难读的。因此编者在编写时努力将深奥的理论用浅显易懂的文字表达出来，并注意中国的语言习惯，使其便于阅读；同时在编写中，引用了实际生活中的案例和小知识，增添了趣味性，提高学生的学习兴趣。

（4）重视学生的能力训练，在每章结尾都安排有课内实训、课外实训的内容，都有基本问题、发散问题及案例分析等形式的练习；为拓宽学生的知识面，每章后面还增加了教学拓展的内容。

　　本教材由张作民教授提出编写思路并写出编写提纲，然后编写人员一起进行了多次讨论；分工后，每个人又将自己负责编写的内容细致化，再写出详细的提纲进一步地讨论、确定。编写的具体分工是：张作民教授编写第一章、第八章，黄海梅副教授编写第二章、第四章、第五章，张海军讲师编写第三章，张丽讲师编写第六章、第七章、第十一章，胡佳佳讲师编写第九章、第十章、第十二章。初稿完成后由张作民教授总纂、修改、定稿。

　　为方便教学，本书配备电子课件等教学资源。凡选用本书作为教材的教师均可索取，请发送邮件至 cmpgaozhi@sina.com，咨询电话：010-88379375。

　　本教材在编写过程中参阅了国内外一些专家学者的研究成果和大量文献资料，在此向他们表示诚挚的谢意！由于编者的水平有限，加之经济学理论在不断发展，书中可能会有不足甚至错误之处，恳请读者批评指正。

编　者

目　录

第一章 绪 论

 本章地位

本章概括地介绍经济学的基础内容,包括它的研究对象、研究方法,以及我们学习经济学的意义和方法。

 知识目标

1. 知道什么是经济,什么是经济学;
2. 明确资源是稀缺的,经济学就是研究这些稀缺资源的配置和利用。

 能力目标

1. 能够运用经济学一些常用的分析方法、分析工具去分析现实中的问题;
2. 在写作时能够借鉴这些方法和工具进行分析和论述。

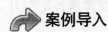 **案例导入**

全世界的矿产资源还能开采多少年?

这绝不是个令人愉快的话题,宝贵的地下矿产资源总有一天会用完的。假若人类今后仍然以现在的开采速度开采各种矿产,全世界已探明的各种矿产资源静态可采储量还可以开采的年数如下:金矿可以开采 12 年,银矿可以开采 10 年,铜矿可以开采 20 年,锡矿 38 年,石油 34 年,天然气 58 年。超过 100 年的只有铀矿 110 年,铁矿约 150 年,铝土矿 192 年,煤炭 226 年。

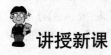 **讲授新课**

第一节 经济学简介

1776 年,亚当·斯密出版了代表作《国民财富的性质和原因的研究》,标志着经济学的诞生。200 多年来,经济学已经发展成为社会科学中最活跃最成熟的学科,被誉为社会科学的"皇后"。1979 年萨缪尔森在《经济学》第十版绪论中写道:"政治经济学是最古老的艺术、最新颖的科学——的确,它在社会科学中,居于首要地位。"

一、经济学的研究对象

经济学是研究稀缺的资源如何进行有效地配置和利用的科学。

（一）资源的稀缺性

1．资源是稀缺的

资源是人们从事生产活动和其他经济活动的一切要素，包括自然资源、人力资源及资本资源。按照使用时是否要付出代价，资源可以分为自由物品和经济物品。自由物品指的是不需要付出代价就可以得到的物品，如阳光、空气等；经济物品是需要支付代价才能获得的物品，如土地、矿藏及劳动力等自由物品以外的一切其他物品。资源，特别是经济物品是有限的、稀缺的，比如人力资源，其数量要受人口规模的制约和生理条件的限制，质量也要受到社会的发达程度、教育水平等多种因素的影响，因此人们为社会提供的有效劳动并不是很多。其他如土地、矿藏等，本来就很有限，随着经济的发展，生产规模的扩大，在很多国家已经非常稀缺。

 案例引用

世界上的水资源状况

地球上有丰富的水，分布很广泛，全球约有 3/4 的面积覆盖着水，因而地球有"水的行星"之称。虽然地球上水的储量很大，但是许多人并不知道的是，地球上水的 94%分布在海洋中，不可能直接为人所利用。而且全球淡水储量的 99.66%分布在南北两极与高山积雪、永冻土底冰层即深层地下等，难以利用，因此，只占淡水总量 0.34%的淡水才是人类可以利用的淡水资源。它们只占全球总储水量的 0.007%。这表明能被人类利用的淡水资源确是有限的，不是取之不尽、用之不竭的。

目前全世界大约有 20 亿人处于缺水状态，水资源的稀缺已成为制约世界经济发展的主要因素和实现生存权的先决条件。

2．人类的欲望是无限的

一种欲望得到了满足，就会产生新的欲望，甚至更多的欲望。当人们食不果腹，衣不遮体时，只求能得温饱；温饱生活来临后，又求小康，进而渴望富裕的生活。美国学者马斯洛把人的欲望分为五个层次：①生存的需要即基本的生理需要；②安全的需要，希望生活有保障，免受伤害；③社会的需要，自己能得到社会的承认，别人也能接受自己的爱；④尊重感的需要，有自尊心的满足，需要受到别人的尊重；⑤自我实现的需要，希望实现个人的理想。正是人们这种欲望的多层次性进而发展为欲望的无限性。

 案例引用

清朝人胡澹庵编辑的《解人颐》一书中收录了一首《不知足》诗：

终日奔忙只为饥，方才一饱便思衣；

衣食两般皆俱足，又想娇容美貌妻；

娶得美妻生下子，恨无田地少根基；

买到田园多广阔，出入无船少马骑；

槽头栓了骡和马，叹无官职被人欺；

县丞主簿还嫌小，又要朝中挂紫衣；

做了皇帝求仙术，更想登天跨鹤飞；

若要世人心满足，除是南柯一梦西。

3．对资源稀缺性的理解

据上所述，相对于人类欲望的无限性，资源总是稀缺的。对资源稀缺性的理解应该注意以下几点：①资源的稀缺性是相对的，稀缺性强调的不是资源绝对数量的多少，而是相对于人类欲望的无限性，再多的资源也是不足的。②资源稀缺性是人类社会永远都存在的问题，从历史上看它存在于人类社会的任何时期，从现实上看它存在于当前任何一个国家，所以资源的稀缺性又是绝对的。③经济学就是因资源的稀缺性而产生的，经济学的内容也是围绕着资源的配置和资源的利用而展开的。

请注意：资源的稀缺性既是相对的，又是绝对的。

（二）资源的配置

1．资源配置的目的

一方面人类的欲望是无限的，另一方面资源是稀缺的，要用稀缺的资源去满足人类无限的欲望，就要求人们作出选择，根据现有的资源和人们需要的轻重缓急，决定物质产品的种类和数量，使稀缺的资源得到充分而有效的利用。因此，选择就是怎样对资源进行配置，具体地说就是要解决下列三个基本经济问题：

（1）生产什么。一种资源往往有多种用途，例如土地可以耕种，也可以在上面建房、修路，在土地数量一定的情况下，用于修路的土地增加了，用于其他方面的土地必然减少，因此要根据土地的多少和人们需要来作出合适的选择。西方经济学里这方面典型的例子就是在"大炮和黄油"之间的选择。一个国家把更多的资源用于生产武器（大炮），能用于生产消费品（黄油）的资源就少了。

（2）怎样生产。一种产品采用什么资源来进行生产，用什么设备，什么原材料，在什么地方进行生产等，可以有多种组合，生产者究竟采用哪一种组合，生产多少才有最好的经济效益，需要进行认真的选择。比如说蔬菜，在大棚里种植还是在田野里种植，不同的选择带来的收入是大不一样的。

（3）为谁生产。就是财富如何分配。因为资源有限，生产出来的产品必然有限，不能同时满足每个人的欲望，在分配上就必须做出选择。有人主张平均分配，不论各人的工作效率的高低贡献大小，每个人分配到的东西都一样多，但是大部分人更倾向于效率优先，兼顾公平的原则，这样更有利于效率的提高，促进经济的发展。

上述三个问题不仅是社会必须选择的基本问题，而且是一切经济制度所共有的问题。但是，不同的经济体制却选择了不同的方式来解决这些问题。

 知识窗

"经济"

"经济"一词源于古希腊思想家色诺芬的《经济论》一书，其意为"管理一个家庭"。在中国古代"经济"两字是分开来用的,最早见于《周易》,和现代的"经济"意思大不一样。经和济连起来用始于隋朝的《文中子·礼乐篇》第六:"薛公曰:'乡人也。是其家传七世矣,皆有经济之道,而位不逢。'"古汉语中的"经济"有"经邦济世"、"经世济民"之意,含有治理国家的意思。宋史《王安石传论》里称王安石"以文章节行高一世,而尤以道德经济为己任"。名著《红楼梦》第五回中有"从今后,万万解释,改悔前情,留意于孔孟之间,委身于经济之道"之说。从历代有关资料看,经济不仅包括理财、管理等治理国家的活动,而且还包括如何处理政治、法律、教育及军事等方面的活动。19世纪西方经济学传入中国、日本,日本的神田孝平把economy翻译为"经济",辛亥革命以后,孙中山先生肯定了"经济"的译法,一直沿用至今。

现代的"经济"一词有狭义和广义之分,狭义的经济是指日常生活中的精打细算,节约开支;人们平时所说的经济一般都指广义的经济,是人们生产、交换、分配和消费这四个方面活动的总和。其中生产是起决定作用的,生产决定交换、分配、消费,反过来,交换、分配、消费又影响和制约着生产的性质、规模和趋势。这四方面相互影响、综合平衡,保持了经济的正常运行。

2. 资源配置的方式

经济体制是一个国家制定并执行经济决策的各种机制的总和,按资源配置的方式可以分为自然经济、计划经济、市场经济和混合经济。经济体制不同,资源配置的方式不同,经济效益也有很大的差别。

(1)自然经济。就是自给自足的经济,生产的目的是为了直接满足生产者个人或经济单位的需要。以家庭(有些时期也包括氏族公社、封建庄园等)为基本生产单位,生产规模相当小。大多数情况下原料采集、生产乃至消费都是为了满足劳动者自身需要,交换只是附带的行为。因为每个个体占有资源,自己生产自己消费,没有什么资源配置的方式。

(2)计划经济。以计划作为资源配置主要方式的一种经济体制。在计划经济体制下,各种资源都为国家所有或主要为国家所有,全国就像一个大工厂,成千上万的国有企业其实就是一个个的车间,企业和居民根据政府的决策进行生产、就业和消费。企业依附于政府,职工依附于企业。资源配置是通过政府的统一计划进行的:首先,中央政府要搜集和掌握有关资源的拥有量、社会对各种产品的需求量,然后根据特定目标来编制统一的国民经济计划,再把这个计划逐层分解下达,最后到企业或其他生产单位。生产什么、如何生产和为谁生产等问题由中央政府来决定,企业或生产单位完全是计划的执行者。

(3)市场经济。以市场作为资源配置的主要方式的一种经济体制。在市场经济体制下,资源配置是通过市场机制实现的。在市场经济中,每个消费者、生产者或经营者都是相互独立的,政府对企业的经营决策一般不进行直接干预,生产什么、如何生产和为谁生产都完全由企业按照自己的经营目标,根据市场价格的变动和市场供求状况来决定。在这里,市场机制引导着生产者、经营者和消费者的经济活动,从而支配着资源在社会范围内的配置。与计划经济相比市场经济能优化资源配置和充分利用资源,大大提高经济效率。但市场经济并不是完美无缺的。个别生产者对资源的利用并非总是有效的,过度竞争往往造成部分资源的浪费;过度竞争有使生产无限增长的趋势,但市场的扩大是有限的,结果会出现经济波动乃至周期性经济危机;市场配置资源又会带来内部经济和外部不经济的矛盾；重要的一点是，市场经济在提高经济效率的同时，在竞争中会形成人们收入分配的不平等甚至收入差距过大。为了克服市场经济上述的缺点，需要政府作为主体参与经济运行。

（4）混合经济。混合经济是指既有市场调节，又有政府干预的经济。实践证明，无论是采用计划经济还是市场经济哪一种单一的经济体制，都不利于优化资源配置和提高经济效率。在混合经济中，通过市场机制的自发作用，解决生产什么、如何生产和为谁生产的基本问题，而在市场机制出现错误时，则通过政府干预以提高资源使用效率、增进社会平等、维持经济稳定和增长。其基本原则是凡是家庭、企业、市场能解决的问题且效率高于政府，由市场去解决；反之，则由政府解决。

3．选择中的机会成本

人们面临着诸多的选择，要选择生产什么、怎样生产、为谁生产，要选择计划经济、市场经济、还是混合经济的体制。由于人们在选择中面临着权衡取舍，作出决策时就要比较可供选择行动方案的成本与收益。但是，在许多情况下，某种行动方案的成本并不是那么明显。比如种植棉花的成本除包括种子、肥料、人工及土地租金外，还有一种成本往往被人们忽视，这就是机会成本。

机会成本就是一种资源用于本项目时失去的在其他项目中可能得到的最高收入。例如：一农民今年种 100 亩麦子，每亩产量 500 斤，每斤麦子售价 1 元，总收入 50 000 元。明年农民想改种棉花，因为 100 亩地可产 10 000 斤棉花，按今年棉花的市场价格可以有 10 万元的收入。但是他种了棉花就不能种麦子，他必须放弃麦子的收入，麦子的收入 50 000 元就是机会成本。

想一想：你上大学的机会成本？姚明为什么没上大学？

二、微观经济学和宏观经济学

现代经济学按照研究的内容分为两大类，即微观经济学和宏观经济学。

（一）什么是微观经济学和宏观经济学

微观经济学是研究居民户和厂商（即企业）这些单个经济单位的经济行为和相应的经济变量，解决资源是如何配置的学问。它的基本内容包括：价格理论、消费者行为理论、生产理论、分配理论、市场理论及一般均衡理论等。这些理论又以价格理论为中心，居民户与厂商等单个经济单位的消费行为、生产行为都要受价格的支配。价格像一只"看不见的手"，调节着整个社会经济活动，使居民户把有限的收入用于各种物品的消费，以实现最大程度的满足；使厂商把有限的资本投入各种物品的生产，以追求最大的利润；社会解决了三大基本经济问题，资源得到了最优配置。

宏观经济学研究整个国民经济各有关总量的决定及其变化，说明资源如何才能得到充分的利用。基本内容包括：国民收入的决定理论、失业与通货膨胀理论、经济周期理论、经济增长理论及开放经济理论等。通过这几方面的研究，从整体上分析经济问题，针对性地运用宏观经济政策，实现经济的持续发展。宏观经济学的中心理论是国民收入决定理论，其他的理论都围绕着这一理论展开。

（二）微观经济学与宏观经济学的关系

微观经济学与宏观经济学既有区别又有联系，两者相辅相成。

它们之间的区别主要表现在：①研究的对象不同。微观经济学的研究对象是单个经济单位，如家庭、厂商及消费者等，研究家庭、厂商这些单个经济单位的最优化行为；宏观经济学的研究对象则是整个社会经济，研究整个社会经济的运行方式与规律，从总量上分析经济问题。②解决的问题不同。微观经济学要解决的是资源配置问题，即生产什么、怎样生产及为谁生产的问题，以实现个体单位的效益最大化；宏观经济学则把资源配置作为既定的前提，研究社会范围内的资源充分利用问题，以实现社会经济福利的最大化。③研究方法不同。微观经济学的研究方法是个量分析，即研究经济变量的单项数值是如何决定的；宏观经济学的研究方法是总量分析，对能够反映整个经济运行情况的经济变量的决定、变动及其相互关系进行分析。④中心理论和基本内容不同。微观经济学的中心理论是价格理论，基本内容有价格理论、消费者行为理论、生产理论、分配理论、市场理论及一般均衡理论等；宏观经济学的中心理论是国民收入决定理论，基本内容有国民收入决定理论、失业与通货膨胀理论、经济周期理论、经济增长理论及开放经济理论等。

二者之间的联系表现在：①在对经济问题的研究中，往往同时涉及微观和宏观两个方面，比如在分析一个国家的经济增长问题时，既要考虑（微观上）资源的最优配置，又要考虑（宏观上）资源的有效利用；②使用的研究方法大都相同，两者都属于实证经济学，采用的都是实证分析方法，对经济数量变动的分析都采用边际分析的方法。③微观经济学是宏观经济学的基础。宏观经济分析一般总是以微观经济分析为基础，比如讨论就业、失业问题总要涉及劳动的供求，讨论通货膨胀问题则要涉及工资及商品价格的上涨。微观经济学与宏观经济学两者相互依存，相互补充，共同组成经济学的基本原理。

请注意：不能认为微观经济学之和就是宏观经济学，从表面看，宏观经济活动是由微观经济活动的总和构成的，但不能做这样简单的加法。有些结论在微观分析中是正确的，但放到宏观中去分析可能得出相反的结论。例如：个别企业降低工人的工资，其生产成本下降，利润会因此增加，可是如果从宏观角度分析，社会上所有的厂商都降低工人的工资，整个社会的购买力就会因工人的收入减少而下降，造成社会产品过剩，于是企业可能因此减产而纷纷关闭。

三、经济学常用的分析方法

（一）实证分析法

实证分析法是一种根据事实加以验证的陈述，它企图超脱或排斥一切价值判断，只研究经济本身的内在规律，并根据这些规律分析和预测人们经济行为的效果，回答是什么的问题，而不对事物的好坏做出评价。下面是一个简单的实证分析的例子。

农民收入的高低主要看农民人均纯收入，农民的人均纯收入由工资性收入、家庭经营纯收入、财产性收入和转移性收入四个部分组成。工资性收入的高低对农民收入的影响较大。在全国 31 个省、市、自治区中，上海是农民人均纯收入最高的地区，也是农民工资性收入占整个收入比重最高的地区，全国农民人均纯收入居前的 6 个省市，农民的工资性收入在整个收入中占的比重都很高（见表 1-1）。因此提高农民的工资性收入是提高农民总收入的重要途径。

表 1-1 2008 年部分省市农村居民家庭人均纯收入中工资性收入所占比重

省 市	上 海	北 京	浙 江	天 津	江 苏	广 东
人均纯收入/元	11 440.26	10 661.92	9 257.93	7 910.78	7 356.47	6 399.79
工资性收入/元	8 108.32	6 389.31	4 587.44	4 064.95	3 895.5	3 684.47
工资性收入占比重（%）	70.87	59.92	47.8	49.55	52.95	57.57

资料来源：国家统计数据库，国家统计局 www.stats.gov.cn，京 ICP 备 05034670 号。

边际分析法在经济学中运用非常广泛。所以，边际这个概念和边际分析法的提出被认为是经济学方法的一次革命。在经济学中，边际分析法的提出不仅为人们的决策提供了一个有用的方法，而且还使经济学能运用数学这个工具，使各种数量工具如线性代数、集合论、概率论、拓扑学及差分方程等，逐步渗入经济学，由此数学方法在经济学中可以得到广泛应用。数学在经济学中的广泛运用，对推动经济学本身的发展和解决实际经济问题起到了重大作用。

（二）边际分析法

边际分析法是研究一种可变因素的数量变动会对其他可变因素的变动产生多大影响的方法。"边际"这个词可以理解为"增加的"的意思，"边际量"也就是"增量"。比如说，运输公司增加了一辆汽车，每天可以多运 50 多名乘客，这一辆汽车是自变量，50 名乘客是因变量。边际分析法就是分析自变量变动一单位，因变量会变动多少。

 **案例引用**

票价的边际分析

我们可以用最后一名乘客的票价这个例子来说明边际分析法的用处。假如到某地的票价是 50 元，开车的时间已到，还有一半的空位，这时来了一人问 30 元是否可以乘车。当我们考虑是否让此人以 30 元的票价上车时，实际上我们考虑的是边际成本和边际收益这两个概念。边际成本是增加一名乘客（自变量）所增加的成本（因变量）。增加这一名乘客，汽车的磨损费、汽油费、工作人员工资和过路费等都无需增加，对汽车来说多拉一个人少拉一个人都一样，所增加的成本可能只是座椅的磨损，可以忽略不计。边际收益是增加一名乘客（自变量）所增加的收入（因变量）。在这个例子中，增加这一名乘客增加收入 30 元，边际收益就是 30 元。根据边际分析法作出决策时就是要对比边际成本与边际收益。如果边际收益大于边际成本，即增加这一名乘客所增加的收入大于所增加的成本，让这名乘客上车就是合适的，这是理性决策。如果边际收益小于边际成本，让这名乘客上车就要亏损，就是非理性决策。

（三）常用的分析工具

1．表格、图形

在经济学研究中虽然文字的表述是主要的，但是如果插入一些表格和图形，能使表述的问题变得直观、形象，使人一目了然。例如：要说明××县 2005 年～2009 年农民人均纯收入的变化，用文字表述如下："××县农民人均纯收入 2005 年是 4923 元，2006 年是 5 273 元，……。"如果加上表格则效果较好，见表 1-2。

表 1-2　××县 2005 年～2009 年农民人均纯收入的变化

年　　份	2005	2006	2007	2008	2009
收入/元	4 923	5 273	6 004	6 723	7 152

如再配上曲线图，则收入变化增长的方向、幅度更加直观明朗，因此人们常用曲线图形来说明此类问题，如图 1-1 所示。

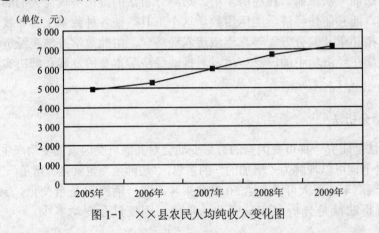

图 1-1　××县农民人均纯收入变化图

常用的图形还有柱形图，用于显示某经济指标一段时间内的变化或显示各单位之间的比较情况。下面的柱形图（如图 1-2 所示）比较了 2008 年四个国家石油消费量。

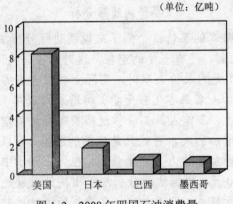

图 1-2　2008 年四国石油消费量

饼形图，能够直接显示某项经济数据各个组成部分所占比例。图 1-3 显示的是 2008 年四个国家石油消费量占全世界石油消费量的比例。

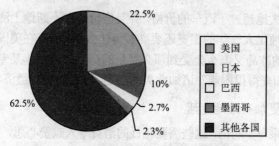

图 1-3　2008 年四国石油消费量占世界的比重

2. 经济模型

经济模型是描述所要研究的经济现象各有关经济变量之间的依存关系，可以用几何图形来表现，使复杂的经济现象直观化、形象化；也可以用一个或一组带有图表和文字的数学方程式来表示。由于现实中的各种经济现象、经济问题非常复杂，建立经济模型需要进行一些假设，舍弃一些次要的变量，仅保留一些主要的变量，这样可以使复杂的问题变得简单，便于进行分析。例如图 1-4 表示完全竞争市场上厂商的价格和收益水平，就是随着商品需求量的增大价格仍然保持不变，因此需求曲线是一条与横轴平行的线，平均收益等于边际收益、等于价格。

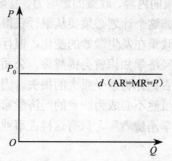

图 1-4　完全竞争厂商的价格和收益

经济分析往往需要建立复杂的数学模型，这些模型的建立和应用对数学水平要求很高，本教材不作介绍。

第二节　学习经济学的意义和方法

一、学习经济学的意义

"经济学是一门研究人类一般生活事物的学问。"十九世纪马歇尔在他的《经济学原理》中这样写道。两个世纪后的今天，社会已经有了巨大的变化，人们生活在经济飞速发展的时代，就更需要学习经济学。现在学习经济学的意义主要有以下三个方面：

（一）有助于更好地了解人们生活着的世界

生活中人们会遇到各种问题，有些问题会引起人的好奇心，有些问题会使人感到困惑。为什么上个月上涨了的汽车票的价格，今天又降了下来？为什么前几年汽车的价格比房子的价格高，而如今房子的价格却大大地超过了汽车的价格，并且房价还在不断地上涨？为什么歌星上台唱了几首歌得到的报酬比普通工人一年的工资还要高？为什么 2008 年在美国发生的金融危机会影响到整个世界，远在北欧的冰岛又怎么会受到那么严重的打击？前几年某专业的毕业生很容易就找到了工作，为什么今年却变得很困难？诸如此类的问题，可以在学习经济学这门课程时得到答案。

（二）可以使人们更加有效地生活

人每天都要吃饭、乘车、购物，这些需要花钱的消费令人颇费心思，每个人都希望少花点钱，但又不希望降低消费的质量。大学毕业后是继续读书还是直接工作，工作可以带来收入，能够帮助父母、弟弟或妹妹。继续读书还需要一笔不少的学费，但它可能会改变以后的生活和收入。参加工作之后，每个人都要决定把收入的多少用于消费，多少用于储蓄，以及把多少储蓄用于投资。上述的问题都需要经济学的知识来帮忙作出正确的决策，达到最满意的结果。以后如果管理公司，经济学知识会对人们有更大的帮助。管理人员要决定产品的价格、产量，决定公司的发展规模，如何以少的投入获取最大的收益。经济学的知识可以帮助管理人员获得成功。

（三）帮助人们理解政府制定的各项经济政策

发展经济是世界各国永恒的主题，为保证经济能够快速地、稳定地发展，政府会制定一系列的经济政策，我们对这些政策的内容、政策的影响力、甚至对政策制定的背景要能够理解。比如你计划扩大公司的规模，实施这个计划必须要从银行获得大量贷款，就在你筹划运作已经准备就绪的时候，你发现政府的政策在发生微妙的变化，银行的贷款有所收缩，政府的货币政策由宽松转为从紧。你所学习的经济学知识就会提醒你，公司的规模扩张计划应该进行调整，必须和政府的经济政策相吻合，否则你将遭受重大的损失。因此，生活在现代社会的、并且希望在事业上有所成就的每一人，虽然不必成为职业的经济学家，但是必须要掌握一些经济学知识，必须成为一个明智的"经济学消费者"，只有这样在事业的征途上才能立于不败之地。

知识窗

美国经济学家曼昆在他的《经济学原理》中概括出经济学的十大原理，这十大原理对我们学习经济学有一定的帮助。

经济学十大原理

人们如何作出决策	1. 人们面临权衡取舍
	2. 某些东西的成本是为了得到它所放弃的东西
	3. 理性人考虑边际量
	4. 人们会对激励作出反应
人们如何相互交易	5. 贸易能使每个人的状况变得更好
	6. 市场通常是组织经济活动的一种好方法
	7. 政府有时可以改善市场结果
整个经济如何运行	8. 一国的生活水平取决于它生产物品与劳务的能力
	9. 当政府发行了过多的货币时，物价上升
	10. 社会面临通货膨胀与失业之间的短期权衡取舍

二、怎样学好经济学

（一）紧密结合经济生活的现实与实践

经济学并不神秘，它与人们的社会生活密切相关，无处不在，无处不有。经济学不是一般的介绍和反映经济生活，而是着重研究和解决经济发展实践中产生的现实经济问题。经济学不仅着重研究解决经济发展的一般规律及其发展趋势，而且研究解决一般的经济现实问题。因此与生活的现实和实践联系的越紧密，就越能够理解和学好经济学，对经济学也就会感到更加的亲切和有趣。换句话说，因为经济学来源于生活，产生于生产活动的实践，因此，越是将经济学与社会生活的实践紧密结合，就越能够深刻理解经济理论，懂得经济之道，掌握经济学的真谛，创造出经济奇迹，成就美满的人生。

（二）掌握经济学的研究方法和理论工具

同其他任何科学一样，经济学也有自己一套独特的研究方法和分析工具。学会使用这些方法和工具，往往可以收到事半功倍的效果，同时也能够加深对经济学的理解和感悟，激发学习兴趣，指导自己的理论学习和实践活动。

经济学的研究方法主要有"实证与规范分析"、"边际分析"等，前面一节已经作了介绍，这些方法既包括思维方式的选择，也有解决问题的技能，学习者可以根据学习的层次和要求去选择和应用。一般来说，学习经济学的基础理论，更着重微观经济学理论与现实的结合。如需要解决一些重要的社会问题，对经济理论进行进一步的研究，就需要掌握更多的经济学理论和研究方法，如宏观经济理论、经济假设及经济模型的建立与应用。

（三）用经济学家的思维方法去观察、分析和思考

经济学与现实生活联系紧密，如"供给"、"需求"、"价格"、"生产"和"市场"等都是大家耳熟能详的经济学词汇，因此人们对经济学并不感到陌生。谈起经济问题来，人人都能发表一些自己的见解，人们不能随便在一个物理学家或数学家面前班门弄斧，但在一个经济学家面前，谁都可以就肉价跌了、房价涨了该高兴还是该沮丧等问题发表一通议论，但是若要谁拿出一个真正能解决肉价跌房价涨的办法来，却不是一件容易的事情。下面借用凯恩斯的一段话：经济学研究似乎并不需要任何极高的特殊天赋。……但这个学科中很少有人能够出类拔萃！对这个悖论的解释也许在于杰出的经济学家应该具有各种天赋的罕见结合。在某种程度上他应该是数学家、历史学家、政治家和哲学家。他必须了解符号并用文字表达出来。他必须根据一般性来深入思考特殊性，并在思绪奔放的同时触及抽象与具体。他必须根据过去、为着未来而研究现在。他必须考虑到人性或人的制度的每一部分。他必须同时保持果断而客观的情绪，像艺术家一样冷漠而不流俗，但有时又要像政治家一样脚踏实地。

这是一个高标准的要求。但通过实践，你将会越来越习惯于像经济学家一样思考。

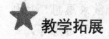 **教学拓展**

中国古代经济思想简介

由于中国封建社会的政治、经济制度与西方各国不同，所以中国古代经济思想与西方古

代经济思想相比，除在重视农业生产、社会分工等方面有些共同之处外，有自己鲜明的特点。这些特点在道法自然思想、义利思想、富国思想、赋税思想、平价思想和奢俭思想等方面有充分的表现。

道法自然：是道家的经济思想。道家所说的"道"不单指自然界的道，同时也指人类社会的道。道家从自然哲学出发，主张经济活动应顺从自然，主张清静无为。这种经济思想在司马迁的著作《史记·货殖列传》与《史记·平准书》中得到阐发。司马迁反对当时桑弘羊为了增加财政收入而主张封建官府垄断盐铁等重要工商业的经营，主张农工商各业应任其自然发展。

义利思想：是关于人们求利活动与道德规范之间相互关系的理论。"利"主要指物质利益，"义"是指人们行动应该遵循的道德规范。儒家主张重义轻利，先义后利的主张，妨碍了人们对求利、求富问题的探讨，也在一定程度上影响了商品经济在中国的发展。

富国思想：中国古代思想家为使中央集权的封建制国家富强，提出了各种见解或政策。孔丘提出要"足食足兵"，这是儒家早期的富国思想。后来商鞅在秦国变法，提出了富国强兵和"重本抑末"政策。《管子》主张富国必须富民，认为"民必得其所欲，然后听上"。荀况提出了较为完整的富国理论，他"重本"，但也肯定工商各业在社会经济中起作用，主张"上下俱富"。富国之策，受到汉朝以后历代思想家的重视。富国思想在中国的政治经济思想史上具有独特地位，这与中国长期是一个中央集权的封建专制国家这一特点有着密切关系。

赋税思想：对土地课征赋税是中国封建社会农产品的主要分配形式，是中国思想家经常论述的问题之一。自西周的"公田制"消亡后，历朝历代都对农业生产改为按所有田亩课征赋税。因此，中国古代的经书、史籍如《尚书》、《周礼》和《国语》等，常有关于田地分级和贡赋分等的论述。

平价思想：即关于稳定物价的思想。如《周礼》一书很注意对市场、物价进行管理的问题，提到当时官职中有司市、贾师掌握"平市"、"均市"、"成价"及"恒价"等事。战国时代，李悝、范蠡鉴于谷价大起大落对农民和工商业者都不利，提出国家在丰年购进粮食，在歉年出售粮食的"平籴"、"平粜"政策，使粮价只在一定范围内涨落。这一平价思想也被用于国家储备粮食的常平仓制度和救济贫民的义仓制度中。

奢俭思想：古代王公贵族生活的奢侈或节俭，关系到财用的匮乏或富足，税敛的苛繁和薄简，因此，对待消费应提倡"俭"还是"奢"，这也是中国古代思想家经常论述的一个问题。一般来说，黜奢崇俭是中国封建时期占支配地位的经济思想。

但在中国漫长的封建社会里，也出现过一些相反的观点。例如《管子》一书的《侈靡》篇，就论述过富有者衣食、宫室、墓葬等方面的侈靡性开支，可以使女工、太工、瓦工和农夫有工作可做。既有利于贫民得到就业和生活的门路，也可使商业活跃起来。这在当时确实是一个颇不寻常的观点，它从经济活动各方面的相互联系来考察消费问题，提出了消费对生产反作用的卓越见解。

除了上述几种主要经济思想，中国古代思想家还有其他的经济观点，如欲求思想、功利思想、理财思想、田制思想、富民思想、人口思想，以及地尽其利、民尽其力的思想等。一般来说，中国古代的经济思想，大都是为维护中央集权的封建专制统治服务的，但也有些思想是为了扩大商品生产与交换、发展社会生产力而提出来的。

实 践 训 练

1．课堂实训

列出几种物品，指出它们哪些是经济物品、哪些是自由物品，哪些曾经是自由物品而现在是经济物品了，还有哪些现在是自由物品有可能会成为经济物品？

2．课外实训

社会调查

（1）调查题目：利用课余时间在学校所在地区进行调查，是否存在资源稀缺的问题。

（2）调查要求：

1）以学习小组为单位组成调查组。

2）调查存在着哪些资源稀缺性问题。

3）询问调查对象，他们是如何解决资源稀缺性问题的。

4）用经济学理论进行分析，写成一篇调查报告。

本 章 小 结

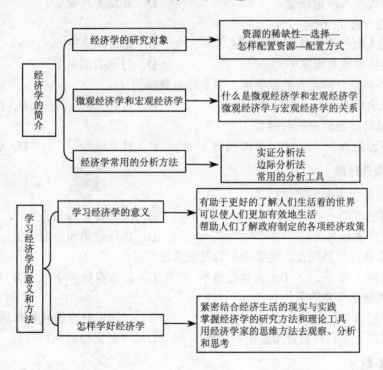

 问题和应用

一、基本问题

（一）重要概念的记忆与解释

经济学 Economics   微观经济学 Microeconomics

宏观经济学 Macroeconomics   市场经济 Market Economy

稀缺性 Scarcity   机会成本 Opportunity Cost

（二）单项选择题

1. 经济学研究的基本问题是（   ）。

     A. 生产什么   B. 如何生产   C. 为谁生产   D. 以上都是

2. 最先提出"看不见的手"理论的经济学家是（   ）。

     A. 张伯伦   B. 罗宾逊   C. 亚当·斯密   D. 色诺芬

3. 宏观经济学的创立以（   ）的出版为标志。

     A.《就业、利息和货币通论》   B.《经济论》

     C.《国富论》   D.《经济分析》

4. 经济物品是指（   ）。

     A. 有用的物品   B. 稀缺的物品

     C. 需要支付代价才能获得的物品   D. 有用且稀缺的物品

5. 宏观经济学的中心理论是（   ）。

     A. 产权理论   B. 福利经济学

     C. 国民收入决定理论   D. 非均衡理论

6. 稀缺性存在于（   ）。

     A. 当人们的消费量超过需求时   B. 富有国家中

     C. 全世界所有国家中   D. 穷困的国家中

7. 资源不能充分满足人的欲望这一事实称为资源的（   ）。

     A. 机会成本   B. 稀缺性   C. 边际分析   D. 配置

8. 微观经济学要解决的问题是（   ）。

     A. 资源配置   B. 资源利用   C. 技术进步   D. 就业问题

（三）多项选择题

1. 微观经济学主要内容包括（   ）。

     A. 价格理论   B. 消费者行为理论

     C. 生产者行为理论   D. 市场理论和分配理论

2. 经济学从产生到现在，主要经历的发展阶段有（   ）。

     A. 重商主义   B. 古典经济学   C. 新古典经济学   D. 当代经济学

3. 标志经济学革命的著作有（   ）

     A.《经济学原理》   B.《国民财富的性质和原因的研究》

     C.《就业、利息和货币通论》   D.《财富与福利》

（四）判断题

1. 资源的稀缺性决定了资源可以得到充分的利用，不会出现资源的浪费现象。

                                                              （   ）

2. 微观经济学采用的是实证分析，宏观经济学采用的是规范分析。   （   ）

3. 因为资源是稀缺的，所以产量是既定的，无法增加。   （   ）

4. 微观经济学要解决的是资源利用，宏观经济学要解决的是资源配置。   （   ）

5．经济学按其研究方法的不同分为实证经济学和规范经济学。 （ ）

6．在资源储量丰富的国家中不存在资源稀缺的问题。 （ ）

二、发散问题

1．你在学习经济学这门课以前对经济学的认识和现在有什么区别？

2．你认为怎样才能做好资源的配置和利用？

三、案例分析

2009 年 3 月 26 日，国资委授予发电企业煤炭开采权。按照国资委网站上的通知，国资委对中国大唐集团公司、中国广东核电集团有限公司等 3 家中央企业的主业进行调整。其中，作为五大发电集团之一的大唐集团，调整后的主业内容增加了与电力相关的煤炭资源开发生产。国资委授予大唐煤炭开采权，大唐的发电用煤不用再看煤炭企业的脸色，所以此时在北京高调宣布：成立新能源公司，主营业务将逐步向新能源靠拢。新能源公司成立之后，主业是发展风电。其实，大唐并不是第一家要发展新能源的电力企业，五大发电集团之一的国电集团目前也正在新疆、甘肃等地区发展风力发电。现在，中国五大发电集团基本上都是火力发电。不过根据调查，目前电力企业面临的压力，才是他们转型的真正动力：目前钢铁等用电大户的限产，停产，让用电量大幅度下降；国内居高不下的煤炭价格，也导致 2008 年五大发电集团累计亏损超过 200 亿元。

问题：运用有关经济学原理说明，是什么原因让这些电力企业这么大张旗鼓地从事新能源开发？

第二章 需求与供给

本章地位

需求和供给是打开微观经济学和宏观经济学研究大门的钥匙，在西方流传着一句谚语：教会了鹦鹉说供求，就教会了它经济学。因此本章是经济学的基本内容，在微观经济学中处于中心地位。

知识目标

1. 了解影响供求的不同因素，特别是价格与供求之间的关系；
2. 了解商品价格弹性的作用，价格弹性与总收益的关系；
3. 理解供求对均衡价格与均衡数量的决定作用。

能力目标

1. 能够利用供求与价格及其他因素之间的变动关系对市场进行分析；
2. 能对价格弹性理论加以应用，提高总收益。

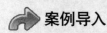

案例导入

从买车看需求

有两个朋友，一个是蓝领朋友，一个是大学教授。这两个朋友的实际情况不同，但有一点却颇为一致，那就是近期不买汽车。蓝领朋友是一家公司的员工，公司离家很远，工作又很忙。每天坐公交车上班，得起大早，太辛苦。蓝领朋友想，能拥有一辆自己的汽车，是再好不过的事了。但即使考虑降价的因素，蓝领朋友算一下自己的收入，还是养不起一辆汽车。因此，购车计划只能作罢。教授朋友是一所高校的知名学者，经过几年的讲学、办班，教授朋友也成了有钱人，对他来讲，买车和养车的费用问题早已不在话下，但教授朋友仍然没有买车的意思。据教授朋友自己讲，他大部分的活动是在家与学校之间，活动半径不超过一公里，即使外边有事，也总有专车接送。所以，对他来讲实在没有必要买车。

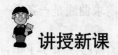

讲授新课

第一节 需 求

一、需求、需求量、需求表、需求曲线

1. 需求与需求量

需求是指消费者在一定时期内，在每一可能的价格水平下愿意而且能够购买的商品和劳务。形成一项有效需求，必须具备两个要件：购买愿望和购买能力，二者缺一不可。简单地说，需求就是有支付能力的购买欲望。

请注意：理解需求概念，需要强调几个要点：

（1）需求是个预期概念，不是指实际购买，是消费者预计、愿意或打算的购买。

（2）需求是指有现实支付能力的需要。现实的支付能力要有足够的货币来支持。

（3）需求总是涉及两个变量：价格和需求量。在一定的价格水平上产生相应的需求量。

需求量是指消费者在一定时期内，在某一价格水平下愿意而且能够购买的商品与劳务的数量。

想一想：导入案例中的两个朋友能否构成有效需求？

2. 需求表

需求表是表示在一定时间内，某种商品的各种价格水平和与之相对应的需求量之间关系的数字列表。表 2-1 是一张某商品的需求表。

表 2-1　某商品的需求表

需求组合	A	B	C	D	E	F	G
价格/元	1	2	3	4	5	6	7
需求量/单位数	70	60	50	40	30	20	10

从表 2-1 可以清楚地看到该商品各种价格与需求量之间的对应关系。例如：当商品价格为 1 元时，商品的需求量为 70 单位；当价格上升为 2 元时，需求量下降为 60 单位；当价格进一步上升为 3 元时，需求量下降为更少的 50 单位；如此等等。需求表实际上是用数字表格的形式来表示商品的价格和需求量之间的函数关系。

3. 需求曲线

需求曲线是以曲线图来表示商品的价格和需求量之间的对应关系的。商品的需求曲线是根据需求表中商品不同的价格—需求量的组合在平面坐标图上所绘制的一条曲线。通过需求曲线，不仅容易找出对应于每一价格的需求量,而且可以明显地看出价格变化时需求量变化的趋势。图 2-1 是根据表 2-1 绘制的一条需求曲线，可以看出：需求曲线是一条向右下方倾斜的线，表示了价格与需求量反方向的变动，价格上升，需求量减少；价格下降，需求量增加。

在图 2-1 中，横轴 OQ 表示商品的需求量，纵轴 OP 表示商品的价格。

根据表 2-1 中每一个商品的价格—需求量的组合，在平面坐标图中描绘相应的各点 A、

B、C、D、E、F、G，然后顺次连接这些点，便得到需求曲线 $Q_d = f(P)$。需求曲线是一条光滑的和连续的曲线。

当价格与需求量之间存在线性关系时，需求曲线是一条向右下方倾斜的直线，图 2-1 中的需求曲线便是如此。当二者之间存在非线性关系时，需求曲线是一条向右下方倾斜的弧线。直线型的需求曲线上每点的斜率是相等的，弧线型的需求曲线上每点的斜率则不相等。

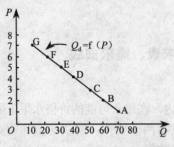

图 2-1　某商品的需求曲线

二、影响需求的因素与需求函数

（一）影响需求的因素

1．商品自身的价格

商品自身的价格是影响需求的主要因素。商品自身的价格和需求量之间存在反向关系，即：商品价格上升，需求量减少；商品价格下降，需求量增加（在影响需求的其他因素保持不变的情况下）。

2．相关商品的价格

一种商品的需求不仅取决于其自身的价格，而且还取决于相关商品的价格。这种相关商品分为两类：

（1）替代商品，是指在某种程度上可以互相代替来满足同一种欲望的商品。以羊肉为例，当其价格不变时，如果牛肉（羊肉的替代商品）的价格下降，人们对羊肉的需求减少；如果牛肉涨价，人们对羊肉的需求增加。

（2）互补商品，是指互相补充配套共同满足一种欲望的商品。以汽车为例，当其价格不变时，如果汽油（汽车的互补品）价格下降，人们对汽车的需求增加；如果汽油涨价，人们对汽车的需求减少。

3．收入水平

消费者的收入水平与商品需求量的变化分为两种情况。①消费者的收入水平与商品的需求量呈同方向变动，收入增加，需求增加；收入减少，需求减少。具有这种特性的商品为正常商品。②消费者的收入水平与商品的需求量呈反方向变动，收入减少，需求增加；收入增加，需求减少。这类商品为低档商品。

4．消费者偏好

偏好是指人们对某种商品的喜欢程度。商品的需求量与消费者对该商品的偏好程度呈同方向变化。如果消费者不喜欢该款式的衣服，即使价格再低，也不会去买；也有很多人喜欢品牌服装，即使它的价格非常高，也会买的。消费者的偏好是心理因素，但更多地受人们生活于其中的社会环境、特别是当时当地消费风气的影响。广告宣传可以在一定程度上影响消费者偏好的形成，这也是为什么厂商不惜重金做广告的原因。

5. 人口的数量与结构

人口数量增加，需求会增加。人口结构变化，也会影响某些商品的需求，如社会人口结构向老龄化变化，对老年医疗服务、保健品的需求会增加。

6. 消费者对未来的预期

对未来的预期一般包括对自己的收入水平、商品价格水平等的预期。如果预计未来自己的收入水平会上升或者商品价格水平会提高，对现在的需求就会增加；反之对现在的需求会减少。

7. 政府的经济政策

政府实行扩张的财政和货币政策，例如财政投资增加，银行降低利率，消费信贷利率降低，则会刺激消费，需求增加。反之政府实行紧缩的财政与货币政策，需求会减少。

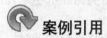 **案例引用**

"世博"的效应

申博成功后的短短几日内，上海楼市作出了迅速反应："世博板块"内观望已久的一些楼盘纷纷以每平方米高出原价 300～500 元的价格对外销售；原先一些几乎已经谈妥的开发项目暂时告停，甲方的心理价位已上涨了 10%～15%，并表示要重新作出评估。

"世博"效应对房地产市场的影响力度强大、涉及范围深广。同时也应该看到，在短期刺激性反应逐渐回归理性之后，上海房地产市场长远发展的动力，更大程度上来自于"世博"为我们整体经济所作出的贡献。

（二）需求函数

所谓需求函数是用来表示一种商品的需求量和影响该需求量的各种因素之间的相互关系的。也就是说，在以上的分析中，影响需求量的各个因素是自变量，需求量是因变量。一种商品的需求量是所有影响这种商品需求量的因素的函数。如果用 Q_d 代表某种商品的需求量，P 代表该商品的价格，Pr 代表相关商品的价格，M 代表消费者收入水平，F 代表消费者偏好，Pe 代表消费者对商品价格和收入前景的预期，则有需求函数

$$Q_d=f\,(P,\ Pr,\ M,\ F,\ Pe,\ \cdots) \tag{2-1}$$

但是，如果对影响一种商品需求量的所有因素同时进行分析，就会使问题变得复杂起来。在处理这种复杂的多变量问题时，通常可以将问题简化。因为商品的价格是决定其需求量的最基本的因素，所以，假定其他因素保持不变，仅仅分析一种商品的价格对该商品需求量的影响，即把一种商品的需求量仅仅看成是这种商品的价格的函数，于是，需求函数就可以用下式表示

$$Q_d=f\,(P) \tag{2-2}$$

三、需求定理及其例外

1. 需求定理

需求函数、需求表和需求曲线都反映出了商品的价格和需求量之间呈反方向变动的关系，

这种变动关系被称为需求定理。

需求定理的基本内容是：在其他条件不变的情况下，某商品的需求量与价格呈反方向变动，即需求量随着商品本身价格的上升而减少，随商品本身价格的下降而增加。

需求定理以一定的假设条件为前提。这个假设条件就是"其他条件不变"。即除了商品本身的价格，其他影响需求的因素都是不变的。离开了这一前提，需求定理就无法成立。需求定理对理解价格决定理论是很重要的。

2．需求定理的例外

需求定理适用于绝大多数商品，在现实生活中还有一些商品例外。

（1）吉芬商品。吉芬商品也称低档生活必需品。19世纪英国经济学家吉芬对爱尔兰的土豆销售情况进行研究时发现，在大饥荒时期，土豆价格上升引起需求量的增加；土豆价格下降引起需求量减少。这种情况称为吉芬效应，具有这种特点的商品称为吉芬商品。

（2）炫耀性商品。有些商品，价格愈高，人们对它的需求反而愈多。例如，某些可用来体现人们社会地位的炫耀性商品（珠宝、古董等）就是如此。这种现象是由美国经济学家凡勃伦首先发现的，因此称之为凡勃伦效应。

（3）投机性商品。投机性商品包括证券、股票、黄金及邮票等，当其价格小幅波动时，需求量的变化类似于一般商品；当其价格大幅波动时，需求量的变化类似于吉芬商品。投机性商品价格发生波动时，需求量呈现出不规则变化，主要是受心理预期影响较大。人们往往会出现"买涨不买跌"的现象。

想一想：为什么有些演唱会的门票价格高需求量却不减少？如果大雨连天，雨伞的价格上升，而其需求量为什么增加了？

四、需求量的变动与需求的变动

需求量的变动与需求的变动都是需求数量的变动，但是引起这两种变动的因素是不相同的。

1．需求量的变动

需求量的变动是指在其他条件不变时，由某商品的价格变动所引起的该商品的需求数量的变动。在几何图形中，需求量的变动表现为商品的价格—需求数量组合点沿着同一条需求曲线的上下移动。例如，在图2-1中，当商品的价格发生变化由2元逐步上升为5元，它所引起的商品需求数量由60单位逐步地减少为30单位时，商品的价格—需求数量组合由B点沿着需求曲线 $Q_d = f(P)$，经过C、D点，移动到E点。这种变动虽然表示需求数量的变化，但是并不意味整个需求状态的变化，因为，这些变动的点都在同一条需求曲线上。

2．需求的变动

需求的变动是指在某商品价格不变的条件下，由于其他因素的变动所引起的该商品的需求数量的变动。这里的其他因素变动是指消费者的收入水平变动、相关商品的价格变动、消费者偏好的变化和消费者对商品的价格预期的变动等。在几何图形中，需求的变动表现为需求曲线的位置发生移动。如图2-2所示。

图2-2中原有的需求曲线是 D_1。在商品价格不变的前提下，如果其他因素的变化使得需求增加，则需求曲线向右平移，如由图中的 D_1 曲线向右平移到 D_2 曲线的位置。如果其他因素的变化使得需求减少，则需求曲线向左平移，如 D_3。由需求变动引起的这种需求曲线位置

的移动，表示在每一个既定的价格水平需求数量增加或减少。例如，在既定的价格水平 P_0，原来的需求数量为 D_1 曲线上的 Q_1，需求增加后的需求数量为 D_2 曲线上的 Q_2，需求减少后的需求数量为 D_3 曲线上的 Q_3。而且，这种在原有价格水平上发生的需求增加量 Q_1Q_2 和需求减少量 Q_1Q_3 都是由其他因素的变动所引起的。譬如说，它们分别是由消费者收入水平的提高和下降所引起的。显然，需求的变动所引起的需求曲线位置的移动，表示整个需求状态的变化。

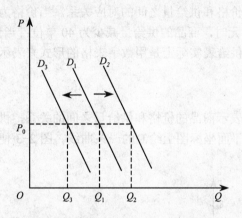

图 2-2　需求的变动和需求曲线的移动

3．二者的区别

（1）价格的动与不动：需求量变动的假设条件是价格变动，其他诸因素不变；需求变动的假设条件正好与之相反，当价格不变时，其他因素发生变动对需求量的影响。

（2）曲线的动与不动：需求量的变动，其实就是同一条需求曲线上点的移动；而需求的变动则表现为需求曲线本身位置的平行移动。

想一想：下列各题，何为需求的变动，何为需求量的变动，并说明为什么。

1．人们预期家庭用轿车的价格将会下降，因此，人们持币观望，因而家用轿车购买量减少。

2．随着收入的增加，坐飞机旅行的人增加了，而坐长途公共汽车、坐轮船旅行的人减少了。

第二节　供　　给

一、供给、供给量、供给表、供给曲线

1．供给与供给量

供给是指生产者在一定时期内，在各种可能的价格水平下愿意并且能够出售的商品和劳务。如果生产者对某种商品只有进行出售的愿望，而没有进行出售的能力，则不能形成供给。

供给量是指生产者在一定时期内，以某种价格水平愿意而且能够出售的商品或劳务的数量。

2．供给表

供给表是表示某种商品的各种价格和与之相对应的该商品的供给数量之间关系的数字列表。表 2-2 是某商品的供给表。

表 2-2　某商品的供给表

供给组合	A	B	C	D	E
价格/元	2	3	4	5	6
供给量/单位数	0	20	40	60	80

表 2-2 表示了商品的价格和供给量之间的对应关系。当价格为 6 元时，商品的供给量为 80 单位；当价格下降为 4 元时，商品的供给量减少为 40 单位；当价格进一步下降为 2 元时，商品的供给量减少为零。供给表实际上是用数字表格的形式来表示商品的价格和供给量之间的函数关系的。

3．供给曲线

供给曲线是以曲线图表示商品的价格和供给量之间的关系，供给曲线是根据供给表中商品的价格—供给量组合在平面坐标图上绘制的一条曲线。图 2-3 便是根据表 2-2 所绘制的一条供给曲线。

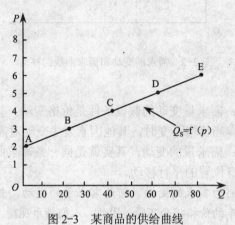

图 2-3　某商品的供给曲线

图 2-3 中的横轴 OQ 表示商品供给量，纵轴 OP 表示商品价格。在平面坐标图上，把根据供给表中商品的价格—供给量组合所得到的相应的坐标点 A、B、C、D、E 连接起来的线，就是该商品的供给曲线。它表示在不同的价格水平下生产者愿意而且能够提供出售的商品数量。即价格与供给量同方向变动，价格上升，供给量增加。和需求曲线一样，供给曲线也是一条光滑的、连续的曲线，它是建立在商品的价格和相应的供给量的变化具有无限分割性的假设基础上的。

当价格与供给量之间存在线性关系时，供给曲线是一条向右上方倾斜的直线。图 2-3 中的供给曲线便是如此。与此不同，当二者之间存在非线性关系时，供给曲线是一条向右上方倾斜的弧线。直线形的供给曲线上的每点的斜率是相等的，弧线形的供给曲线上的每点的斜率则不相等。

二、影响供给的因素与供给函数

（一）影响供给的因素

1．商品自身的价格

商品自身的价格和供给量之间存在同方向关系，即：商品价格上升，供给量增加；商品价格下降，供给量减少。（不影响供给的其他因素保持不变的情况下）。

2．生产要素的价格

生产要素价格的变化，直接影响生产成本，最终影响利润。当生产要素价格下降时，生产者愿意多投资，增加供给。当生产要素价格上升时，生产成本会增加，生产者将削减投资和供给。

3．生产的技术水平

生产技术进步，将提高劳动生产率，可以使单位产品的成本下降，在商品价格不变的情况下，这会给生产者带来更多利润。因此，生产技术愈进步，生产者就越愿意并且越能提供更多的商品。

4．相关商品的价格

在生产领域，也存在商品间的替代和互补关系。当一种商品的价格不变，而厂商能生产的其他商品的价格发生变化时，该商品的供给会发生变化，例如，在玉米价格不变小麦价格上升时，农户就可能多生产小麦而减少玉米的生产。

5．生产者对未来的预期

如果某种商品的行情看涨，生产者就会减少现在的供给量，等待行情上涨后增加供给。如果某种商品的行情看跌，生产者就会把现有的存货尽快抛售出去，从而增加现在的供给。

此外，政府的政策、厂商目标、时间因素及自然条件等因素都可能影响供给。

（二）供给函数

一种商品的供给量是所有影响这种商品供给量的因素的函数。如果把影响供给的各种因素作为自变量，把供给量作为因变量，可用函数关系来表达影响供给的因素与供给量之间的关系，这种函数称为供给函数，用公式表示为

$$Q_S = f (P, P_1, C, Pe, Pr, \cdots, n) \tag{2-3}$$

其中，Q_S 为供给量，$P, P_1, C, Pe, Pr, \cdots, n$ 为影响供给的因素。

如果假定其他因素均不发生变化，仅考虑商品本身的价格变化对其供给量的影响，即把一种商品的供给量只看成是这种商品价格的函数，则供给函数就可以表示为

$$Q_S = f (P) \tag{2-4}$$

三、供给定理及其例外

1．供给定理

供给函数、供给表和供给曲线都反映了商品的价格和供给量之间的变动关系，这种变动关系被称为供给定理。

供给定理的基本内容是：在其他条件不变的情况下，某商品的供给量与价格呈同方向变动，即供给量随着商品价格的上升而增加，随着商品价格的下降而减少。

请注意：供给定理是以"其他条件不变"这个假设条件为前提的，如果影响供给的其他因素改变了，供给定理就无法成立。

2．供给定理的例外

供给定理对有些特殊商品不适用，如劳动力商品。当工资增加时，劳动的供给会随着工资的增加而增长，但工资增加到一定程度再继续增加工资，劳动的供给不仅不会增长，反而会减少（如图 2-4 所示）。

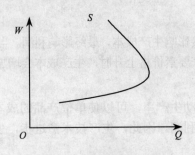

图 2-4　劳动的供给曲线

　　劳动的供给曲线之所以呈以上形状，是因为随着工资的进一步提高，劳动者仅用较少的工作时间就可以获得原先需要较多工作时间才能获得的、维持基本开支所需的工资收入。当工资上升到一定水平后，劳动者对货币的需求并不迫切了，而对闲暇、娱乐、旅游更感兴趣，即使工资再上升，劳动的供给量也不会增加，甚至可能减少。这时，他在闲暇与工作之间更倾向于选择前者。

　　除了劳动，像土地、古董、古画、名贵邮票、证券和黄金等，这些物品的生产有限，甚至绝无仅有。无法多生产的商品出价再高，也不能增加供给量，其供给曲线可能呈不规则变化。

四、供给量的变动与供给的变动

　　供给量的变动和供给的变动都是供给数量的变动，它们的区别在于引起这两种变动的因素是不相同的。

1. 供给量的变动

　　供给量的变动是指在其他条件不变时，由某商品的价格变动所引起的该商品供给数量的变动。在供给曲线图中，这种变动表现为商品的价格—供给数量组合点沿着同一条供给曲线的移动。图 2-3 表示的是供给量的变动：随着价格上升所引起的供给数量的逐步增加，A 点沿着同一条供给曲线逐步移动到 E 点。

2. 供给的变动

　　供给的变动是指在商品价格不变的条件下，由于其他因素变动所引起的该商品供给数量的变动。这里的其他因素变动可以指生产成本的变动、生产技术水平的变动、相关商品价格的变动和生产者对未来的预期的变化等。在曲线图中，供给的变动表现为供给曲线的位置发生移动。

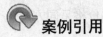
案例引用

宝洁的产品供应

　　今天，宝洁向 130 多个国家中的将近 50 亿消费者销售着大约 250 个品牌，包括帮宝适纸尿裤、潘婷护发产品和汰渍洗衣粉。要在竞争高度激烈的消费品行业中领先，就要求宝洁能摸准全球消费者的脉搏。从芝加哥到阿拉斯加，从布鲁塞尔到北京，宝洁的产品开发人员和销售人员必须要比竞争对手更了解消费者的需求。宝洁也必须将这些需求与创新力量相衔接，帮助他们迅速地生产出可以满足客户需求的新产品和新解决方案。

为加速产品上市，宝洁面临着一个供应链挑战：高效地与全球销售其产品的数千家零售商联系。从最小的杂货店和街角商店到大型超市和会员商店，宝洁需要通过遍布全球、成熟度不一的分销系统供应其产品。而在这个过程中，宝洁必须关注成本的管理，以使产品对消费者有较高的价值，对宝洁来说能卖出更多的产品获得更高的利润。

为了进一步了解消费者、优化供应链、消除非增值成本并提高员工效率，宝洁开始在公司内部逐步向电子化发展，让几乎所有员工与网络链接，提供自动服务应用，包括广泛的电子员工应用。公司还实施了"快速学习"战略，这一知识管理解决方案可在一个中央位置存储关键信息，让员工能方便地访问这些知识，做出更明智的决策，并使项目得以更快完成。"我们是为了实现业务成效而使用技术，获得更低的成本、更快的决策制定和更高效的机构。"宝洁的总裁说，"在网络员工领域，我们应用实施的成本比前两年低了20%；而在供应链方面，我们相信可将库存的天数减少一半。"

图 2-5 表示的是供给的变动。在图中原来的供给曲线为 S_1。在除商品价格以外的其他因素变动的影响下，供给增加，则使供给曲线由 S_1 曲线向右平移到 S_2 曲线的位置；供给减少，则使供给曲线由 S_1 曲线向左平移到 S_3 曲线的位置。由供给的变化所引起的供给曲线位置的移动，表示在每一个既定的价格水平供给数量都增加或都减少了。例如：在既定的价格水平 P_0，供给增加，使供给数量由 S_1 曲线上的 Q_1 上升到 S_2 曲线上的 Q_2；相反，供给减少，使供给数量由 S_1 曲线上的 Q_1 下降到 S_3 曲线上的 Q_3。这种在原有价

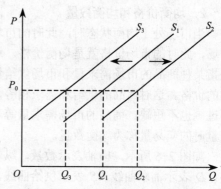

图 2-5　供给的变动和供给曲线的移动

格水平上所发生的供给增加量 Q_1Q_2 和减少量 Q_3Q_1，都是由其他因素变化所带来的。供给的变动所引起的供给曲线位置的移动，表示整个供给状态的变化。

3. 二者的区别

（1）假设条件不同。供给量的变动，就是指当其他因素不变时，供给量随价格变化而发生变动；供给的变动，是指商品价格不变，供给量随影响供给的其他因素如生产技术水平、生产要素价格等变化而发生变动。

（2）曲线变动不同。在供给曲线图上，供给量的变动是在同一条供给曲线上点的移动；供给的变动表现为供给曲线本身位置的平行移动。

想一想：

从影响供给的因素分析下列事件对衬衣市场的影响及其供给曲线的变动：

1. 市场流行穿 T 恤。

2. 研制开发出新型衬衣面料，并投放市场。

第三节　均 衡 价 格

前面分别分析了需求与供给的基本原理以后，现在把需求供给结合起来分析它们是如何

影响价格决定，使商品的市场价格达到均衡的状态，形成均衡价格的。

一、均衡价格的概念

1．市场均衡

均衡原本是物理学中的概念，是指某物体同时受到相反方向两个外力的作用，处于一种相对静止的状态。

供给与需求是市场均衡的两个主要因素，不论供过于求还是供不应求，都会使市场处于不稳定的状态，这时的市场是不均衡的。在竞争的市场上，通过市场的自发调节，市场会逐渐实现均衡。

所谓市场均衡，就是指市场上生产者愿意而且能够购买提供的商品量恰好等于消费者愿意而且能够购买的商品量，这时供给和需求两种相对的力量处于均等的状态。

2．均衡价格和均衡数量

当市场处于均衡状态时，此时的市场为均衡市场，此时的市场价格就是均衡价格。均衡价格是指某种商品的市场需求量和市场供给量相等时候的价格。这时商品的供给和需求相等，商品既不过剩也不短缺，商品的市场需求量等于市场供给量时的交易量称为均衡数量。

如图 2-6 所示，横轴表示数量，纵轴表示价格，D 表示需求曲线，S 表示供给曲线，二者相交于 E 点，E 点就是市场达到均衡状态时的均衡点，纵轴上与 E 点相对应的价格 P_0 就是均衡价格，横轴上与 E 点相对应的交易量 Q_0 就是均衡数量。

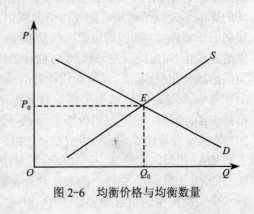

图 2-6　均衡价格与均衡数量

 案例引用

演唱会的票价

某文化公司邀请一些著名歌星举办演唱会。主办方为了赚取更多的门票收入，将演唱会门票价格定得很高，每张 400 元，并增加演出的场次。结果前来买票的人很少，表演场地出现大量空位。主办方不得不降价售票，以打折、买二送二的方式来吸引观众，票价一直降至 120 元一张。因为价格偏低，情况发生了转变，歌迷们纷至沓来，场场爆满，以至一票难求。于是主办方又将票价上浮直至 220 元一张，消费者们的热情才稍有降低，一票难求的现象得以缓解，售票处买票秩序井然，每场虽接近客满，但又不很拥挤，供求取得了平衡。

二、均衡价格的形成

商品的均衡价格表现为商品市场上需求和供给这两种相反的力量共同作用的结果，它是在市场的供求力量的自发调节下形成的。当市场价格偏离均衡价格时，市场上会出现需求量和供给量不相等的非均衡状态。一般说来，在市场机制的作用下，这种供求不相等的非均衡状态会逐步消失，实际的市场价格会自动地回复到均衡价格水平。

当某种商品供不应求时，会出现买者的竞争，买者竞相抬价，使卖者处于有利的位置，结果商品价格上升；当某种商品供过于求时，会出现卖者的竞争，卖者竞相降价，使买者处于有利地位，结果商品市场价格下降；当某种商品的供求相等时，买卖双方势均力敌，从而决定了均衡价格和均衡数量。

以上分析表明：商品短缺迫使价格上升，商品过剩迫使价格下降，供给与需求状况的变化，自发调节着价格的涨落，当价格调整到买卖双方都能接受的水平时，均衡价格出现。但是市场均衡不会长久不变，当影响需求和供给的某种力量出现时，又会引起需求和供给的变动，从而又导致均衡价格的变动，或上升或下降。

总之，均衡价格就是指某种商品的需求与供给达到均衡时的价格。市场均衡价格的形成，取决于供需双方力量的变化，市场价格总是因供需的变化而围绕均衡价格上下波动。

三、均衡价格的变动

一种商品的均衡价格和该商品需求曲线与供给曲线的交点相对应。因此，需求曲线或供给曲线的位置移动都会使均衡价格发生变动。下面说明这两种移动对均衡价格以及均衡数量的影响。

1. 需求变动对均衡价格的影响

在供给不变的情况下，需求增加会使需求曲线向右平移，使均衡价格上升、均衡数量增加；需求减少会使需求曲线向左平移，使均衡价格下降、均衡数量减少，如图 2-7 所示。

2. 供给变动对均衡价格的影响

在需求不变的情况下，供给增加会使供给曲线向右平移，使均衡价格下降，均衡数量增加；供给减少会使供给曲线向左平移，使均衡价格上升，均衡数量减少，如图 2-8 所示。

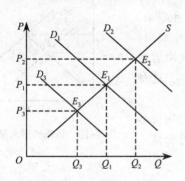
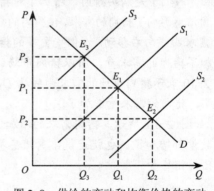

图 2-7　需求的变动和均衡价格的变动　　　　图 2-8　供给的变动和均衡价格的变动

综上所述，可以得到如下结论：在其他条件不变的情况下，需求变动分别引起均衡价格和均衡数量的同方向的变动；供给变动分别引起均衡价格的反方向的变动和均衡数量的同方向的变动。这就是供求定理。

如果需求和供给同时发生变动，则商品的均衡价格和均衡数量的变化是难以肯定的。这要结合需求和供给变化的具体情况来决定。以图 2-9 为例，假定消费者收入水平提高引起需求增加，使得需求曲线向右平移由 D_1 到 D_2；同时，厂商的技术进步引起供给增加，使得供给曲线向右平移由 S_1 到 S_2。比较 S_1 曲线分别与 D_1 曲线和 D_2 曲线的交点 E_1 和 E_2 可见，收入水平提高引起的需求增加，使得均衡价格上升。再比较 D_1 曲线分别与 S_1 曲线和 S_2 曲线的交点 E_1 和 E_3 可见，技术进步引起的供给增加，又使得均衡价格下降。这两种因素同时作用下的均衡价格，将取决于需求和供给各自增长的幅度。由 D_2 曲线和 S_2 曲线的交点 E_4 可得：由于需求增长的幅度大于供给增加的幅度，所以，最终的均衡价格由 P_1 上升到 P_2 了。

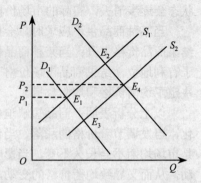

图 2-9　需求和供给的同时变动

分析供求的变动对一个市场的影响，按三个步骤进行：

（1）确定是移动供给曲线还是需求曲线，还是两者都移动；

（2）确定曲线移动的方向；

（3）用供求关系图说明这种移动如何改变均衡。

编者按照三个步骤来分析下面的案例。

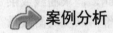 **案例分析**

禽流感影响猪肉的需求

禽流感是禽流行性感冒的简称，它是一种由甲型流感病毒的一种亚型（也称禽流感病毒）引起的传染性疾病，被国际兽疫局定为甲类传染病，又称真性鸡瘟或欧洲鸡瘟。高致病性禽流感发病率和死亡率均高，人感染高致病性禽流感死亡率约是 60%，家禽鸡感染的死亡率几乎是 100%，无一幸免。

2005 年底 2006 年初广东发生禽流感，市场上鸡肉奇缺，鸡肉的价格上涨，猪肉是鸡肉的替代品，人们于是购买猪肉，增加了对猪肉的需求。于是：

1. 禽流感影响了猪肉的需求，使猪肉的需求曲线发生移动。

2. 需求曲线向右移动。人们吃更多的猪肉来代替吃鸡肉，因而增加了猪肉的需求量，所以猪肉市场的需求曲线向右移动。图 2-10 表示猪肉市场的需求曲线从 D_1 移动到 D_2。这种移动表明，猪肉的需求量增加了。

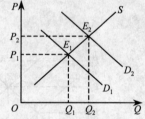

3. 如图 2-10 所示，猪肉需求的增加使猪肉的均衡价格和均衡数量都增加了。也就是说，禽流感提高了猪肉价格，增加了猪肉销售量。

图 2-10　猪肉的需求量增加了

四、均衡价格的运用

供求关系变化引起的价格波动，不利于生产的稳定；供求严重失衡的时候，不利于社会稳定。为调节和稳定某种产品的供求，政府会采取两种价格政策：支持价格政策和限制价格政策。

1. 支持价格

支持价格又称最低价格，是指政府为了支持某种商品的生产而对市场价格规定一个高于均衡价格的最低价格。长期以来发达国家对农产品实行这种支持价格，保证了他们国家的农业稳定发展。中国现在对农业实行的"保护价敞开收购"实际也是在实行一种支持价格政策。

在支持价格的条件下，市场将出现超额供给现象。以农业为例，实行支持价格，从长期看支持了农业的发展，调动了农民种田的积极性。但政府大量收购过剩的农产品，会使政府背上了沉重的债务。政府解决过剩农产品的另一种方法就是扩大出口，这又会引起国家与国家之间为争夺世界农产品市场而进行贸易战。

2．限制价格

限制价格又称最高限价，是指政府为了防止某种商品价格过高而对市场价格规定一个低于均衡价格的最高价格。中国在计划经济时期，很多产品都实现限制价格，小到生活用品柴米油盐大到钢铁煤炭等生产资料。

限制价格一般会在供给不足的特殊时期予以运用，有利于控制需求，实现社会平等，保证社会的安定。但是限制价格往往因为价格过低会导致供给不足；价格过低会导致资源缺乏和资源浪费并存的现象；价格水平不合理又会导致社会风气败坏、贪污腐败等一系列负面问题。

第四节 弹 性

弹性本来也是物理学中的概念，指物体对外部力量的反应程度。在经济学中，弹性表示一个经济变量的变动对另一个经济变量变动的敏感程度。

经济学中的弹性理论包括需求弹性和供给弹性。

一、需求弹性

需求弹性包括需求价格弹性、需求收入弹性和需求交叉弹性，下面重点介绍需求价格弹性。

（一）需求价格弹性

1．需求价格弹性的含义

需求价格弹性通常简称为需求弹性，表示在一定时期内一种商品的需求量变动对价格变动的反应程度，用需求价格弹性系数加以表示

需求价格弹性系数=需求量变动的百分比/价格变动的百分比

理解需求价格弹性应注意：

（1）在需求量与价格两个变量中，价格是自变量，需求量是因变量。所以，需求价格弹性是价格变动所引起的需求量变动的程度，或者说是需求量变动对价格变动的反应程度。

（2）需求价格弹性系数是价格变动的比率与需求量变动比率的比值，而不是价格变动的绝对量与需求变动的绝对量的比值。

（3）弹性系数的数值可以为正值，也可以为负值，这取决于价格与需求量的变动方向，若两者同方向变动，为正；若两者反方向变动，为负。在实际应用中为了计算和分析方便，一般取其绝对值。

2．需求价格弹性的计算

（1）需求价格弧弹性的计算。所谓需求价格弧弹性，是某商品需求曲线上两点之间的需求量的变动对价格变动的反映程度。

假定需求函数为 $Q_d = F(P)$，以 e_d 表示需求的价格弹性系数，则需求价格弹性的计算公式为

$$e_d = \left| \frac{\frac{\Delta Q}{Q}}{\frac{\Delta P}{P}} \right| = \left| \frac{\Delta Q}{\Delta P} \times \frac{P}{Q} \right| \qquad (2-5)$$

ΔQ 和 ΔP 分别表示需求量和价格的变动量，P 和 Q 分别表示原来的价格和需求量。

由于商品的需求量和价格一般是呈反方向变动的，$\frac{\Delta Q}{\Delta P}$ 为负值，为了使需求价格弹性系数 e_d 得正值以便于比较，取其绝对值。

例：某种商品的需求函数为 $Q_d = 2\,400 - 400P$，曲线图形如图 2-11 所示。图中需求曲线上 a、b 两点的价格分别为 5 和 4，相应的需求量分别为 400 和 800。当商品的价格由 5 下降为 4 时，或者当商品的价格由 4 上升为 5 时，应该如何计算相应的弹性值呢？根据公式（2-5），相应的需求价格弹性分别计算如下：

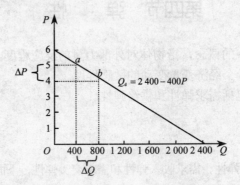

图 2-11 需求的价格弧弹性

由 a 点到 b 点（即降价）时：

$$e_d = \left| \frac{\Delta Q}{\Delta P} \times \frac{P}{Q} \right| = \left| \frac{Q_b - Q_a}{P_b - P_a} \times \frac{P_a}{Q_a} \right| = \left| \frac{800 - 400}{4 - 5} \times \frac{5}{400} \right| = |-5| = 5$$

由 b 点到 a 点（即涨价）时：

$$e_d = \left| \frac{\Delta Q}{\Delta P} \times \frac{P}{Q} \right| = \left| \frac{Q_a - Q_b}{P_a - P_b} \times \frac{P_b}{Q_b} \right| = \left| \frac{400 - 800}{5 - 4} \times \frac{4}{800} \right| = |-2| = 2$$

由 a 点到 b 点和由 b 点到 a 点的弹性数值是不相同的，其原因在于：在上面两个计算中，尽管 ΔQ 和 ΔP 的绝对值都相等，但由于 P 和 Q 所取的基数值不相同，所以，两种计算结果便不相同了。这样，在需求曲线的同一条弧上，涨价和降价产生的需求价格弹性系数便不相等。

（2）需求价格弧弹性平均法计算。为了避免上述计算结果的不同，可以取两点价格的平均值 $\frac{P_1 + P_2}{2}$ 和两点需求量的平均值 $\frac{Q_1 + Q_2}{2}$ 来分别代替式（2-5）中的 P 值和 Q 值，因此，需

求价格弧弹性计算公式又可以写为

$$e_d = \left| \frac{\Delta Q}{\Delta P} \times \frac{\frac{P_1 + P_2}{2}}{\frac{Q_1 + Q_2}{2}} \right| \tag{2-6}$$

该方法也被称为需求价格弧弹性中点计算法。

根据式（2-6），上例中 a、b 两点间的需求价格弧弹性为

$$e_d = \frac{400}{1} \times \frac{\frac{5+4}{2}}{\frac{400+800}{2}} = 3$$

（3）点弹性计算。某需求曲线上两点之间的变化量趋于无穷小时，需求价格弹性要用点弹性来表示。需求价格点弹性表示需求曲线上某一点上的需求量变动对于价格变动的反应程度。需求价格点弹性的公式为

$$e_d = \left| \lim_{\Delta P \to 0} \frac{\frac{\Delta Q}{Q}}{\frac{\Delta P}{P}} \right| = \left| \frac{dQ}{dP} \times \frac{P}{Q} \right| \tag{2-7}$$

仍用上例来说明这一计算方法。由需求函数 $Q_d = 2\,400 - 400P$ 可得

$$e_d = \left| \frac{dQ}{dP} \times \frac{P}{Q} \right| = |-400| \frac{P}{Q} = 400 \times \frac{P}{Q}$$

在 a 点，当 $P=5$ 时，由需求函数可得 $Q_d = 2\,400 - 400 \times 5 = 400$，将其代入上式，便可得：

$$e_d = 400\frac{P}{Q} = \frac{400 \times 5}{400} = 5$$

即需求曲线上 a 点的需求价格弹性值为 5。

3. 需求价格弹性的种类

根据商品的需求价格弹性的大小，可将需求价格弹性区分为五种情况，如图 2-15 所示。

（1）$e_d > 1$，需求富有弹性，表明商品需求量变动的幅度大于价格变动幅度。如果价格变动 1 个百分点引起需求量的变动大于 1 个百分点，说明价格稍有变化就会引起需求量较大的变化。即需求量对于价格变动的反应是敏感的。这种情况称为富有弹性。如果需求富有弹性，需求曲线的形状比较平坦。

（2）$e_d < 1$，需求缺乏弹性，表明商品需求量变动的幅度小于价格变动的幅度。如果价格变动 1 个百分点引起需求量的变动小于 1 个百分点，价格的大幅度下降只会引起需求量较小的增加。这种情况称为缺乏弹性。如果需求缺乏弹性，需求曲线的形状比较陡峭。

（3）$e_d = 1$，需求单位弹性，是指需求量变动的幅度与价格变动的幅度相一致，即需求量变动的百分比正好等于价格变动的百分比。很少有商品的 e_d 正好等于 1，等于 1 往往是巧合。

如果需求单位弹性，需求曲线的斜率为 45°。

（4）$e_d \to \infty$，需求完全弹性，是指需求量具有无穷大的弹性，意味着价格的微小变化会引起需求量无穷大的变动。如果需求完全弹性，需求曲线与横坐标平行。

（5）$e_d = 0$，需求完全无弹性，是指无论价格如何变化需求量都不会作出反应。如果需求完全无弹性，需求曲线与横坐标垂直。

4. 影响需求价格弹性的因素

（1）商品的可替代性。一般来说，一种商品的可替代品越多，当价格提高时，消费者就越容易转向其他商品，则该商品的需求价格弹性往往就越大；相反，该商品的需求价格弹性往往就越小。例如，在水果市场，相近的替代品较多，这样，水果的需求弹性就比较大。又如，对于食盐来说，没有很好的替代品，所以，食盐价格的变化所引起的需求量的变化几乎为零，它的需求价格弹性是极其小的。

想一想：为什么名牌商品的需求价格弹性比一般商品的需求价格弹性大？

（2）商品用途的广泛性。一般来说，一种商品的用途越是广泛，它的需求价格弹性就可能越大；相反，用途越是狭窄，它的需求价格弹性就可能越小。这是因为，如果一种商品具有多种用途，当它的价格较高时，消费者只购买较少的数量用于最重要的用途上，如有可能就一物多用的同时用于其他地方。当它的价格逐步下降时，消费者的购买量就会逐渐增加，将此商品一物一用于各个地方。

（3）商品对消费者生活的重要程度。一般来说，生活必需品的需求价格弹性较小，奢侈品的需求价格弹性较大。例如，食盐、粮食及碗筷等的需求价格弹性是较小的，汽车的需求价格弹性是较大的。

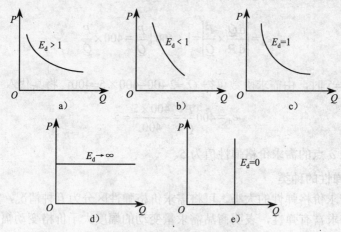

图 2-12　需求价格弹性的五种类型

a）富有弹性　b）缺乏弹性　c）单位弹性　d）完全弹性　e）完全无弹性

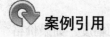 **案例引用**

旧帽换新帽一律八折

一家安全帽专卖店打出这样的广告——"旧帽换新帽一律八折"。店家的意思是：如果你买安全帽时交一顶旧安全帽的话，当场退二成的价格；如果直接买新帽，只能按原定价格买。

这家安全帽专卖店的促销做法是需求价格弹性的实际应用。店家以顾客是否有旧安全帽来区别顾客的需求弹性。简单地说，没拿旧安全帽来的顾客说明他没有安全帽，由于法定驾驶摩托车必须要戴安全帽,故而无论价格的高低,骑乘摩托车的人是一定要买一顶安全帽的。相对地,拿旧安全帽来抵二折价款的顾客表明他本来就有一顶安全帽,对该商品的需求没有迫切性,如果安全帽的价格便宜他有以旧换新的需求,而如果价格太贵他也可以以后再买。因此,这类的顾客对安全帽需求弹性较大。

不难看出,该安全帽专卖店采用这种"旧帽换新帽八折"的促销活动,针对不同消费者的需求定价的方法,不仅不会使其减少营业收入,反而会吸引那些本不想购买新帽的消费者前来购买,增加收益。

(4) 商品的消费支出在消费者预算总支出中所占的比重。消费者在某种商品上的消费支出在预算总支出中所占的比重越大,该商品的需求价格弹性可能越大;反之,则越小。例如,铅笔、肥皂及牙膏牙刷等商品的需求价格弹性就是比较小的。因为,消费者每月在这些商品上的支出是很小的,消费者往往不太重视这类商品价格的变化。

(5) 消费者调节需求量的时间。一般来说,消费者的调节时间越长,则需求价格弹性就可能越大。这是因为,当一种商品的价格变动后,消费者需要时间获得价格变动的信息,也需要时间来调整他们的消费习惯。例如,当石油价格上升时,消费者在短期内不会较大幅度地减少需求量。但在较长期内,消费者可能找到了替代品,并较大幅度调整购买习惯,于是,石油价格上升会导致石油的需求量较大幅度地下降。

(二) 需求收入弹性

1. 需求收入弹性的含义

需求收入弹性表示在一定时期内消费者某种商品的需求量对收入变动的反应程度。它是商品的需求量的变动率和消费者的收入量的变动率的比值。

以 I 表示消费者收入水平,ΔI 表示收入水平的变动量,则该商品的需求收入弹性公式为

$$e_I = \frac{\frac{\Delta Q}{Q}}{\frac{\Delta I}{I}} = \frac{\Delta Q}{\Delta I} \times \frac{I}{Q} \qquad (2-8)$$

2. 需求收入弹性与商品类型

根据商品的需求收入弹性系数值,可以将所有商品分为两类:①$e_I < 0$ 的商品为劣等品,劣等品的需求量随收入水平的增加而减少;②$e_I > 0$ 的商品为正常品,正常品的需求量随收入水平的增加而增加。在正常品中,$e_I < 1$ 的商品为必需品,$e_I > 1$ 的商品为奢侈品。

当消费者的收入水平上升时,尽管消费者对必需品和奢侈品的需求量都会有所增加,但对必需品的需求量的增加是有限的,因为必需品是缺乏弹性的,而对奢侈品的需求量的增加是较多的,因为奢侈品是富有弹性的。人们收入增加了不会多吃粮食、食盐,对牙膏的需求增加也有限;对旧货、低档面料的服装及处理品的需求量非但不增加,反而会减少;收入水平提高对住房、汽车、化妆品及名牌服饰等需求会有所增加。

(三) 需求交叉弹性

1. 需求交叉弹性的含义

需求交叉弹性表示在一定时期内一种商品的需求量对相关商品价格变动的反应程度。它是该商品的需求量的变动率和相关商品价格的变动率的比值。

若以 X、Y 代表两种商品，e_{xy} 表示需求交叉弹性系数，P_Y 表示 Y 商品的价格，以 ΔP_Y 表示 Y 商品价格的变动量，Q_X 表示 X 商品原来的需求量，ΔQ_X 表示 Y 商品价格的变动所引起的 X 商品需求量的变动量，则需求交叉弹性系数的一般表达式为

$$e_{xy} = (\Delta Q_X / Q_X) / (\Delta P_Y / P_Y) \qquad (2\text{-}9)$$

2. 需求交叉弹性与商品间的关系

根据需求交叉弹性系数我们可以对商品之间的关系进行划分。

（1）需求交叉弹性系数是正值，$e_{xy} > 0$，那么这两种商品互为替代品。作为替代商品，一种商品的需求量与另一种商品的价格之间呈同方向变动，所以其需求交叉弹性系数是正值。如茶叶和咖啡，橘子和苹果等，这些商品之间的功能可以互相代替。一般来说，两种商品之间的替代性功能越强需求交叉弹性系数的值就越大。

（2）需求交叉弹性系数是负值，$e_{xy} < 0$，那么这两种商品互为互补品。作为互补品，一种商品需求量与另一种商品价格之间呈反方向变动，所以其需求交叉弹性系数为负值。比如照相机和胶卷，CD 机和光盘等商品是互补性商品。一般来说，互补性功能越强的商品交叉弹性系数的绝对值越大。

（3）需求交叉弹性系数为零，$e_{XY} = 0$，则 X、Y 这两种商品之间不存在相关关系，既不是互补品，也不是替代品，其中任何一种商品的需求量都不会对另一种商品的价格变动做出反应。

 案例引用

这几年中国汽车的需求量急剧上升，原因之一是汽车价格下降；原因之二是消费者收入的提高；原因之三是汽车产量的增加；原因之四是汽油、轮胎等配件以及维修服务更加配套、完善。

懂得需求交叉弹性为企业决策和个人投资有很大的帮助。你看人家经营一种商品十分赚钱，你也去经营这类商品，这就是经营别人产品的替代品，这样势必加剧市场竞争。其实，经营畅销产品的互补品不失为一种很好的思路，有的中小企业，靠着为汽车生产配套产品，生产车用地毯、车灯、反光镜等配件，结果取得了良好的经营业绩。

安徽某密封件股份有限公司是一家生产汽车密封件的上市公司，原来是个生产拖车的农机修造厂。该公司是目前国内最大的橡胶密封件和汽车用橡胶制品生产、出口企业，产品不仅为国内各大汽车主机厂配套，还打入欧美、日本等国际知名汽车公司的全球采购体系。公司拥有一大批"高、精、特、尖"具有国际先进水平的生产、试验及检测设备，并建有国内同行业领先的技术中心。先后与清华大学、上海交大、青岛科技大学、安徽大学等高等学府、科研院所建立了长期稳定的"产学研"合作关系，牵头组建"特种橡胶材料及制品产业技术创新战略联盟"。2010 年中期报表披露，公司橡胶制品实现收入 11.84 亿元，同比增长 112.51%。公司内销收入 7.44 亿元，同比增长 83.25%。

二、供给弹性

供给弹性中最主要的是供给价格弹性。

1. 供给价格弹性的含义

供给价格弹性表示在一定时期内某一商品供给量的变动对该商品价格变动的反应程度，即商品供给量变动率与价格变动率之比。

用 e_s 表示供给价格弹性系数，Q 和 ΔQ 分别表示供给量和供给变动量，P 和 ΔP 分别表示价格和价格的变动量，则供给价格弹性的计算公式为

$$e_S = (\Delta Q/Q) / (\Delta P/P) = (\Delta Q/\Delta P) \cdot P/Q \qquad (2-10)$$

在正常情况下，商品的供给量和商品的价格是呈同方向变动的，因此 e_S 为正值。

2. 供给价格弹性的分类

根据商品供给价格弹性系数大小的不同，供给价格弹性也分为五种类型。

（1）$e_S > 1$，表示供给量变动的百分比大于价格变动的百分比，这种情况被称为供给富有弹性，供给曲线的形状比较平坦。

（2）$e_S < 1$，表示供给量变动的百分比小于价格变动的百分比，这种情况被称为供给缺乏弹性，供给曲线的形状比较陡峭。

（3）$e_S = 1$，被称为供给的单位弹性，供给量变动的百分比正好等于价格变动的百分比，供给曲线是一条与横轴成 45°并且向右上方倾斜的线。

（4）$e_S \to \infty$，被称为供给的完全弹性。价格的微小下降会使供给量降低到零，而价格的微小上升会导致无穷大的供给。此时，供给量变化的百分比与价格变动的百分比的比率非常大，供给曲线为平行于横坐标的直线。

（5）$e_S = 0$，被称为供给完全无弹性。不论市价如何变动供给量都是固定不变的，供给曲线为垂直于横坐标的直线。

3. 影响供给价格弹性的因素

（1）时间因素。当商品的价格发生变化时，厂商对产量的调整需要一定的时间。在短期内，厂商若要根据商品价格的涨跌及时地调整产量，都存在程度不同的困难，相应地，供给弹性是比较小的。但是，在长期内，生产规模的扩大与缩小，甚至转产，都是可以实现的，供给量可以对价格变动作出较充分的反应，供给的价格弹性也就比较大了。

（2）生产成本因素。在其他条件不变的情况下，如果随着产量的增加，生产成本不会增加太大，产品的供给弹性大；反之，如果随着产量的增加生产成本明显增加，供给弹性就小。

（3）产品生产的难易程度。一般地，容易生产并且生产周期较短的产品对价格变动的反应较快，因为在短期内，厂商能够较快的调整产量，因此其供给弹性较大；而生产难度较大并且生产周期较长的产品对价格变动的反应较慢，因为在短期内，厂商不能迅速地增加或降低产量，因此供给弹性较小。

（4）产品替代性大小和相似程度对供给弹性的影响也很大，产品替代性大，相似程度高，则供给弹性大；反之，供给弹性小。

三、需求价格弹性和总收益——弹性理论的应用

在实践中，经营人员可以利用价格和需求量之间的变动关系来提高商品的销售量，达到增加总收益的目的。

案例引用

两兄弟在同一条街道上各自经营着自己的商铺，哥哥开了一家家用电器商店，销售电视、空调和冰箱等电器；弟弟的商店出售的是粮食、油盐等日用品。在今年的"十一"黄金周期间，哥哥采用了减价促销的办法，对店里许多家电品种进行不同程度的降价销售，大赚了一笔。春节来临，弟弟仿效哥哥的办法，对自己店中的日用商品也进行打折促销，结果不但销售额没有什么增加，利润还下降了不少。弟弟很是苦恼。

看来以降价促销来增加销售收入的做法，对有的产品适用，对有的产品却不适用。如何解释这些现象呢？请看下列公式

$$TR=PQ \tag{2-11}$$

式中：TR 为总收益，P 为商品价格，Q 为与需求量相一致的销售量。从公式可知，总收益取决于价格和需求量。由于不同商品的需求价格弹性不一样，因此对总收益的影响也不同。具体说，有两种情况：

（1）如果需求富有弹性（$e_d>1$），降低价格使得需求量大量增加，总收益增加（如图 2-13 所示）。当价格为 P_1，需求量为 Q_1 时，销售收入相当于 OP_1AQ_1；当价格为 P_2，需求量为 Q_2 时，销售收入相当于 OP_2BQ_2，前者面积小于后者。这就是说，若价格从 P_1 降到 P_2，则降价的结果会使总收益增加；若价格从 P_2 涨到 P_1，则提价的结果会使总收益减少。

（2）如果需求缺乏弹性（$e_d<1$），降低价格使得需求量不能大量增加，总收益就会减少（如图 2-14 所示）。当价格为 P_1，需求量为 Q_1 时，销售收入为 OP_1AQ_1；当价格为 P_2，需求量为 Q_2 时，销售收入为 OP_2BQ_2。显然，前者面积大于后者面积。这就是说，若价格从 P_1 降到 P_2，则降价的结果会使总收益减少。

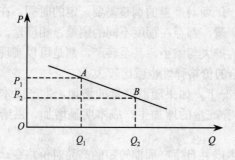

图 2-13　富有弹性与总收益的关系

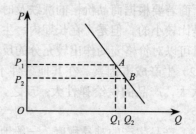

图 2-14　缺乏弹性与总收益的关系

 案例引用

"谷贵饿农，谷贱伤农"

《五代史·冯道传》中记载，有一次，明宗问冯道："天下虽丰，百姓得计否？"道曰："谷贵饿农，谷贱伤农。"

在丰收的年份，当粮农兴冲冲地将粮食运到集贸市场出售时，发现尽管多收了三五斗，但是粮食价格便宜了，总收入不增反降。这就是"谷贱伤农"现象。对于这一现象可以运用需求的价格弹性来解释。

在丰收的年份，粮食产量增加，在图 2-15 中表现为供给曲线从 S_1 移动到 S_2，均衡点从 E_1 移动到 E_2，供给增加，粮价下跌，需求量上升。但是粮食为缺乏需求弹性的商品，需求量上升的幅度很小。在缺乏弹性的作用下，由于价格下降的幅度大于需求量上升的幅度，因此使粮农总收入减少，在图 2-15 中，总收入从矩形 $P_1E_1Q_1O$ 减少为矩形 $P_2E_2Q_2O$。

相反，在歉收的年份，粮食歉收，粮食的供给减少，粮价上涨，农民买不起粮食，就发生了饥荒，这便是谷贵饿农。如图 2-16 所示。

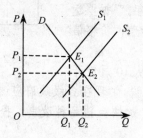 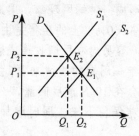

图 2-15　谷贱伤农　　　　图 2-16　谷贵饿农

由上述分析可知，需求弹性大的商品，厂商宜采用薄利多销的方式来增加销售收入；反之，需求弹性较小的商品，则可考虑以提高价格的方式来达到增加销售收入的目的。

为便于比较，编者把价格变化、弹性大小与销售收入变化的关系归纳见表 2-3。

表 2-3　价格变化、弹性大小与销售收入变化的关系

需求弹性系数	种　　类	对销售收入的影响
$e_d>1$	富有弹性	价格上升，销售收入减少 价格下降，销售收入增加
$e_d=1$	单一弹性	价格上升，销售收入不变 价格下降，销售收入不变
$e_d<1$	缺乏弹性	价格上升，销售收入增加 价格下降，销售收入减少

 教学拓展

蛛网理论及生猪价格的蛛网现象

蛛网理论是运用弹性理论来考察价格波动对下个周期产量的影响，以及由此产生的均衡变动。蛛网理论是一种动态均衡分析，蛛网理论引入时间因素，从动态变化的角度来分析与考察需求和供给的变动，如果将变动情况在坐标上用曲线来描述，所得曲线图就类似于蛛网。因此，荷兰经济学家丁伯根将这一理论形象地称为"蛛网理论"。

蛛网理论指出，当供求决定价格，价格引导生产的时候，经济中便会出现一种周期性波动。比如，当某一产品在第一期的市场销售中供小于求时，该产品价格就会上涨，第二期生产者必然会增加生产。而第二期产量的增加会导致价格下降，所以第三期产量又会减少，这样又再次引起了价格上涨……，但波动的幅度越来越小，最后趋向于均衡。如图 2-17 所示。

"5 月份，湖南省生猪价格出现了 4 年来同比最低价，有不少农民反映，辛辛苦苦养肥一头猪，不仅没赚钱，反而还要赔。"对此湖南省畜牧水产局副局长罗运泉直言，在现有的条件下，如果由政府财政对农民进行补贴，好比杯水车薪，难以解决问题。"最终还是需要生猪期

货上市，才能为农民提供一个参考价格指标，从而减少养殖风险，打破生猪价格的 '蛛网现象'。"中南大学商学院教授罗孝玲说。

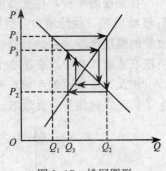

图 2-17　蛛网图形

"蛛网现象"四年一周期

"价格下跌，养猪户遭受损失，减少饲养量；供给减少又造成价格上涨，农民赶紧多养猪，结果由于供给太多，价格又大幅下跌……如此形成一种蛛网现象，周期是四年。"据罗运泉介绍，由于湖南省 60%以上的生猪是由散户养殖，价格信息相对落后，因此，容易对农民增收造成影响。

"根据以往四年一周期的规律来看，去年是从10月份开始降价，今年大约会在10月前后回涨，"罗运泉说，"现在各级政府应该做的事情是，尽量引导农民将良种母猪保留下来，同时增加收入，加快生猪品种改良，提高我省生猪外销的竞争力。"

"如果相关的生猪产品加工龙头企业通过开发新产品拓展了市场，也能在一定程度上带动我省生猪销售。最好的解决途径是通过市场机制来调节，为农民提供参考价格，提前规避风险。"

应尽早推出生猪期货

全国人大代表唐人神集团股份有限公司董事长陶一山在全国人大会议上提出议案，呼吁尽早推出生猪期货。他认为生猪期货的主要功能是提供了一个供需均衡的期货价格，这一价格将成为农民第二年科学的供给决策依据。

罗孝玲教授也持有相同的观点。她表示："当猪价低的时候，投机者和贸易商购入期货，会将生猪价格抬高；而当猪价高的时候，这些投机者和贸易商又会将期货抛出，生猪价格就会有所回落。如此往复，不用政府补贴，生猪的价格也会减少波动幅度。"

 知识窗

期　货

期货与现货相对。期货是现在进行买卖，但是在将来进行交收或交割的标的物，这个标的物可以是某种商品如黄金、原油及农产品，也可以是金融工具，还可以是金融指标。交收期货的日子可以是一星期之后，一个月之后，三个月之后，甚至一年之后。买卖期货的合同或者协议叫做期货合约。买卖期货的场所叫做期货市场。投资者可以对期货进行投资或投机。

实 践 训 练

1. 课堂实训

（1）已知某一时期内某商品的需求函数为 $Q_d=20-5P$，供给函数为 $Q_s=-10+5P$。

1）求均衡价格 P_e 和均衡数量 Q_e；

2）假定供给函数不变，由于消费者收入水平提高，使需求函数变为 $Q_d=60-5P$。求出相

应的均衡价格 P_e 和均衡数量 Q_e；

3）假定需求函数不变，由于生产技术水平提高，使供给函数变为 $Q_s=-5+5P$。求出相应的均衡价格 P_e 和均衡数量 Q_e。

（2）某种商品的需求价格弹性系数为1.5，当它降价8%时，需求量会增加多少？

2．课外实训

（1）选择校内创业中心的一种商品，试着与同学讨论分析，哪些因素会影响你对该商品的需求。

（2）通过查阅报纸、杂志和网络资源，运用供求分析"三步法"对商品的价格变动进行小组讨论分析。

要求：各组派代表发言并上交小组讨论稿。

本 章 小 结

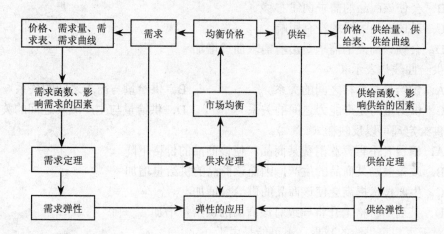

问题和应用

一、基本问题

（一）重要概念的记忆与解释

需求 Demand 供给 Supply

需求定理 Law of Demand 供给定理 Law of Supply

均衡价格 Equilibrium Price 供求定理 Law of Supply and Demand

弹性 Elasticity 需求价格弹性 Price Elasticity of Demand

（二）单项选择题

1．需求是指消费者（　　）。

A．在每一价格水平上愿意而且能够购买的某种商品量

B．在市场上能够购买的商品量

C．实现最大限度满足所需要购买的商品量

D．在一定价格水平上愿意出售的商品量

2．描述在不同价格水平上厂商出售的商品数量的曲线被称为（　　　）。
   A．需求曲线   B．供给曲线
   C．生产可能性曲线   D．预算约束

3．咖啡价格上升一般会导致（　　　）。
   A．咖啡需求曲线右移   B．咖啡伴侣等咖啡互补品需求增加
   C．茶等咖啡替代品需求减少   D．茶等咖啡替代品需求增加

4．下列（　　　）体现了需求定理。
   A．药品的价格上涨，使药品质量得到了提高
   B．汽油的价格提高，小汽车的销售量减少
   C．丝绸的价格提高，游览公园的人数增加
   D．照相机价格下降，导致销售量增加

5．一个成功的商品广告（　　　）。
   A．会使该商品的需求曲线左移
   B．会使该商品的需求曲线右移
   C．对该商品的需求没有影响
   D．会使该商品的需求量沿着需求曲线增加

6．供给曲线是表示（　　　）。
   A．供给量与价格之间的关系   B．供给量与需求之间的关系
   C．供给量与生产能力之间的关系 D．供给量与生产成本之间的关系

7．供给定理可以反映在（　　　）。
   A．消费者不再喜欢消费某商品，使该商品的价格下降
   B．政策鼓励某商品的生产，因而该商品的供给量增加
   C．生产技术提高会使该商品的供给量增加
   D．某商品价格上升将导致对该商品的供给量增加

8．对于大白菜供给的减少，不可能是由于（　　　）。
   A．气候异常严寒   B．政策限制大白菜的种植
   C．大白菜的价格下降   D．化肥价格上涨

9．技术进步一般会导致（　　　）。
   A．供给曲线右移
   B．供给量沿着供给曲线减少
   C．一个人增加他所消费的所有商品的数量
   D．供给量沿着供给曲线增加

10．供给的变动引起（　　　）。
   A．均衡价格和均衡数量同方向变动
   B．均衡价格反方向变动，均衡数量同方向变动
   C．均衡价格同方向变动，均衡数量反方向变动
   D．均衡价格和均衡数量反方向变动

11．假设某商品的需求曲线为 Q=3−2P，市场上该商品的均衡价格为 4，那么，当需求曲线变为 Q=5−2P 后，均衡价格将（　　　）。

A．大于 4 　　　　B．小于 4 　　　　C．等于 4 　　　　D．小于或等于 4

12．在任何低于均衡价格的价格水平都有（　　）。

　　A．供给量小于需求量

　　B．卖者不能卖出他们生产的全部商品

　　C．价格会下降

　　D．消费者可以买到他们想买的全部商品

13．如果一种商品的价格变动 5%，需求量因此变动 8%，那么该商品的需求（　　）。

　　A．富有弹性　　　B．缺乏弹性　　　　C．无弹性　　　　D．单位弹性

14．下列商品的需求价格弹性最小的是（　　）。

　　A．小汽车　　B．时装　　C．食盐　　D．化妆品

15．需求完全弹性可以用（　　）。

　　A．一条与纵轴平行的线表示　　　　　　B．一条与横轴平行的线表示

　　C．一条向右下方倾斜的线表示　　　　　D．一条向右上方倾斜的线表示

16．已知某种商品的需求是富有弹性的，假定其他条件不变，卖者要想获得更多的收益，应该（　　）。

　　A．适当降低价格　　　　　　　　　　　B．适当提高价格

　　C．保持价格不变　　　　　　　　　　　D．提价还是降价要视情况而定

17．下列哪种情况使总收益下降？（　　）

　　A．价格上升，需求缺乏弹性　　　　　　B．价格上升，需求富有弹性

　　C．价格下降，需求富有弹性　　　　　　D．价格上升，供给富有弹性

18．如果两种商品 a 和 b 的交叉弹性是−3，则（　　）。

　　A．a 和 b 是替代品　　　　　　　　　　B．a 和 b 是正常品

　　C．a 和 b 是劣质品　　　　　　　　　　D．a 和 b 是互补品

19．高于均衡价格的价格限制将会是（　　）。

　　A．产生短缺　　　　　　　　　　　　　B．使价格上升

　　C．产生过剩　　　　　　　　　　　　　D．没有影响

20．民航机票经常打折说明飞机旅行需求（　　）。

　　A．富有价格弹性　　　　　　　　　　　B．单位弹性

　　C．缺乏价格弹性　　　　　　　　　　　D．缺乏收入弹性

（三）多项选择题

1．对西红柿需求的变化，可能是由于（　　）。

　　A．消费者认为西红柿的价格太高了　　　B．消费者得知西红柿有益健康

　　C．消费者预期西红柿将降价　　　　　　D．种植西红柿的技术有了改进

2．（　　）的共同作用使需求与价格呈反方向变化。

　　A．收入效应　　　　　　　　　　　　　B．正外部效应

　　C．替代效应　　　　　　　　　　　　　D．负外部效应

3．对于需求缺乏弹性的商品，下列哪些说法是正确的（　　）。

　　A．价格上升会使销售收入增加　　　　　B．价格下降会使销售收入减少

　　C．价格下降会使销售收入增加　　　　　D．价格上升会使销售收入减少

4. 假定供给不变，当需求增加时，（　　　　）。

    A. 均衡价格将上升 　　　　　　　　B. 均衡价格将下降

    C. 均衡数量将增加 　　　　　　　　D. 均衡数量将减少

5. 使需求曲线移动的因素有（　　　　）。

    A. 价格 　　　　　　　　　　　　　B. 偏好

    C. 价格预期 　　　　　　　　　　　D. 收入预期

6. 以下（　　　　）项的需求和价格之间的关系是需求规律的例外。

    A. 面包 　　　　　　　　　　　　　B. 吉芬商品

    C. 炫耀性商品 　　　　　　　　　　D. 低档品

（四）判断题

1. 需求就是家庭在某一特定时期内，在每一价格水平下愿意购买的商品量。（　　　）

2. 当出租汽车更为方便和便宜时，私人所购买的汽车会减少。（　　　）

3. 在任何情况下，商品的价格与需求量都是反方向变动的。（　　　）

4. 在人们收入增加的情况下，某种商品价格上升，需求量必然减少。（　　　）

5. 一场台风摧毁了某地区的荔枝树，市场上的荔枝少了，这称为供给量减少。

    （　　　）

6. 苹果价格下降引起人们购买橘子减少，在图上表现为需求曲线向左方移动。

    （　　　）

7. 某种物品越是易于被替代，其需求也就越缺乏弹性。（　　　）

8. 各种药品（包括营养补品）的需求弹性都是相同的。（　　　）

9. 如果土豆是一种低档物品，那么当收入增加时，土豆的价格会下降。（　　　）

10. 农产品的需求一般来说缺乏弹性，这意味着当农产品的价格上升时，农场主的总收益将增加。

    （　　　）

二、发散问题

1. 现在的笔记本电脑降价幅度非常大，但是市场上供给量却非常多，这是不是违反供给定理？

2. 像农产品、轿车、钻石项链这些商品应该提价还是降价才能使生产者增加收入？为什么？

3. 某化妆品的需求弹性系数为 2.5，如果其价格下降 30%，需求量会增加多少？当价格为 50 元时，需求量为 3 000 瓶，降价后的需求量应该是多少？总收益有何变化？

三、案例分析

1. 法林联合百货公司的自动降价

美国马萨诸塞州波士顿市中心有一座高楼。楼顶高悬着巨幅招牌"法林联合百货公司"，更引人注目的是大楼的下两层，门口写着"法林地下自动降价商店"。该店规定，出售的每一种商品在摆到售货架上时，除了要标明售价以外，还要标明第一次上架时间，以上架陈列的天数实行自动降价。比如上架第 13 天这件商品还没有出售，就自动降价 20%；又过去 6 天，还没有卖出该商品，则降价 50%；再过 6 天仍未售出，则降价 75%。当降价幅度达到 75% 以后，再过 6 天仍然是无人问津，这件商品就从售货架上取下，送给慈善机构，不再在该店出售。这种商品店销售的商品大多是中档层次的商品，品种繁多，规格各异，有童装、鞋袜、服装、旅游品及体育用品，主要是人们的日常生活用品。当然这里说的自动降价，并不是产品质量不好，而是保质保量，顾客买走后，若不满意，只要不弄脏，就可退换。正是由于这种独特的降价方式，该店每天顾客盈门，人们从不同的地域涌到这家商店，都想购置一些自己需要、而又物美价廉的产品。这使该店销售量直线上升，非但没有因降价而赔本，反而大大地盈利了。

也许有人要问："既然自动调价，那顾客不是要等到价格低到最低时才来买货吗？""商店不是要赔钱吗？"请听这家经理的独特见解："陈列在这里的商品都是有需求的，价格本身也比较适中，顾客碰到自己喜欢的东西一般会当机立断地买走。再说，谁有那么多时间经常到商店看价钱是不是降到了最低点呢？所有真正降到最低限的产品是很少的。"

法林公司这种"自动降价"从表面上看，商店要承受削价损失，但结果却赢得了丰厚利润。其实，这也是一种薄利多销的宣传方式，而且显然要比直接降价的做法更加富有效率。

请思考以下问题：

(1)"薄利多销"营销策略与刺激需求的关系是什么？

(2)"薄利多销"营销策略的积极作用与消极作用。

2. 今年猪肉市场是否稳定

由于近几年生猪价格过低，饲养成本上升，部分地区发生疫情等因素的影响，我国生猪生产下降。今年 4 月以来，生猪及猪肉供应偏紧，价格出现较大幅度上涨。对此，国务院高度重视，采取了一系列促进生猪生产、保持市场稳定的措施。

猪肉价格上涨速度在 7 月份明显趋缓。其主要因素有：

(1)盛夏季节，气温升高，人们的饮食结构发生明显的变化，对肉类食品的需求也明显降低，这缓解了国内肉食供应紧张的状况。

(2)价格居高不下抑制人们对生猪产品的消费需求。由于目前生猪价格已涨至 10 年来的新高，这在一定程度上将抑制人们对肉类产品的消费需求。据市场调查，目前人们或减少食用猪肉，或转而消费鸡鸭鱼等其他肉食品。这也缓解了市场猪产品供求紧张的状况。

(3)随着猪类产品价格的大涨，其市场利润空间也随之放大。此时有的商贩收购生猪，并将猪肉卖到价格最高、货源最紧缺的地方，这也在一定程度上调剂了国内猪肉产品的供给。

(4)随着生猪及其产品价格的上涨，饲养户经济效益逐步增加，补栏的积极性会有所提高，猪类产品供应量也随之增多，这也将抑制猪产品价格的上涨。

(5)政府动用了国家储备肉来平抑市场价格。

由于采取了上述措施，猪类产品价格上涨速度将明显趋缓。

要求分析：猪肉市场今后的价格趋势。

第三章 消费者行为

本章地位

本章是在学习了第二章以后，对价格理论的进一步探讨；因为消费包括生活消费和生产消费，所以本章又是学习下一章"生产者行为"的基础。

知识目标

1. 了解基数效用论和序数效用论；
2. 了解边际效用分析和无差异曲线分析；
3. 理解边际效用递减规律和边际替代率递减规律。

能力目标

能够在实践中应用消费者行为理论解释经济问题。

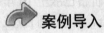
案例导入

为什么水要比钻石便宜？

200多年以前，亚当·斯密在他的代表作《国民财富的性质和原因的研究》中提出了这样的问题："没有什么能比水更有用，然而水很少能交换到任何东西。相反，钻石几乎没有任何使用价值，但却经常可以交换到大量的其他物品。"这就是著名的水和钻石的"价值悖论"，当时这个问题始终困扰着斯密，无法解答。

讲授新课

第一节 效用论概述

一、效用的概念

效用就是消费者从物品（或劳务）的消费中得到的满足程度。消费者消费了某种物品（或劳务）以后感到非常满足，他就会认为这种物品的效用是大的；如果消费者消费了某种物品

（或劳务）以后感到不太满足，他就会认为这种物品的效用是小的。

因此，物品（或劳务）效用的大小没有客观标准，它取决于消费者的心理感受。同一种物品对不同人的效用不同，同一种物品对同一个人在不同时期的效用也是不同的。例如，辣椒能刺激食欲，味道很辣，爱吃辣椒的人是不怕辣甚至说不辣；不爱吃辣椒的人则嫌辣得难受。但是如果爱吃辣椒的人身体不舒服时他对辣椒的感觉也不是很好的。

知识窗

马克思主义经济学认为，商品的效用就是商品的使用价值，就是商品的有用性。商品的使用价值具有客观的性质，是不以人的意志为转移的，不管某些人的主观感受如何，不管某些人承认不承认，使用价值总是客观的存在于商品之中。

二、两种效用理论

1．基数效用论

基数效用论者认为，效用的大小可以用基数（1，2，3，…）来计量，基数可以加总求和，用基数计量的效用也是可以加总求和的，其计数单位是效用单位。

例：听一场音乐会为 100 效用单位，吃一顿丰盛的晚餐为 80 效用单位，音乐会和晚餐的效用加总求和则为：100 +80=180（效用单位）。

2．序数效用论

序数效用论者认为效用的大小作为消费者的心理感受，取决于个人的偏好，它因人而异、因时而变，无法用同一的标准计量，更不能加总求和，如果要将两个消费者所得效用进行比较，就更无法说明问题。因此序数效用论者认为效用的高低与顺序只能用序数（第一，第二，第三，……）来表示。效用值的大小多少并没有什么意义，消费者只要明确不同的物品的消费哪一种给自己带来的满足程度最大，哪一种次之即可，例如音乐会的效用第一，晚餐的效用第二。

3．两种效用论的比较

19 世纪西方经济学普遍使用基数效用论，20 世纪初帕累托、希克斯等经济学家提出序数效用论作为对基数效用论的补充和完善流行至今。两者采用的研究方法不相同。基数效用论采用边际效用分析法，序数效用论采用无差异曲线分析法。

两者都是研究消费者行为的理论，虽然采用的方法不同，但得出了完全相同的结论。

第二节　边际效用分析

对消费者行为，基数效用论采用边际效用分析法。

一、总效用与边际效用

1．总效用

总效用（TU）是从物品和劳务的消费中得到的总的满足程度。根据基数效用论的解释，总效用就是各单个效用的加总之和，如果用 Q 表示物品的数量，TU 就是 Q 的函数，则总效用函数为：TU=F（Q）。

2．边际效用

边际效用（MU）是每增加一个单位的物品（或劳务）的消费所获得的满足程度。如果 ΔTU 表示总效用的增加量，ΔQ 表示物品的增加量，则边际效用函数：$MU = \dfrac{\Delta TU}{\Delta Q}$，若总效用函数连续并可以求导，边际效用函数可表示为：$MU = \dfrac{dTU}{dQ}$。

我们通过表 3-1 来进一步理解总效用和边际效用。

表 3-1　总效用和边际效用

面包数（Q）	总效用（TU）	边际效用（MU）
0	0	0
1	30	30
2	50	20
3	60	10
4	60	0
5	50	−10

表中面包的消费量从 2 增加到 3，总效用从 50 个效用增加到 60 个，即增加了 10 个效用，这增加的 10 个效用就是面包的边际效用：

$$MU=\Delta TU/\Delta Q=（60-50）/1=10/1=10$$

3．边际效用与总效用的关系

图 3-1 中，横轴表示商品 Q 的数量，纵轴表示效用，图中曲线 TU 反映的是总效用的变动情况，曲线 MU 反映的是边际效用的变动情况。总效用的变动趋势是随着消费商品数量的增加，总效用先递增后递减，边际效用的变动趋势是随着消费物品数量的增加，边际效用递减。

从图中可以看出总效用和边际效用变动的对比关系是：

当 MU>0 时，TU 上升；

当 MU=0 时，TU 达最高点，总效用最大；

当 MU<0 时，TU 下降。

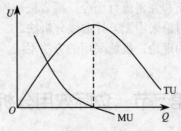

图 3-1　边际效用与总效用的关系

二、边际效用递减规律和边际效用价值论

1．边际效用递减规律

随着消费者在一定时间内对同一种物品消费数量的增加，他从该物品中得到的满足程度

便会逐渐下降，这就是边际效用递减。因为这种现象普遍存在于各种事物之中，所以经济学称这现象为边际效用递减规律。

想一想：当你去购买衬衫的时候，你为什么不会同时买几件完全相同的？

边际效用递减规律与时间因素有关：边际效用递减是在一定的时间内发生的现象，例如今天早上吃了三个包子，这三个包子的边际效用是递减的，第三个包子的边际效用已经很低了，但是到了明天早上再吃包子的时候，第一个包子的边际效用又是比较高的了。

对边际效用递减规律的原因有两点解释：①生理或心理的原因。随着相同的消费品的消费数量的增加，消费者从每一个单位消费品中所感受到的满足程度和对重复刺激的反应程度是递减的；②出于经济合理性的考虑。一种消费品往往有多种用途，消费者总是将第一单位的消费品用在最重要的用途上，第二单位的消费品用在次要的用途上，第三单位、第四单位的依次顺延，这样，消费品的边际效用便会随着消费品用途重要性的递减而递减。

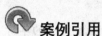
案例引用

总统的边际效用

不仅日常的消费中存在边际效用递减，就连做总统也是如此。美国罗斯福连任三届总统后，曾有记者采访问他有何感想。总统没有说话，想了想，然后拿出一块三明治让记者吃，这位记者不明白总统的用意，又不便问，就吃了，接着总统拿出第二块，记者打着饱嗝又勉强吃了，接着总统又拿出第三块，记者赶紧婉言谢绝，说不能再吃了。这时罗斯福总统微微一笑："现在你知道我连任三届总统的滋味了吧"。这个故事就揭示了经济学中一个重要的原理：边际效用递减规律。

2．边际效用价值论

根据边际效用递减规律，边际效用论者提出了边际效用价值理论。边际效用价值论是边际效用理论的核心。边际效用价值论者认为，商品价值由该商品的边际效用决定。他们认为效用是价值的源泉，是形成价值的一个必要条件，稀缺性是形成价值的充分条件，商品的价值会随着供给量增加而减少甚至消失。难以得到的稀缺的商品价值大；容易得到的、供给量大的商品价值小；无限供给的商品没有价值。

想一想：现在我们可以回答水和钻石的"价值悖论"这个问题了。你能做一个完整的解答吗？

三、消费者均衡

消费者均衡是指在商品价格和消费者收入不变的前提下，消费者选择的商品组合使其获取了最大的效用，并将这种组合保持不变，使其处于均衡状态，称为消费者均衡。

怎样才能实现消费者均衡呢？也就是消费者在消费时如何才能获得最大满足，获取最大的效用呢？必须满足下列两个条件：①消费的各商品价格之和要等于全部收入，这是实现消费者均衡的限制条件；②每一元钱（单位货币）的边际效用相等，这是实现消费者均衡的实现条件。可以用下列公式表示

$$P_x \cdot Q_x + P_y \cdot Q_y + \cdots + P_n \cdot Q_n = I \tag{3-1}$$

$$\frac{MU_x}{P_x} = \frac{MU_y}{P_y} = \cdots = \frac{MU_n}{P_n} = \lambda \qquad\qquad (3-2)$$

式中，I 表示消费者的全部收入，P_x 表示 x 商品的价格，P_y 表示 y 商品的价格，Q_x 表示 x 商品的数量，Q_y 表示 y 商品的数量，MU_x 表示 x 商品的边际效用，MU_y 表示 y 商品的边际效用，λ 表示每元钱（单位货币）的边际效用。

式（3-1）为消费者均衡的限制条件，如果消费者希望购买的各种商品价格之和超过了其全部收入，消费者无法购买这些商品；如果消费者购买的各种商品价格之和小于其全部收入，意味着消费者的钱没有花完，消费者得不到最大满足，则没有能够实现既定收入条件下的效用最大化。

式（3-2）为消费者均衡的实现条件，表示每一元钱（单位货币）无论是购买 x 商品还是购买 y 商品，所得到的边际效用都是相等的。

符合上述条件就实现了消费者均衡。

例：某消费者收入 1 000，购买 x 商品和 y 商品，假定 x 商品的单价为 1，y 商品的单价为 0.2，第 500 个 x 商品的边际效用为 10，第 2 500 个 y 商品的边际效用为 2。买多少 x 商品和 y 商品满足程度最大？

$$1 \times 500 + 0.2 \times 2\,500 = 1\,000$$

$$\frac{10}{1} = \frac{2}{0.2} = 10$$

式（3-1）是不难理解的，对式（3-2）解释如下：

如果 $MU_x/P_x < MU_y/P_y$，就意味着每一元钱购买 x 商品的边际效用小于每一元钱购买 y 商品的边际效用，理性消费者就会调整这两种商品的购买量，继续消费时减少 x 商品的购买，增加 y 商品的购买。由于边际效用递减规律的作用，随着 x 商品消费量的减少，x 商品的边际效用逐渐增大，随着 y 商品消费量的增加，y 商品的边际效用逐渐降低，直到每一元钱购买的 x 商品和 y 商品的边际效用相等，即 $MU_x/P_x = MU_y/P_y$ 时，便获得了最大效用，实现了消费者均衡。

反之，如果 $MU_x/P_x > MU_y/P_y$，消费者就会减少 y 商品的购买，增加 x 商品的购买，直至 $MU_x/P_x = MU_y/P_y$。

四、消费者剩余

1. 消费者剩余的概念

消费者剩余是消费者对某一种物品愿意支付的价格减去实际支付的价格之间的差额，或者说消费者从商品中得到的满足程度超过了他实际付出的价格部分。例如：消费者看到别人花 200 元买了一件上衣，这件上衣非常漂亮，她早就想买了，于是她打算去市场用 200 元买一件，并想和店主讨个价，以 180 元再买一件。当她来到市场时一看这衣服降价为 150 元一件，她当即买了两件。那么这个消费者买两件衣服愿意支付的价格是 380 元，她实际支付的价格是 300 元，两者的差额 380−300=80 元。这个差额就是消费者剩余。

消费者剩余可以用几何图形来表示，如图 3-2 中的阴影部分。在图 3-2 中需求曲线 D 表示消费者对每一单位商品所愿意支付的价格。假定该商品的市场价格为 P_0，消费者的购买量

为 Q_0，根据消费者剩余的定义可知，在需求曲线以下即 $OABQ_0$ 为消费者购买 Q_0 数量的商品所愿意支付的总价格，而实际支付的总价格为 P_0 乘以 Q_0，相当于 OP_0BQ_0，这两块面积的差额等于图中的阴影部分，就是消费者剩余。

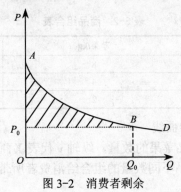

图 3-2　消费者剩余

2. 理解消费者剩余这一概念应注意的问题

（1）消费者剩余只是消费者的一种心理感觉，并不是指消费者实际收入的增加。

（2）随着消费者对某种商品的购买量的增加，该商品的边际效用递减，他从中得到的消费者剩余也在减少。

（3）一般说来，生活必需品的消费者剩余较大，其他商品的消费者剩余较小。

 案例引用

消费者剩余与购物的乐趣

李君很想买一个"名人 310"牌的电子辞典。逛了几处市场，发现其价格都在 600 元以上，离自己的 530 元的心理底价还有一段差距。于是打算明天再到别的商场看看。

第二天，李君又逛了几家数码商场，最后来到一家叫"大润发"的规模很大的超市，找到了数码柜台，令他大喜过望的是这里"名人 310"的标价只有 378 元！这是从来没见过的低价格，而且是在一家有知名度的大超市。物美价廉，还犹豫什么？李君当即决定买下。当售货员拿出辞典后，李君看这不是自己喜欢的颜色，于是问售货员："有没有淡绿色的？""有啊。"售货员果然又拿出了自己最喜欢的淡绿色的"名人 310"电子辞典，李君终于如愿以偿。

在本案例中，李君多处选择，货比三家，终于买到了自己满意的商品，并且获得了 530-378=152（元）的"消费者剩余"。

第三节　无差异曲线分析

序数效用论采用无差异曲线分析法来分析消费者如何实现效用最大化。

一、无差异曲线

1. 无差异曲线的概念

无差异曲线是表示两种商品不同数量的各种组合给消费者带来相同效用的一条曲线。

例如：一个消费者以一定的支出购买苹果和梨子，他可以多买些苹果少买些梨子，也可以多买些梨子少买些苹果，苹果和梨子数量的变动所构成的各种组合，都可以使消费者得到同等程度的满足。假设表 3-2 中任何一种组合的总效用相同，根据表中的数字画曲线图 3-3。

表 3-2　商品组合表

组合方式	苹果/kg	梨/kg
1	8	2
2	4	4
3	2	8

图 3-3 中曲线 I 即为无差异曲线

在图中，横轴 x 代表 X 商品苹果的数量，纵轴 y 代表 Y 商品梨的数量，I 为无差异曲线，线上任何一点上 X 商品与 Y 商品不同数量的组合给消费者所带来的效用都是相同的。因此，无差异曲线也被称为等效用线。

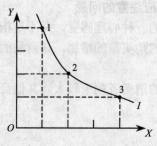

图 3-3　无差异曲线图

2. 无差异曲线的特征

无差异曲线具有以下 4 个特征：

（1）无差异曲线是一条向右下方倾斜的曲线，其斜率为负值。它表示在收入与价格既定的条件下，消费者为了得到或维持相同的总效用，在增加一种商品的消费时，必须减少另一种商品的消费，两种商品不能同时增加或减少。

（2）同一平面图上可以有无数条无差异曲线，同一条无差异曲线代表相同的效用，不同的无差异曲线代表不同的效用。离原点越远的无差异曲线，所代表的效用越大；离原点越近的无差异曲线，所代表的效用越小。如图 3-4 所示。

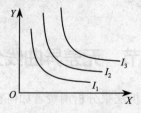

图 3-4　同一平面有无数条无差异曲线

在图 3-4 中，I_1、I_2、I_3 是三条不同的无差异曲线，它们分别代表不同的效用，其顺序为：$I_1<I_2<I_3$。

（3）同一平面上，任意两条无差异曲线不能相交。因为在两条无差异曲线的交点上表示的效用是相同的，如果两条线相交，则与第二个特征相矛盾。

（4）无差异曲线是一条凸向原点的线，这是因为一种商品替代另一种商品的边际替代率是递减的。

二、边际替代率及其递减规律

1．边际替代率

边际替代率是指消费者在保持相同的效用时，减少的一种商品的消费量与增加的另一种商品的消费量的比值。例如，消费者想多吃点苹果 X，少吃点梨子 Y，用苹果替代梨子，同时又保持满足程度不变，那么增加的苹果 ΔX 和减少的梨子 ΔY 的比称为 X 商品对 Y 商品的边际替代率，公式表示为

$$\text{MRS}_{XY} = -\frac{\Delta Y}{\Delta X} \qquad (3-3)$$

由于两种商品存在一种此多彼少的替代关系，所以边际替代率的值是负数，可取其绝对值。边际替代率是无差异曲线的斜率。

又因为同一条无差异曲线所表示的效用是相同的，不管是 X 商品的增加 Y 商品的减少，还是 X 商品的减少 Y 商品的增加，无差异曲线所表示的效用不变，因此有：$\Delta X \cdot \text{MU}_x = \Delta Y \cdot \text{MU}_y$，$\Delta Y / \Delta X = \text{MU}_x / \text{MU}_y$

$$\text{MRS}_{XY} = -\frac{\Delta Y}{\Delta X} = -\frac{\text{MU}_X}{\text{MU}_Y} \qquad (3-4)$$

2．边际替代率递减规律

在维持效用不变的前提下，消费者最初总是愿意放弃比较多 Y 商品来换取 X 商品，随着 Y 商品数量的减少，X 商品数量的增多，消费者愿意放弃的 Y 商品数量逐渐递减。这就是边际替代率递减规律。

例：某消费者有 1 个苹果和 15 个梨子，因嫌梨子太多，愿意以 4 个梨子换 1 个苹果，苹果对梨子的边际替代率是 4。当他已有 2 个苹果 11 个梨子时，他只愿意以 3 个梨子换一个苹果，这时苹果对梨子的边际替代率下降为 3。接下来，由于他已有的苹果的数量越来越多，苹果对梨子的边际替代率就越来越小，见表 3-3。

表 3-3　苹果对梨子的边际替代率

组合方式	苹果（X）	梨子（Y）	苹果对梨子的边际替代率（MRS$_{xy}$）
1	1	15	0
2	2	11	4
3	3	8	3
4	4	6	2
5	5	5	1

从表 3-3 中可以看出，苹果对梨子的边际替代率随着苹果的增加而递减。这时因为随着苹果的消费量的增加其边际效用递减，梨子边际效用又随着其消费量的减少而递增，所以每个苹果能够替代的梨子便越来越少。在边际替代率规律的影响下，无差异曲线凸向原点。

但是一种商品替代另一种商品还有另外一种情况，如一元的硬币替代一元纸币，这两种

商品的替代率是固定不变的，称为完全替代，这时的无差异曲线就是一条向右下方倾斜的斜率不变的直线。

三、消费预算线

1．消费预算线

消费预算线又称消费可能线。是在消费者收入与商品价格既定的条件下，消费者以自己的全部收入可以购买的商品最大数量组合的线。

例如：某消费者的收入为 100 元，市场上苹果的价格是 4 元/kg，梨子的价格是 5 元/kg。如果消费者将全部收入购买苹果，可以购买 25kg，将全部收入购买梨子，可以购买 20kg。他也可以既买苹果有买梨子，多买些苹果少买些梨子，少买些苹果多买些梨子，在购买苹果和梨子之间有多种组合。具体见表 3-4。

表 3-4　购买苹果和梨子之间的多种组合

商品组合	苹果/kg	梨子/kg	总支出/元
1	25	0	100
2	20	4	100
3	15	8	100
4	10	12	100
5	5	16	100
6	0	20	100

根据表 3-4 我们可以画出消费预算线，如图 3-5 所示。

在图 3-5 中，连接 AB 两点的直线就是消费预算线，在 X 轴上的截距 OB 表示消费者的全部收入都用来购买苹果的数量；在 Y 轴上的截距 OA 表示消费者的全部收入都用来购买梨子的数量。在消费预算线上的任何一点都是在收入与价格既定的条件下，能够买到的苹果与梨子最大数量的组合。预算线外的消费组合超出了消费者的消费能力，是不可能实现的；而消费可能线之内的消费组合是消费者能够实现的，但这些消费组合没有用完消费者的全部收入，还有剩余。

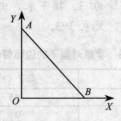

图 3-5　消费预算线

2．消费预算线的移动

消费者收入的变化和商品价格的变化都可能使消费预算线发生移动。

（1）消费者的收入变化而商品的价格不变，预算线会发生平行移动。收入增加，预算线向右上方平行移动；收入减少，预算线向左下方平行移动，如图 3-6 所示。图 3-6 中，AB 是原来的预算线。当收入增加时，预算线向右移动到 A_1B_1；当收入减少时，预算线向左

移动到 A_2B_2。

（2）当消费者的收入不变，两种商品的价格同比例同方向变化时，预算线也会发生这样平行的移动。

想一想：当两种商品价格同比例下降时，预算线会向哪个方向移动？

（3）消费者的收入不变，两种商品的价格有一种不变，另一种发生变化，消费预算线会发生如图 3-7 所示的移动。Y 商品价格不变，X 商品价格下降，消费预算线在 Y 轴上的位置不变，在 X 轴上的由 B 向右移到 B_1；Y 商品价格不变，X 商品价格上升，消费预算线在 Y 轴上的位置不变，在 X 轴上的由 B 向左移到 B_2。

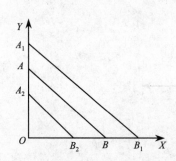

图 3-6　消费者收入变化预算线的移动

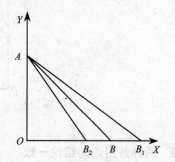

图 3-7　商品价格变化预算线的移动

知识窗

梁实秋散文《喝茶》中讲了他的一个买茶叶的故事。他初到中国台湾，粗茶淡饭，但在喝茶上却作豪华之享受。有一天，他到一家茶店去买上好龙井，店主取 8 元一斤（斤：传统计量单位，等于 0.5 公斤）的茶来，他不满，店主取来 12 元一斤的，他不满，店主又取来 15 元一斤的，他仍然不满。店主勃然变色，厉声说："买东西，看货色，不能专以价钱定上下。提高价钱，自欺欺人耳！先生奈何不察？"梁实秋受到这位性格耿直、诚实经营的商人的点拨，从此买茶但论品味，不挑价钱。

故事中梁实秋先生是大陆去中国台湾的一位著名文化界人士，收入稳定，待遇优厚，买东西尽求其优，不嫌价高。但是，与这位诚实的茶店老板的交易，使梁先生以较少的钱享受上乘好茶的可能性大大增加，他可以用更多的钱去享受其他商品和劳务。

四、消费者均衡

1. 结合无差异曲线与消费预算线分析消费者均衡

无差异曲线与消费预算线分别表示了消费者获得的效用水平和消费者的购买能力，把无差异曲线与消费预算线结合在一个图上可以分析消费者的均衡。

图 3-8 中，三条无差异曲线表示的效用大小的顺序为 $U_1 < U_2 < U_3$，消费者预算线 AB 与 U_2 相切于 E 点，与 U_1 相交于 C、D 点。

图中无差异曲线 U_3 表示的效用最大，但是它和消费者预算线既不相交也不相切，处于消费者预算线的上方，这说明消费者在现有的收入水平和商品价格水平下是不能购买这么多的 X、

Y 商品，无法实现这样的效用；消费者预算线和无差异曲线 U_1 的交点 C、D，以及和无差异曲线 U_2 的切点 E，都是消费者在现有的收入水平和商品价格水平下购买 X、Y 商品的最大组合，但是 U_1 位于 U_2 的下方，交点 C 和 D 时 X、Y 的组合没有达到效用最大；显然，只有预算线和无差异曲线 U_2 的切点 E，才是消费者在现有的条件下实现效用最大化的消费者均衡点。

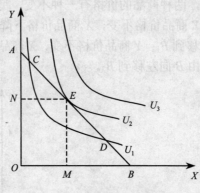

图 3-8　消费者的均衡

2. 两种效用论的结论一致

在消费者均衡点 E 点上，预算线的斜率等于无差异曲线的斜率。预算线的斜率等于商品 X 和 Y 的价格之比 P_X/P_Y，因此，无差异曲线的斜率即为

$$MRS_{XY} = \frac{MU_X}{MU_Y} = \frac{P_X}{P_Y} \qquad (3-5)$$

$$\frac{MU_X}{P_X} = \frac{MU_Y}{P_Y} \qquad (3-6)$$

公式（3-6）和公式（3-2）相同，由此可见序数效用论和基数效用论得出的消费者均衡结论是一致的。

第四节　消费者行为理论的应用

在西方经济学中较多的是以无差异曲线来分析消费者行为的，所以，编者在介绍消费者行为理论的应用时，也是介绍无差异曲线分析的应用。

一、商品价格的变动影响消费者对不同商品的选择

商品的价格变动，会对消费者的需求产生两方面的影响，产生两种效应。

1. 替代效应

由于商品价格的变动，商品之间的相对价格发生了变化，消费者改变不同商品的需求量，使获得的总效用不变，称为替代效应。例如：消费者购买 X 商品和 Y 商品，如果商品价格的变动使 X 商品显得相对便宜，消费者可以增加 X 商品的购买减少 Y 商品的购买，增加的 X 商品替代了减少的 Y 商品，获得的总效用不变。替代效应表现为均衡点在同一条无

差异曲线上的移动。

　　如图 3-9 所示，原来 Y 商品的购买量为 A，X 商品的购买量为 B，均衡点在 a，因增加 X 商品的购买量至 D，减少 Y 商品的购买量至 C，均衡点移至 b。以增加的 X 商品替代减少的 Y 商品，但总效用不变，均衡点 a、b 在同一条无差异曲线上。

2. 收入效应

　　在消费者名义收入不变的情况下，由于某种商品价格的变动而引起的消费者对商品的需求量的改变，从而导致消费者实际收入的改变，称为收入效应。例如：消费者的收入为 1 000 元不变，当 X 商品 10 元一个的时候，他可以买 100 个 Y 商品 50 个 X 商品；当 X 商品降为 5 元一个的时候，这样由于 X 商品的价格变动使消费者的实际购买能力发生变化，这时消费者可以购买 100 个 Y 商品 100 个 X 商品，这样由于 X 商品价格的变动时消费者的实际购买能力发生了变化，消费者因此获得了更大的效用。收入效应表现为：均衡点随着消费可能线的移动而落在不同的无差异曲线上。

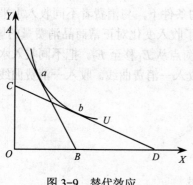
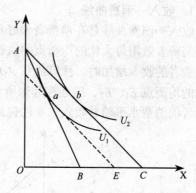

图 3-9　替代效应　　　　　　　　　图 3-10　收入效应

　　如图 3-10 所示，原来消费者的收入可以购买 A 个 Y 商品，B 个 X 商品，均衡点在消费可能线 AB 和无差异曲线 U_1 的切点 a，因 X 商品的降价，消费者虽然收入没变，但是这时可以买到 A 个 Y 商品 C 个 X 商品，均衡点随着消费可能线的移动而移到了消费可能线 AC 和无差异曲线 U_2 的切点 b 上，消费者获得了更大的效用，实现收入效应。

　　请注意：降价的告示对于消费者来说，往往是受骗的告示。降价是相对于原价而言的，如果原价被人为地提高了，则降价便是欺人之谈。

3. 不同商品的替代效应和收入效应

　　（1）正常商品。商品价格下降的替代效应和收入效应都使得该种商品的需求量增加，正常商品的替代效应为正，收入效应也为正，正常商品的替代效应与收入效应的方向一致。所以降价使正常商品的需求量增加。

　　（2）低档商品。价格下降的替代效应使商品需求量增加，但收入效应却使商品的需求量下降，低档商品的替代效应为正，收入效应为负，替代效应与收入效应的方向相反，但替代效应大于收入效应。所以降价使低档商品的需求量增加。

　　（3）吉芬商品。吉芬商品不同于一般商品，一般商品是价格下降消费增加，价格上升消费减少。而吉芬商品是价格上升消费增加，价格下降消费反而减少，吉芬商品降价的负收入效应总是大于正替代效应，所以吉芬商品降价会导致该种商品的需求量减少。

价格下降对于正常商品、一般低档商品和吉芬商品的替代效应、收入效应和总效应的影响如下表3-5：

表 3-5　不同商品的降价效应

类别	替代效应	收入效应	总效应
正常商品的需求量	增加	增加	增加
一般低档商品的需求量	增加	减少	增加
吉芬商品的需求量	增加	减少	减少

了解了不同商品的降价效应，消费者可以根据需要加以选择，以取得最大的满足。

想一想：你今天消费的商品中，哪些属于正常商品，哪些属于低档商品，哪些属于吉芬商品。

二、收入的变化影响消费者对不同商品的选择

1. 收入—消费曲线

收入—消费曲线是在消费者偏好和商品价格不变的条件下，与消费者不同收入水平相联系的消费者效用最大化的均衡点的轨迹。图 3-11 表示了收入变化对正常商品消费量的影响。当消费者的收入增加时，预算线从 A_1B_1 移至 A_2B_2，均衡点从 E_1 移至 E_2。把不同收入水平下形成的均衡点 E_1、E_2、E_3 连接起来所形成的曲线就是收入—消费曲线。收入—消费曲线表明消费者的消费水平随着收入水平的提高而提高了。

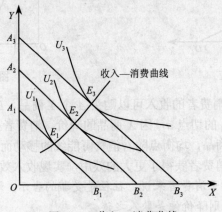

图 3-11　收入—消费曲线

2. 恩格尔曲线

由消费者的收入—消费曲线可以引出恩格尔曲线。恩格尔曲线是表示一种商品的需求量和总收入关系的曲线。并不是所有的商品的需求量都随着收入水平的提高而提高，恩格尔曲线可以表示收入水平变化和不同商品的需求量的变化之间的关系。

（1）正常商品。需求量增加的速度小于收入增加的速度，如食物等一些生活的必需品就是如此，如图 3-12 所示。

（2）奢侈品。需求量增加的速度大于收入增加的速度，如接受教育、旅游、保险、医疗及高档饭店宾馆等方面的消费，如图 3-13 所示。

（3）低档品。随着收入的增加需求量反而会减少，如低档香烟、低档服装等，如图 3-14 所示。

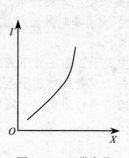
图 3-12　正常商品

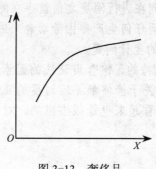
图 3-13　奢侈品

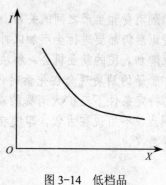
图 3-14　低档品

3. 恩格尔系数

恩格尔曲线表明食物等生活必需品的支出并不随着收入的增加而同比例地增加。对此，恩格尔通过对统计资料的研究得出如下结论：随着收入的提高，食物的支出在全部收入中所占的比例越来越小。这就是著名的恩格尔定律，反映这一定律的系数称为恩格尔系数。其公式为

$$恩格尔系数=食物支出/全部支出×100\% \qquad (3-7)$$

由于食物是人类生存的第一需要，在收入水平较低时，其在消费支出中必然占有重要地位。随着收入的增加，在食物需求基本满足的情况下，消费的重心会向其他方面转移。因此，一个国家或家庭生活越贫困，恩格尔系数就越大；反之，生活越富裕，恩格尔系数就越小。国际上常常用恩格尔系数来衡量一个国家和地区人民生活水平的状况。根据联合国粮农组织提出的标准，恩格尔系数在 59% 以上为贫困，50%～59% 为温饱，40%～50% 为小康，30%～40% 为富裕，低于 30% 为最富裕。

运用恩格尔系数在国际间和城乡间进行对比时，要考虑到一些不可比因素，如消费品价格比价不同、居民生活习惯的差异及由社会经济制度不同所产生的特殊因素。

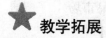 **教学拓展**

管子的消费观

我国历史上的春秋战国时期是一个诸说竞起，百家争鸣的时代。在此期间，学术思想十分活跃，各派学说互相激荡，对人所关心的消费问题，先秦哲人更是人言人殊，亦各有承。

管子的消费观念是特殊而又杰出的。一方面他和同时代的其他思想家一样宣扬节俭，另一方面又主张在某种情况下鼓励奢侈，而且认识到不论是节俭还是奢侈，消费和生产都有着密切的联系。……在正常情况下，管子主张节俭不赞成奢侈，例如他主张"明君制宗庙，足以设宾祀，不求其美。为官室台榭，足以避燥湿寒暑，不求其大。为雕文刻镂，足以辨贵贱，不求其观。"（《管子·法法篇》）但管子绝不主张一味地节俭，认为奢侈的消费在特定的条件下有特殊的作用。这特定的条件一是指社会生产不振，有必要予以推动的时候。《管子·侈靡篇》中说："兴时化（货），若何？曰，莫善于侈靡。""兴时化"的含义有两层：①社会生产低迷时，"侈靡"就是扩大消费。在生产低迷的时候，应扩大消费，推动生产的发展。②有财富积蓄的时期，即所谓"积者立余食而侈，美车马而驰，多酒醴而靡。"（《管子·侈靡篇》）

管子主张侈靡的消费，这和当时许多思想家的观念相悖。管子比他们高明之处就在于已经

认识到消费和生产之间的关系。他看到在进行消费之前就存在的商品是人们生产的结果，在消费以后仍然要进行生产加以补充，而任何生产要由劳动者来进行，扩大消费刺激生产，就可以增加人民的就业机会，解决人民的生计问题。

管子的消费观念在先秦时代是独特的，饱含辩证法的因素，其中关于正常条件下应节俭，特定条件下应扩大消费的观点，关于俭侈都不应过度的观点，关于消费反作用于生产的观点，不用说在古代，即使在现代看起来也是很杰出的，对人们的消费行为仍有一定的指导意义。

实 践 训 练

1．课堂实训

某消费者收入1200元，用于购买X和Y两种商品，X商品的价格为20元，Y的价格为10元。

（1）该消费者所购买的X商品和Y商品有多少种组合，各种组合的X商品和Y商品各是多少？

（2）画出消费者预算线。

（3）所购买的X商品为40，Y商品为60时在哪一点？此点在不在预算线上，这一点说明了什么？

（4）所购买的X商品为30，Y商品为30时在哪一点？此点在不在预算线上，这一点说明了什么？

2．课外实训

（1）查阅10年来我国城市居民收入状况、消费行为和消费倾向的资料。

（2）调查学校所在地区房地产市场（或家用汽车市场、家电市场、日用品市场），了解居民对有关商品的消费需求。

要求：将调查结果整理成文，准备在班级讨论会上发言。

本 章 小 结

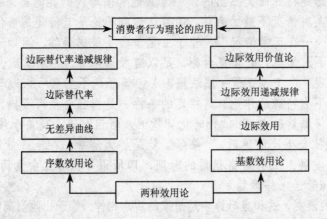

问题和应用

一、基本问题

（一）重要概念的记忆与解释

效用 Utility　　　　　　　　　　　　　　边际效用 Marginal Utility

边际效用递减规律 Law of Diminishing Marginal Utility

消费者均衡 Consumer Equilibrium　　　　预算线 Budget Line

无差异曲线 Indifference Curve

（二）单项选择题

1．总效用达到最大时（　　）。

    A．边际效用最大　　　　　　　　　　B．边际效用为零

    C．边际效用为正　　　　　　　　　　D．边际效用为负

2．某消费者逐渐增加商品的消费量，直至达到了效用最大化，在这个过程中，该商品的（　　）。

    A．总效用和边际效用不断增加

    B．总效用和边际效用不断减少

    C．总效用不断增加，边际效用不断减少

    D．总效用不断减少，边际效用不断增加

3．同一条无差异曲线上的不同点表示（　　）。

    A．效用水平不同，但两种商品的数量组合相同

    B．效用水平相同，但两种商品的数量组合不同

    C．效用水平相同，两种商品的数量组合也相同

    D．效用水平不同，两种商品的数量组合也不同

4．下面哪种情况属于边际效用（　　）。

    A．面包的消费量从一个增加到两个，总满足程度从 5 个效用单位增加到 8 个

    B．消费两个面包获得的满足程度为 13 个效用单位

    C．消费两个面包，平均每个面包获得的满足程度为 6.5 个效用单位

    D．消费第二个面包给消费者带来的效用为 8 个效用单位

5．消费者将全部收入购买 X、Y 商品，已知 X、Y 商品的价格比为 2，边际效用比为 1.5，消费者将采取的行动是（　　）。

    A．增购 X，减购 Y　　　　　　　　B．减购 X，增购 Y

    C．同时增购 X、Y　　　　　　　　D．同时减购 X、Y

6．甲、乙两种商品的价格按相同比例上升，而收入不变，则预算线（　　）。

    A．不变　　　　　　　　　　　　　　B．向左下方平行移动

    C．向右上方平行移动　　　　　　　　D．向左下方平行移动或向右上方平行移动

7．已知甲商品的价格为 15 元，乙商品的价格为 10 元，如果消费者从这两种商品的消费中得到最大效用时，甲商品的边际效用是 30 ，那么乙商品的边际效用应该是（　　）。

    A．20　　　　　　　B．30　　　　　　　C．45　　　　　　　D．55

8. 甲商品的价格下降后，甲商品的替代效应的绝对值大于收入效应的绝对值，那么甲商品是（　　）。

    A．正常商品　　　　　　　　　　B．劣等商品

    C．吉芬商品　　　　　　　　　　D．既可能是正常商品，也可能是劣等商品

9. 消费者剩余是消费者的（　　）。

    A．实际所得　　　　　　　　　　B．主观感受

    C．没有购买的部分　　　　　　　D．消费剩余部分

10. 当消费者收入变化时，连接各消费均衡点的轨迹称作（　　）。

    A．需求曲线　　　　　　　　　　B．价格—消费曲线

    C．恩格尔曲线　　　　　　　　　D．收入—消费曲线

（三）判断题

1. 不同的消费者对同一件商品的效用的大小可以进行比较。（　　）

2. 边际效用递减规律是指消费者消费某种消费品时，随着消费量的增加，最后一单位消费品的效用递减。（　　）

3. 消费可能线的移动表示消费者的收入发生变化。（　　）

4. 同样商品的效用因时、因地、因人的不同而不同。（　　）

5. 如果消费者从每种商品中得到的边际效用与其价格之比分别相等，他将获得最大效用。（　　）

6. 只要总效用是正数，边际效用就不可能是负数。（　　）

7. 边际替代率是消费者在消费两种商品效用不断变化时，减少一种商品的消费量与增加的另一种商品的消费量之比。（　　）

8. 在无差异曲线和消费可能线的交点上，消费者所得到的效用达到最大。（　　）

9. 无差异曲线表示不同的消费者消费两种商品的不同数量组合得到的效用是相同的。（　　）

10. 如果一种商品满足了一个消费者坏的欲望，说明该商品具有负效用。（　　）

二、发散问题

1. 一户家庭的月消费支出由 2 000 元上升到 2 500 元，恩格尔系数由 45% 降为 43%，则该家庭的食品支出是增加还是减少了？其变动额是多少？

2. 设 X 商品的边际效用 MU=40-5X，商品 Y 的边际效用 MU=30-Y，某消费者的收入为 40 元，X 商品的价格为 5 元，Y 商品的价格为 1 元，请问：

（1）X 和 Y 商品的最大效用组合是什么？

（2）若 Y 商品的价格上升为 2 元，收入增加为 100 元时，X 和 Y 商品的最大效用组合又是什么？

3. 一位三轮车工人发现他的车胎有两只需要更换，于是就买了两只新的轮胎，在修理时又发现第三只轮胎也要更换，他又去买了第三只轮胎。他买的第三只轮胎的边际效用比起第二只来似乎并没有降低，那我们怎么解释边际效用递减规律？

三、案例分析

下表是我国 1978～2008 年改革开放 31 年来城乡居民家庭人均收入及恩格尔系数。

城乡居民家庭人均收入及恩格尔系数

年份	城镇居民家庭人均可支配收入		农村居民家庭人均纯收入		城镇居民家庭恩格尔系数（%）	农村居民家庭恩格尔系数（%）
	绝对数/元	指数（1978=100）	绝对数/元	指数（1978=100）		
1978	343.4	100.0	133.6	100.0	57.5	67.7
1980	477.6	127.0	191.3	139.0	56.9	61.8
1985	739.1	160.4	397.6	268.9	53.3	57.8
1990	1 510.2	198.1	686.3	311.2	54.2	58.8
1991	1 700.6	212.4	708.6	317.4	53.8	57.6
1992	2 026.6	232.9	784.0	336.2	53.0	57.6
1993	2 577.4	255.1	921.6	346.9	50.3	58.1
1994	3 496.2	276.8	1 221.0	364.3	50.0	58.9
1995	4 283.0	290.3	1 577.7	383.6	50.1	58.6
1996	4 838.9	301.6	1 926.1	418.1	48.8	56.3
1997	5 160.3	311.9	2 090.1	437.3	46.6	55.1
1998	5 425.1	329.9	2 162.0	456.1	44.7	53.4
1999	5 854.0	360.6	2 210.3	473.5	42.1	52.6
2000	6 280.0	383.7	2 253.4	483.4	39.4	49.1
2001	6 859.6	416.3	2 366.4	503.7	38.2	47.7
2002	7 702.8	472.1	2 475.6	527.9	37.7	46.2
2003	8 472.2	514.6	2 622.2	550.6	37.1	45.6
2004	9 421.6	554.2	2 936.4	588.0	37.7	47.2
2005	10 493.0	607.4	3 254.9	624.5	36.7	45.5
2006	11 759.5	670.7	3 587.0	670.7	35.8	43.0
2007	13 785.8	752.5	4 140.4	734.4	36.3	43.1
2008	15 780.8	815.7	4 760.6	793.2	37.9	43.7

资料来源：中国统计年鉴，2009 年

请回答：从这张表中你能看出我国 31 年来城乡人民的生活发生了什么样的变化？

第四章 生产者行为

本章地位

生产者行为是经济学研究的最主要内容之一。本章介绍生产者——厂商在生产中怎样对生产要素进行最优组合，怎样确定生产要素投入的合理范围和最佳数量；在对成本与收益进行详细分析后，确定利润最大化原则。

知识目标

1. 正确区分生产过程的短期与长期；
2. 理解边际收益递减规律；
3. 理解经济利润与会计利润；
4. 掌握成本分析的基本方法。

能力目标

1. 分析生产要素的合理投入；
2. 运用利润最大化原则决定企业正常经营。

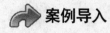

案例导入

员工加班与利润、成本

在我国的许多外资企业中，欧、美企业一般是不轻易要员工加班的。要想加班还得申请得到上级批准才行。为什么呢？从理论上说加班一小时，就要支付一小时所耗费的成本，这种成本既包括直接的物质耗费，如水、电等，也包括给员工的加班费。假如加班一小时需要的成本是一万元，加班一小时的收益如果大于一万元，这加班是合算的。相反如果他在加班一小时里增加的成本是一万元，而增加的收益不足一万元，这样的加班还是越少越好。企业进行生产的最终目的是追求利润最大化，要获得利润最大就必须要控制成本。

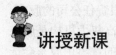

讲授新课

第一节　生产与生产函数

一、生产与生产要素

1. 生产及生产者

经济学对生产的解释是：将投入转化为产出的活动，或是将生产要素进行组合以制造产品的活动。

生产是由生产者来完成的，生产者就是企业或称厂商，是以盈利为目的而从事生产或销售商品（劳务）的单个经济单位。经济学假定生产者都是理性的经济人，生产者的目的是实现利润最大化。

知识窗

经　济　人

"经济人"（Economic Man）又称"理性经济人"、"实利人"或"唯利人"，认为人的行为动机根源于经济诱因，人都要争取最大的经济利益，工作就是为了取得经济报酬。这种假设最早由亚当·斯密提出。

基于这种假设所引出的管理方式是，组织应以经济报酬来使人们作出绩效，并应以权力与控制体系来保护组织本身及引导员工，其管理重点在于提高效率，完成任务；其管理特征是订立各种严格的工作规范、法规和管理制度。为了提高士气则用金钱刺激，同时对消极怠工者严厉惩罚，即采取"胡萝卜加大棒"政策。泰勒制就是"经济人"假设的典型代表。

"经济人"假设及其相应的理论曾风行于20世纪初到30年代的欧美企业管理界。这种理论改变了当时放任自流的管理状态，加强了社会上对消除浪费和提高效率的关心，促进了科学管理体制的建立。但"经济人"假设及理论与马克思主义的"人是社会的人，人的本质就是社会关系总和"的观点相对立，具有很大局限性。

2. 生产者的组织形式

（1）个人业主制企业，是指单个人所有的企业，在个人企业中，无论是业主自己经营还是雇佣他人经营，业主都需要支付全部费用，并获得全部收益。同时，个人企业所有人对企业的负债承担无限责任。

（2）合伙制企业，它是由两个或两个以上的人共同分担经营责任的企业。大多数合伙企业都以协议的形式规定合伙人的责任和利益，同独资企业一样，合伙企业的合伙人对企业的负债承担无限责任。

（3）公司，是按公司法建立和经营的具有法人资格的组织，是一种重要的现代企业组织形式。如不做特别说明，经济学中所说的厂商通常以公司为例。

公司制企业现在主要分为有限责任公司和股份有限公司两种形式：有限责任公司又称有

限公司，由两个以上五十个以下股东共同出资设立，凡是投资人，都是有限责任公司的股东，每个股东以其认缴的出资额对公司行为承担有限责任。有限责任公司的最高权力机构是股东会，由全体投资人组成；有限责任公司的常设管理机构是董事会，董事会的董事由股东会选举产生，有限责任公司的日常经营由总经理负责，总经理由董事会任免。

股份有限公司是有限责任公司的特殊形式。我国的《公司法》规定股份有限公司应有五人以上的发起人，其主要特征是：股份有限公司全部注册资本由等额股份构成并通过发行股票筹集资本；股东以其所认购股份对公司承担责任，享受权利，公司以其全部资产对公司债务承担责任。目前我国的大中型企业大都采取股份有限公司的形式，这些大公司占企业总数比例不大，但它们的产值、利润和就业人数却占很大比例，在国民经济中具有举足轻重的地位和作用。

公司制企业与个人业主制企业、合伙制企业相比，公司有利于筹集大量资金，有利于实现规模生产，且风险相对分散；公司制企业的所有者和经营者相分离，企业容易形成新的生产能力，进一步强化分工和专业化；公司的组织形式稳定，有利于生产的长期发展。不足之处是，往往由于组织规模大，给内部的组织管理协调带来一定困难。

3. 生产要素

生产要素是指生产中所使用的各种资源。微观经济学将生产要素分为劳动、资本、土地和企业家才能四种。生产是这四种要素合作的过程，生产过程是从生产要素的投入到产品产出的过程。

（1）劳动，是指生产过程中的人力耗费。劳动包括体力劳动与脑力劳动。

（2）资本，是指生产过程中使用的各种物质资料，包括实物形态的资本与货币形态的资本，如厂房、设备、原材料、现金和银行存款等。

（3）土地，是指生产中所使用的各种自然资源，包括土地本身及地上、地下的一切资源，如土地、海洋、湖泊和自然状态的矿藏、森林等。

（4）企业家才能，是指生产过程中所必需的经营整个企业的组织能力、管理能力和创新能力。经济学家特别强调企业家才能这个要素，因为要由企业家来进行有效的组织，才可以把劳动、资本和土地这三种要素充分地利用起来，进行生产和经营并获取利润。同样的生产要素由不同的企业家来经营，结果往往会有很大的差别。

二、生产函数

1. 生产函数及其表达式

生产函数是指在技术水平不变的情况下，一定时期内厂商在生产过程中所使用的各种要素的数量与它们所能生产的最大产量之间的关系，表达式为

$$Q=f(L, K, N, E) \tag{4-1}$$

式中，Q 代表产量，L、K、N、E 分别代表劳动、资本、土地、企业家才能这四种生产要素。生产函数表示生产中的投入—产出关系，这种关系普遍存在于各种生产过程之中。

请注意：生产函数是以一定时期内不变的生产技术水平作为前提条件，一旦生产技术水平发生变化，原有的生产函数就会发生变化，从而形成新的生产函数。任何生产方法（包括生产技术、生产规模等）的改进，又都会导致新的投入—产出关系。

在分析生产要素与产量的关系时，因为土地的供给是固定的，企业家才能又难以估算，

因此，生产函数可以简化为

$$Q=f（L、K）\tag{4-2}$$

生产函数表明，在技术水平一定时，生产 Q 单位产量，需要一定数量的劳动与资本的投入。同样，在劳动与资本的数量与组合为已知时，可以推算出最大的产量。

2．短期生产函数与长期生产函数

（1）生产的短期和长期的概念。短期是指生产者来不及调整全部生产要素的数量，至少有一种生产要素数量是固定不变的时期。

短期中根据要素数量的可变性，将全部生产要素投入分为固定投入和可变投入。固定投入是指短期内，其数量不随产量的变动而变化的要素，如机器设备、厂房等。可变投入是指在短期内，其数量随产量的变动而变化的要素，如劳动、原材料和易耗品等。

长期是指生产者根据市场需要调整全部生产要素的数量，所有生产要素数量都加以变动的时期。

因为长期中全部生产要素都可以变动，所以长期中不存在固定投入和可变投入的区别。厂商可以根据需求状况和企业的经营状况，扩大或缩小企业的生产规模，乃至进入或退出一个行业。

请注意：经济学所说的短期和长期并不是指时间的长短（如 1 年、10 年），而是以全部生产要素变动作为划分标准的，其时间长短视具体情况而定，不同的行业差别很大。一般来说，重工业的固定投入大，由短期到长期的过渡要慢于轻工业。

（2）短期生产函数和长期生产函数。在短期内所反映的投入产出关系称之为短期生产函数。假定厂商在短期内只有一种要素（如劳动）的投入是可变的，其余的生产要素（如资本）的投入是固定的，则有短期生产函数

$$Q=f(L,\overline{K})\tag{4-3}$$

式中 L 表示可变要素劳动的投入量，K 上面加一横线表示资本要素投入量是固定的，Q 表示产量。因为资本要素是固定不变的，可简记为

$$Q=f(L)\tag{4-4}$$

在长期内所反映的投入产出关系称之为长期生产函数。长期生产要素都是可变的，假定生产者投入劳动和资本两种要素，则长期生产函数的形式为

$$Q=f(L,K)\tag{4-5}$$

式中 L 表示可变要素劳动的投入量，K 表示可变要素资本的投入量，Q 表示产量。

 **知识窗**

柯布—道格拉斯生产函数

柯布—道格拉斯生产函数，又称 *C-D* 生产函数，是一个非常著名的生产函数，是由美国数学家柯布和经济学家道格拉斯于 1922 年根据历史统计资料提出的。该生产函数的一般形式是

$$Q = AL^{\alpha} K^{\beta} \qquad (4-6)$$

式中 Q 代表产量，L 和 K 分别代表劳动和资本的投入量，A 为规模参数，$A>0$，α 为劳动产出弹性，表示劳动贡献在总产量中所占的份额（$0<\alpha<1$），β 为资本产出弹性，表示资本贡献在总产量中所占的份额（$0<\beta<1$）。

柯布—道格拉斯生产函数认为，美国自 20 世纪以来，$\alpha=3/4$，$\beta=1/4$，产量的增长约 3/4 是劳动的贡献，其余 1/4 是资本的贡献，也就是说劳动和资本对总量的贡献比例为 3:1。

第二节　生产者行为分析

一、生产可能性曲线

生产可能性曲线也称生产可能性边界，是指在既定资源和生产技术条件下，充分利用现有经济资源所能生产的最大限度产品组合的集合。

经济资源往往具有多种用途，比如，土地既可以用于耕种，也可以用来修筑高速公路，还可以用来建游乐场。由于资源的数量是有限的，在给定技术条件下，当人们把一定量的资源用于生产某物品时，就必须放弃或减少另一种物品的生产。

讨论生产可能性曲线需要事先假定三个基本条件：

（1）资源不变，即所有资源投入的数量和质量在整个生产期间不变；

（2）资源得以充分利用，从而得到最大产量；

（3）在生产中，技术水平保持不变。

以图 4-1 为例，假定食品公司把全部资源用来生产方便面，其产量为 OF，若把全部资源用来生产饼干，其产量为 OA。AF 曲线就是生产可能性曲线，表示该食品公司全部资源所能生产的方便面与饼干的各种组合。

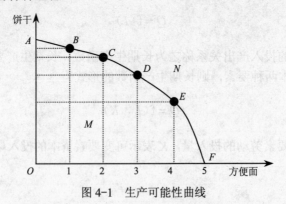

图 4-1　生产可能性曲线

不管选择哪一种组合，只要是沿着生产可能性曲线运动，生产总是处于有效率状态。但是，如果选择点处于生产可能性曲线的内部（如 M 点），则生产是无效率的，在此状态下未能充分利用资源；而对于处在生产可能性曲线以外的点（如 N 点），则表示在现有的技术水平和资源总量下无法实现的产品组合。这种组合对于企业的生产是没有意义的。

当然，如果社会经济和技术条件发生了变化，生产可能性曲线也会发生变动。

想一想：生产可能性曲线同样适用于一个学生。对他而言，生产就是"学习"，资源就是"时间"，他不会将有限的时间全部用于学习英语，也不会将时间全部用于学习数学。他可以根据自己的实际情况设计出一个最有效率的时间安排——"生产可能性曲线"。

二、一种可变要素的投入与合理的投入区域

关于短期生产函数，西方经济学假定，厂商在短期内只有一种要素（如劳动）的投入是可变的，其余的生产要素（如资本）的投入是固定的。在这一假定条件下，我们先分析一种要素的变动引起的产量变动规律，然后找出生产要素的合理投入区域。

1. 总产量、平均产量和边际产量

在短期，当其他生产要素不变，只有一种生产要素的投入发生变化时，要注意区别这种生产要素的投入变化对总产量、平均产量和边际产量的影响。

总产量（TP）是指在资本投入既定的条件下，与一定可变生产要素劳动的投入量 L 相对应的全部产量。公式为

$$TP=f(L) \tag{4-7}$$

平均产量（AP）是指平均每一单位可变生产要素劳动的投入所能生产的产量。公式为

$$AP=TP/L \tag{4-8}$$

边际产量（MP）是指每增加一单位可变要素劳动的投入量所引起的总产量的变动量。公式为

$$MP=\Delta TP/\Delta L, \quad MP=dTP/dL \tag{4-9}$$

2. 总产量、平均产量和边际产量的关系

短期生产中，在资本投入不变的情况下，随着劳动投入的变化，总产量、平均产量和边际产量也相应发生变化，把这种变化描述成曲线，就可以得到总产量曲线、平均产量曲线和边际产量曲线，从曲线的变动中可以看出各产量之间的关系。

表 4-1 表示劳动投入量与产量之间的关系。

表 4-1　总产量、平均产量和边际产量

资本投入量（K）	劳动投入量（L）	总产量（TP）	平均产量（AP）	边际产量（MP）
20	0	0	—	—
20	1	8	8	8
20	2	20	10	12
20	3	36	12	16
20	4	48	12	12
20	5	55	11	7
20	6	60	10	5
20	7	60	8.6	0
20	8	56	7	-4

根据表 4-1，可以绘出总产量、边际产量和平均产量三条曲线，如图 4-2 所示：

图中横坐标表示可变要素劳动的投入数量 L，纵坐标表示产量 Q，TP、AP 和 MP 三条曲线分别表示总产量曲线、平均产量曲线和边际产量曲线。

从图 4-3 可以看出，总产量、边际产量和平均产量的变动特征如下：

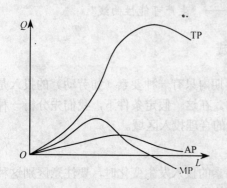

图 4-2　总产量、平均产量和边际产量的关系　　图 4-3　一种可变生产要素的生产函数的产量曲线

（1）在资本数量不变的情况下，随着工人人数的增加，最初总产量、平均产量和边际产量都是先呈上升趋势，而后达到本身的最大值后，再呈下降趋势。

（2）总产量和边际产量的关系：当边际产量大于零时，总产量是递增的；当边际产量为零时，总产量达到最大；当边际产量为负时，总产量开始递减。

（3）边际产量和平均产量的关系：边际产量曲线和平均产量曲线相交于平均产量曲线的最高点。相交前，边际产量大于平均产量（MP>AP），平均产量曲线是上升的；相交后，边际产量小于平均产量（MP<AP），平均产量曲线是下降的；相交时，边际产量等于平均产量（MP=AP）。只要边际产量大于平均产量，就会把平均产量拉上；反之，则边际产量把平均产量拉下。

（4）总产量与平均产量的关系：原点与总产量曲线上任何一点连线的斜率即是该点对应的平均产量值；从原点出发与总产量曲线有一条最陡的切线，图中为 C 点，对应的平均产量值最大，图中为 C' 点。

3．边际报酬递减规律

由表 4-1 和图 4-2 可以看出，在只有一种可变生产要素（劳动）投入的短期生产过程中，其边际产量表现出了先上升而后下降的特征，这一特征被称为边际报酬递减规律。

所谓边际报酬递减规律是指在技术水平一定、其他生产要素投入量保持不变的条件下，连续投入一种可变生产要素，每单位可变生产要素带来的产量先是递增的，当达到一定程度以后，继续增加该要素的投入，每单位要素带来的产量会逐渐减少。

边际报酬递减规律是短期生产的一条基本规律，是消费者行为理论中边际效用递减法则在生产理论中的应用或转化形态。边际报酬递减规律成立的原因在于：在任何产品的生产过程中，可变生产要素与不变生产要素之间在数量上都存在一个最佳配合比例。开始时由于可变生产要素投入量小于最佳配合比例所需要的数量，随着可变生产要素投入量的逐渐增加，可变生产要素和不变生产要素的配合比例越来越接近最佳配合比例，所以，可变生产要素的边际产量是呈递增的趋势；当达到最佳配合比例后，再增加可变生产要素的投入，可变生产要素的边际产量就是呈递减趋势。

请注意：理解边际报酬递减规律注意两个前提：①其他要素的投入量保持不变；②技术

水平保持不变。

想一想：马尔萨斯曾预言随着劳动力投入的增加带来粮食边际产量递减，在人口以几何级数增长的条件下，人类最终无法养活自己。想一想马尔萨斯的预言为什么没能成为现实。

4. 生产的三个阶段及合理的投入区域

根据短期生产的总产量、平均产量和边际产量的特征和相互之间的关系，可将短期生产划分为三个阶段 I、II、III，如图 4-3 所示。

第 I 阶段（$O \sim L_1$）：收益递增阶段，生产者不应停留的阶段。在这一阶段中，边际产量始终大于平均产量，从而平均产量和总产量都在上升，且平均产量达到最大值。说明在这一阶段，可变生产要素投入量不足，可变生产要素和不变生产要素之间的配置比率没达到最佳的程度。因此，这一阶段生产者应继续增加生产要素投入量，把生产扩大到第 II 阶段。

第 II 阶段（$L_1 \sim L_2$）：收益递减阶段。在这一阶段的起点 L_1，边际产量相交于平均产量的最高点。接下来边际产量小于平均产量，边际产量以较快速度下降，从而使平均产量递减。但边际产量仍大于零，总产量仍然在增加，虽然增加的速度递减，说明继续投入可变生产要素还可以增加产量。在终点 L_2，总产量达到最大。

第 III 阶段（L_2 之后）：负收益阶段，生产者不能进入的阶段。在这一阶段，平均产量继续下降，边际产量变为负值，总产量开始下降。这说明，在这一阶段，可变生产要素的投入量相对于不变生产要素来说已经太多，生产者减少可变生产要素的投入量是有利的。因此，理性的生产者应减少可变生产要素的投入量，把生产退回到第 II 阶段。

由此可见，合理的生产阶段在第 II 阶段，厂商可选择在这一阶段进行生产。

三、两种可变要素的投入与生产要素的最优组合

长期中，所有的生产要素都是可变的。为了分析方便，通常研究在两种可变要素投入下，如何使要素投入量达到最优组合，使生产在一定产量下成本最小，或使一定成本时的产量最大的条件。

下面运用等产量分析和等成本分析的方法进行分析。

1. 等产量曲线

（1）等产量曲线的含义。表示两种生产要素 L、K 的不同数量的组合可以带来相等产量的一条曲线。与等产量曲线相对应的生产函数是

$$Q = f(L, K) = Q^0 \tag{4-10}$$

式中 Q^0 为常数，表示既定的产量水平。

如图 4-4 所示，两种可变生产要素的不同组合 A、B、C、D 都能生产出同等数量的产品。连接 A、B、C、D 的曲线就是等产量曲线。

（2）等产量曲线的特点。等产量曲线有四个特点（如图 4-5 所示）：

1）等产量曲线斜率为负。要保持产量不变，在合理投入范围内，增加一种要素的投入量，就要减少另一种要素的投入量，两种要素是互相替代的。

2）等产量曲线凸向原点，在产量不变的前提下，连续地增加一种要素投入量，需要减少的另一种要素的数量越来越少。

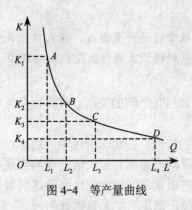

图 4-4　等产量曲线

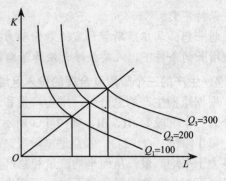

图 4-5　等产量曲线的特点

3）一个平面图中有无数条曲线，距原点越远的等产量曲线表示的产量水平越高；反之，则越低。

4）同一平面坐标上的任何两条等产量曲线不会相交。因为每一条等产量线代表不同的产量水平。

想一想：等产量曲线与无差异曲线有什么相同与不同呢？

2. 边际技术替代率

（1）边际技术替代率的含义。不同比例的要素组合可以生产相同产量的产品，在维持同一产量水平时，不同要素可以相互代替。边际技术替代率是指在保持产量水平不变的条件下，增加一个单位的某种要素投入量与所减少的另一种要素的投入量之间的比率。以 $\mathrm{MRTS_{LK}}$ 表示劳动对资本的边际技术替代率，则

$$\mathrm{MRTS_{LK}} = -\frac{\Delta K}{\Delta L} \tag{4-11}$$

式中，ΔK 和 ΔL 分别表示资本投入量的变化量和劳动投入量的变化量，两者的比值为负值，这是因为在代表一定产量的等产量曲线上，增加 L 的使用量，必须减少 K 的使用量，二者反方向变化。式中加负号是为了使 $\mathrm{MRTS_{LK}}$ 为正值，以便于比较。

式（4-11）表示等产量曲线上某一点的边际技术替代率就是等产量曲线该点斜率的绝对值。

（2）边际技术替代率与边际产量的关系。边际技术替代率（绝对值）等于两种要素的边际产量之比。在维持产量水平不变的前提下，当用劳动投入代替资本投入时，由增加劳动投入量所带来的总产量的增加量和由减少资本量所带来的总产量的减少量必然相等，即

$$\Delta L \times \mathrm{MP_L} + \Delta K \times \mathrm{MP_K} = 0 \tag{4-12}$$

$$-\frac{\Delta K}{\Delta L} = \frac{\mathrm{MP_L}}{\mathrm{MP_K}}$$

$$\mathrm{MRTS_{LK}} = -\frac{\Delta K}{\Delta L} = \frac{\mathrm{MP_L}}{\mathrm{MP_K}}$$

所以，L 对 K 的边际技术替代率，就是 L 和 K 的边际产量之比。

3. 边际技术替代率递减规律

边际技术替代率递减规律指：在保持产量不变的条件下，当不断地增加一种要素投入量时，

随着这一种要素投入的不断增加，一单位该种要素所能替代的另一种要素的数量是递减的。

如图 4-6 所示，劳动（L）投入量由 1 个单位增加到 2 个单位时，资本（K）由 5 个单位减少到 3 个单位，也就是 1 个单位的劳动可以替代 2 个单位的资本；继续增加劳动（L）投入量的由 2 个单位到 3 个单位时，这时资本（K）由 3 个单位减少到 2 个单位，1 个单位的劳动可以替代 1 个单位的资本；再增加劳动（L）投入量的由 3 个单位到 6 个单位时，这时资本（K）由 2 个单位减少到 1 个单位，3 个单位的劳动只能替代 1 个单位的资本。说明了边际技术替代率是递减的。

边际技术替代率所以是递减的，是边际收益递减规律的作用。因为随着劳动越来越多地被投入，在边际收益递减规律的作用下，劳动的边际产量越来越低。而随着资本的投入量的减少，资本的边际产量却越来越高。这样，每增加一单位的劳动所能够替代的资本就会越来越少。因此，边际技术替代率递减反映了边际收益递减规律的作用。

边际技术替代率递减规律决定了等产量曲线凸向原点。

4. 等成本线

厂商购买生产要素的支出，构成了厂商的生产成本。由于利润是收益对成本的扣除，所以成本是厂商追求利润最大化要考虑的一个重要问题。

（1）等成本线的含义。等成本线也称为企业的预算线，是在生产要素价格既定的条件下，生产者以一定的成本投入所能购买的两种生产要素最大数量的各种组合点的轨迹。

假定厂商既定的成本支出为 C，要素市场上劳动的价格用工资率 w 表示，资本的价格用利息率 r 表示，资本和劳动的投入量分别为 L 和 K，则成本方程为

$$C = w \cdot L + r \cdot K \tag{4-13}$$

这一方程可表示为

$$K = -\frac{w}{r}L + \frac{C}{r}$$

根据上式可得到等成本线，如图 4-7 所示。

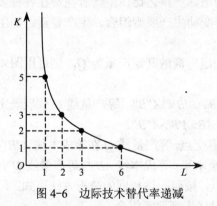

图 4-6　边际技术替代率递减

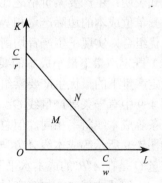

图 4-7　等成本线

图 4-7 中，等成本线在纵轴上的截距 C/r 表示全部成本支出用于购买资本时所能购买的资本数量，等成本线在横轴上的截距 C/w 表示全部成本支出用于购买劳动时所能购买的劳动数量，等成本线的斜率为 $-w/r$，其大小取决于劳动和资本两要素相对价格的高低。

在等成本线以内区域的任意一点，如 M 点，表示既定的成本没有用完；等成本线以外区域

的任意一点，如 N 点，表示既定的成本不能够购买到的劳动和资本的组合。而等成本线上的任意一点表示既定的全部成本刚好能购买的劳动和资本的组合。

（2）等成本线的移动。如果两种生产要素的价格不变，等成本线可因总成本的增加或减少而平行移动。等成本线的斜率就不会发生变化，在同一平面上，距离原点越远的等成本线代表成本水平越高。如果厂商的成本或要素的价格发生变动，都会使等成本线发生变化。其变化情况依两种要素价格变化情况的不同而具体分析。

5．生产要素的最优组合（生产者均衡）

在长期生产中，任何一个理性的生产者都会选择最优的生产要素组合进行生产，以实现利润的最大化。研究生产要素的最优组合要将等产量线和等成本线结合在一起进行分析。

生产要素的最优组合也称为生产者的均衡，是指在既定的成本下实现最大产量或既定产量下使成本最小的生产要素组合。这个最优组合点就是等产量线与等成本线的切点。

（1）既定成本下最大产量的要素最佳组合。假定厂商的既定成本为 C，劳动的价格为 w，资本的价格为 r，把等成本线和等产量线画在同一个平面坐标系中，如图 4-8 所示。

因为成本既定，所以图 4-8 中只有一条等成本线，但可供厂商选择的产量水平有很多，图中画出了代表 3 个产量水平的曲线 Q_1、Q_2、Q_3。先看等产量线 Q_1，图中等产量线 Q_1 代表的产量水平最高，但处于等成本线以外的区域，表明厂商在既定成本条件下，不能购买到生产 Q_1 产量所需的要素组合，因此 Q_1 代表厂商在既定成本下无法实现的产量。

再看等产量线 Q_3，Q_3 与等成本线交于 a、b 两点，由于 Q_3 位于 Q_2 的下方，靠近原点，表示虽然花费同样的成本，但是得到的产量却低于 Q_2，因此，厂商不会在 a、b 两点达到均衡。

最后看等产量线 Q_2，等产量线 Q_2 与等成本曲线相切于 E 点，E 点是 Q_2 产量的成本最低点，此时等成本线斜率的绝对值与等产量线斜率的绝对值相等。等成本线斜率绝对值为 w/r，等产量线斜率就是 L 对 K 的边际技术替代率 $\mathrm{MRTS_{Lk}}$，由于 $\mathrm{MRTS_{Lk}} = (-\Delta K/\Delta L) = \mathrm{MP_L}/\mathrm{MP_K}$，所以

$$\mathrm{MRTS_{LK}} = -\frac{\Delta K}{\Delta L} = \frac{\mathrm{MP_L}}{\mathrm{MP_K}} = \frac{w}{r} \tag{4-14}$$

上式表明：生产要素价格之比等于生产要素的边际产量之比，生产者花费在各种要素上的最后一单位成本的边际产量相等，此时厂商不再变动生产要素组合，生产要素达到生产要素的最优组合，实现了生产者均衡。

（2）既定产量下最小成本的要素最佳组合。假定厂商的既定产量为 Q，则可用图 4-9 来分析既定产量下的最优生产要素组合。

图 4-9 中有一条等产量线 Q，三条等成本线 AB、$A'B'$、$A''B''$。等产量线 Q 代表既定的产量，三条等成本线斜率相同，但总成本支出不同：$AB > A'B' > A''B''$。

如图 4-9 所示等成本线 $A''B''$ 与等产量线 Q 没有交点，等产量线 Q 在等成本线 $A''B''$ 以外，所以产量 Q 是在 $A''B''$ 的成本水平下无法实现的产量水平。等成本线 AB 与等产量线 Q 有两个交点 a、b，等成本线 $A'B'$ 与等产量线 Q 相切于 E 点，按照上述相同的分析方法可知：厂商不会在 a、b 点达到均衡，只有切点 E，才是厂商的最优生产要素组合。

由此可见，既定成本条件下的产量最大化与既定产量条件下的成本最小化所推导出的两要素的最优组合原则是一致的，即要素最优组合是在等产量线与等成本线相切之点上的组合，在该点上，等产量线与等成本线斜率相等，$\mathrm{MRTS_{LK}} = w/r$。

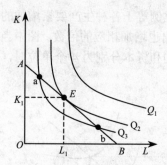

图 4-8　既定成本下产量最大的要素组合

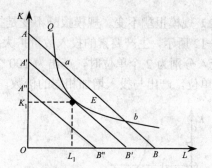

图 4-9　既定产量下成本最小的要素组合

6. 生产扩展线

生产扩展线是连接等成本线与等产量线的切点所形成的曲线。生产扩展线表示在生产要素价格、生产技术和其他条件不变的情况下，当厂商调整产量或成本时，应沿着生产扩展线选择要素投入组合，因为生产扩展线上的每一点都会使厂商得到一定产量下的最小成本或一定成本下的最大产量。

如果生产要素价格不变，厂商的成本支出增加，等成本线会平行的向上移动；如果厂商改变产量，等产量线也会发生平移。这些等产量曲线将与相应的等成本线相切，形成一系列生产者均衡点，把所有这些点连接起来形成的曲线就是生产扩展线。图 4-10 中的曲线 OA 就是一条生产扩展线。由于生产要素的价格保持不变，生产者均衡约束条件又是 $MRTS_{LK}=w/r$，所以扩展线上的所有的生产均衡点的边际技术替代率相等。在生产扩展线上，可以用最小成本生产最大产量，从而获得最大利润，所以厂商愿意沿此路径扩大生产，虽然其他路径也能达到使产量扩大的结果，但不是最优路径，

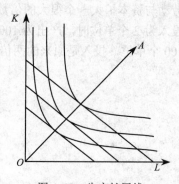

图 4-10　生产扩展线

只有沿均衡点扩大生产才是最优路径。但厂商究竟会把生产推进到扩展线上的哪一点上，单凭扩展线是不能确定的，还要看市场上需求的情况。

四、规模报酬

长期中，厂商对两种要素同时进行调整，引起生产规模改变。生产规模变动与所引起的产量变化的关系即为规模报酬问题。

1. 规模报酬的含义及种类

规模报酬又称规模收益，是指在其他条件不变的情况下，厂商按相同的比例调整各种生产要素所引起的产量变动。

规模与产量之间变动关系分三种情况：

（1）规模报酬递增。规模报酬递增是指产量增加的比例大于各种生产要素增加的比例。如图 4-11 所示，当劳动和资本扩大一个很小的倍数就可以导致产出扩大很大的倍数。图中，当劳动和资本分别投入为两个单位时，产出为 100 个单位，但生产 200 单位产量所需的劳动和资本投入分别小于四个单位。产出是原来的两倍，投入却不到原来的两倍。

（2）规模报酬不变。规模报酬不变是指产量增加的比例等于各种生产要素增加的比例。如图 4-12 所示，生产要素的投入数量扩大某一倍数，产出也增加相应的倍数。图中当劳动和资本投入分别为 2 个单位时，产出为 100 个单位，当劳动和资本分别为 4 个单位时，产出为 200 个单位。产出与投入增加相同的倍数。

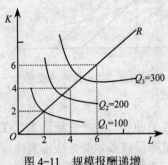

图 4-11　规模报酬递增

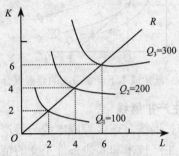

图 4-12　规模报酬不变

（3）规模报酬递减。规模报酬递减是指产量增加的比例小于各种生产要素增加的比例。劳动与资本扩大一个很大的倍数，而产出只扩大很小的倍数。如图 4-13 所示，当劳动与资本投入为 2 个单位时，产出为 100 个单位；但当劳动与资本分别投入为 4 个单位时，产出低于 200 个单位，投入是原来的两倍，但产出却不及原来的两倍。

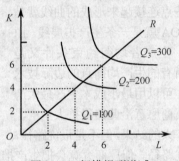

图 4-13　规模报酬递减

正常的情况下，当厂商从最初的很小的生产规模开始逐步扩大的时候，厂商面临的是规模报酬递增的阶段，这时厂商一般会继续扩大生产规模。在厂商得到了由生产规模扩大所带来的产量递增的全部好处以后，会将生产保持在规模报酬不变的阶段，这个阶段有可能比较长。在这以后，企业若继续扩大生产规模，就会进入一个规模报酬递减的阶段。在长期内厂商的主要任务是，通过生产规模的调整尽可能地追求利润最大化。

2. 规模经济与规模不经济

（1）规模经济。规模经济是指由于产出水平的扩大或者生产规模的扩大而引起产品平均成本的降低。引起规模经济的原因主要有五个方面：

1）生产的专业化。生产规模扩大，有利于进行专业分工，提高工人的专门技术水平和熟练程度，提高生产效率。

2）使用更加先进的机器设备。当厂商扩大生产规模时，可以购置、使用大型的更加先进设备来取代低效率设备。

3）提高管理水平。各种规模的生产都需配备必要的管理人员，小规模生产中，管理人员的作用不易得到充分发挥。而生产规模扩大，可以少增加管理人员甚至不增加管理人员，从而提高了管理者的管理水平和工作效率。

4）对副产品进行综合利用。在小规模生产中，许多副产品往往被作为废物处理，而在大规模生产中，就可以对这些副产品进行再加工，通过综合利用，变废为宝。

5）在生产要素的购买与产品的销售方面有优势。大规模生产所需采购的各种生产要素多，需要销售的产品也多。这样，企业既可以节约采购和销售成本，又可以在生产要素与产品市场上具有垄断地位，从而可以压低生产要素购进价格或提高产品销售价格，从中获得好处。

（2）规模不经济。生产规模并非越大越好。如果一个生产厂商由于本身生产规模过大而引起产量或收益减少，就是规模不经济。引起规模不经济的原因主要有两方面：

1）管理效率的降低。太大大规模的生产往往会带来管理上的低效率，生产规模越大管理层次也就越多，企业内的协调和控制也就越困难，作出正确决策及执行决策，也就需要更长时间，并且执行的有效性很难得到保证。生产规模过大则会使管理机构由于庞大而不灵活，管理上也会出现各种漏洞，从而使产量和收益减少。这种管理上的局限性必然会带来规模报酬递减。

2）生产要素价格与销售费用增加。生产要素的供给并不是无限的，生产规模过大必然大幅度增加对生产要素的需求，而使生产要素的成本上升。同时，生产规模过大，产品大量增加，也增加了销售的困难，需要增设更多的销售机构和人员，增加了销售费用。这些都说明，企业如果一味地追求大规模，往往会事倍功半，必然会导致单位成本的上升，结果适得其反，变成"规模不经济"。

厂商急于做大，盲目扩张，而不是着力于做实做强，导致"规模不经济"，最后全军覆没，这方面的教训太多。厂商追求扩张一定要在核心业务做实做强的基础上进行，只有在条件具备的情况下，规模经济才会水到渠成。规模和效益之间并非单纯的正比关系，而是由多方面的因素共同决定。

 **案例引用**

格兰仕的成功

早在 2003 年，全世界每生产四台微波炉中就有一台是格兰仕。格兰仕成功的原因有很多，很重要的一个原因就是实现了规模经济。

格兰仕选择的是一个较为单一的产业——微波炉，但其采用大规模的生产方式实现了自己的名企之路。在格兰仕人看来，微波炉生产的最小经济规模是 100 万台，而早在 1996 年到 1997 年间格兰仕便达到了这一规模。之后，生产规模每上升一个台阶，其成本便下降一个台阶，这就为以后产品的降价提供了条件。其做法是，当生产规模达到 100 万台时，把出厂价定在规模是 80 万台企业的成本价之下；当生产规模达到 400 万台时，把出厂价又下调至规模是 200 万台的企业的成本价之下；当规模达到了 1 000 万台以上时，又将出厂价定在了规模是 500 万台企业的成本价之下。这种在成本减少的基础上进行的降价，是一种相对合理的降价。

自 1993 年格兰仕进入微波炉行业以来，其生产微波炉的价格已从最初的每台 3 000 元以上，下降到了如今的每台 300 元左右，基本上相当于 1993 年的一折出售。

（3）适度规模。从以上分析可见，一个企业和行业的生产规模不应过小，也不能过大，应该是适度规模。适度规模就是使两种生产要素的增加，即生产规模的扩大正好使报酬递增达到最大。当报酬递增达到最大时就不再增加生产要素的投入，使这一生产规模保持下去。

对于不同行业来说，企业的适度规模是不同的，并没有一个统一的标准。在适度规模的确定上，应主要考虑如下两个因素：

1）本行业的技术特点。一般所需投资量大，所有设备复杂先进的行业，适度规模也就大。例如冶金、机械、汽车、船舶制造等重工业企业，需要较大规模才能获得高效益；相反，需要投资少，设备简单的行业，适度规模也较小。例如服务类企业生产规模小，可以更灵活适应市场需求的变动，所以其适度规模一般较小。

随着技术的进步，适度规模的标准也是在变化的。例如，在 20 世纪 50 年代，汽车厂的适度规模为年产 30 万辆，但到了 1997 年这一规模就提高到年产 200 万辆。重工业行业的适度规模有不断扩大的趋势，因为，这些行业的技术设备日益大型化、复杂化和自动化，投资越来越多，从而只有在生产量达到相当数量时，才能实现规模经济。

2）市场条件。一般生产市场需求量大、标准化程度高的产品的企业，适度规模应较大；相反，生产市场需求量小，标准化程度低的产品的企业，适度规模也应该较小。

此外，还要考虑储藏量大小、交通条件、能源供给、原材料供给及政府政策等多种因素，来确定适度规模。

第三节　成本分析

前面两节介绍了生产要素投入量与产量之间的关系，但是产量最大不等于利润最大，要实现利润最大化，还要分析成本与收益之间的关系，确定利润最大化原则。

 **案例引用**

旅行社在旅游淡季打折

某旅行社在旅游淡季打出从天津到北京世界公园每客 38 元 1 日游的价格，（包括汽车和门票），38 元连世界公园的门票都不够。为什么会这么便宜呢？因为旅游淡季游客不足，即使一个游客都没有，而旅行社的汽车的折旧费、工作人员的工资等费用也是要支出的。我们算一算，38 元的价格，如果一个旅行社的大客车载客 50 人，共 1900 元，高速公路费和汽油费估计 500 元，旅行社购买团体门票（淡季打折）价格 10 元/人共 500 元，旅行社可赚 900 元。这样一算 38 元还是可以做的，因为即使关门不经营也要支付像汽车等固定成本的费用，只要有收益就可以对这些费用作些补贴。

一、成本及成本的种类

1．成本的定义

成本是指在一定时期内厂商为生产一定数量的产品而购买生产要素的费用。

2．成本的种类

（1）显成本与隐成本。显成本是指厂商生产一定数量的产品而购买生产要素的实际支出。例如，某厂商向工人支付的工资，向银行支付的利息，向土地出租者支付的地租，机器厂房设备的折旧，以及原料、燃料、辅助材料的支出。这些支出都清清楚楚地记录在厂商的会计账簿上，故称显成本。

隐成本是指厂商自己拥有的且被用于该企业生产过程的那些生产要素的总价格。为了进行生产，厂商在雇佣一定数量的工人、从银行取得一定数量的贷款和租用一定数量的土地之外（这些均属于显成本），还会动用自己的资本和土地，并管理企业。借用了他人的资本需付利息，租用了他人的土地需付地租，聘用他人来管理企业需付薪金，那么同样道理厂商使用了自有的生产要素进行生产时也应该得到相应的报酬，所不同的是厂商没有向自己支付利息、地租和薪金，这部分成本也没有记录在会计账簿上，故被称为是隐成本。这部分成本实际上可以理解为自有生产要素的机会成本。

（2）会计成本与经济成本。会计成本是会计学意义上的成本，是指企业经营过程中所发生的各项开支，这些开支一般在会计账目上都能看出来。通常所说的成本一般是指会计成本，也就是显成本。

经济成本是指企业从事某项经济活动的显成本和隐成本之和，与会计成本是不同的概念。用公式表示

$$经济成本=显成本+隐成本=会计成本+隐成本$$

案例引用

经济学家与会计师眼中的成本

王先生用自己的银行存款 30 万收购了一个小企业。这 30 万元钱，在市场利息率 5%的情况下他每年可以获得 1.5 万元的利息。王先生为了拥有自己的工厂，放弃了每年 1.5 万元的利息收入。经济学家和会计师以不同的方法来看待这 1.5 万元。经济学家把这 1.5 万也看作企业的成本，尽管这是一种隐性成本。但是会计师并不把这 1.5 万元作为成本表示，因为在会计的账面上并没有这 1.5 万元的支付。

（3）机会成本。一种资源（如资金、劳力等）用于本项目而放弃其他项目时，所失去的在其他项目中可能得到的最高收入。例如，某人有 10 万元资金，可供选择的能获得收入的途径分别是：开零售商店可获利 2 万元，开饭店可获利 3 万元，炒股票可获利 3.5 万元，进行期货投机可获利 4 万元。如果某人选择期货投机，放弃开商店、开饭店和炒股票。在所放弃的几项中，可能获得的最高收入是炒股票 3.5 万元。所以，选择进行期货投机获利 4 万元的机会成本是所放弃的炒股票可能获得的 3.5 万元。

请注意：①机会成本不是实际成本，不是作出某项选择时实际支付的成本，而是一种观念上的成本；②机会成本是作出一种选择时所放弃的其他若干种可能选择中的一种最好的收益，并不是放弃的项目收益总和。

二、短期成本分析

1. 短期成本的种类

短期成本是指企业在短期内进行生产经营的开支，包括短期总成本、短期平均成本和短期边际成本三种。

（1）短期总成本（STC）：是指企业在短期内为生产一定量的产品对全部要素所支出的总成本，包括短期总固定成本（STFC）和短期总可变成本（STVC）。

用公式表示为

$$STC=STFC+STVC \qquad (4-15)$$

短期总固定成本（STFC）：是指厂商在短期内必须支付的不能变动的生产要素的费用。这种成本不随产量的变动而变动，是固定不变的，主要包括厂房和设备的折旧，以及管理人员的工资。

短期总可变成本（STVC）：是指厂商在短期内必须支付的可以调整的生产要素的费用。这种成本随产量的变动而变动，是可变的，主要包括原材料、燃料、工具的支出及生产工人的工资。

（2）短期平均成本（SAC）：是指厂商在短期内平均每单位产品所消耗的成本，包括短期平均固定成本（SAFC）和短期平均可变成本（SAVC）。用公式表示为

$$SAC=STC/Q=SAFC+SAVC \qquad (4-16)$$

短期平均固定成本（SAFC）：是指厂商在短期内平均每单位产品所消耗的固定成本。用公式表示为

$$SAFC=STFC/Q \qquad (4-17)$$

短期平均可变成本（SAVC）：是指厂商在短期内平均每单位产品所消耗的可变成本。用公式表示为

$$SAVC=STVC/Q \qquad (4-18)$$

（3）短期边际成本（SMC）：是指企业在短期内每增加一单位产品生产所增加的成本。用公式表示为

$$SMC=\Delta STC/\Delta Q \qquad (4-19)$$

当产量变化幅度很小即 $\Delta Q \to 0$ 时，短期边际成本为

$$SMC=\lim_{Q \to 0} \Delta STC/\Delta Q=dSTC/dQ \qquad (4-20)$$

2. 短期成本曲线的形状及其相互间的关系

如图 4-14 所示，横轴 OQ 代表产量，纵轴 OC 代表成本，STFC 为短期总固定成本曲线，它与横轴平行，表示不随产量的变动而变动，成本是固定的。STVC 为短期总可变成本曲线，它从原点出发，表示没有产量时就没有可变成本。该曲线向右上方倾斜，表示随产量的变动而同方向变动。它最初比较陡峭，表示这时可变成本的增加率大于产量的增加率，然后较为平坦，表示可变成本的增加率小于产量的增加率。最后又比较陡峭，表示可变成本的增加率又大于产量增加率。STC 为短期总成本曲线，它不从原点出发，而从 STFC 点出发。表示没有产量时总成本最小也等于固定成本。STC 曲线向右上方倾斜也表示了总成本随产量的增加而增加，其形状与 STVC 曲线相同，说明总成本与可变成本变动规律相同。STC 曲线与 STVC 曲线之间的距离即为固定成本。

3. 短期平均成本曲线、短期边际成本曲线的形状及其相互间的关系

如图 4-15 所示，横轴 OQ 代表产量，纵轴 OC 代表成本，SAFC 为短期平均固定成本曲线，平均固定成本随着产量的增加而减少，这是因为固定成本总量不变，产量增加，分摊到每一单位上的固定成本也就减少了。它变动的规律是开始比较陡峭，说明在产量开始增加时，

它下降的幅度很大，以后越来越平坦，说明随着产量的增加，它下降的幅度越来越小。SAVC为短期平均可变成本曲线，它的变动规律为随着产量增加先下降而后上升，成"U"形。因为起初随着产量的增加，生产要素的效率逐渐得到发挥，因此平均可变成本减少，但产量增加到一定程度后，由于边际收益递减规律而增加。SAC为短期平均成本曲线，它的变动规律是由短期平均固定成本与短期平均可变成本决定的。短期平均成本也是先下降而后上升的"U"形曲线，表明随产量增加先下降而后上升的变动规律，但它开始时比平均可变成本曲线陡峭，下降的幅度比平均可变成本大，这是因为SAC中包含着SAFC。以后的变动与平均可变成本曲线基本相同，说明变动规律类似平均可变成本。

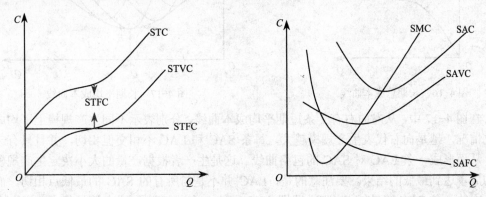

图 4-14 短期总成本、固定成本和可变成本之间的关系 图 4-15 短期平均成本、短期边际成本之间的关系

SMC为短期边际成本曲线，也是一条"U"形曲线，先下降而后上升，表明边际成本随着产量的增加先下降而后上升的变动规律。它的变动和平均可变成本相关，因为所增加的边际成本是可变成本。在开始时，边际成本随产量的增加而下降，而且低于平均成本，边际成本曲线与平均成本曲线一定相交于平均成本的最低点，在这一点上，平均成本与边际成本相等。在相交之前，平均成本曲线在边际成本曲线之上，表示平均成本大于边际成本。在相交之后，平均成本曲线在边际成本曲线之下，表示平均成本小于边际成本。

三、长期成本分析

1. 长期成本的种类

在长期内，所有的生产要素都是可变的，没有固定成本与可变成本之分，长期成本中有长期总成本、长期平均成本、长期边际成本。

（1）长期总成本（LTC）：是指长期中生产一定量产品所需要的成本总和。

如图 4-16 所示，长期总成本曲线是一条从原点开始向右上方倾斜的曲线。产量为零时，长期成本为零，表示没有产量就没有总成本；随产量增加，长期总成本随产量增加而增加，在开始生产时，要投入大量的生产要素，因产量较少，这些生产要素不能得到充分的利用，因此成本增加的比率大于产量增加的比率。当产量达到一定的程度以后，产生规模效应，生产要素得到充分的利用，这时成本增加的比率小于产量增加的比率。后来由于规模收益递减，成本增加的比率又大于产量增加的比率。

（2）长期平均成本（LAC）：是指长期中平均每单位产品的成本。用公式表示为

$$LAC=LTC/Q \tag{4-21}$$

如图 4-17 所示，长期平均成本也是一条先下降后上升的 U 形的曲线，这表明：生产的初始阶段随产量增加，规模收益递增，平均成本下降；而后随产量增加，规模收益递减，平均成本增加。

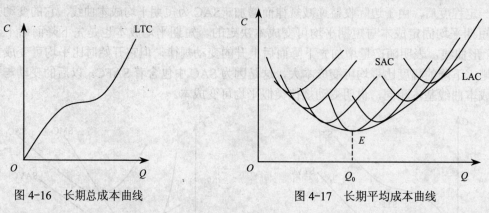

图 4-16　长期总成本曲线　　　　　图 4-17　长期平均成本曲线

在图 4-17 中，从左向右有 7 条短期平均成本曲线，分别表示不同生产规模上平均成本的变化情况，越是向右代表生产规模越大，每条 SAC 和 LAC 不相交但相切，并且只有一个切点，从而形成一条 LAC 对 SAC 的包络曲线。这是生产者根据产量的大小决定生产规模，使平均成本达到最低的结果。要注意的是，LAC 并不是与所有的 SAC 的最低点相切，而只是与其中的一条 SAC 的最低点相切，即图 4-17 中的 E 点，它也是 LAC 的最低点。其他的 SAC 只是较低点和 LAC 相切。在 E 点的左侧，LAC 与 SAC 最低点的左侧相切；在 E 点的右侧，LAC 与 SAC 最低点的右侧相切。所以长期平均成本曲线就是由无数条短期平均成本曲线集合而成，从而形成了一条与无数条短期平均成本曲线相切的包络曲线。

（3）长期边际成本（LMC）：是指长期中增加一单位产品所增加的成本。用公式表示为

$$LMC=\Delta LTC/\Delta Q \tag{4-22}$$

如图 4-18 所示长期边际成本也是一条先下降后上升的 U 形的曲线，但比短期边际成本曲线平坦。它相交于长期平均成本曲线的最低点 E。即在长期平均成本下降时，长期边际成本小于长期平均成本（LMC<LAC），在长期平均成本上升时，长期边际成本大于长期平均成本（LMC>LAC），在长期平均成本的最低点，长期边际成本等于长期平均成本（LMC=LAC）。

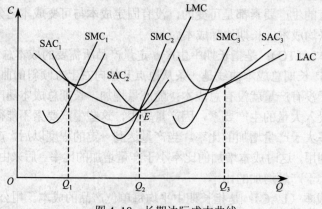

图 4-18　长期边际成本曲线

2．短期成本曲线与长期成本曲线的关系

（1）短期总成本曲线与长期总成本曲线的关系。短期总成本曲线和长期总成本曲线很类似，但存在明显的区别：①短期总成本曲线不是从原点出发。它和原点有一段距离，距离的长度为固定成本；长期总成本曲线是从原点出发的，因为长期中固定成本为零。②短期总成本曲线的形状受可变投入要素的边际收益率影响，而长期总成本曲线的形状受规模报酬的影响。

（2）短期平均成本曲线与长期平均成本曲线的关系。两者既有联系也有区别（如图 4-17 所示）。

1）两者的联系。长期平均成本曲线是许多短期平均成本曲线的下包络线，长期平均成本曲线的最低点与其中的一条短期平均成本曲线的最低点相切。在长期平均成本曲线的左边与短期平均成本曲线的左下方相切，长期平均成本曲线的右边与短期平均成本曲线的右下方相切。

2）两者的区别。长期平均成本曲线比较平坦，说明长期平均成本曲线变动比较缓慢，而短期平均成本曲线的上升和下降都比较迅速，说明短期平均成本变动较为频繁。

（3）短期边际成本曲线与长期边际成本曲线的关系。短期边际成本曲线与长期边际成本曲线相交于短期平均成本曲线与长期平均成本曲线最低点的切点。也就是说当短期平均成本等于长期平均成本时，短期边际成本也等于长期边际成本，如图 4-18 中 E 点。

第四节 利润最大化

一、收益与利润

1．总收益、平均收益与边际收益

收益是指厂商出卖产品得到的收入，即价格与销售量的乘积。

收益可以分为总收益、平均收益和边际收益。以 TR 代表总收益，AR 代表平均收益，MR 代表边际收益，Q 代表销售量，则

（1）总收益（TR）是企业按一定价格销售一定量产品所得到的全部收入，是产品单价与销售数量的乘积

$$TR = P \cdot Q = AR \cdot Q \qquad (4\text{-}23)$$

（2）平均收益（AR）是厂商销售每一单位产品平均所得到的收入，等于总收益与销售数量的比

$$AR = TR/Q \qquad (4\text{-}24)$$

（3）边际收益（MR）是指厂商每增加销售一单位产品所增加的收入，是总收入的增量和销售增量的比

$$MR = \Delta TR/\Delta Q \qquad (4\text{-}25)$$

2．会计利润和经济利润

收益并不等于利润，收益包括成本和利润。利润是总收益和总成本之间的差额。以 π 代表利润，TR 代表总收益，TC 代表总成本，则

$$\pi=TR-TC \qquad (4-26)$$

（1）会计利润，是指厂商的总收益与会计成本之间的差额。

会计利润=总收益-会计成本（显成本）

（2）经济利润，是指厂商的总收益与经济成本之间的差额，经济利润也被称为超额利润。

经济利润=总收益-经济成本（显成本+隐成本）

请注意：因为会计师不计算隐成本，所以，会计利润大于经济利润。

（3）正常利润，是指厂商对自己提供的企业家才能的报酬的支付。经济利润不包括正常利润，当厂商的经济利润即超额利润为零时，厂商仍然可以得到正常利润。在经济学的分析中，正常利润列入经济成本。

二、利润最大化原则

利润是厂商行为的动机，厂商从事生产经营的目的就是追求最大利润。

厂商实现利润最大化的原则是边际收益等于边际成本，即

$$MR=MC \qquad (4-27)$$

为什么在边际收益等于边际成本时能实现利润最大化呢？

因为如果边际收益大于边际成本，这时每增加一单位产品的生产所增加的收益大于增加的成本，说明此时还有潜在的利润没有得到，还没有实现利润最大化，增加产量会使利润增加；如果边际收益小于边际成本，即每增加一单位产品的生产所增加的收益小于增加的成本，此时增加产量会使利润减少，甚至造成亏损，所以厂商会减少产量。无论是边际收益大于边际成本还是小于边际成本，厂商都要调整产量，只有边际收益等于边际成本时的产量，厂商才能把该赚的利润、能赚的利润都赚到，实现利润最大化。

边际收益等于边际成本是厂商实现利润最大化的原则，厂商应根据这一原则来确定自己的产量。

注意：不能把利润最大化理解为赚钱最多，有时亏损最小也叫利润最大化。

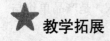 教学拓展

范 围 经 济

范围经济指由厂商的生产范围而非生产规模产生的经济利益，也就是当同时生产两种产品的费用低于分别生产每种产品时所存在的状况就被称为范围经济。只要把两种或更多的产品合并在一起生产比分开来生产的成本要低，就会存在范围经济。对电信通信业来讲，其范围经济性表现在利用一个综合电信物理网络既传送电话、电报和传真，又传送计算机数据和各类电视图像，肯定比独立建立形形色色的网络成本要低。再如收音机，显而易见，一个企业生产两个型号的收音机要比只生产一个型号的收音机要经济得多。

范围经济的成因：①投入要素具有多种使用价值，表现为生产设备具有多种功能，可用来生产不同产品，从而提高生产设备的利用率，许多零部件或中间产品具有多种组装性能，可以用来生产不同的产品，因而可以增加零部件或中间产品的生产批量，取得因规模经济而引起的范围经济。企业一项研究开发技术的成果可以用于多种产品的生产，从而降

低单位产品所分摊的研发成本。企业无形资产的充分利用，表现为可以充分利用品牌优势和营销网络，如通过企业的声誉转化为产品的声誉，通过既有产品的营销网络来支持其他产品的销售等。②管理者管理经验和管理能力的充分发挥，表现为在企业扩大经营范围，增加其他产品和业务时，可以充分利用既有的管理知识、管理经验和人员来进行管理，而不必增加新的投入，节约交易费用，这一点在纵向一体化这种范围经济的特殊形式中表现得尤为明显，沿纵向一体化的产业链进行多产品生产时，企业可以减少在购买原材料和零部件、中间产品及出售自己成品中的交易费用，即以内部市场代替外部市场，从而节约交易费用。

注意：规模经济是指在一个给定的技术水平上，随着生产的规模扩大，产出的增加使产品平均成本逐步下降。而范围经济是指在一核心产品基础上，实现产品多样化，多种产品共享一种核心专长，从而导致各项产品生产费用的降低和经济效益的提高。

实 践 训 练

1．课堂实训

（1）将计算结果填入表 4-2 中空白处

表 4-2　总产量、平均产量与边际产量的关系

资本投入量（K）	劳动投入量（L）	总产量（TP）	平均产量（AP）	边际产量（MP）
10	1	10		
10	2		30	
10	3			30
10	4	100		
10	5			5
10	6		15	

（2）假设某企业的总成本函数是 $TC=Q^3-6Q^2+14Q+75$，请写出：

① 该企业的变动成本 VC；

② 该企业的边际成本 MC；

③ 该企业的 FC、AVC、AC 及 AFC。

2．课外实训

（1）A 企业第一年生产规模扩大 40%以后，其收入增加了 60%；第二年该企业生产规模继续扩大 40%，收入增加了 30%；A 企业准备第三年继续扩大生产规模，请对其行为作出分析。

（2）张某用自家的门面房开一杂货店，自己兼做杂货店的会计，请对他的成本进行分析。

（3）从甲地到乙地，飞机票价 100 元，飞行时间是一小时；公共汽车票价 50 元，需要 6 小时。考虑下列情况最经济的旅行方法：

1）一个企业家每小时的时间成本是 40 元；

2）一名学生的时间成本是 4 元。

用机会成本理论说明他们应做何选择。

本 章 小 结

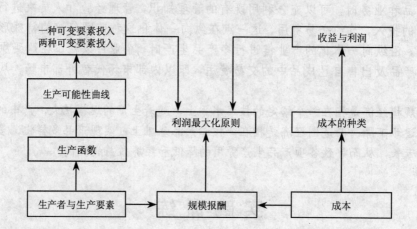

 ## 问题和应用

一、基本问题

（一）重要概念的记忆与解释

生产要素 Factors of Production　　　　　总产量 Total Product

平均产量 Average Product　　　　　　　边际产量 Marginal Product

边际收益递减规律 Law of Diminishing Marginal Returns

边际技术替代率 Marginal Rate of Technical Substitution

边际成本 Marginal Cost　　　　　　　　边际收益 Marginal Revenue

经济利润 Economic Profit　　　　　　　会计利润 Accounting Profit

（二）单项选择题

1. 在总产量、平均产量和边际产量的变化过程中，下列（　　　）先发生。

　　A. 边际产量下降　　　　　　　　　B. 平均产量下降

　　C. 总产量下降　　　　　　　　　　D. B 和 C

2. 产量的增加量除以生产要素的增加量的值等于（　　　）。

　　A. 平均产量　　　B. 边际产量　　　C. 边际成本　　　D. 平均成本

3. 如果连续地增加某种生产要素，在总产量达到最大时，边际产量曲线与（　　　）。

　　A. 平均产量曲线相交　　　　　　　B. 横轴相交

　　C. 纵轴相交　　　　　　　　　　　D. 总产量线相交

4. 当边际产量大于平均产量时（　　　）。

　　A. 平均产量递增　　　　　　　　　B. 平均产量递减

　　C. 平均产量不变　　　　　　　　　D. 平均产量先递增后递减

5. 边际产量曲线与平均产量曲线相交时（　　　）。

　　A. 平均产量达到最大　　　　　　　B. 边际产量达到最大

C. 边际产量为 0　　　　　　　　　　D. 平均产量最低

6. 生产可能性曲线以内的任何一点表示（　　）。

　　A. 可以利用的资源稀缺　　　　　　B. 资源没得到充分利用

　　C. 资源得到了充分利用　　　　　　D. 资源既定的条件下无法实现的组合

7. 依据生产三阶段论，生产应处于（　　）阶段。

　　A. 边际产量递增，总产量递增　　　B. 边际产量递增，平均产量递增

　　C. 边际产量为正，平均产量递减　　D. 以上都不是

8. 如果生产过程中存在规模收益递减，这意味着企业生产规模扩大时（　　）。

　　A. 产量将保持不变

　　B. 产量增加的比率大于生产规模扩大的比率

　　C. 产量增加的比率小于生产规模扩大的比率

　　D. 产量增加的比率等于生产规模扩大的比率

9. 等产量线上某一点的切线的斜率等于（　　）。

　　A. 预算线的斜率　　　　　　　　　B. 等成本线的斜率

　　C. 边际技术替代率　　　　　　　　D. 边际报酬

10. 如果以横轴表示劳动，纵轴表示资本，则等成本曲线的斜率为（　　）。

　　A. $-PL/PK$　　　　B. PL/PK　　　　C. PK/PL　　　　D. $-PK/PL$

11. 等成本曲线围绕着它与纵轴的交点逆时针移动表明（　　）。

　　A. 生产要素 Y 的价格上升了　　　B. 生产要素 X 的价格上升了

　　C. 生产要素 X 的价格下降了　　　D. 生产要素 Y 的价格下降了

12. 在经济学中，短期是指（　　）。

　　A. 一年或一年以内的时期

　　B. 在这一时期内所有投入要素均是固定不变的

　　C. 在这一时期内所有投入要素均是可以变动的

　　D. 在这时期内，生产者来不及调整全部生产要素的数量，至少有一种生产要素的数量是固定不变的

13. 下列项目中可称为可变成本的是（　　）。

　　A. 管理人员的工资　　　　　　　　B. 厂房和机器设备的折旧

　　C. 生产工人的工资　　　　　　　　D. 正常利润

14. 在长期中，下列成本中哪一项是不存在的（　　）。

　　A. 可变成本　　　　B. 平均成本　　　　C. 机会成本　　　　D. 隐性成本

15. 随着产量的增加，短期平均固定成本（　　）。

　　A. 一直趋于增加　　　　　　　　　B. 一直趋于减少

　　C. 在开始时减少，然后趋于增加　　D. 在开始时增加，然后趋于减少

16. 下面关于边际成本和平均成本的说法中哪一个是正确的（　　）。

　　A. 如果边际成本大于平均成本，平均成本可能上升或下降

　　B. 边际成本上升时，平均成本一定上升

　　C. 如果边际成本小于平均成本，平均成本一定下降

　　D. 平均成本下降时，边际成本一定下降

17. 长期平均成本曲线和长期边际成本曲线一定相交于（　　　）。

    A．长期平均成本曲线的最低点　　　　B．长期边际成本曲线的最低点

    C．长期平均成本曲线的最高点　　　　D．长期边际成本曲线的最高点

18. LAC 曲线同 LMC 曲线之间关系正确的是（　　　）。

    A．LMC<LAC，LAC 上升　　　　　　B．LMC<LAC，LAC 下降

    C．LAC 随 LMC 的上升而上升　　　　D．LAC 随 LMC 的下降而下降

19. 在 MR=MC 的均衡产量上（　　　）。

    A．必然得到最大的利润

    B．必然得到最小的亏损

    C．不可能亏损

    D．若获利润，则利润最大；若亏损，则亏损最小

20. 利润最大化的原则是（　　　）。

    A．边际成本大于边际收益　　　　　　B．边际成本小于边际收益

    C．边际成本等于边际收益　　　　　　D．边际成本等于平均成本

（三）多项选择题

1. 边际收益递减规律成立的条件是（　　　）。

    A．生产技术保持不变

    B．保持其他生产要素投入数量不变

    C．边际产量递减发生在可变投入增加到一定程度之后

    D．扩大固定资本的存量

2. 平均产量是（　　　）的函数。

    A．总产量　　　　　　　　　　　　　B．各种生产要素的数量

    C．边际产量　　　　　　　　　　　　D．可变要素的数量

3. 等产量曲线具有如下性质，（　　　）。

    A．凸向原点

    B．斜率为负

    C．任何两条等产量曲线不能相交

    D．离原点越远的等产量曲线表示的产量越大

4. 某厂商在短期内资本 K 的投入量保持不变，劳动 L 的投入量增加，则其生产的第 II 阶段应该是（　　　）。

    A．边际产量曲线高于平均产量曲线

    B．总产量曲线处于速率递增的上升阶段

    C．总产量曲线处于速率递减的上升阶段

    D．开始于平均产量曲线的最高点，终止于边际产量曲线与横轴的交点

5. 下列说法正确的有（　　　）。

    A．等产量曲线上某点的边际技术替代率等于等产量曲线上该点的斜率

    B．等产量曲线上某点的边际技术替代率等于等产量曲线上该点斜率的绝对值

    C．边际技术替代率等于两种生产要素的边际产量之比

    D．不断增加劳动投入以替代资本投入，于是 M_{PL} 不断下降，M_{PK} 不断上升

6. 下列关于短期成本曲线说法正确的有，随着产量的增加（ 　　　）。
   A. 短期平均可变成本曲线先下降后上升
   B. 短期总成本曲线先下降后上升
   C. 短期边际成本曲线先下降后上升
   D. 短期边际成本曲线交与短期平均成本曲线最低点

（四）判断题

1. 当其他生产要素不变时，一种生产要素投入越多，则产量越高。（ 　　）
2. 只要边际产量减少，总产量也一定在减少。（ 　　）
3. 如果一种可变要素的总产量在增加，则平均产量一定也在增加。（ 　　）
4. 在长期中无所谓固定投入与可变投入之分。（ 　　）
5. 利用等产量线上任意一点所表示的生产要素组合，都可以生产出相同数量的产品。
   （ 　　）
6. 两种生产要素的最适组合之点就是等产量线与等成本线的交点。（ 　　）
7. 短期边际成本曲线和短期平均成本曲线一定相交于平均成本曲线的最低点。（ 　　）
8. 短期总成本曲线与长期总成本曲线都是从原点出发向右上方倾斜的一条曲线。（ 　　）
9. 生产要素的边际技术替代率递减是由于边际收益递减规律的作用。（ 　　）
10. 确定适度规模原则是尽可能使规模收益递增，避免规模收益不变和递减。（ 　　）

二、发散问题

1. 用图形说明总产量、平均产量和边际产量三者之间的关系及其特征。
2. 一个企业主在考虑雇佣一个工人时在劳动的平均产量和边际产量中他更关注哪一个？
3. 边际技术替代率为什么递减？如何理解边际报酬递减规律？
4. 什么是规模经济和规模不经济？引起规模经济和规模不经济的主要原因是什么？如何确定适度规模？
5. 某人原在政府部门工作，每年工资 2 万元，各种福利折算成货币为 2 万元。后下海经商办企业，以自有资金 50 万元办起一个服装加工厂，经营一年后共收入（总收益）60 万元，购布料及其他原料支出 40 万元，工人工资为 5 万元，其他支出（税收、运输等）5 万元，厂房租金 5 万元。这时银行的利率为 5%。请计算会计成本、隐成本、会计利润、正常利润及经济利润各是多少？
6. 在大学附近的一些小餐馆，当暑假到来时，这些餐馆门庭冷落，但仍然坚持营业。而在寒假里，这些餐馆也是门庭冷落，但他们却停止营业。他们为什么这么做呢？（分析短期成本以解释这一现象。）

三、案例分析

1. 节假日期间许多大型商场都延长营业时间，为什么平时不延长？用边际分析理论可以解释这个问题。
2. 台塑集团老板王永庆的事业是从台塑生产塑胶粉粒 PVC 开始的。当时每月仅产 PVC100 吨，是世界上规模最小的。王永庆知道，要降低 PVC 的成本只有扩大产量，扩大产量、降低成本，打入世界市场是成功的关键。当时台塑产量低是受我国台湾需求有限的制约。王永庆敏锐地发现，这实际陷入了一种恶性循环：产量越低成本越高。打破这个循环的关键就是提高产量，降低成本。当产量扩大到月产 1 200 吨时，可以用当时最先进的设备与技术，使成本大幅度下降，就有可能进入世界市场，以低价格与其他企业竞争。于是，他冒着产品积压的风险，把产量扩大到 1 200 吨，并以低价格迅速占领了世界市场。王永庆的成功正在于他敢于扩大产量，实现规模收益递增。王永庆扩大产量、降低成本的做法正是经济学中的规模经济原理。

请思考以下问题：
（1）企业的规模是不是越大越好？
（2）请列举现实社会中实现规模经济的成功案例。

第五章 市场结构

本章地位

厂商进行生产的目的是获取最大的利润，厂商的利润要在市场上得到实现，不同市场中的社会需求状况是有差异的，需求状况的差异将直接影响厂商的利润水平。经济学将市场划分为四种类型：完全竞争市场、完全垄断市场、垄断竞争市场和寡头垄断市场。本章说明厂商面对不同类型的市场，如何通过价格和产量的决定来实现利润最大化。

知识目标

1. 了解不同市场结构的特征；
2. 理解四种市场结构中的厂商均衡；
3. 认识不同市场的利弊。

能力目标

初步掌握不同市场条件下价格、产量的决定原则和获取利润最大化的方法、步骤。

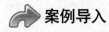

案例导入

春联市场，完全竞争市场的缩影

贴春联是中国民间的一大传统，春节临近，春联市场红红火火。在农村，这种风味更浓。在春联市场中，存在许多买者和卖者；供应商的进货渠道大致相同，且产品的差异性很小，产品具有高度同质性（春联所用纸张、制作工艺相同，区别仅在于春联书写内容的不同）；供给者进入退出没有限制；农民购买春联时的习惯是逐个询价，最终决定购买，信息充分；供应商的零售价格水平相近，谁提价会使销售量降为零，降价则会损失利润。原来，我国有着丰富文化内涵的春联，其销售市场结构竟是一个高度近似的完全竞争市场。

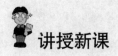

讲授新课

第一节　完全竞争市场

一、市场概念与市场结构

1. 市场的概念

市场是从事商品、劳务交易的场所，它可以是有形商品如家具、手机、钢材和机器的买卖场所，也可以是劳务、信息及期货等无形商品的买卖场所。随着经济的发展，科技的进步，市场的概念发生了变化，市场已经不一定是一个场所，因为很多的商品、劳务不是在一个场所中完成交易，而是利用现代化通信工具，如电话、网络完成的，很多年轻人越来越喜欢网上购物。因此，可以把现代市场的概念解释为是一切商品交换关系的总和。

与市场概念有密切关系的另一个概念是行业，行业是指为同一个商品市场生产和提供产品的所有厂商的总体。同一种商品的市场和行业是一致的，如完全竞争市场对应的是完全竞争行业，垄断竞争市场对应的是垄断竞争行业。

2. 市场结构及其类型

市场结构是指某一市场中买方和卖方的垄断与竞争程度，以及供给者、需求者之间的关系。

竞争程度的强弱是划分市场结构类型的标准。影响市场竞争程度的具体因素有以下四个方面：

（1）市场上厂商的数量；

（2）产品的差异程度；

（3）单个厂商对市场价格控制的程度；

（4）厂商进入或退出行业的难易程度。

根据以上四个方面，可以将市场结构划分为四种类型：完全竞争市场、垄断竞争市场、寡头垄断市场和完全垄断市场。这四类市场结构特征的比较见表 5-1。

表 5-1　不同的市场结构比较

市 场 类 型	厂 商 数 量	产品差异程度	单个厂商控制价格程度	进出行业的难易程度	类似市场结构的实例
完全竞争市场	很多	几乎没有	只能被动接受市场价格	很容易	一些农产品
垄断竞争市场	较多	有很小的差异	有很小的影响力	较容易	服装、餐饮
寡头垄断市场	很少，只有几个	有差异或者无差异	有较大的影响力	较困难	汽车、钢铁、石油
完全垄断市场	只有一个	只有一种产品，没有替代品	有很大的影响力，但经常受到管制	很困难，几乎不可能	自来水、电力

二、完全竞争市场

（一）完全竞争市场概述

1. 完全竞争市场的含义

所谓完全竞争市场，又称纯粹竞争市场，是不存在任何阻碍和干扰的、有着充分自由竞争状态的市场结构。

2. 完全竞争市场的特征

（1）厂商的数量很多。在完全竞争的市场上，有无数多个买者和卖者。每个买者的购买量和每个卖者的销售量只占市场交易量的很少一部分。个体的行为不可能影响市场的供求关系和价格。产品的价格是由市场供求关系决定的。买者和卖者只能接受既定的市场价格，是价格的接受者，对市场价格没有任何控制的力量。

（2）产品是无差异的。在完全竞争的市场上，各个厂商提供的产品完全相同。市场上每个厂商生产的产品是同质的，他们在原料加工、基本性能、包装及服务等方面完全一样，产品之间不存在任何差异。因而，各厂商提供的产品都是完全可以替代的，或者说，消费者购买任一厂商的产品都是一样的。

（3）市场的信息完全畅通。在完全竞争市场上，所有的买者和卖者都掌握了充分的市场信息。任何买者都不可能以低于市场的价格购买自己所需要的产品，任何卖者也不可能以高于市场的价格销售自己的产品。

（4）厂商进出行业很容易。在完全竞争市场上，原有厂商退出或新厂商进入该市场没有任何障碍，生产要素可以不受任何限制地自由流动，厂商可以自由地进入或者退出一个行业，不会遇到任何行业壁垒或人为因素的干扰，当某一产品有较高利润时，其他行业的生产者可以迅速地进入该产品的生产，争夺利润。

现实中符合上述条件的市场是没有的，完全竞争市场只是理论上的理想市场，真正的完全竞争市场是不存在的，通常只是将某些市场（如农产品市场）看成是比较接近完全竞争的市场。

想一想：①既然现实生活中不存在完全竞争市场，为什么还要对完全竞争市场进行研究呢？②你能不能再说出几个比较接近完全竞争市场的例子。

3. 完全竞争市场的需求曲线

在完全竞争市场中，一个行业的市场需求曲线是一条往右下方倾斜的曲线，供给曲线是一条向右上方倾斜的曲线。整个行业产品的价格是由供给和需求决定的均衡价格。

由于完全竞争市场上厂商数目众多，当市场价格确定之后，任何一个厂商都视它为既定的价格，无论怎样增加产量都不可能影响这一价格，因此，单个厂商的需求曲线就表现为一条与横轴平行的水平线。

在图 5-1a 中，市场的需求曲线 D 和供给曲线 S 相交的均衡点 E 所决定的市场均衡价格为 P_e，相应地，在图 5-1b 中，由既定的价格 P_e 出发的水平线 D 就是厂商的需求曲线。水平的需求曲线意味着：厂商只能接受既定的市场价格，厂商既不会也不可能去改变这一价格。假定，某个厂商提高自己商品的价格，由于市场上商品具有同质性，并且市场的参与者掌握完全的信息，那么，就没人去购买该厂商的产品了。这就是说，一旦某个厂商提高商品的售价，该商品的需求便会下降至零。

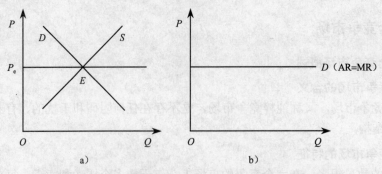

图 5-1　完全竞争条件下的市场需求曲线和厂商需求曲线

a）完全竞争市场的需求曲线　b）完全竞争厂商的需求曲线

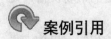 案例引用

政府办的大型养鸡场为什么赔钱

在 20 世纪 80 年代，一些城市为了保证居民的菜篮子，由政府出资办了大型养鸡场，但成功者少，许多养鸡场最后总以亏本倒闭告终。这其中的原因是多方面的，重要的一点是由于鸡蛋市场是一个接近完全竞争的市场。政府建立的大型养鸡场在这种接近完全竞争的市场上并没有什么优势，这种大型养鸡场的成本都要远远高于农民养鸡的成本，它的规模又不足以大到能控制市场，无法建立自己的垄断地位，产品也没有特色，难以改变市场价格，只能被动接受市场既定的价格，而要以平等的身份与那些分散的养鸡专业户或把养鸡作为副业的农民竞争，竞争的结果往往失败。

4. 完全竞争市场的厂商收益曲线

收益是指厂商出卖产品得到的货币收入，收益中既包括了成本，又包括了利润。厂商的收益可以分为总收益、平均收益和边际收益。

（1）总收益（TR）：厂商按一定价格出售一定量产品时所获得的全部收入。以 P 表示既定的市场价格，以 Q 表示销售总量，则有：$TR = P \cdot Q$。

（2）平均收益（AR）：厂商平均销售每一单位产品所获得的收入，即：$AR = TR/Q$。

（3）边际收益（MR）：厂商增加一单位产品销售所获得的收入增量，即：$MR = \Delta TR/\Delta Q$。

在完全竞争市场条件下，厂商无论销售多少产品，价格都是一样的，这时总收益随着产量的增加而同比例增加，而平均收益和边际收益则不会发生变化，产品单价既等于平均收益又等于边际收益，即 $P = AR = MR$。总收益、平均收益和边际收益之间的关系见表 5-2：

表 5-2　完全竞争厂商的收益表

价格 P	销售量 Q	总收益 $TR = P \cdot Q$	平均收益 $AR = TR/Q$	边际收益 $MR = \Delta TR/\Delta Q$
6	100	600	6	6
6	200	1 200	6	6
6	300	1 800	6	6
6	400	2 400	6	6
6	500	3 000	6	6

可以根据表 5-2 绘制出相应的完全竞争市场厂商的收益曲线，如图 5-2 所示。图中的收

益曲线具有以下的特点：

1）总收益曲线 TR 是一条从原点逐渐向右上方倾斜的曲线，反映了总收益随销售量增加而增加，如图 5-2a 所示。它之所以呈斜率不变的直线形，是因为在每一个销售量水平，MR值是 TR 曲线的斜率，且 MR 值等于固定不变的价格水平，即

$$MR=\Delta TR/\Delta Q=P \cdot \Delta Q/\Delta Q=P \tag{5-1}$$

2）图 5-2b 中平均收益曲线（AR）和边际收益曲线（MR）是与价格线（P）重叠的直线。因为消费者按既定价格购买商品，厂商亦按既定价格出售产品，无论销售量是多少，单位商品价格不变，并等于厂商的平均收益和边际收益。

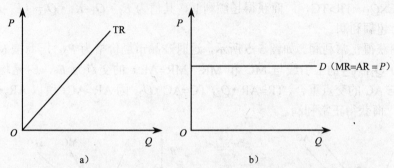

图 5-2 完全竞争厂商总收益曲线、平均收益曲线与边际收益曲线

（二）完全竞争市场的厂商短期均衡

1. 厂商实现短期均衡的原则

在完全竞争市场中，由供给和需求决定的均衡价格是厂商在短期内所必须接受的价格，厂商不能影响价格，只能调整产量来实现利润最大化。要实现利润最大化，厂商必须按MR=MC 的原则来确定产量。

如图 5-3 所示，在 E 点有 MC=MR=AR=P，由此决定的利润最大化的产量为 Q_e，当产量小于 Q_e 时，MR>MC，说明每增加一个单位产量带来的收益大于成本，厂商会继续增加产量，以增加利润，直至到 E 点；当产量大于 Q_e 时，MR<MC，此时厂商每增加一单位产量所得到的收益小于成本，因此厂商会不断地减少产量，以避免亏本，直至 E 点。

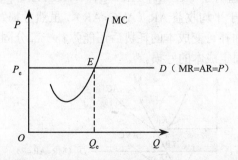

图 5-3 厂商实现利润最大化的原则（MC=MR）

可见，厂商只有按 MR=MC 来决定产量才能实现利润最大化，MR=MC 是厂商实现利润最大化即实现短期均衡的原则。

注意：厂商实现了利润最大化，并不等于厂商获得了最大的利润，这时，厂商可能是盈利

的，也可能是亏损的。如果厂商是盈利的，厂商获取的是最大利润；如果厂商是亏损的，则是最小的亏损。所以，厂商的短期均衡可以解释为获取最大利润，也可以解释为遭受最小亏损。

2. 完全竞争市场不同情况下的厂商短期均衡

在短期生产中，厂商的短期的盈亏状况受产品市场价格和成本的影响，厂商的短期均衡可能会面临下列四种情况。

（1）厂商获得超额利润。如图 5-4 所示，产品市场价格为 P_1，厂商按 MC=MR 的原则决定产量为 Q_1，Q_1 的上引线与 MC 和 MR（MR=AR）的交点为 E_1，E_1 是均衡点。E_1 在 Q_1 的上引线与 AC 的交点 K_1 的上方，总收益 TR=AR·Q_1，总成本 TC=AC·Q_1，因 AR>AC，所以 AR×Q_1>AC×Q_1，TR>TC，厂商获得超额利润，其值为 E_1·Q_1−K_1·Q_1=（E_1−K_1）·Q_1。图中阴影部分为超额利润。

（2）厂商获得正常利润。如图 5-5 所示，这时产品市场价格为 P_2，厂商按 MR=MC 的原则决定产量为 Q_2，Q_2 的上引线与 MC 和 MR（MR=AR）的交点为 E_2，E_2 是均衡点。E_2 和 Q_2 的上引线与 AC 的交点重合，TR=AR·Q_2，TC=AC·Q_2，因 AR=AC，所以 AR·Q_2=AC·Q_2，即 TR=TC，厂商获得正常利润。

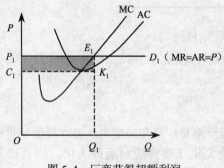

图 5-4 厂商获得超额利润

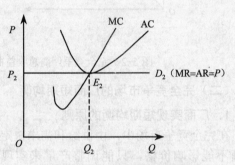

图 5-5 厂商获得正常利润

（3）厂商亏损，但应继续生产。如图 5-6 所示，这时产品市场价格为 P_3，厂商按 MR=MC 的原则决定产量为 Q_3，Q_3 的上引线与 MC 与 MR（MR=AR）的交点为 E_3，E_3 是均衡点。E_3 在 Q_3 的上引线与 AC 的交点 K_3 的下方，TR=AR·Q_3，TC=AC·Q_3，因 AR<AC，所以 AR·Q_3<AC·Q_3，即 TR<TC，厂商亏损，其值等于 AC·Q_3−AR·Q_3=（AC−AR）Q_3，见图中阴影部分。但这时的平均可变成本 AVC 小于平均收益 AR（AVC<AR），虽然亏损发生，厂商仍应继续生产，因为从生产中得到的收益弥补可变成本的耗费后还能弥补一部分固定成本的亏损。如果停止生产，厂商将负担全部的固定成本的亏损。

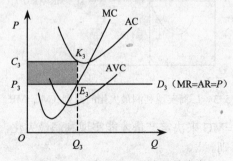

图 5-6 厂商亏损，但应继续生产

案例引用

通用汽车公司亏损

美国第一大汽车制造商通用汽车公司 2009 年 2 月 26 日公布去年第四季度财务状况。超预期的 96 亿美元净亏损和 62 亿美元现金净支出逼审计员再三思量通用持续经营能力，而政府汽车特别工作组当日晚些时候会见通用高管，决定公司生死。通用当日发表声明说，公司去年第四季度净亏损 96 亿美元，全年净亏 309 亿美元，在通用历史上仅次于 2007 年的 387 亿美元亏损额，相当于每股亏损 53.32 美元。结果，公司年终仅余 140 亿美元现金，与 2007 年年终相比接近"腰斩"，直逼公司维持运营所需现金底线。英国《金融时报》说，如果不是政府始于去年 12 月底的 134 亿美元紧急贷款，通用难逃一死。不过，通用 17 日在提交给财政部的整改计划中坦言，3 月还需至少 20 亿美元追加贷款，否则将无现金可用。通用首席执行官里克·瓦戈纳发表声明说：2008 年对美国和全球车市而言是极度困难的一年，尤其是下半年。这些情况为通用和其他汽车制造商创造了颇具挑战的环境，使我们进一步采取大胆且艰难的举措重组业务。

又据 2010 年 4 月 8 日《腾讯汽车》记者路路报导：通用汽车在摆脱破产境地之后的 6 个月中，实现正现金流 10 亿美元，但同期净亏损 43 亿美元，并且预期今年能够扭亏为盈。通用公司表示，由于经济总体回暖，公司的经营情况也有所改善，预期将在 2010 年实现盈利。

（4）厂商亏损，可考虑停止生产。如图 5-7 所示，产品市场价格为 P_4，厂商按 MR=MC 的原则决定产量为 Q_4。这时 AR=AVC<AC，Q_4 的上引线与 MC 与 MR（MR=AR）的交点为 E_4，E_4 是均衡点。E_4 在 Q_4 的上引线与 AC 的交点 K_4 的下方，它与 Q_4 的上引线与 AVC 的交点重叠，E_4 同时也是 AR 与 AVC 最低点相切的切点，此切点称停止营业点。在这种情况下，厂商进行生产的收益只能弥补可变成本的耗费，已无力弥补固定成本的亏损。图中阴影部分为亏损。

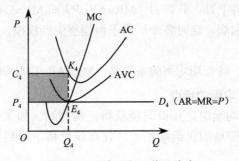

图 5-7 厂商亏损，停止生产

厂商为避免亏损扩大，此时可考虑停止生产。但是也有厂商认为这可能是最困难的时候，为保住品牌，留住客户，仍在继续坚持生产，等待转机。不过应该注意的是，倘若 AVC 继续上升，或 D（AR=MR=P）继续下降，AVC>D（AR=MR=P）时，全面亏损发生，就必须停止生产。

想一想：通用汽车公司在发生巨额亏损的情况下，为什么还继续生产？

（三）完全竞争市场的厂商长期均衡

1. 完全竞争市场厂商长期均衡的条件

在短期内，完全竞争厂商由于不能调整生产规模，厂商的短期均衡可能会获得超额利润，也可能会有亏损。但在长期中，如果该行业供给小于需求，价格水平高，即存在超额利润时，各厂商会扩大生产规模或有新厂商加入该行业，从而使行业内供给增加，市场价格下降，单个厂商的需求曲线下移，超额利润减少直到消失为止。如果该行业供给大于需求，价格水平低，存在亏损时，则厂商可能缩小生产规模或有一些厂商退出该行业，从而使行业内供给减少，市场价格上升，直至亏损消失为止。

在长期内由于厂商可以自由地进入或退出某一行业，并可以调整自己的生产规模，所以供给小于需求和供给大于需求的情况都会逐渐消失，最终使价格水平达到使各个厂商既无超额利润又无亏损的状态。如图 5-8 所示。

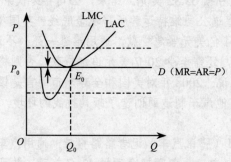

图 5-8 完全竞争厂商的长期均衡

图 5-8 中，厂商长期均衡点为 E_0，均衡价格为 P_0，均衡产量为 Q_0，需求曲线 $D(\text{MR=AR=}P)$ 与 LAC 相切，长期均衡实现。当 $D(\text{MR=AR=}P)$ 位于均衡点 E_0 上方时，此时市场价格较高，该行业能够获得超额利润，厂商会扩大生产规模，新的厂商也会加入该行业，于是行业总供给增加，市场价格下降。如果 $D(\text{MR=AR=}P)$ 位于均衡点下方时，此时市场价格较低，厂商所获收益低于成本，处于亏损状态，厂商会缩小生产规模，并有部分厂商退出该行业，于是行业总供给下降，市场价格上升。只有 $D(\text{MR=AR=}P)=\text{LMC=LAC}$ 时，厂商既无超额利润也不亏损，厂商获得正常利润，这时各个厂商不再调整生产规模，厂商的进入和退出该行业停止，厂商长期均衡实现。

所以，完全竞争市场厂商长期均衡的条件是：MR=AR=LMC=LAC。

2．完全竞争市场长期均衡的特点

（1）在行业达到长期均衡时，厂商只能获得正常利润。如果有超额利润，新的厂商就会被吸引进来，造成整个市场的供给量扩大，使市场价格下降到各个厂商只能获得正常利润为止。

（2）在行业达到长期均衡时，各个厂商提供的产量，是长期平均成本曲线最低点时的产量，具有最高的经济效率，最低的成本，资源配置达到最优状态。

第二节 不完全竞争市场

不完全竞争市场包括完全垄断市场、垄断竞争市场和寡头垄断市场。处于不完全竞争市场中的厂商的共同特征是竞争不充分性，或具有一定的垄断性。

一、完全垄断市场

（一）完全垄断市场概述

1. 完全垄断的含义

完全垄断又称完全独占，是指整个行业中只有一个生产者，不存在任何竞争对手的市场结构。常说的"独此一家，别无分店"指的就是完全垄断现象。

2. 完全垄断市场的基本特征

（1）从厂商数量来看，完全垄断是整个行业中只有一个厂商的市场组织。厂商即行业，他提供了整个行业所需要的全部产量。

（2）从所生产或经营的产品来看，该垄断厂商生产和销售的商品，独一无二，没有任何相近的替代品。

（3）从进入壁垒状况来看，其他任何厂商进入该行业都极为困难或不可能。这一点就注定了垄断厂商不存在任何竞争对手。

（4）垄断厂商对自己产品的价格有很强的控制力。垄断厂商可以掌控和垄断市场价格。

3. 完全垄断形成的原因

（1）由于政府特许而形成的垄断。政府特许某些行业垄断经营，如烟草、盐业及铁路运输部门等，厂商只有得到政府的批准才可以进入这些行业。

（2）非人为原因造成的垄断，即自然垄断。自然垄断，是指那些生产的规模效益需要在巨大产量条件下才能呈现或具有明显的规模报酬递增特征的行业。某些行业由于客观技术水平的限制，需要实施一次性大规模固定资本设备的投资，只有实行大规模生产经营才能够充分发挥各种生产要素的效应，获得规模经济效益，从而把生产成本降至能够赢利的水平。在这类商品的生产中，通常会有一个厂商依靠雄厚的经济实力最先达到这种规模，于是就成为了这个行业的垄断厂商。如有线电视、有线电话、城市供水、供电及供气等行业就是这样的垄断厂商。

（3）知识产权形式的垄断，比如专利权等。所谓专利权，是指政府授予某个厂商或个人，独自运用自己的创造发明来制造某一产品的技术，或者享受相应经济利益的权利。假如一个厂商拥有某项产品或制造某项产品的工艺技术专利权，便会受到法律的保护，别的厂商就无法生产此项产品或使用此项工艺技术，该技术垄断常常会形成产品市场的垄断。

（4）对资源的控制而形成的垄断。如果某个厂商操纵了生产某种商品所必需的全部资源或关键资源的供给，并且该资源没有类似的替代品，那么这个厂商也就掌控了使用该资源生产产品的供给，从而导致垄断。这种对资源的单独占有，消除了别的厂商生产同类产品的可能性，这也是垄断形成最根本的原因。

 **案例引用**

"德比尔联合矿业公司"对钻石资源的垄断

南非的"德比尔联合矿业公司"控制了全球钻石生产的80%左右，尽管这家公司的市场份额不到100%，但它也大到足够对国际钻石价格造成巨大影响的程度。

德比尔占有市场份额的多少，取决于是否有这种产品的近似替代品。倘若人们都认为红宝石、蓝宝石和翡翠是钻石的绝佳替代品，那德比尔拥有的市场势力就会比较小，其任何一种想提升钻石价格的努力都会令人们把目光转向其他宝石。可是，若人们认为那些宝石都无法与钻石相比，那德比尔就能够在很大程度上控制自己商品的价格。

当德比尔的广告告诉你"钻石恒久远，一颗永流传"时，你就会立刻想到，红宝石、蓝宝石和翡翠就不是这样。当然，这里要注意的是，这个口号适用于全部钻石，而非仅仅是德比尔的钻石。假如广告是成功的，消费者就会认为钻石是独一无二的，不是众多宝石中的一种，这样就会把原本类似的替代品踢得远远的。当然，这样就会让德比尔拥有更强的市场势力。

4．完全垄断市场的厂商需求曲线和收益曲线

在完全垄断市场上，由于只有一家厂商，市场对垄断产品的需求，就是对整个市场产品的需求，垄断者所面临的需求曲线就是整个市场的需求曲线，它是一条反映需求量与价格成反比的向右下方倾斜的曲线。完全垄断厂商是市场价格的决定者，他可以通过改变销量来控制市场价格，既可以减少销售量提高市场价格，也可以增加销售量降低市场价格。同样他也可以通过调整价格来控制销售量。

如图 5-9 所示，完全垄断厂商的需求曲线和收益曲线表现为：厂商的需求曲线 D 与平均收益曲线 AR、价格线 P 重叠，它们是一条向右下方倾斜的曲线，说明在每一个销售量上厂商的平均收益都等于商品的价格；厂商的边际收益曲线 MR 也是向右下方倾斜的，且位于平均收益的左下方，这说明在每一个销售量上厂商的边际收益都小于平均收益。

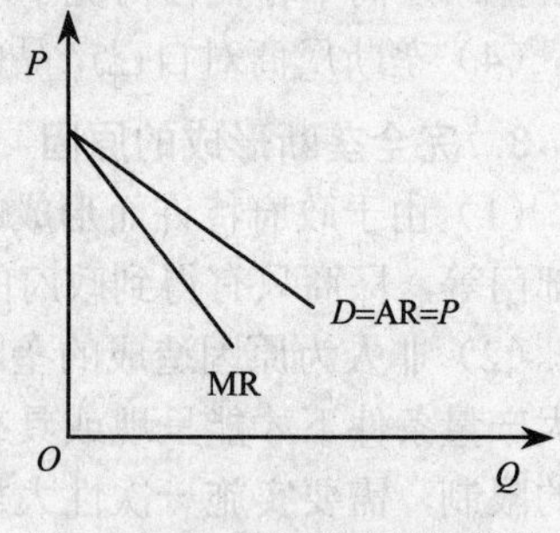

图 5-9　完全垄断厂商的需求
曲线和收益曲线

（二）完全垄断市场的厂商短期均衡

在完全垄断市场上，垄断厂商同其他市场结构的厂商一样，短期内不能改变固定成本的投入，它只能遵循利润最大化的原则（MR=MC），通过对产量和价格的控制来实现利润最大化。短期中厂商可能是盈利的，也可能是亏损的，具体可分三种情况加以说明。

（1）供给小于需求，价格高于平均成本，厂商根据利润最大化原则 MR=MC 决定产量，获取超额利润。如图 5-10 所示，MR 和 MC 的交点为 E_1，Q_1 为最优产量，P_1 为最优价格。此时总收益 TR=$OP_1 \cdot OQ_1$，总成本 TC=$OC_1 \cdot OQ_1$，超额利润=TR-TC=（OP_1-OC_1）OQ_1，如图 5-10 中阴影部分。

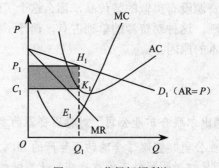

图 5-10　获得超额利润

（2）供给等于需求，价格等于平均成本，厂商按照利润最大化的原则 MR=MC 决定产量，此时存在正常利润，如图 5-11 所示。总收益 TR=$OP_2 \cdot OQ_2$，总成本 TC=$OP_2 \cdot OQ_2$，超额利润为零。

（3）供给大于需求，即价格低于平均成本，厂商按照利润最大化的原则 MR=MC 决定产量，此时存在亏损，如图 5-12 所示。总收益 TR=$OP_3 \cdot OQ_3$，总成本 TC=$OC_3 \cdot OQ_3$，亏损=TC-TR=（OC_3-OP_3）×OQ_3，如图 5-12 中阴影部分。

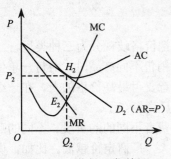
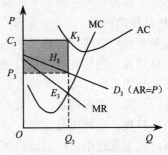

图 5-11　获得正常利润　　　　　　　图 5-12　存在亏损

在存在亏损的情况下，企业是否生产？此时要看平均变动成本的情况，如平均变动成本在价格线的下方，此时生产，总收益在弥补了全部变动成本之外，还有一部分可用来弥补固定成本的亏损，所以，短期内生产比不生产的亏损要少。如平均变动成本在价格线的上方，厂商生产的收益既不能弥补固定成本的亏损，也不能弥补变动成本的亏损，厂商应选择停止生产。

（三）完全垄断市场的厂商长期均衡

在长期中，完全垄断厂商可以调整全部生产要素，改变生产规模，从技术、管理等方面取得规模经济，实现利润最大化。加之完全垄断市场在长期内也只有一家厂商，没有竞争对手，厂商完全可以把价格和产量调整到最有利的位置，长期获得超额利润，如图 5-13 所示。

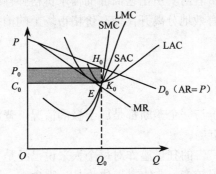

图 5-13　完全垄断厂商的长期均衡

垄断厂商根据利润最大化原则决定产量，完全垄断市场厂商的长期均衡条件是MR=LMC=SMC。图中 MR 和短期边际成本曲线 SMC、长期边际成本曲线 LMC 相交于 E 点，决定均衡产量为 Q_0，均衡价格为 P_0。完全垄断厂商的长期均衡中，要达到最优生产规模，不但要求 MR=LMC=SMC，而且要求长期平均成本 LAC 最低，图中均衡产量 Q_0 的上引线和LAC、SAC 的最低点相交于 K_0，成本处于最低点。Q_0 的上引线和价格线 P 交与 H_0，总收益TR 大于总成本 TC，此时生产规模最优，厂商获得最大超额利润，超额利润为图中阴影部分。

请注意：如果 E 点位于 LAC 最低点的左边，说明厂商的生产规模小于最优；如果 E 点位于 LAC 最低点的右边，说明厂商的生产规模大于最优。

（四）完全垄断市场的厂商定价行为——价格歧视

1．价格歧视的定义

价格歧视，也称差别定价，即垄断者对同一商品向不同顾客设定不同的价格，目的是吸引不同的顾客，进而获得更高的利润。

2．价格歧视的种类

根据完全垄断厂商实行价格差别的程度不同可以把价格歧视分为三种类型。

一级价格歧视，也称完全价格歧视，是指厂商在销售不同产品时，对每一单位产品都要求取得尽可能高的价格，每一单位产品都要出售给愿意支付最高价格的人。在一级价格歧视下，消费者得不到消费者剩余，消费者剩余都被垄断厂商剥夺了。

二级价格歧视，也称成批定价，是指厂商按照消费者不同的购买段、不同的购买量收取不同的价格，购买量越小，厂商定价越高，购买量越大，厂商定价越低。比如，供电部门规定"峰电"和"谷电"的价格，对家庭用电分段实行差别定价。

三级价格歧视，是指厂商把对同一种商品在不同的消费群体、不同市场上分别收取不同的价格。比如，一家乳品公司在"六·一"儿童节前送优惠券给小学生，规定从 5 月 25 日～6 月 5 日凭此优惠券和学生证，购买本公司乳制品 8 折优惠。这样一来，就对小学生消费群体和其他消费群体实行不同价格，从而实行价格歧视。

想一想：完全垄断厂商是完全垄断市场上价格的决定者，那么完全垄断厂商是不是就可以随心所欲的定价了？

3．实现价格歧视的条件

（1）卖者是一个垄断者，可以操纵价格；

（2）卖者了解不同的消费者对其所出售商品的需求价格弹性；

（3）卖者能把不同市场有效地分离开，使高价格市场上的消费者无法购进低价的商品，否则，价格歧视无法实行。

二、垄断竞争市场

在现实经济中，完全竞争与完全垄断都是属于极端情况，普遍存在的是介于这两者之间的垄断竞争市场和寡头垄断市场。

在黄金时间打开电视，广告的狂轰滥炸对每个人来说已经是习以为常的事情，观众会观察到什么类型的产品广告做得较多——饮料、化妆品、零食……这些快速消费品行业一般把收入的 10%～20%投放于广告。它们虽然品牌不同、包装有异，令人眼花缭乱，但是，却存在实质性的相似。这些行业都是典型的垄断竞争行业。

（一）垄断竞争市场概述

1．垄断竞争市场的定义

垄断竞争市场是指许多厂商生产和销售有差别的同类产品，市场中既有竞争因素又有垄断因素存在的市场结构。它是介于完全竞争和完全垄断之间的一种市场。

2. 垄断竞争市场的特征

（1）厂商数目众多。厂商数目众多，决定了这个市场的每一种产品都有许多卖者和买者。由于市场内厂商的数目多，每个厂商占据的市场份额相对较低，导致了厂商自认为自己行为的影响力很小，不会引起竞争对手的注意和反应，自己的行为不会招致竞争对手的任何报复和打击。在这个假定前提下，往往独立采取一些经营行为。例如，餐饮业或服装行业，他们常常采取一些降价策略，试图扩大市场份额。

（2）产品同质但有差别。厂商生产的产品是有差别的，而这些产品彼此之间又存在很好的替代性。例如双汇火腿肠和雨润火腿肠，二者就有非常强的替代关系；牛肉面和鸡丝面是有差别的同种产品。垄断竞争市场与完全竞争市场相比，最大的差异来自于产品的差异性。产品差异是造成垄断竞争市场上垄断因素与竞争因素并存的决定性原因。

（3）厂商可以自由地进入或退出一个行业，进出壁垒非常小。这是由厂商的生产规模决定的。通常垄断竞争厂商的生产规模比较小，所用的生产资金比较少。俗话说，船小好调头，如果经营不善，很容易退出该行业，把生产要素转向别的盈利产业。

3. 垄断竞争市场的需求曲线

由于垄断厂商可以在一定程度上控制自己产品的价格，垄断竞争厂商所面临的需求曲线也是向右下方倾斜的。但市场中的竞争因素又使得垄断厂商面临的需求曲线具有较大的弹性。因此垄断竞争市场上的厂商面对的需求曲线是比较平坦的、向右下方倾斜的曲线，相对地比较接近完全竞争厂商的产品价格和销售量之间的关系。垄断竞争市场结构的特点使每一个厂商面临着两条需求曲线，如图 5-14 所示，一条是厂商期望的需求曲线 d，另一条是厂商实际的需求曲线 D。

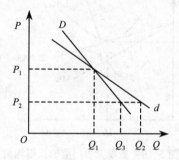

图 5-14 垄断竞争市场的需求曲线

在图 5-14 中，需求曲线 d 表示该行业某厂商改变产品的销售价格，其他厂商并不随之改变价格时的需求曲线。需求曲线 D 表示该厂商降低价格，其他厂商也随之降低价格时的需求曲线。当销售价格为 P_1 时，某厂商的销售量为 Q_1。假设某厂商把价格降到 P_2，期望通过降价销售量能从 Q_1 增加到 Q_2；如果其他厂商也随着降低价格，竞争的结果某厂商的销售量只能从 Q_1 增加到 Q_3。那么就有两条需求曲线，一条是某厂商自己希望的需求曲线 d，另一条是市场实际形成的需求曲线 D。

（二）垄断竞争市场的厂商短期均衡

在垄断竞争市场，厂商也是根据 MR=MC 的原则决定产量和价格。和完全垄断、完全竞争市场一样，厂商也可能面临盈利和亏损的几种情况：如 $P>SAC$，获得超额利润；$P=SAC$，收支相抵只获得正常利润；AVC<P<SAC，亏损但应继续生产；AVC=P，亏损，厂商考虑是否停产。

以图 5-15 说明厂商获取超额利润的情况。图中边际收益 MR 曲线与短期边际成本 SMC 曲线交于 E 点，厂商实现了短期均衡，短期均衡产量 Q_0，短期均衡价格 P_0，P_0 大于短期平均成本 SAC，厂商存在超额利润，超额利润为图中阴影部分。

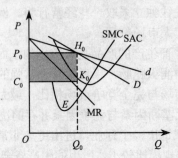

图 5-15　垄断竞争厂商的短期均衡

（三）垄断竞争市场的厂商长期均衡

垄断竞争市场的厂商长期均衡过程，是短期均衡中获得的超额利润的减少直至消失的过程。从长期看，厂商可以对所有的生产要素进行调整。如果一个行业出现了超额利润，就会有新的厂商进入该行业，竞争的结果使超额利润消失。如果一个行业出现了亏损，就会有厂商退出该行业，结果亏损消失。因此，与完全垄断不同，垄断竞争厂商长期均衡中的超额利润为零，只能获得正常利润。如图 5-16 所示，图中 MR=LMC，P=AR=LAC，因此 TR=TC。

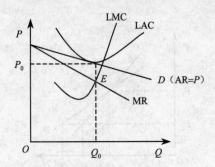

图 5-16　垄断竞争厂商的长期均衡

（四）垄断竞争市场条件下的非价格竞争

非价格竞争是指通过改变产品品质、广告促销等手段，影响消费者的需求来增加销售量，以获取最大利润。

垄断竞争厂商之间的价格竞争往往会使竞争双方遭受损失，因此，垄断竞争厂商之间一般不愿意进行价格竞争，而宁可进行非价格竞争。由于市场中厂商生产的产品存在差别，使非价格竞争有可能展开。非价格竞争手段主要包括以下三种：

1．产品变异

产品变异是非价格竞争的重要手段之一，指垄断竞争厂商通过改进产品品质、重新设计或改进产品商标、包装的手段来达到非价格竞争的目的。产品变异会影响产品成本和产品销量，但关键是要看经过变异，能否形成较大的需求从而给垄断竞争厂商带来更多的利润。如果经过变异之后，在新的均衡条件下的利润高于原来均衡时的利润，这种变异是优化的变异。否则，对厂商是不利的。

2．广告

广告是垄断竞争厂商扩大产品销路的重要手段。广告分为信息性广告和劝说性广告两类，信息性广告提供了商品比较充分的信息，有利于消费者做出最佳的购买决策，且节约了消费者的信息搜寻成本，有利于经济资源的合理配置；而劝说性广告却很少能提供对消费者真正有用的信息，更多地表现为诱导消费者购买商品，但被诱导的消费者往往并不能够购买到自己实际需要且真正满意的商品，达不到经济资源的合理配置。大多数的广告宣传往往既带有提供信息的成分，又同时带有劝说的成分。

 案例引用

西铁城在澳大利亚

一天，在澳大利亚的某一城市，突然从天上落下许多手表来，人们大为惊讶，纷纷拾起手表来一看，手表仍然在滴滴答答地走动，与当地时间一对，居然完全一致。原来这是日本西铁城手表厂做的一次广告，澳大利亚人深深地为西铁城手表的高质量、高精度所折服。从此，西铁城手表迅速在澳大利亚打开了销路。

3．售后服务

在价格既定的前提下，厂商推出售后服务对于产品的促销起着积极有效的作用。虽然提供优质的售后服务要使厂商承担一部分售后服务成本，但在垄断竞争市场中，对于差别不大的产品，特别是对于大件或贵重消费品、生产设备等，提供售后服务无疑能够获得消费者的好感，扩大在同类商品中的市场份额。

三、寡头垄断市场

（一）寡头垄断市场概述

1．寡头垄断市场的含义

寡头垄断市场是指有少数几家厂商供应这个行业的全部或大部分产品，每一家厂商的产量占据整个行业非常大的份额，对市场价格具有举足轻重的影响。这是一种介于完全垄断和垄断竞争之间的市场，它与垄断竞争市场一样，是既有垄断又有竞争，但寡头垄断市场垄断程度更高；而从垄断特征上看，它更接近于完全垄断市场。

 知识窗

垄断组织的形式

卡特尔（Cartel），原意是"协定"、"同盟"，是生产同类商品的企业为了获取高额利润，在划分销售市场、规定商品产量、确定商品价格等方面达成协议而形成的一种垄断联合。参加卡特尔的企业在生产上、贸易上、财务上和法律上都保持各自的独立性。

辛迪加（Syndicate），原意是"组合"、"联合"，是同一生产部门的少数大企业为了获取

高额利润，通过签订共同销售产品和采购原料的协定而建立的垄断组织。参加辛迪加的企业在生产上、法律上保持独立，但在商业上已失去了自主性。辛迪加较卡特尔牢固。

托拉斯（Trust），是若干性质相同或互有关联的企业为了独占市场、获取高额利润而组成的垄断组织。1879年首先在美国出现，如美孚石油托拉斯、威士忌托拉斯等。托拉斯本身就是一个独立的企业组织，参加者在法律上和业务上完全丧失其独立性，而由托拉斯的董事会掌握所属全部企业的生产、销售和财务活动。原来的企业主成为托拉斯的股东，按照股权的多少分得利润。

康采恩（Konzern），垄断组织的高级形式，晚于卡特尔、辛迪加、托拉斯出现，规模更为庞大。原意为多种企业集团。一般以一两个实力最雄厚的大垄断企业为核心，把跨部门、跨行业的许多大企业联合起来，组成一个垄断企业集团。以加强垄断统治，攫取高额垄断利润。它现在已成为最突出、最典型和占优势地位的垄断组织形式。

2．寡头垄断市场的特征

（1）寡头厂商之间相互依存、相互制约。寡头市场中只有少数几家具有举足轻重的大厂商占据市场，他们之间存在着异常激烈的竞争。与其他三个市场不同的是，寡头之间存在着相互依存、相互制约的关系，任何一个企业必须考虑自己行为可能引起的竞争对手的反应，同时，还要时时揣度对手的心理动向以便做出应对措施。因而寡头厂商既不是价格的制定者，更不是价格的接受者，而是价格的寻求者。

（2）厂商所生产的产品可以是无差别的，也可以是有差别的。按照产品的差异性划分，又可以把寡头分为两种类型：纯粹寡头和产品差别寡头。产品差别非常小的寡头称为纯粹寡头。例如，钢铁、石油及水泥等行业；生产有较大差别产品的寡头称为差别寡头，如汽车、香烟及造船行业。

（3）厂商进出存在比较大的障碍。通常，寡头市场是基于两大原因形成的：①这些行业开始时投资巨大，使用的是大型先进设备，通过精细的专业分工，形成了特大经营规模，所以现有的厂商难以退出；②政府对这些寡头的政策扶植，促进了寡头市场的形成。所以，寡头市场阻碍了其他厂商的进入，存在很大的壁垒。

（二）寡头垄断市场产量与价格的决定

寡头垄断市场厂商数量较少并且每个厂商占据的市场份额都相当大，任何一家厂商的行为决策都会影响其他厂商，进而使整个市场受到影响。各寡头厂商之间的相互依存性又使他们特别容易为了共同的目标而达成共谋。

寡头厂商之间的共谋或合作形式多种多样，可以签协议，也可以私下达成默契。

1．公开的组织——卡特尔

卡特尔是存在正式勾结的组织。卡特尔设立手续简便，同类厂商只要彼此同意就可以签订协约，实行一致的步骤从事经营。

有了卡特尔这种形式的存在，单个厂商就可以在卡特尔作用的状况下消解互相间的竞争，与大规模的采购商平起平坐。卡特尔是采取划分各自势力范围的方式使厂商之间和平相处，而并非采取弱肉强食的竞争手段，因此，产销利益自然就会增加。在卡特尔形式下，不会发生市场竞争时的竞相压价，以及耗费过多的促销费用等情况，从而使原材料采购、产品运销等方面的费用降低，利益增加。

但卡特尔这种垄断组织形式也存在着明显的缺点，它在大多数时间里是不稳定、不持久的。在卡特尔内部，各个企业为了抢夺更有利的销售市场、增加销售额，也存在着激烈的竞争，一旦各企业间的经济实力对比发生了变化，原本的卡特尔便会解体，然后按新的经济实力对比状况签署协定，形成新的卡特尔。因而，卡特尔的存在通常很难超过 10 年，其活动也通常局限在流通领域。

2. 配合默契——价格领导

价格领导指某行业中有一家厂商作为价格领袖，决定商品价格，其他厂商均随之变动。价格领导的厂商一般是根据其地位和实力或市场行情来确定或变动价格，其他厂商则随之采取同样的行动。之所以如此，并不是因为他们之间存在合谋，而是出于各自追求最大利润的需要。根据价格领导厂商的具体情况，价格领导可分为：

(1) 效率型厂商的价格领导。领先确定价格的厂商是本行业中成本最低、效率最高的厂商。他对价格的确定使其他厂商不得不随之变动。

(2) 支配型厂商的价格领导。规模大的一家厂商决定商品的市场价格，其他小厂商按此价格出售自己所愿意出售的产品，小厂商在此价格不能满足市场供应的部分，则由大厂商供给。

(3) 晴雨表型厂商的价格领导。某些厂商能较及时地掌握市场信息，正确判断全行业的成本及需求状况而成为其他厂商所仿效的晴雨表型厂商，使该厂商成为行业中的价格领袖。晴雨表型厂商并不一定是行业中规模最大的，效率最高的，但他熟悉市场行情，能代表其他厂商的愿望，所以能够为其他厂商所追随。

在价格领导形式下，各厂商的生产销售活动较为自由，因此，比较容易被厂商接受。

第三节 不同市场的比较

以上对完全竞争、完全垄断、垄断竞争和寡头垄断这四种市场结构做了介绍，四种市场各有特点，可以从以下几个方面对它们做一些简单的比较。

1. 经济效率

经济效率是指在一定的经济成本的基础上所能获得的经济收益。经济效率的高低一般用两个标准来判断，一是看价格和平均成本，二是看价格和边际成本。

完全竞争厂商实现长期均衡时，厂商的超额利润为零，水平的需求曲线和长期平均成本曲线最低点相切，价格等于长期平均成本的最低点，说明完全竞争市场产品的均衡价格最低，产品的均衡产量最高，且产品的平均成本最低。垄断竞争厂商实现长期均衡时，厂商的超额利润也为零，相对平坦的需求曲线相切于长期平均成本曲线最低点的左侧，和完全竞争的长期均衡相比，产品的均衡价格和平均成本较高。完全垄断的价格高出长期平均成本最低点更多，说明产品的均衡价格和平均成本更高。寡头垄断的情况介于垄断竞争和完全垄断之间。

再看实现长期均衡时，商品市场价格是否等于长期边际成本。商品的市场价格通常被看成是商品社会边际收益，商品长期边际成本通常被看成是商品社会边际成本，当商品市场价格等于商品长期边际成本时，社会边际收益等于社会边际成本，表示资源在该行业得到了最有效的配置。而当商品市场价格大于商品长期边际成本时，社会边际收益大于社会边际成本，说明该商品的供给不足，应该有更多的资源投入到该商品的生产中来，使该商品的供给增加，价格下降，最后使该商品的社会边际收益等于社会边际成本。根据这个标准，完全竞争的效率最高，完全垄断的效率最低。

2．技术进步

传统的观点认为，垄断厂商由于可以通过对市场的垄断而获得超额利润，因而缺乏进行技术创新的动力。甚至垄断厂商为了防止竞争对手利用新技术、新工艺对其垄断地位造成威胁，会利用各种方式千方百计地阻碍技术进步。但越来越多的人认为，垄断在一定程度上是有利于技术进步的，理由是：①垄断厂商具有雄厚的经济实力，有条件进行科学研究和技术创新；②垄断厂商同样具有技术进步的动力，巩固自己的垄断地位的手段是多种多样的，技术上保持领先是保住垄断地位的重要手段，这一点垄断厂商不可能不懂。

3．产品差别

完全竞争市场的产品是同质的、无差别的，这些产品不能满足消费者多种多样的需求，这样看来完全竞争市场虽然提供了价格较低的产品，但却不是最理想的选择。垄断竞争和寡头垄断市场的产品是差别的，多样化的产品供消费者选择，可以满足他们的不同需求。垄断竞争为社会提供的丰富多样的产品弥补了它效率较低的不足。

4．规模经济

完全竞争和垄断竞争厂商都是小的厂商，因而缺乏规模经济，生产成本较高。完全垄断和寡头垄断都是大厂商，可以进行大规模生产，产生规模经济，使产品成本和价格降低，因此有些行业比如供水、供电、电信和有线电视只能进行垄断经营，以避免资源的浪费。

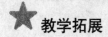 **教学拓展**

博弈论——"囚徒困境"——价格竞争

在寡头垄断市场上，厂商为了巩固自己的垄断地位，击败对手，他们既相互勾结又相互欺瞒。最近三四十年，经济学经历了一场"博弈论革命"，引入博弈论来分析寡头竞争的策略。前后有 5 位包括美国普林斯顿大学的纳什博士在内的博弈论专家，被授予诺贝尔经济学奖，这自然也激发了人们了解博弈论的热情。博弈论作为现代经济学的前沿领域，已成为占据主流的基本分析工具。

博弈论是研究决策主体的行为发生直接相互作用时的决策及决策的均衡，也就是说，当一个主体的选择受到其他主体选择的影响，而且反过来影响到其他主体选择时的决策问题和均衡问题。

一个完整的博弈应当包括五个方面的内容：①博弈的参加者，即博弈过程中独立决策、独立承担后果的个人和组织；②博弈信息，即博弈者所掌握的对选择策略有帮助的情报资料；③博弈方可选择的全部行为或策略的集合；④博弈的次序，即博弈参加者做出策略选择的先后；⑤博弈方的收益，即各博弈方做出决策选择后的所得和所失。

"囚徒困境"是博弈论里最经典的例子之一，可以用它来说明博弈论的基本思想。

警察抓获了两个重要的嫌疑犯，却只掌握了很少的证据，如果就此量刑，嫌疑犯将只受到很轻的惩罚。所以，警察就动用了这样一个办法，将两人隔离，然后分别对每个人说：①如果你坦白交代，而你的同伙不交代，那么他将被判 10 年监禁，而你会无罪释放；②反过来，如果你的同伙坦白交代，而你不交代，那么你将被判 10 年，他将被无罪释放；③如果你们两个人都坦白交代,每人都将被判刑 5 年;④如果你们两个人都不交代,你们每个人会被判刑 1 年。经分析,我们会发现,每个嫌疑犯可能面临的刑期分别是 10 年、5 年、1 年和 0 年。从他们的角度来说,当然希望避开 10 年的漫漫铁窗生涯,马上获得自由。但是,问题的关键就在这里:每个人最终的刑期并不是由他自己决定的,而是两个人一起作出选择后的结果,即需要两人共同来达成。

经济学理论认为,市场中的每一个个体都希望自己的利益最大化。假设我是其中的 A 嫌疑犯,当然希望自己"坦白从宽",而 B "抗拒从严",可是多年的"社会经验"告诉我,B 肯定也会这么想。退而求其次,只坐 1 年监禁也不错,前提是两个人都不交代,但是那样做我将冒极大的风险(因为 B 可能会招供)。思来想去,决定自己还是招供,这样避开了 10 年牢狱,最多也就是坐 5 年,而对双方都有利的 1 年刑期就不作指望了。

	甲不坦白交代	甲坦白交代
乙不坦白交代	二人同服刑 1 年	乙服刑 10 年,甲无罪释放
乙坦白交代	甲服刑 10 年,乙无罪释放	二人同服刑 5 年

在"囚徒困境"中,两名嫌疑犯都希望自己的利益最大化,得到了两人都坐五年牢的结果,在博弈论中被称为"纳什均衡"——一种非合作博弈均衡。

以旁观者的角度看,"囚徒困境"显然不是一个最佳的结果。如果两个嫌疑犯相互"合作",就能达成最好的结果;或者换个角度,当他们都首先替对方着想时,也能共同获得最短时间的监禁。这时,问题就变得深刻了:每个人的利己行为,导致的最终结局却是对所有人都不利,只有合作,才能使得大家获得最多的利益,形成所谓的"双赢局面"。

"囚犯困境"在经济学上有很多应用,也有力地解释了一些经济现象。

根据我国电信业的实际情况,我们来构造电信业价格战的博弈模型。假设此博弈的参加者为电信运营商 A 与 B,他们在电信某一领域展开竞争,一开始的价格都是 P_0。A(中国电信)是老牌企业,实力雄厚,占据了绝大多数的市场份额;B(中国联通)则刚刚成立不久,翅膀还没有长硬,是政府为了打破垄断鼓励竞争而筹建起来的。

正因为 B 是政府扶植起来鼓励竞争的,所以 B 得到了政府的一些优惠,其中就有 B 的价格可以比 P_0 低 10%。这一举动,还不会对 A 产生多大的影响,因为 A 的根基实在是太牢固了。但由于 B 在价格方面的优势,市场份额逐步壮大,到了一定程度,对 A 造成了影响。这时候,A 该怎么做?不妨假定:

A 降价而 B 维持,则 A 获利 15,B 损失 5,整体获利 10;

A 维持且 B 也维持,则 A 获利 5,B 获利 10,整体获利 15;

A 维持而 B 降价,则 A 损失 10,B 获利 15,整体获利 5;

A 降价且 B 也降价,则 A 损失 5,B 损失 5,整体损失 10。

从 A 角度看,显然降价要比维持好,降价至少可以保证比 B 好,在概率均等的情况下,A 降价的收益为 15×50%−5×50%=5,维持的收益为 5×50%−10×50%=−2.5,为了自身利益的最大化,A 就不可避免地选择了降价。从 B 角度也一样,降价同样比维持好,其降价收益为 5,维持收益为 2.5,他也同样会选择降价。在这轮博弈中,A、B 都将降价作为策略,因此各损失 5,整体损失 10,整体收益是最差的。这就是此博弈最终所出现的纳什均衡。我们构造的这一电信业价格战博弈模型是典型的囚徒困境现象,各个局部都寻求利益的最大化,而整体利益却不是最优,甚至是最差。

许多其他行业的价格竞争都是典型的囚徒困境现象，如可口可乐公司和百事可乐公司之间的竞争、各大航空公司之间的价格竞争等。

实 践 训 练

1. 课堂实训

（1）在垄断竞争市场，厂商也是根据 MR=MC 的原则决定产量和价格。厂商也可能面临盈利和亏损的几种情况：如 P>SAC，获得超额利润；P=SAC，收支相抵只获得正常利润；AVC<P<SAC，亏损但应继续生产；AVC=P，亏损，厂商考虑是否停产。

图 5-15 说明了厂商获取超额利润的情况。请你画图说明：①P=SAC，收支相抵只获得正常利润；②AVC<P<SAC，亏损但应继续生产；③AVC=P，亏损，厂商考虑是否停产。

（2）课堂讨论：①农贸市场是哪种类型的市场结构？你的判断标准是什么？经营者对其商品价格的影响力有多大？②当市场价格下降为多少时，厂商必须停产？

2. 课外实训

分组选择商家进行观察和了解，分别列举一个接近于完全竞争市场、完全垄断市场、垄断竞争市场和寡头垄断市场商家，并分析其特点和市场竞争策略。

本 章 小 结

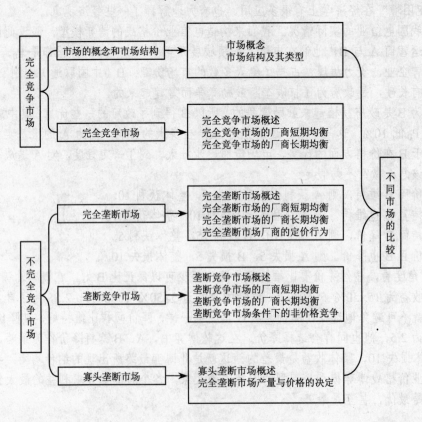

问题和应用

一、基本问题

（一）重要概念的记忆与解释

市场结构 Market Structure　　　　　完全竞争市场 Perfect Competition
完全垄断市场 Monopoly　　　　　　垄断竞争市场 Monopolistic Competition
寡头垄断市场 Oligopoly　　　　　　价格歧视 Price Discrimination

（二）单项选择题

1. 产品差别是指（　　）。
   A. 索尼牌彩电与海尔牌彩电的差别　　　B. 彩电与影碟机的差别
   C. 河南小麦与河北小麦的差别　　　　　D. 小轿车与面包车的差别

2. 每个企业都可以充分自由地进入或退出某个行业的市场是（　　）。
   A. 完全竞争市场　　　　　　　　　　B. 垄断市场
   C. 垄断竞争市场　　　　　　　　　　D. 寡头市场

3. 完全竞争条件下，厂商获取最大利润的条件是（　　）。
   A. 边际收益大于边际成本的差额达到最大值
   B. 边际收益等于边际成本
   C. 价格高于平均成本的差额达到最大值
   D. 以上都不对

4. 完全竞争市场的厂商短期供给曲线是指（　　）。
   A. AVC＞MC 中的那部分 AVC 曲线　　B. AC＞MC 中的那部分 AC 曲线
   C. MC≥AVC 中的那部分 MC 曲线　　　D. MC≥AC 中的那部分 MC 曲线

5. 在完全竞争市场上，厂商短期内继续生产的最低条件是（　　）。
   A. AC＝AR　　　　　　　　　　　　B. AVC＜AR 或 AVC＝AR
   C. AVC＞AR 或 AVC＝AR　　　　　　D. MC＝MR

6. 在完全竞争厂商的短期均衡产量上，AR 小于 SAC 但大于 AVC，则厂商（　　）。
   A. 亏损，立即停产　　　　　　　　　B. 亏损，但应继续生产
   C. 亏损，生产或不生产都可以　　　　D. 获得正常利润，继续生产

7. 当垄断竞争厂商处于短期均衡时（　　）。
   A. 厂商一定能获得超额利润　　　　　B. 厂商一定不能获得超额利润
   C. 只能得到正常利润　　　　　　　　D. 三种情况都有可能发生

8. 垄断厂商拥有控制市场的能力，这意味着（　　）。
   A. 厂商面对一条向下倾斜的需求曲线
   B. 厂商的边际收益曲线低于其需求曲线
   C. 如果他的产品增加一个单位，则全部产品的销售价格必须降低
   D. 以上都正确

9. 完全竞争市场上的企业之所以是价格接受者，是因为（　　）。

   A. 它对价格有较大程度的控制

   B. 它生产了所在行业绝大部分产品

   C. 它的产量只占行业全部产量一个很小的份额

   D. 该行业只有很少数量的企业

10. 下列哪个市场类型最需要做广告（　　）。

   A. 垄断竞争　　　　B. 垄断　　　　　　C. 寡头　　　　　D. 完全竞争

11. 下列哪个市场类型企业之间的关系最为密切（　　）

   A. 垄断竞争　　　　B. 垄断　　　　　　C. 寡头　　　　　D. 完全竞争

12. 完全竞争厂商通过（　　）手段来获得非正常利润。

   A. 制定一个高于其竞争对手的价格

   B. 制定一个低于其竞争对手的价格

   C. 进行技术创新

   D. 使其产品有别于其他厂商的产品

13. 寡头垄断和垄断竞争之间的主要区别是（　　）。

   A. 厂商的广告开支不同　　　　　　B. 非价格竞争的数量不同

   C. 厂商之间相互影响的程度不同　　D. 以上都不对

14. 寡头垄断和垄断的主要相同之处是（　　）

   A. 都存在勾结以限制产量　　　　　B. 长期当中生产的低效

   C. 行业中都存在法律上的进入壁垒　D. 以上都对

（三）多项选择题

1. 完全竞争市场是指（　　）。

   A. 市场参与者的购销量只占整个市场交易量的极小一部分

   B. 市场参与者只能接受价格，而不能影响价格

   C. 交易的商品是同质的

   D. 以上都是对的

2. 在完全竞争市场上，价格处于厂商的平均成本的最低点，则厂商将（　　）。

   A. 获得最大利润　　　　　　　　　B. 不能获得最大利润

   C. 亏损　　　　　　　　　　　　　D. 获得正常利润

3. 关于完全竞争和不完全竞争的区别，以下说法不正确的是（　　）。

   A. 如果某一个行业中存在许多厂商，则这一市场是完全竞争的

   B. 如果厂商面临的需求曲线是向下倾斜的，则这一市场是不完全竞争的

   C. 如果行业中所有的厂商都生产相同的产品，则这个市场是不完全竞争的

   D. 如果行业中有不止一家厂商，它们都生产相同的产品，都有相同的价格，则这个市场是完全竞争的市场

4. 以下关于垄断的说法，正确的是（　　）。

   A. 垄断厂商可以制定价格

   B. 自然垄断在一个产量充分大的范围内仍然存在

   C. 垄断厂商的平均收益曲线和边际收益曲线是同一条曲线

　　D．垄断厂商的边际收益小于产品价格
5．如果一个垄断厂商处于短期均衡，它将会按下列（　　　）生产。
　　A．边际成本等于实际需求曲线对应的边际收益
　　B．平均成本等于市场价格
　　C．主观需求曲线与平均成本的交点
　　D．主观需求曲线与实际需求曲线的交点

（四）判断题

1．在厂商短期均衡产量上，AR<SAC，但 AR>AVC，则厂商亏损，但应继续生产。
（　　）
2．在完全竞争市场上，SMC 曲线和 SAC 曲线的交点，被称为停止营业点。（　　）
3．垄断厂商的边际收益小于产品价格，这是因为增加一个单位的产出，不仅这一个单位的产品价格较前降低，而且全部产出价格也都将降低。（　　）
4．有差别存在就会有垄断。（　　）
5．垄断竞争市场与完全竞争市场的关键差别是前一种市场存在产品差别。（　　）
6．由于寡头之间可以进行勾结，所以，他们之间并不存在竞争。（　　）

二、发散问题

1．利润最大化的原则是什么？为什么？
2．用图说明完全竞争厂商短期均衡的形成及其条件。

三、案例分析

　　蒙玛公司在意大利以"无积压商品"而闻名，其秘诀之一就是对时装分段定价。它规定新时装上市定价卖出，以 3 天为一轮，每隔一轮按原价削 10%，以此类推，那么到 10 轮（一个月）之后，蒙玛公司的时装价格就削到了只是原价 35%左右的成本价了。这时蒙玛公司就以成本价售出。因为时装上市还仅一个月，价格已跌了 2/3，谁还不来买？所以一卖即空。蒙玛公司最后结算，赚钱比其他时装公司多，而且没有积货的损失。

　　麦当劳连锁店一直采取向消费者发放折扣券的促销策略。他们对来麦当劳就餐顾客发放麦当劳产品的宣传品，并在宣传品上印制折扣券。

　　请思考以下问题：

1．以上两个案例属于哪一级价格歧视？你还能举出类似的例子吗？
2．为什么要实行"无积压商品"策略？
3．为什么麦当劳不直接降低产品的价格？

第六章 生产要素市场

本章地位

前面几章分析了生产什么、怎样生产的问题。本章分析为谁生产的问题，分析生产要素价格的决定及生产要素所有者的收入分配问题。

知识目标

1. 了解生产要素市场的特点；
2. 理解各类生产要素的均衡。

能力目标

能够运用所学知识解释现实生活中的收入分配问题。

案例导入

理发店的收入如何分配？

小王在某市大学城附近开了一间 100 平方米的美发店，一个月的经营收入为 10 000 元。每月支付的店面租金为 2 000 元，从银行贷款 5 万用于购买美发用品与用具并为此每月支付利息 200 元。此外还聘用了 2 个美发师，每月每人工资 2 000 元，小王自己收入 3 800 元。这个美发店的收入为何要这样分配呢？

讲授新课

第一节 生产要素的需求与供给

一、生产要素市场的特征

（一）生产要素的种类

生产要素是指在经济活动中投入的各种资源，如自然资源、人力资源及资本资源等。经济学将生产要素划分为四大类：劳动、土地、资本和企业家才能。

（1）劳动，指劳动者投入生产的体力与智力的总和。

（2）土地，不仅指土地本身，还包括地上和地下的一切自然资源。

（3）资本，指由经济社会生产出来并用作投入要素以便生产更多商品和劳务的物品，可以表现为实物形态或货币形态。资本的实物形态又称为资本品或投资品，如机器设备、动力燃料及原材料等；资本的货币形态又称为货币资本。

（4）企业家才能，指企业家组织建立和经营管理企业的才能。

此外，随着经济的发展，新型的生产要素也在生产活动中发挥着很大的作用，比如知识、技术及信息等。

想一想：导入案例中包括了几种生产要素？各是什么？

（二）生产要素市场与产品市场的区别

生产要素市场是指各类生产要素交换的场所、领域和交换关系的总和。如劳动力市场就是一种典型的生产要素市场，还有资本市场、土地市场、技术市场及信息市场等。生产要素市场与产品市场的区别见表 6-1。

表 6-1　生产要素市场与产品市场的区别

	需 求 者	供 给 者	需 求 目 的	供 给 目 的
生产要素市场	厂商	居民（各类生产要素所有者）	投入生产	获得要素报酬（收入）
产品市场	居民	厂商	用于消费	实现利润最大化

二、生产要素的需求

（一）生产要素需求的特点

1. 间接性

生产要素的需求与产品的需求不同。产品市场上，消费者（居民）需要各类产品的目的是用于直接的消费，满足自己的衣、食、住、行的需要，因此对产品的需求是"直接需求"。生产要素市场上厂商需要各类生产要素不是为了自己的直接消费，而是为了投入生产过程生产出产品到市场上销售获得利润，这样的需求是"间接需求"，也称为"派生需求"或"引致需求"。

2. 联合性

通常一种产品的生产是需要投入多种生产要素的。如服装的生产不仅要有服装设计师、缝纫工等劳动要素，还要有面料、辅料、土地、厂房及机器设备等。这些生产要素联合起来才能发挥作用生产出产品，如果没有面料、辅料，服装设计师与缝纫工就是"巧妇难为无米之炊"了。

（二）影响生产要素需求的因素

1. 生产要素的价格

其他条件不变时，生产要素的价格与生产要素的需求成反比。

2. 市场对产品的需求

市场上对产品的需求越大，产品的价格越高，生产这种产品的利润空间就越大，也就越能吸引厂商增加这种产品的供给，从而对生产这种产品的各类生产要素的需求就越多。如人们对汽车的需求增加，从而对生产汽车需要的钢材、橡胶及玻璃等生产要素的需求也就增加。

3．生产技术状况

在其他条件不变时，生产技术进步，能节约生产要素，从而对某些生产要素的需求减少。如冶炼钢铁需要用到水，技术进步可以减少对水这种生产要素的需求。

4．替代生产要素的价格

某些产品生产所需要的生产要素在一定程度上是可以互相替代的，如工人与机器之间。当工人工资上涨时，可用机器来代替工人，节约成本，从而减少对劳动这种生产要素的需求，而增加对机器的需求。

5．总体经济状况

当社会经济繁荣时，对各类生产要素的需求会增加；反之，当经济萧条时，对各类生产要素需求就会减少。如2008年的金融危机袭来时，很多地方的工厂倒闭，工人失业，从而对各类生产要素的需求减少。

6．政府政策

当政府出台刺激相关行业发展的政策时，这个行业进行生产所需要的各类生产要素就增加；反之则会减少。如当政府采取措施鼓励房地产市场发展时，房产开发对土地的需求就会增加。

（三）厂商使用生产要素的原则

和完全竞争产品市场一样，完全竞争生产要素市场的基本特征可以概括为：生产要素的供求双方人数众多，都是生产要素价格的接受者；生产要素同质，具有完全的替代性；生产要素的供求双方具有完全的信息；生产要素的买卖双方可以自由地进出市场，生产要素可以自由流动。显然，完全具备这些条件的生产要素市场在现实经济中是不存在的，完全竞争生产要素市场只是理论上的假设。

厂商的目标是追求利润的最大化，其在选择要素的投入量时也要像在产品市场上那样遵循"边际收益=边际成本"的原则。但这里的"边际收益"与"边际成本"与产品市场是有所区别的。

生产要素市场"边际收益"是指每增加一单位生产要素的使用量所带来的增加的产量的价值，也称为边际产品价值，记为VMP，等于要素的边际产量乘以产品的价格。若要素的边际产量记为MP，产品的价格为P，则有公式

$$VMP=MP\times P \tag{6-1}$$

生产要素市场"边际成本"指每增加一单位生产要素的使用量所增加的成本。完全竞争的生产要素市场上，要素以不变的价格出售，故生产要素市场的"边际成本"即为生产要素的价格。若生产要素的价格记为$P_生$，则有公式

$$边际成本=生产要素的价格=P_生 \tag{6-2}$$

根据"边际收益=边际成本"的原则，得到$MP\cdot P=P_生$。这就是完全竞争厂商使用生产要素的原则。

以劳动要素为例，如果用P_L表示劳动要素的价格，VMP_L为劳动的边际产品价值，MP_L为劳动的边际产量，P为产品价格，则完全竞争厂商使用生产劳动要素的原则可表示为

$$VMP_L=MP_L\cdot P=P_L \tag{6-3}$$

完全竞争厂商将会根据上式决定劳动要素的使用量。

（四）生产要素的需求曲线

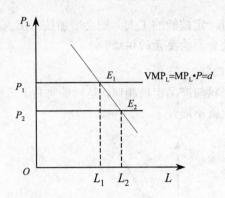

图 6-1　完全竞争厂商劳动要素的需求曲线

仍然以劳动要素为例，图 6-1 中，横轴为劳动的使用量，纵轴为劳动这种生产要素的价格，向右下方倾斜的曲线为边际产品价值曲线。在完全竞争市场上，劳动要素价格 P_L 既定，而劳动要素的边际产量 MP_L 又服从边际报酬递减规律，因而要素的边际产品价值曲线随着劳动投入量 L 的增加而减少，表现为向右下方倾斜。

当劳动价格为 P_1 时，其与边际产品价值曲线相交的点 E_1 为均衡点，E_1 所对应的 L_1 即为最佳的劳动使用量。因为 E_1 点符合"边际收益＝边际成本"的原则。同理边际产品价值曲线上的 E_2 点也是均衡点。推而广之，还有许多像 E_1、E_2 这样的均衡点，这些所有的均衡点连接起来就得到一条完全竞争厂商对劳动要素的需求曲线，并且这条需求曲线与边际产品价值曲线是重合的，表现为向右下方倾斜。同理，可得到其他生产要素的需求曲线。

以上得到的是单个完全竞争厂商对生产要素的需求曲线。把所有厂商对要素的需求曲线沿横向加总即可得到生产要素的市场需求曲线，也是一条向右下方倾斜的曲线。

三、生产要素的供给

（一）生产要素供给的特点

生产要素具有供给有限性的特点，这与资源稀缺性是密不可分的。比如土地这种生产要素其总体供给数量基本是固定的，很难有大的改变。再如劳动的所有者，他每天支配的时间只有 24 小时，他的劳动也只能在这有限的时间内进行。

（二）影响生产要素供给的因素

1. 生产要素的价格

通常情况下，其他条件不变时，生产要素的价格与生产要素的供给成正比。但也有特殊情况，如劳动、土地因其本身的特殊性，其价格的决定也有其特殊性，以后将作详细的介绍。

2. 资源状况

某些资源丰富的国家（或地区），提供的一些生产要素的数量可能就较多，如中国与印度，人力资源丰富，能提供劳动这种生产要素的数量就较多。

3．社会习俗

现代社会有越来越多的女性走出家庭从事工作，从而使劳动的供给增加。

4．政府政策

政府出资免费培训具有一定技能的工人，则会增加技术工人的供给。

想一想：还有哪些因素会影响要素的供给？

（三）生产要素的供给曲线

生产要素的供给曲线形状与产品市场相似，是一条向右上方倾斜的曲线，如图 6-2 所示，其推导过程较为复杂，在此就不展开了。

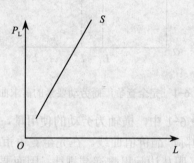

图 6-2　完全竞争厂商生产要素的供给曲线

四、生产要素市场的均衡

与产品市场的均衡一样，生产要素市场的均衡是由其需求曲线与供给曲线共同决定的。如图 6-3 所示，E 为均衡点，P_E 为生产要素的均衡价格，Q_E 为生产要素的均衡数量。如果这种生产要素是劳动，P_E 也就是劳动者的收入。同理，其他生产要素也有其均衡价格，生产要素的所有者也会获得相应的收入。当然，不同的生产要素的均衡价格会有所不同，下面将重点讨论劳动、资本及土地的均衡决定问题。

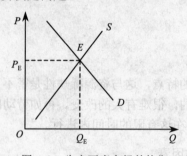

图 6-3　生产要素市场的均衡

第二节　劳动和工资

工资是劳动力提供劳动所得到的报酬，从某种角度讲，工资也是劳动的价格。劳动价格的高低，由劳动需求与供给决定，并受到其他因素的影响。

一、劳动的需求

劳动的需求是指一定时期内，在某种工资水平下厂商愿意并能够雇用到的劳动的数量。理性的厂商总是根据利润最大化的原则来决定对劳动的需求。在利润最大化的原则下，影响劳动需求的最重要因素是工资水平，其他条件不变，当工资提高时，厂商对劳动的需求减少；反之，工资下降，厂商对劳动的需求增加。劳动的需求曲线是一条向右下方倾斜的曲线，如图 6-4 中的曲线 D。

二、劳动的供给

一般而言，劳动的供给与其他产品一样会随着工资（劳动的价格）的上升而上升。但劳动供给有自身的特点，当工资增加到一定程度之后，劳动的供给量不但不会增加，反而会减少。表现在图形上，劳动的供给曲线是先向上倾斜，达到一定程度后再向后弯曲的曲线。如图 6-4 中的曲线 S。劳动的供给曲线之所以呈现这样的形状是由于工资增加导致的"替代效应"和"收入效应"引起的。

1. 替代效应

替代效应是指由于劳动的价格（工资）上升，如果选择闲暇则要放弃更多的工资，即闲暇的代价增大，劳动者愿意增加劳动时间（增加劳动供给）以代替闲暇。替代效应使劳动的供给增加。

2. 收入效应

收入效应是指工资的提高使劳动者的收入提高。收入提高使得劳动者能够购买更多的商品和劳务，其中包括购买更多的闲暇时间。闲暇时间增加意味劳动时间减少。收入效应使劳动的供给减少。

一个人一天的时间 24 小时，大致可分为劳动和闲暇两部分，劳动者只能在这有限的时间内进行选择。选择劳动获得工资，就要以减少闲暇的时间为代价；选择闲暇就要以失去一部分工资为代价。

收入效应与替代效应是两种相反的力量，劳动供给曲线的形状就是这两种力量相互作用的结果。图 6-4 中，工资水平低于 W_1 时，由于工资水平较低，替代效应大于收入效应，所以随着工资水平的提高，劳动的供给量增加，曲线向右上方倾斜；工资水平高于 W_1 时，由于工资水平较高，收入效应大于替代效应，所以随着工资水平的提高，劳动的供给量减少，曲线向后弯曲。

 **案例引用**

深圳的时尚一族

深圳市为数不少的白领对赚钱的观念发生了巨大变化，很多白领宁愿放弃高薪的职位来换取更多的休息时间从而达到一种"可持续发展"，而不是像以往拼命工作，发疯赚钱。

李玲是该市一家著名电脑公司的职员，她负责公司的销售，几年下来，凭借聪明和努力，她每个月的薪水在 1 万元以上，今年春天，公司的销售经理升职了，总经理提出由她来做销售公司的经理。谁知却被她婉言谢绝了。其理由是，一旦出任这个职位，势必要花费更多的精力和时间，这样自己的生活质量就会下降，如果不能好好休息的话，工作质量也会下降。她对记者说："如果当经理，我每月薪水增加3 000多元，可是我却会失去更多的东西，我宁愿不要这3 000多元，而维持较高的生活质量。"

三、工资的决定与工资的差别

（一）工资的决定

在完全竞争条件下，工资是由劳动的需求和供给共同决定的。如图6-4所示，劳动的需求曲线 D 与劳动的供给曲线 S 共同决定了劳动的均衡价格为 W_E。如果工资水平高于 W_E，这时劳动的供给大于需求，于是"失业"率升高，从而劳动者愿意以更低的工资提供劳动，结果市场工资水平下降。如果工资水平低于 W_E，这时劳动的供给小于需求，劳动供给紧张，出现"用工荒"，厂商愿意以更高的工资使用劳动，结果市场工资水平上升。所以，只有当劳动的供求相等时，劳动市场才处于均衡状态，并决定了劳动的均衡价格——均衡工资。

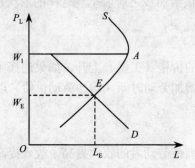

图6-4 生产要素市场的均衡

不完全竞争条件下，劳动市场上存在着不同程度的垄断，影响着工资的决定。①买方垄断。当劳动的供给者是众多的相互竞争的劳动者，而劳动的需求只是一个或少数几个企业的时候，便形成了劳动市场的买方垄断。垄断者凭借垄断地位影响工资水平的高低，②卖方垄断。劳动者组成工会，垄断劳动的供给。工会常用以下手段来争取提高工资：一是增加对劳动的需求；二是减少劳动的供给；三是支持最低工资法案。工会对工资的影响程度取决于工会力量的大小、工会与资本家双方力量的对比、整个社会经济情况及政府的干预程度等。③双边垄断。即买方和卖方都有一定的垄断。一般地讲双边垄断所形成的工资水平，比较接近于完全竞争条件的工资水平。

（二）工资的差别

现实生活中，劳动力市场往往是不完全竞争的市场，不完全竞争条件形成的工资存在着众多的差别。

1. 工作非同质形成工资差别

在完全竞争市场假定中，工作是完全同质的，但在现实生活中，多样化的工作具有工作的非同质特征。工作的非同质特征包括：工作环境、工作地点、工作条件、危险程度、社会地位、附加福利、工作保障及职业前景等。工作环境差、工作乏味、高危险的工种必须是高工资才能吸引人们进入。比如，洗刷摩天大楼的"蜘蛛人"的工资就比打扫道路的清洁工的工资高。

2. 劳动力非同质形成工资差别

现实生活中的劳动力市场上各个劳动者通常具有不同的技能与能力，这使得不同的劳动力之间难以形成竞争。

学习和表演能力等天赋方面的差异是造成劳动力非同质的一个原因。如：演员、运动员、科学家群体与一般工人之间不存在替代关系，他们的天赋与能力使其能赚得一般人难以赚到的收入2008年《福布斯》公布的中国名人榜的各路"人气王"中，演员仍是最大军团，从收入看，演员们都进账颇丰，见表6-2。

表6-2　2008年《福布斯》中国名人榜

收入排名	姓名	职业	收入/万人民币
1	姚明	运动员	38 780
2	李连杰	演员	24 000
3	刘翔	运动员	16 320
4	郎朗	钢琴家	8 500
5	章子怡	演员	5 500
6	李云迪	钢琴家	4 030
7	巩俐	演员	3 400
8	张国立	演员	3 110
9	易建联	运动员	2 900
10	陈宝国	演员	2 700

后天所接受的教育和培训类型、数量及质量等的差异导致劳动力非同质。医生、律师将多年的时间用于接受正规教育和在职培训，这些专业人员高工资的一部分可以认为是对其人力资本投资的回报。

劳动力的非同质使其产生不同的生产率，最终导致工资差别。长期内，劳动力会倾向于向高收入职位流动，但是流动本身又受资金实力、学习和应用知识技能的内在能力的限制，因此，工资差异将长期存在。

3. 劳动力流动的障碍形成工资差别

（1）地区障碍。劳动力的地区流动并不是自由的，要付出一定成本的，如各种迁移费用，还要克服离乡背井的心理障碍。这也是导致工资水平存在地区差异的原因之一。不同地区之间劳动力流动的障碍越小，其工资水平越趋于一致。如长三角地区，经济发展水平差异不是很大，交通发达，地缘相近，劳动力的流动比较自由，同一行业的工资水平相差也不是很大。

（2）制度障碍。政策或体制的设置也会使劳动力市场分割，阻碍劳动力的流动。如烟草、电力部门属于垄断行业，通过设置一些政策障碍，使一般人难以进入该行业，从而能够维持其较高的工资水平。城乡分割的户籍制度排斥外地民工在城市就业，阻碍劳动力流动，导致城市居民与农村居民收入的较大差异。

（3）社会障碍。社会障碍是导致不同群体工资存在差异的主要原因。美国的种族歧视使白人的平均工资水平大大高于黑人的平均工资水平，尽管他们做的可能是相同的工作。

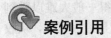 **案例引用**

美国人收入差距

据美国媒体报道，美国人口统计局数据显示，美国白人比黑人收入高 2/3，比西班牙裔美国人高出 40%。美国白人家庭平均收入为 5.06 万美元，而黑人家庭仅为 3.09 万美元，西班牙裔家庭为 3.62 万美元。黑人与白人 2005 年的收入差距从 1980 年的 1.81 万美元上升至 1.97 万美元。西班牙裔家庭的收入在 1980 年相当于白人家庭的 76%，2005 年仅相当于白人家庭的 72%。不仅收入高，拥有大学学历和住宅的成年白人也远比黑人和西班牙裔美国成年人多，而且更不容易陷入贫困潦倒之中。在美国拥有住房最多的 2005 年，3/4 的白人家庭拥有自己的住宅，但只有 46% 的黑人和 48% 的西班牙裔美国人拥有自己的房产。

第三节 其他生产要素市场

一、资本和利息

1. 资本

资本是指由经济社会生产出来并用作投入要素以便生产更多商品和劳务的物品。资本是与劳动、土地和企业家才能并列的生产要素。资本有两个特点：①资本是生产过程中被生产出来的，其数量是可以改变的，资本属于中间生产要素，不像劳动与土地那样属于原始生产要素。②资本被作为中间投入要素用于生产过程，目的是得到更多的商品与劳务。

一种商品可以成为资本，也可以不是资本。如面粉被面包厂购买去用于生产面包出售，这时它就是资本；而家庭主妇购买回去做面条、蒸馒头自己消费，这时它就不是资本，而是一般的消费品。资本可以表现为实物形态，如厂房、机器设备或者原材料，也可表现为货币形态。

2. 利息——资本的收入

工资是劳动者劳动的收入。而利息则是资本的收入，是资本所有者在一定的时间内因让

渡资本使用权，承担风险所获得的报酬，其计算公式是

利息=本金×利率×时间

在本金一定的前提下，利息由利率的高低与时间的长短决定。

3．影响利率的因素

（1）社会利润的平均水平。利率由社会利润的平均水平决定，也就是说，利率的总水平要适应大多数企业的负担能力，利率水平不能太高，太高了大多数企业承受不了，影响企业使用资本的积极性；相反，利率水平也不能太低，太低了则会反过来影响投资者的积极性。

（2）资本的供求状况。利率的变动由资本的供求双方通过竞争确定的。资本的需求主要是企业投资的需求，资本的供给主要来源是储蓄。一般地，当资本供不应求时，借贷双方的竞争结果将促进利率上升；相反，当资本供过于求时，竞争的结果必然导致利率下降。在市场经济条件下，由于作为金融市场上的商品的"价格"——利率，与其他商品的价格一样受供求规律的制约，因而资本的供求状况对利率水平的高低仍然有决定性作用。

（3）物价变动的幅度。由于物价具有刚性，变动的趋势一般是上涨，因而从事经营货币资本的银行必须使储蓄的名义利率适应物价上涨的幅度，否则难以吸收存款；同时也必须使贷款的名义利率适应物价上涨的幅度，否则难以获得投资收益。所以，名义利率水平与物价水平具有同步发展的趋势，物价变动的幅度制约着名义利率水平的高低。

知识窗

名义利率与实际利率

利率可分为名义利率和实际利率。所谓名义利率是利息的货币额与本金的货币额的比率。例如，张某在银行存入 100 元的一年期存款，一年到期时获得 5 元利息，利率则为 5%，这个利率就是名义利率。所谓实际利率是指名义利率扣除通货膨胀率以后的利率。若名义利率为5%，通货膨胀率 2%，实际利率=名义利率（5%）−通货膨胀率（2%）=3%。

（4）国际经济的环境。利率也不可避免地受国际经济状况的影响，表现在：国际间资本的流动，会改变一国资本供给量影响利率水平；利率水平受国际间商品竞争的影响；利率水平，还受国家的外汇储备量的多少影响。

（5）政策性因素。利率不是完全随着资本的供求状况自由波动，它还取决于国家调节经济的需要，并受国家的控制和调节。

二、土地和地租

经济学上的土地是指自然界直接提供的一切自然资源，如山川、河流、矿藏及狭义的土地等，土地具有永久性、固定性和不变性（数量稳定）的特点。

土地的价格（地租）的决定和其他生产要素一样，取决于土地的需求和供给。

请注意：这里所讲的土地价格是土地的租用价格，即地租，而不是土地本身的价格。

1．土地的需求与供给

土地的需求是指在各种可能的地租水平时，人们对土地的需求量。一般来说，地租越高，对

土地的需求量就越小，地租越低，对土地的需求量就越大。土地的需求曲线与其他生产要素的需求曲线一样，是向右下方倾斜的曲线，如图 6-5a 曲线 D 所示。现实生活中，土地有多种用途，可用于种庄稼、盖房、修路及养殖等。在其他条件相同的情况下，不同用途的土地给土地租用者带来的收益是不同的，在地租较高时，只有土地利用效率特别高的租用者才能够租用土地。

土地的供给是指在各种可能的地租下，人们愿意提供的土地的数量。因为自然界土地数量是既定的，因此从这个意义上说土地的供给是不变的，土地的供给曲线是垂直的。如图 6-5a 曲线 S 所示。如果从对土地使用来看，土地的供给还是可变的。因为，土地的供给者会把土地从一种用途转用于其他用途。例如，把原来用于种植粮食的土地转用于种植蔬菜，因为种植蔬菜的收益可能会高于种植粮食，土地的供给者可以获得较高的地租。在这种情况下，土地的供给曲线就不再垂直于横轴，而是向右上方倾斜，如图 6-5b 曲线 S 所示。

2．地租的决定

地租是土地所有者出让土地在一定时期内的使用权所得的报酬，是土地提供服务的价格，而不是土地本身的价格。

土地的供给曲线与需求曲线相结合时的均衡点所示的价格 R_E，为土地的均衡价格，如图 6-5b 所示。

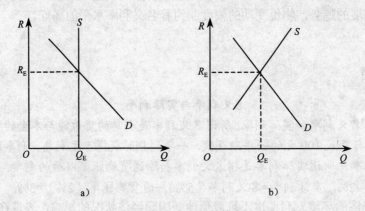

图 6-5　资本市场的均衡

图 6-6 中，D 表示土地的需求曲线，S 为供给曲线，二者相交决定了土地的均衡价格 R_E，即地租。

3．级差地租、准地租、经济租金与寻租

（1）级差地租。在现实的社会经济中，因为各种原因导致土地的生产率存在很大的差别，如土地的地理位置、肥沃程度及气温适宜度等。这样在同样面积的土地上投入相同的生产要素所得到的收益是不同的。边际收益越高的土地，人们对它的需求量就越大，地租也越高。由于土地的肥沃程度、地理位置等方面的差别而引起的地租的不同称为级差地租。

（2）准地租。准地租又称准租金，是指在短时间内因使用固定资本而产生的超额利润。因准地租是租用固定性耐久生产设备（如建筑物、大型设备机器等），付给占有者租赁费（租金），其实质亦系超额利润，类似地租，故称准地租。准地租仅仅存在于短期内，因为建筑物、大型设备机器这些生产要素在短期内增加的可能性不大，它们的供给是固定的，就像土地一样。而在长期内这些要素的数量是可以增加的，于是准地租可能就不存在了。

（3）经济租金。一种生产要素可能有多种用途，在使用时，为了防止某种生产要素转移到别的用途而必须支付一个基本的报酬，但实际支付的报酬（生产要素的实际收入）往往会高于基本的报酬，这个超出的部分称为经济租金。比如某球星打球每年收入 500 万元，而他干其他工作每年可获年薪 10 万元，500-10=490（万元）就是他的经济租金。

（4）寻租。政府运用行政权力对企业和个人的经济活动进行干预和管制，妨碍了市场竞争的作用，从而创造了少数有特权者取得超额收入的机会，这种超额收入被称为"租金"，谋求这种权力以获得租金的活动，被称作"寻租活动"，俗称"寻租"。租金的根源来自对该种生产要素的需求提高，而供给却因种种因素难于增加而产生的短缺。在现代国际贸易和公共选择理论中，租金仍然指由于缺乏供给弹性产生的差价收入。这里是指政府的干预和管制抑制了竞争，扩大了供求差额，从而形成的差价收入。因此它是一些既得利益者对既得利益的维护和对既得利益进行的再分配的活动。寻租往往使政府的决策或运作受利益集团或个人的摆布，往往成为腐败、社会不公和社会动乱之源。

与寻租相对应的另一个概念是设租，即政府部门或官员为了引诱寻租活动以取得寻租者的让利，而故意设置制度性障碍、阻碍市场自由竞争的行为。有的政府部门通过设置一些收费项目，来为本部门谋求好处。有的官员利用手中的权力为个人捞取好处，有的企业贿赂官员为本企业得到项目、特许权或其他稀缺的经济资源。比如某国出入境管理处规定，申办护照者必须交外文邀请信的原件和翻译件，为了保证翻译质量，要求翻译件必须由指定的翻译公司翻译，收费是每份 100 元。这就是一种设租行为。该翻译公司因为出入境管理处的规定而取得了垄断翻译的租金，即使已经翻译好了的信件，它象征性地改几个字就可以收取 100 元，其成本只要盖一个戳。

寻租与设租不会增加社会实际财富，只会导致社会资源的浪费。

想一想：如何能减少寻租行为？

三、企业家才能和正常利润

1. 企业家才能

企业家才能指企业家经营企业的组织能力、管理能力与创新能力。经济学认为，在生产相同数量的产品时，可以多用资本少用劳动，也可以多用劳动少用资本。但是，为了进行生产，劳动、土地和资本三要素必须要予以合理组织，还要有企业家将这三种生产要素组织起来，才能充分发挥生产效率。

具体说，企业家的才能表现在以下几个方面：

（1）创新理念。企业家不同于经理的最大区别是：经理人员只负责处理以前出现过的经营个例，而企业家要处理的是经营中从未出现过的崭新情况，是具有"不可重复性"的那种不确定性。企业家具有新的观念、新的作风和新的技术，敢于率先"冒险犯难"开辟新的活动领域和创办新的事业；在面对未知领域之时，他敢于将个人的全部勇气投入探索。

（2）合作本领。经济的发展需要把市场关系从企业内部人员之间的分工，扩张到部门、地区之间的分工，并最终突破性地扩展到国际范围的分工与贸易。企业家就履行着把不同的社会人组织起来的职能，继而把劳动分工这样一种人与人之间合作的基本方式，从一小群人不断地扩展到一大批人；他能公平地把大家组织在一块并"摆平"所有人的利益，让大家同心协力地合作，共同办好事情。

（3）获取资本。企业家在创业过程中，有两方面的资本尤其重要：一是创业所需资本，一是社会关系网络。如何获取这些资本，一方面取决于经济和社会制度以及交易成本结构，另一方面则取决于企业家个人筹措资本的能力。后者是区分企业家与非企业家的一个重要方面。

（4）学习天赋。每个人具有的"企业家才能"存在着较大差异，其中既有先天的个人素质因素，也有后天的学习能力因素。先天成分，主要表现为个人的"领悟"、"机敏"、"胆识"、"想象力"和"判断力"；而在后天的知识、经验获取中，高能力者可以期望比较容易地、低成本地获取知识，即获取信息的成本与真实的企业家能力之间应当是负相关的。

（5）前瞻眼光。企业家要有"利益导向"的经营思想，而不是"危机导向"的经营思想。"利益导向"就是在企业处于顺风、走上坡路时，能够看到其后有更大的利益可图，为了取得将来的更大利益而必须做出相应的改革，通过当前改革转化潜在利益；"危机导向"是指顺风时不思改革，日子得过且过，直到企业折腾得无路可走了才设想改革。企业家就是要立足于目前，放眼于未来，适时地发现必要的改革动向并及时地做出改革的决定。

2．正常利润和超额利润

正常利润是企业家才能的价格，也是企业家才能这种生产要素所得到的收入，其性质与工资相类似，也是由企业家才能的需求与供给所决定的。不同的只是由于对企业家需求和供给的特殊性（边际生产力大和培养成本高），决定了它的数额远远高于一般劳动所得的工资。经济学把正常利润看作企业成本的一个组成部分。

超过正常利润的利润称为超额利润，又称为经济利润。完全竞争条件下不存在超额利润，在不完全竞争条件下，超额利润的来源有三个：

（1）创新。由于创新可以提高生产效率，降低生产经营成本，提高产量和销售量，提高产品质量，提高企业的竞争力，所以创新超额利润是社会对创新者的奖励。

（2）承担风险。企业的决策总是会存在风险，可能会蒙受没有预料到的损失，也可能从原来未曾预料的事件中获取意料之外的利润，这意料之外的利润可列入超额利润范畴。由承担风险而获得的超额利润是合理的，承担风险的生产应该获得超额利润。

（3）垄断。垄断利润的来源有：首先采用最新技术的个别企业，如享有某种产品的专利权或声誉卓著的商标，能够赚得超过正常利润的超额利润；垄断企业凭借它们对某些产品生产和销售的控制，通过规定垄断价格，获取垄断利润。

第四节　收入分配的衡量

如何实现收入分配的平等，同时又保持经济活动的高效率，是经济学的重大课题。过分的追求平等会导致效率的损失。例如平均主义的分配制度能够促进平等，但是它会削弱人们的工作积极性；又如高额累进所得税、财产税和遗产税能够促进平等，但是它们会促使人们用财产分散代替财产集中，使一部分高收入者移居国外，技术、资本随之外流，影响国内的经济发展。政府向低收入者提供补贴或向失业者提供失业救济，可以促进平等，但是，如果这种措施力度过大，失业者便不愿意接受较低工资或强度大的工作，低收入者也会失去思变的动力，从而影响到效率的提高。过分的追求效率，甚至推行倾向于高收入阶层的分配政策，就会使两极分化愈演愈烈，而两极分化达到一定的程度，则会引起许多社会问题，带来社会的不安定。

多数经济学家主张把效率作为优先考虑的目标，当经济发展到一定的程度之后，再以尽量小的效率损失换取尽可能高的平等。

在研究收入分配的平等问题方面，洛伦兹曲线和基尼系数是人们常用的方法。

一、洛伦兹曲线

洛伦兹曲线，是美国统计学家 M.O.洛伦兹于 1905 年提出的，是在一个国家或地区内，以人口百分比对应收入百分比的点组成的曲线，用来衡量社会收入分配的平等程度。

洛伦兹曲线是在一个正方形中，如图 6-6 所示。正方形的底边即横轴代表收入获得者在总人口中的百分比，正方形的左边即纵轴显示的是各个百分比人口所获得的收入的百分比。45°对角线 OL 称为收入绝对平均线，这条线上的各点对应的横坐标与对应的纵坐标相等，表示人口累计百分比等于收入累计百分比，即社会中每个人都得到了同样的收入。折线 OHL 称为收入绝对不平均线，意味所有收入都集中在一人手中，而其他所有人均一无所获，收入分配达到绝对不平等。实际收入分配曲线是位于收入绝对平均线与收入绝对不平均线之间的一条弯曲的线 OL，实际收入分配曲线上每一百分比的人口与所有拥有的收入的百分比相对应，如 E_2 点表示整个社会 40%的人口占有社会总收入的 10%，E_1 点表示 60%的社会总人口只占有 30%的社会总收入，依此类推。

实际收入分配曲线的弯曲程度有重要意义。弯曲程度越小，越靠近收入绝对平均线，表示收入分配越平等；弯曲程度越大，越接近于收入绝对不平均线，表示收入分配越不平等。人们根据洛伦兹曲线位置来判断一个国家或地区收入分配的平等程度。

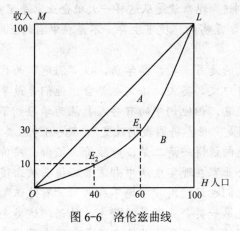

图 6-6　洛伦兹曲线

二、基尼系数

20 世纪初意大利经济学家基尼，根据洛伦兹曲线提出了判断分配平等程度的指标。如图 6-6 所示，设实际收入分配曲线和收入分配绝对平等曲线之间的面积为 A，实际收入分配曲线与绝对不平均线 OHL 之间的面积为 B，以 A 除以 $A+B$ 的商表示不平等程度。这个商被称为基尼系数。

$$G=A/A+B$$

基尼系数是大于 0 小于 1 的数。如果 A 为 0，基尼系数为 0，表示收入分配完全平等；如果 B 为 0 则系数为 1，收入分配绝对不平等。收入分配越是趋向平等，实际收入分配曲线的弧度越小，基尼系数也越小；反之，收入分配越是趋向不平等，实际收入分配曲线的弧度越大，那么基尼系数也越大。

世界银行曾发表一份数据，最高收入的 20% 人口的平均收入和最低收入 20% 人口的平均收入，这两个数字的比在中国是 10.7 倍，而美国是 8.4 倍，俄罗斯是 4.5 倍，印度是 4.9 倍，最低的是日本，只有 3.4 倍。

基尼系数给出了反映居民之间贫富差异程度的数量界线，可以较直观地反映和监测居民之间的贫富差距，预报、预警和防止居民之间出现贫富两极分化，因此得到世界各国的广泛认同和普遍采用。联合国有关组织规定基尼系数若低于 0.2 表示收入绝对平均；0.2～0.3 表示比较平均；0.3～0.4 表示相对合理；0.4～0.5 表示收入差距较大；0.5 以上表示收入差距悬殊。通常把 0.4 作为收入分配差距的"警戒线"，根据黄金分割律，其准确值应为 0.382。

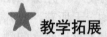 **教学拓展**

当代企业家应该具备什么样的素质

中国企业家可以极端地分为两大类：

一类是"土老帽"，或叫"土鳖"，也就是"技术含量低"的这一类。这一类属于经验主义，没有大方向，也没有大画面，就是外国人说的缺乏 Vision。但他们不固执，摸着石头过河，摸着石头了就往前走一步，摸不着石头，不知水深水浅时就另寻他途。这类企业家很容易成为机会主义。但千千万万这样"技术含量不高"的企业家用这种办法成功了。中国在世界经济的影响力，"中国制造"现象就是从这样一大批企业家手里产生的，他们的生命力惊人得顽强，可以在任何艰苦、恶劣的环境下生存。不光在中国的土地上，在世界各个角落都能看到他们的身影。

与这一类企业家相反的是另一类，高学历，以"海龟"为代表，技术含量高，走南闯北，见多识广，不光会讲中文，英文、法文也都会。他们是最早走向国际的一批精英，给中国的开放带来了新的气息。但他们中的有些人自认为学习到了所有知识，参透了世界上所有的奥秘，最常用的词是"世界将因我们改变"，"我们为人类提供新的生活方式"。对未来中国、世界几十年的走向讲得一清二楚，对股价、汇价、房价等走势的预测可以精确到小数点后几位。这一类企业家在现实生活中却常常碰得头破血流。这类人对经济预测的结果常常与现实不一致，他们也只能用"市场不成熟"，"有泡沫"，"人们不理智"来为自己的预测结果辩解。如果说第一类企业家是经验主义的话，这类企业家就是教条主义。借用毛泽东主席说过的一段话就是：教条主义给中国革命带来的损失比经验主义严重得多，教条主义让中国革命的力量在白区损失了 100%，在红区损失了 90% 以上。为什么会是这种结果呢？因为中国的革命和中国的市场非常繁杂，是一个庞大、复杂的系统，任何人都不能100% 地去掌握，还有许多未知的领域。就算最有知识的人、最聪明的人，也有自己不知道的盲区和自己不知道的东西。

当代企业家应该具备什么样的素质？这与时代背景有关，与这个时代需要什么样的企业有关。在资本主义初期，企业家创造财富的同时，也带来了贫困，不是在本国制造贫困，就是把贫困输出到别的国家去，这是马克思当年总结的观点，在今天看来还是适用的。那么，符合人类新文明的新的企业形态将会在什么样的国家诞生？不可能在欧洲，不可能在美国，也不可能在非洲，只能在中国诞生。这种新的企业形态，要在创造物质财富的同时，关注精神财富的与物质财富的平衡发展，要关注公平、正义，关注和谐平衡的发展。新的企业形态对中国的企业家提出了新的要求，他们既要有第二类企业家的远见、知识和理想，也要有第一类企业家的务实精神，和对未知领域的尊重。

实 践 训 练

1. 课堂实训

（1）设某厂商使用的可变要素为劳动 L，其生产函数为

$$Q=-0.01L^3+L^2+38L$$

其中，Q 为每日产量，L 是每日投入的劳动小时数，劳动市场和产品市场都是完全竞争的，单位产品价格为 0.1 美元，小时工资为 5 美元，厂商要求利润最大化。问厂商每天要雇用多少小时劳动？

（2）某完全竞争厂商雇用一个劳动日的价格为 10 元，其生产情况见表 6-3。当产品价格为 5 元时，他应雇用多少个劳动日？

表 6-3　劳动日数与产出数量的对应关系

劳动日数	3	4	5	6	7	8
产出数量	6	11	15	18	20	21

2. 课外实训

查阅资料，了解学校所在地的城镇居民、农村居民近五年收入变化，并分析变化的原因。

本 章 小 结

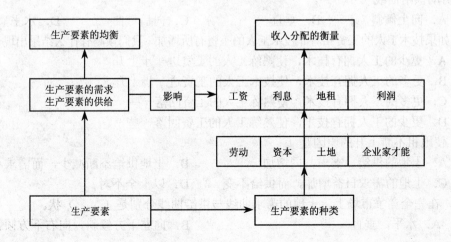

问题和应用

一、基本问题

（一）重要概念的记忆与解释

资本 Capital

劳动 Labor

土地 Land

洛伦兹曲线 Lorenz Curve

生产要素 Factors of Production

边际产品价值 Value of Marginal Product（VMP）

企业家才能 Entrepreneurship

基尼系数 Gini Coefficient

（二）单项选择题

1. 厂商的要素需求曲线向右下方倾斜的原因在于（   ）。

    A. 边际成本递减   B. 边际产量递减   C. 边际效用递减   D. 规模报酬递减

2. 在完全竞争市场条件下，某厂商生产一种产品的要素投入价格为 20 元，其边际产量为 5，则根据利润最大化原则，出售该产品的价格应为（   ）。

    A. 20 元   B. 10 元   C. 5 元   D. 4 元

3. 完全竞争条件下，厂商使用要素的边际收益是指（   ）。

    A. 边际产品价值   B. 边际产品

    C. 产品价格   D. 边际产品与要素价格之积

4. 在一个完全竞争市场中，追求利润最大化的厂商的产品价格上升时，将引起劳动的边际产品价值的（   ），从而导致劳动的需求（   ）。

    A. 降低；右移   B. 增加；左移   C. 增加；右移   D. 降低；左移

5. 就单个劳动者而言，一般情况下，在工资率较低的阶段，劳动供给量随工资率的上升而（   ）。

    A. 上升   B. 下降   C. 不变   D. 不能确定

6. 劳动供给决策包括（   ）之间的选择。

    A. 工作和睡眠   B. 收入和消费   C. 睡眠和闲暇   D. 工作和闲暇

7. 工资率上升产生收入效应和替代效应，两者作用方向相反，如果收入效应起主要作用，则导致劳动供给曲线（   ）。

    A. 向上倾斜   B. 垂直   C. 向后弯曲   D. 水平

8. 如果技术工人的工资相对非技术工人的工资有所增加，我们预测有什么结果出现（   ）。

    A. 更少的工人拥有技术，使熟练工人的工资进一步上升

    B. 更多的工人拥有技术，使技术工人的工资进一步上升

    C. 更多的工人拥有技术，使熟练工人的工资回落一些

    D. 更少的工人拥有技术，使熟练工人的工资回落一些

9. 使地租不断上升的原因是（   ）。

    A. 土地的供给、需求共同增加   B. 土地供给不断减少，而需求不变

    C. 土地的需求日益增加，而供给不变   D. 以上全不对

10. 在完全竞争市场上，土地的需求曲线与供给曲线分别是（   ）状。

    A. 水平，垂直   B. 向左下方倾斜，向右下方倾斜

C．向右下方倾斜，向左下方倾斜　　　　D．向右下方倾斜，垂直于数量轴

11．现有甲、乙两类工人，甲类工人要求的月工资为 350 元，乙类工人则要求月工资为 400 元。工厂为了实现其最大利润，必须要雇用甲、乙两类工人，并按照 500 元的工资标准支付给每一个工人。由此可知，甲、乙两类工人得到的月经济租金为（　　　）。

  A．350 元，400 元　　　　　　　　　B．150 元，100 元

  C．均为 500 元　　　　　　　　　　　D．均为 400 元

12．洛伦茨曲线代表（　　　）。

  A．税收体制的效率　　　　　　　　　B．税收体制的透明度

  C．贫困程度　　　　　　　　　　　　D．收入不均衡程度

13．如果收入是平均分配的，则洛伦兹曲线将会（　　　）。

  A．与纵轴重合　　　B．与横轴重合　　　C．与 45 度线重合　　　D．无法判断其位置

14．如果收入是完全平均分配的，则基尼系数将等于（　　　）。

  A．0　　　　　　　B．0.75　　　　　　C．0.5　　　　　　D．1.0

（三）判断题

1．厂商对生产要素的需求是一种引致的、共同的需求。　　　　　　　　（　　　）

2．基尼系数越大，表明收入分配越不平等。　　　　　　　　　　　　　（　　　）

3．所谓准租金可以理解为对供给量暂时固定的生产要素的支付，即固定生产要素的收益。　　　　　　　　　　　　　　　　　　　　　　　　　　　　　　（　　　）

4．土地的供给曲线中，有一段"向后弯曲"。　　　　　　　　　　　　（　　　）

二、发散问题

1．某劳动市场的供求曲线分别为 $D_L=4\,000-50W$；$S_L=50W$。请问：

（1）均衡工资为多少？

（2）假如政府对工人提供的每单位劳动征税 10 美元，假设征税对劳动需求曲线无影响，则新的均衡工资为多少？

（3）实际上对单位劳动征收的 10 美元税收由谁支付？

（4）政府征收的税收总额是多少？

2．一厂商生产某种产品，其单价为 15 元，月产量为 200 单位，产品的平均可变成本为 8 元，平均不变成本为 5 元，试求准租金和经济利润。

3．想一想导入案例中的理发店收入为何是那样分配的？

三、案例分析

请根据表 6-4 分析某国近些年的收入分配状况，试着想一想可以采用哪些措施缩小贫富差距。

表 6-4　某国 1997～2008 年各年度的基尼系数

年份	1997	1998	1999	2000	2001	2002
基尼系数	0.3706	0.3784	0.3892	0.4089	0.4031	0.4326
年份	2003	2004	2006	2007	2008	
基尼系数	0.4386	0.4387	0.496	0.5 左右	0.469	

第七章 市场失灵与政府干预

本章地位

通过前面几章的学习，我们知道市场可以调节资源配置，使资源配置达到最佳状态。但市场不是万能的，在很多情况下市场无能为力，不能实现资源的有效配置，这就是"市场失灵"。本章介绍市场失灵的几种情况及对策。

知识目标

1. 了解市场失灵的四种情况；
2. 了解解决市场失灵的措施。

能力目标

能够运用所学知识解释现实生活中的市场失灵现象。

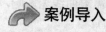 案例导入

三鹿奶粉事件与"市场失灵"

2008 年 6 月 28 日，位于兰州市的解放军第一医院收治了首例患"肾结石"病症的婴幼儿，据家长们反映，孩子从出生起就一直食用河北石家庄三鹿集团生产的三鹿牌婴幼儿奶粉。随着问题奶粉事件调查的不断深入，相关部门发现多例肾结石患儿多有食用三鹿牌婴幼儿配方奶粉的历史，高度怀疑石家庄三鹿集团股份有限公司生产的三鹿牌婴幼儿配方奶粉受到三聚氰胺污染。据医学专家介绍，三聚氰胺是一种低毒性化工产品，婴幼儿大量摄入可引起泌尿系统疾患。患泌尿系统结石的婴幼儿，主要是由于食用了含有大量三聚氰胺的三鹿牌婴幼儿配方奶粉。此后，全国陆续报道因食用三鹿牌乳制品而发生负反应的病例一度达几百例，事态之严重，令人震惊！

从经济学角度看，"三鹿奶粉事件"就是一起严重的"市场失灵"事件。

 讲授新课

市场通常是组织经济活动的一种好方法。市场经济可以利用供给与需求的力量，来实现

资源的合理配置。但市场这只"看不见的手"并不是万能的，也存在着不能使资源配置达到最佳状态的情况，这就是"市场失灵"。"市场失灵"包括外部性、公共物品、信息不对称及垄断四种情况。

第一节　外　部　性

一、外部性的分类

外部性是指某个经济主体（如厂商或居民）的经济活动给他人带来一定的利益或损失，而自己并没有因此得到补偿或付出代价。外部性可分为正的外部性与负的外部性，生产的外部性与消费的外部性。

1. 正的外部性

，　如果某项经济活动无偿给他人带来了利益则称这项活动产生了正的外部性，或称为"外部经济"。例如，养蜂人的蜜蜂在采蜜的同时可以为苹果传授花粉，增加苹果的产量，从而养蜂人给种苹果的人带来了额外收益，而养蜂人并没有从种苹果的人那里得到补偿。

2. 负的外部性

如果某项经济活动给他人带来了损失则称这项经济活动产生了负的外部性，或称为"外部不经济"。例如，吸烟者给周围被动吸烟人的健康带来了危害，增加了他人患病的可能，但吸烟者并没有因此而付出代价，为他人承担一定数额的保健和医疗费用。

3. 生产的外部性

如果外部性是由生产活动导致的，则称之为生产的外部性。例如位于河流上游的造纸厂排放的废水污染了下游的养鱼场，造纸厂的经济行为就产生了生产的负外部性。

4. 消费的外部性

如果外部性是由消费活动所导致的，则称之为消费的外部性。例如一个人深夜两点在家高唱卡拉 OK，影响到邻居的休息，就产生了消费的负外部性。

 **案例引用**

正的外部性与负的外部性

20 世纪初的一天，列车在绿草如茵的英格兰大地上飞驰。车上坐着英国经济学家 A.C. 庇古。他一边欣赏风光，一边对同伴说：列车在田间经过，机车喷出的火花（当时是蒸汽机）飞到麦穗上，给农民造成了损失，但铁路公司并不用向农民赔偿。这就是"负的外部性"。将近 70 年后的 1971 年，美国经济学家乔治·斯蒂格勒和阿尔钦同游日本。他们在高速列车（这时已是电气机车）上见到窗外的禾苗，想起了庇古当年的感慨，就问列车员，铁路附近的农田是否受到列车的损害而减产。列车员说，恰恰相反，飞速奔驰的列车把吃稻谷的飞鸟吓走了，农民反而受益。当然，铁路公司也不能向农民收"赶鸟费"。这就是"正的外部性"。

二、外部性对资源配置影响

外部性的存在会造成私人成本与社会成本及私人利益与社会利益的不一致，导致资源配置的失当。

1．私人成本与社会成本

私人成本是指某一经济主体为进行某项经济活动而支付的代价。例如吸烟者吸烟所支付的私人成本包括香烟的费用和自己的健康。社会成本是指整个社会为了进行某项经济活动而支付的代价。例如吸烟的社会成本不仅包括前面两项私人成本还包括被动吸烟者的健康成本（称为外部成本）。因此具有负的外部性的经济活动的私人成本小于社会成本，社会成本等于私人成本与外部成本之和，公式表示为

$$社会成本=私人成本+外部成本 \tag{7-1}$$

每个经济活动的主体都是理性的，其目的是追求利润的最大化或效用的最大化，考虑的只是私人的收益与成本，其生产或消费产品的数量取决于私人边际成本等于边际收益，从而导致实际产量可能大于社会最优产量。如图 7-1a 所示，其中 MC_1 代表私人边际成本，MC_2 代表社会边际成本，社会边际成本大于私人边际成本，所以 MC_2 在 MC_1 的上方。MR 代表边际收益，由于负的外部性只影响成本而不影响收益，因此边际收益没有私人边际收益与社会边际收益的区分。从图 7-1a 可以看出实际产量为 Q_1，而社会最优产量为 Q_2，$Q_1>Q_2$，即实际产量大于社会最优产量，出现了"不好的东西生产得多"的情况。

外部性扭曲了市场主体成本与收益的关系，会导致市场无效率甚至失灵，而负外部性如果不能够得到遏制，经济发展赖以存在的环境将持续恶化，最终将使经济失去发展的条件。

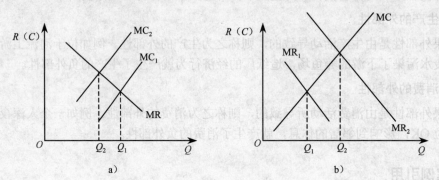

图 7-1　外部性的影响

a）负的外部性的影响　b）正的外部性的影响

2．私人收益与社会收益

私人收益是指某一经济主体进行某项经济活动而获得的收益或好处。社会收益则指整个社会从这项经济活动中得到的收益或好处。例如养蜂人放养蜜蜂得到的收益是蜂蜜，这就是其私人收益。而社会收益不仅包括蜜蜂采得蜂蜜的私人收益，还包括蜜蜂传播花粉使苹果的产量增加而获得的外部收益。因此具有正的外部性的经济活动私人收益小于社会收益，社会收益等于私人收益与外部收益之和，公式表示为

$$社会收益=私人收益+外部收益 \tag{7-2}$$

当某项经济活动具有正外部性时，其私人产量将小于社会需要的产量，即"好东西生产得少"。如图 7-1b 所示，MR_1 代表私人边际收益，MR_2 代表社会边际收益，MC 代表边际成本，由于正的外部性对成本没有影响，因此无私人边际成本与社会边际成本的区分。生产者在决定产量时，考虑的只是私人的收益，将产量定于私人边际收益与边际成本相交的 Q_1 处，而社会的最优产量是在社会边际收益与边际成本相交的 Q_2 处，$Q_1 < Q_2$，出现了"好东西生产得少"的情况。

三、外部性的解决

1. 企业合并

当一个经济主体的经济活动给其他经济主体带来外部性时，一个很好的解决办法就是将这两个经济主体合并，使之成为一个经济利益共同体。例如当一个企业的生产影响到另外一个企业时，如果政府把两个企业合并或两个企业自愿合并，此时外部性消失，即外部性被内部化了。合并后的企业为了共同的利益将使自己的生产确定在边际成本等于边际收益的水平上，由于此时不存在外部性，故合并后企业的成本与收益就等于社会的成本与收益。这样资源配置就能达到最优状态。

如种苹果的人和养蜂人，每个人的经营都给对方带来了正外部性：蜜蜂在苹果树上采花粉，有助于果树结果实；同时，蜜蜂也从苹果树上采集花粉酿造蜂蜜。但是当养蜂人和种苹果的人决定养多少蜜蜂和种多少苹果树时，他们都没考虑正外部性，其实际产量均小于社会的最优产量。如果将他们合并成一个企业，可以选择最优的苹果树种植数量和最优的蜜蜂饲养数量，实际产量就会达到社会最优产量。同理，如果将养鱼场与造纸厂合并，则造纸厂排污对养鱼场所造成的损失，就由合并后的企业承担，这样合并后的企业必然要考虑到排污的成本，从而将产量定在社会边际成本等于社会边际收益的水平上，不至于使"坏的东西生产得过多"。

2. 科斯定理

美国经济学家，1991 年诺贝尔经济学奖获得者罗纳德·科斯于 20 世纪 60 年代初提出：外部经济从根本上说是产权不够明确或界定不当引起的，只要财产权是明确的，并且界定产权而发生的协调或谈判等活动的交易成本为零或者很小，那么在具有外部性的市场上，无论所涉及的资源产权属于哪一方，交易双方总能够通过协商谈判达到资源配置的有效状态。

　知识窗

交易成本

交易成本指达成一笔交易所要花费的成本，也指买卖过程中所花费的全部时间和货币成本。包括传播信息、广告、与市场有关的运输及谈判、协商、签约、合约执行的监督等活动所花费的成本。交易成本主要包括：搜寻成本，即商品信息与交易对象信息的搜集；信息成本，即取得交易对象信息与和交易对象进行信息交换所需的成本；议价成本，即针对契约、价格、品质讨价还价的成本；决策成本，即进行相关决策与签订契约所需的内部成本。

假定有一工厂排放的烟尘污染了周围 5 户居民晾晒的衣服，每户由此受损失 75 元，5 户共损失 375 元。若此时有两个解决污染问题的方法，一是工厂花 150 元给烟囱安装一个除尘器，二是给每户买一台价值 50 元的烘干机，5 户共需 250 元。不论把产权给工厂还是给居民，即不论工厂拥有排烟权利，还是 5 户居民有不受污染的权利，只要产权明确，且得到充分保障，市场机制总是可以得到最有效率的结果，即他们中任何一方都会想出用 150 元安装一个除尘器来消除污染。

为什么是这样呢？如果把排放烟尘的财产权给予工厂，那么，五户居民便会联合起来，共同给工厂的烟囱安装一个除尘器，因为这只需花费 150 元，远低于五台烘干机的费用 250 元，也低于未装除尘器时晒衣服受到烟尘之害所损失的 375 元。反过来，如果把晒衣服不受烟尘之害的财产权给予 5 户居民，这样，工厂有责任解决污染问题，从而便会自动地在两种解决污染的办法中选择费用较低的那一种：给自己的烟囱安装除尘器。

因此，只要财产权明确，则不论财产权归谁，自由的市场机制总会得到最有效率的结果。

请注意：科斯定理的结论只有在交易成本为零或者很小的情况下才能得到。如果交易成本大于 250 元，居民会自己买烘干机。

3．税收和补贴

税收和补贴可以迫使经济主体考虑其经济活动的外部影响，是解决外部性问题的一个有效办法。当经济主体的活动存在着负的外部性时，政府应该对其征税，其数量应等于企业给社会其他成员造成的损失，从而使企业的私人成本等于社会成本。例如企业的生产污染了环境，政府向产生污染的企业征税，其税额等于治理污染所需要的费用。这种税收是由经济学家庇古提出来的，因此也称为"庇古税"。当存在着正的外部性时，政府应该进行补贴，其补贴额应该等于该企业给其他人带来的收益，从而使私人收益与社会收益相等。无论是哪种情况，只要政府采取措施使私人成本等于社会成本，私人收益等于社会收益，资源配置便可达到最优配置状态。

4．制定法律条约

政府可以通过制定法律条约来规定或禁止某些行为来解决外部性。例如对产生污染的企业可以规定一个排污的标准，如果企业超过了标准就对其罚款或勒令停业整顿；也可以制定法律法规对生产程序作出规定，例如规定生产产品时不能使用某种原材料或使用的原材料必须符合某种质量要求。

 案例引用

"限塑令"与外部性

塑料购物袋是日常生活中的易耗品，中国每年都要消耗大量的塑料购物袋。塑料购物袋在为消费者提供便利的同时，由于过量使用及回收处理不到位等原因，也造成了严重的能源、资源浪费和环境污染。特别是超薄塑料购物袋容易破损，大多被随意丢弃，成为"白色污染"的主要来源。目前越来越多的国家和地区已经限制塑料购物袋的生产、销售及使用。2007 年 12 月 31 日，中华人民共和国国务院办公厅下发了《国务院办公厅关于限制生产销售使用塑料购物袋的通知》。这份被群众称为"限塑令"的通知明确规定："从 2008 年 6 月 1 日起，在全国范围内禁止生产、销售及使用厚度小于 0.025 毫米的塑料购物袋"；"自 2008 年 6 月 1 日起，在所有超市、商场及集贸市场等商品零售场所实行塑料购物袋有偿使用制度，一律

不得免费提供塑料购物袋"。

5. 社会准则

加大社会准则与社会价值的宣传与教育也是解决外部性问题的一个方法。通过宣传和教育使人们接受"要产生正的外部性"和"不要产生负的外部性"观念。例如不随地吐痰和不乱扔垃圾成为大家都遵守的社会行为准则，即使没有法律的规定，这些不文明的现象也会大大减少。

第二节　公共物品

一、私人物品与公共物品

（一）私人物品

私人物品是指所有权属于个人的物品，如个人的衣食住行等物品，大部分日常生活用品都属于私人物品。私人物品具有排他性和竞争性的特点。

排他性是指消费者支付了某种商品的价格后，就可以使用该商品，从而把其他的消费者排斥在该商品的消费之外。例如某人买了一部手机，其他人没经过主人的允许就不可以使用该手机。

竞争性是指某物品增加一个消费者，就需要减少另外一个消费者对这种物品的消费。例如一件古玩在拍卖会上李某花了 150 万元将它买下，这件古玩便归李某所有，原来的所有者王某就不再拥有它了。

（二）公共物品

公共物品是可以供社会成员共同享用的物品，公共物品具有非竞争性与非排他性的特点。公共物品包括纯公共物品和准公共物品。

1. 纯公共物品

同时具有非排他性和非竞争性的物品称为纯公共物品。

非排他性是指某人在消费一种公共物品时，不能排除其他人消费这一物品（不论他们是否付费），或者排除的成本很高。非竞争性是指公共物品消费者的增加并不会影响别人同时消费该物品及从中获得效用，即增加消费者消费这一物品的边际成本为零。这一类物品如国防、路灯、气象预报及广播电台等。

2. 准公共物品

不同时具备非排他性和非竞争性的物品称为准公共物品，其中有的具有非排他性和竞争性，有的具有排他性和非竞争性。具体可分为

（1）自然垄断物品。这一类物品具有非竞争性和排他性特点，如水、电、气、消防及不拥挤的收费道路等。以天然气的使用为例，若某户居民没有付费，就不可以使用，这就是排他性；增加一户居民的使用不会影响其他居民的使用，这就是非竞争性。有人将这类物品称为俱乐部物品。

（2）公有资源。这一类公共物品与俱乐部物品刚好相反，即具有非排他性和竞争性的特点。这类物品常存在一个"拥挤点"，即当消费者的数目增加到某一个值后，就会出现边际成本为正的情况，而不是像纯公共物品，增加消费的人数，边际成本为零。当到达"拥挤点"后，每增加一个人的消费，将减少原有消费者的效用。如海洋里的鱼、环境及不收费的公路等。

按是否具有排他性与竞争性可将物品分类如下（见表7-1）：

表 7-1　物品的分类

排他性		竞争性	
		是	非
	是	私人物品 例：面包、衣服及私人住宅	自然垄断物品 例：水、电、气、有线电视及不拥挤的收费道路
	非	公有资源 例：海洋中的鱼、环境及不收费的公路	公共物品（纯公共物品） 例：国防、路灯、气象预报及广播电台

案例引用

为什么鲸会有灭绝的危险

一个美国人平均每年消费牛肉 33.14 千克，猪肉 26.79 千克，鸡肉 28.60 千克，但是谁也没有听说过这种消费可能导致对牛、猪或鸡的灭绝的担忧。相对而言没有多少美国人吃鲸肉；然而在日本等一些国家，鲸肉被视为佳肴。1986 年，由于担心鲸可能灭绝，一项暂停商业捕鲸的国际法规出台。为什么同样一个市场系统可以保证产出足够的牛、猪和鸡，却偏偏威胁到某些种类的鲸的生存呢？

经济学家从财产权着手进行分析。农民拥有他所养殖的食用牲畜，将这些动物视为自己的财产，因此觉得有必要好好照看它们，增加存栏数量。与此相反，鲸不属于任何国家或个人，换言之，它是世界共有的财产。于是，一方面大家都知道捕鲸可以赚大钱，不少人蜂拥而上；另一方面，保护和繁殖鲸类则由于缺乏直接经济利益而乏人问津。这个模式称为"公有资源的悲剧"。如果一样东西属于大家，如海洋，每个人都有经济上的激励去加以开发利用，却没有人有经济上的激励去保护。结果可能是鲸从海洋中消失。

当然，不仅鲸面临这样的问题。在美国，共有草原上的著名的美洲野牛濒于灭绝就是另外一个例子。要解决这一问题，许多情况下需要全社会联合起来，制定经济激励或法规保护资源，避免过度开发而导致破坏。

有时甚至法规也不足以产生作用。就在限制商业捕鲸法规通过的 1986 年，某些国家似乎一夜之间出现了动物学研究的热情，急切希望对鲸加以"研究"。1987 年，日本宣布增加其"科研用鲸"的数量，几乎是该国原有商业消费量的一半！同时，在日本的高额悬赏吸引下，本身并不属于鲸类消费国的冰岛也跃跃欲试，准备将其大部分的"科研用鲸"制成冻肉运往日本。

二、公共物品对资源配置的影响

1. 纯公共物品对资源配置的影响

这类物品具有非排他性与非竞争性的特点，一旦被生产出来后，任何人都可以免费使用这种物品，出现"搭便车"现象，生产者基本没有办法通过收费来弥补生产成本。因此，在市场经济条件下，追求最大化利润的厂商不愿意生产这种公共物品，导致公共物品的供给不足，资源配置极其不当，对社会经济效益的影响极大。

2．自然垄断物品对资源配置的影响

水、电、气这些自然垄断品的生产具有一个特点：只有当生产达到一定规模时，收益才能弥补成本，生产者才能有利可图。例如一个城市水的供应，需要铺设四通八达的输水管道，其固定成本比较高。如果由多家水厂供应，就要重复铺设管道，城市道路的建设和公共秩序也要受到影响，并会造成资源极大的浪费。因此，自然垄断物品的供给通常只有为数不多的几家，甚至只有一家厂商，这样往往会造成市场的垄断与经济活动的低效率。

但自然垄断物品会随着技术的发展和市场的完善而发生变化。例如在有线通讯时代，中国的通讯业只有中国电信一家独大；后来随着无线通讯技术的发展，陆续出现了移动、联通、网通、铁通等运营商，形成了多家竞争的局面。

3．公有资源对资源配置的影响

公有资源具有竞争性的特点，当使用人数达到"拥挤点"后，每增加一个人的消费，将减少原有消费者的效用。如不收费的公路，当它的承载能力达到一定的极限后，再有车辆增加其上，就会造成堵车，每个使用者的效用都会受到影响。公共资源又具有非排他性的特点，每个人不需要付费便可使用，考虑的只是个人的成本与收益。正如亚里士多德所指出的：凡是属于最多数人的公共事物常常是最少数人照顾的事物。公共资源的非排他性与竞争性的特点常使公共资源面临"提供过少"和"过度使用"的局面。

三、公共物品的对策

1．政府直接提供

这通常适用于纯公共物品和自然垄断性很高的物品的供给。如国防，在市场经济体制下，私人没有生产这种物品的动力，只能由代表公共利益的政府提供。城市道路和路灯，也是由每个市政部门的路灯管理处来建设和维护。政府提供公共物品的成本由政府通过财政收入来支付。

 案例引用

美国 2010 年新国防预算案

2010 年 2 月 1 日中国新闻网报道，美国政府计划在周一宣布的新国防预算案中，为无人驾驶侦察机、军用直升机和特种部队投入数十亿美元计的巨额款项，新预算要求再拨 1590 亿美元支付战争费，约有 116 亿美元将用于扩大阿富汗安全部队的阵容。这则新闻一方面反映了美国防务政策重点的转移；另一方面也说明了美国是以政府财政预算来提供国防这类公共物品的。

2．政府间接提供

政府利用预算安排和政策安排形成经济刺激，引导私人企业参与公共产品的生产。

（1）政府与私人签订生产合同。这种方法主要适用于自然垄断物品，包括基础设施，如

自来水供应、垃圾清理、城市交通及水污染控制等。一般采取政府公开招标的方式，借助于投标者的竞争把价格压在经济合理水平，政府在诸多投标者提出的一揽子服务方案中选取收费最低者或者是接受政府方案要求补贴最少者。此外，政府还可以采取一些措施对生产企业进行监督管理，如进行价格管制、环境监测等。这样就能以较合理的价格水平生产出自然垄断物品。

（2）出让经营权。有些公共物品生产的初始投资量巨大，但随后的经营需要的资本数量较少，具有竞争性，政府可以在完成初始投资后把经营权通过适当的形式转让（承包、租赁或者出售）给私人企业。这样做可以收回部分投资，消除垄断经营所造成的服务质差和收费高价。

（3）政府经济资助。这主要用于那些盈利性不高、盈利周期长及风险大的公共物品。如：宇航、生物工程、微电子技术及高精尖技术的基础研究和实用技术的超前研究等。资助方式有财政补贴、津贴、优惠贷款、减免税收、无偿赠款及直接投资等。

（4）政府参股。这主要适用于初始投资量大的基础设施项目。如桥梁、道路、发电站、高速公路、铁路及通信等。参股方式分为控股和入股，一些对国家安全、国民经济发展具有举足轻重地位的项目政府必须控股，而入股的目的主要是向私人企业提供资金或者分散其风险。

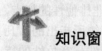 **知识窗**

BOT

BOT（Build - Operate - Transfer）通常直译为"建设—经营—转让"。BOT 实质上是基础设施投资、建设和经营的一种方式，以政府和私人机构之间达成协议为前提，由政府向私人机构颁布特别许可，允许其在一定时期内筹集资金建设某一基础设施并管理和经营该设施及其相应的产品与服务。政府对该机构提供的公共产品或服务的数量和价格可以有所限制，但保证私人资本具有获取利润的机会。整个过程中的风险由政府和私人机构分担。当特许期限结束时，私人机构按约定将该设施移交给政府部门，转由政府指定部门经营和管理。

第三节　信息不对称

一、信息不对称

信息是一种很有价值的资源，能够提高经济主体的效用和利润。如果生产者能了解市场的需求，就能恰到好处地给市场提供产品；如果消费者了解商品的质量，就能避开那些质次价高的商品。

信息不对称是指市场上买卖双方所掌握的信息是不对称的，一方掌握较为完整的信息，而另一方信息缺失。有些市场卖方所掌握的信息多于买方，如一般的商品市场与人才市场；有些市场买方所掌握的信息多于卖方，如保险与信用市场。在现实经济生活中，信息不对称的情况是普遍存在的，这就会导致市场失灵。

二、信息不对称的影响

1. 逆向选择

逆向选择理论是由美国经济学家、诺贝尔经济学奖获得者乔治·阿克洛夫提出的，主要是指由于交易双方信息不对称和市场价格下降产生的劣质品驱逐优质品，进而出现市场产品平均质量下降的现象。

例如在旧车市场上，卖者知道车的真实质量，而买者不知道。这样卖者就会以次充好，买者尽管不能了解旧车的真实质量，但知道车的平均质量，于是只愿以平均价格买车。这样一来，那些高于平均价的好的旧车就会被挤出市场，留在市场上的只有那些质量不好的车。这种市场称为"柠檬"市场（Lemon markets），即次品市场。阿克洛夫在《"柠檬"市场：质量不确定性与市场机制》这篇著名的论文中分析了这一问题，说明了信息不对称情况下的市场机制问题，成为信息经济学的经典之作。现在"柠檬"已成为每位经济学家最为熟知的隐喻之一。

在信息不对称的旧车市场，低质量的车把高质量的车赶出市场，市场调节下供给和需求总能在一定价位上满足买卖双方的意愿的传统经济学理论失灵了。

知识窗

"劣币驱逐良币"

"劣币驱逐良币"是经济学中的一个著名定律。该定律是这样一种历史现象的归纳：在铸币时代，当那些低于法定重量或者成色的铸币——"劣币"进入流通领域之后，人们就倾向于将那些足值货币——"良币"收藏起来。最后，良币将被驱逐，市场上流通的就只剩下劣币了。然而，"劣币驱逐良币"的困境并不是无法摆脱的，只要使信息流动充分，优劣区分明确，这个问题就能解决。

应该说，劣币与良币是可以共存的，不同品质或等级的物品和行为共存都是很正常的。乡镇企业生产的几十块钱一双的运动鞋并不会驱逐几百上千块一双的耐克运动鞋，反之亦然。这里的关键是运动鞋市场上有一个信息对称的竞争环境和市场定价机制。这种机制使得不同的鞋有不同的市场价格，消费者各取所需。然而，如果乡镇企业的运动鞋可以私自挂上耐克的商标而不受追究，所有的企业就都会去生产这种成本低、利润高的运动鞋了。这时，"劣币驱逐良币"原则就发挥作用了。可以看出，充分的竞争环境和完整的信息是市场正常运行的保障。

2. 道德风险

道德风险是20世纪80年代西方经济学家提出的一个经济哲学范畴的概念，即"从事经济活动的人在最大限度地增进自身效用的同时做出不利于他人的行动。"

保险中道德风险是指投保者购买保险后可能降低自我防范意识，因为一旦发生事故将由保险公司承担损失。

股份公司中道德风险，亦称"委托——代理问题"，是指所有权与控制权的分离可能使经理人员无视股东利益，按照自己的利益，利用自己的信息优势，为了自己的利益最大化而掩饰公司经营的真实状况，从而使股东的利益受损。

在产品市场上，厂商对于产品质量拥有的信息更多，知道自己生产的产品质量状况，而消费者并不掌握这方面的信息，厂商与消费者之间存在着"信息不对称"。在这种情况下，厂商为了自己的利益，就有可能把质量存在问题的产品卖给消费者，使消费者的利益受损。导入案例中的"三鹿奶粉事件"就是由于买卖双方信息不对称而导致的一种道德风险的例子。

三、信息不对称的对策

1. 建立信誉机制

信誉是消费者对企业行为的一种主观评价，消费者根据自己购买和消费某种产品的经验，对企业的诚信程度作出判断，并根据这种判断来决定以后是否还会购买该企业的产品。信誉高的商品能得到消费者的认可，卖出较高的价格；反之，信誉差的商品，则会遭到市场的淘汰。企业建立信誉机制有多种方法：如创建名牌、提供"三包"保证、提供完善的售后服务、在知名媒体上做广告及请明星代言等。

继续分析阿克洛夫的二手车市场的例子，我们很容易就会替卖好车的人想到解决问题的办法。比如你可以告诉买者他卖的是好车，如果买者不信，你可以负担全部或者大部分费用找专家检验汽车；或者与买者达成一份具有法律效力的合同，规定如是坏车则包赔一切损失，等等。这样一来，买车的人很容易就可以借此判断出车的好坏，因为只有好车的卖者才敢承担费用请人验车，卖坏车的人是绝不敢做这样的事情。这实际上是在做信号传递的工作，这是一种克服市场失灵的方法。

2. 要求提供担保或抵押

信息不对称时，一方对另一方无所知，大家互不信任，交易就难以达成。通过第三方担保或抵押品抵押可以解决这个问题。例如，在银行的个人住房抵押贷款业务中，银行对借款人资信情况、还贷能力并不是非常地了解，会担心借款人不能按时足额偿还贷款；而借款人对自己各方面的信息是完全掌握的，银行与借款人之间存着"信息不对称"，双方难以达成交易。解决问题的一个方法就是贷款人将自己的住房抵押给银行，到时如果还不清借款，银行就将抵押的住房拍卖，从而偿还贷款。这样就解决了交易双方由于信息不对称而难以达成交易的问题。

3. 政府调控

对于某些行业，政府可以进行信息调控，其目的主要是保证消费者和生产者能够得到充分和正确的市场信息，增加市场的"透明度"，以便他们能够作出正确的选择。如规定上市公司必须公布公司的有关经营情况、不得进行虚假广告宣传、电器之类的产品上必须有"3C"认证标志、香烟包装上必须标明"吸烟有害健康"字样等。

想一想：还有哪些措施可以解决信息不对称问题？

第四节 垄 断

一、垄断对资源配置的影响

在不完全竞争条件下，会出现不同程度的垄断。垄断产生的原因主要是规模经济效益、人为因素及自然条件等。垄断对资源配置会产生一些不利的影响。

1. 引起社会财富分配不公

垄断厂商的边际收益等于边际成本时，获得最大利润，但垄断厂商以垄断高价销售产品，这时产品价格高于边际成本，从而获得垄断利润，使消费者剩余减少，引起社会财富分配的不公。

2. 造成效率的损失

垄断厂商的产量通常低于社会最优产量，其市场价格又高于边际成本，这种状况抑制了需求，不利于增加供给，造成效率的损失。

3. 导致寻租

人为因素造成的垄断，会导致寻租现象的出现，造成更大的社会成本。

4. 影响新技术的推广

垄断者为了维护其垄断地位，可能会放弃使用新技术，从而阻碍新技术在更大范围内的推广，使生产力的充分发展受到一定程度的限制。

二、政府反垄断政策

垄断的存在会造成资源配置的失当，但是，垄断对于一些行业来说可能比过度竞争更有益，所以又不能完全消除它。针对垄断造成的"市场失灵"，政府可以采取经济的、行政的或者法律的手段加以限制。

1. 制定反垄断法

以立法形式来约束地方政府和行业主管部门的垄断行为，这是抑制垄断的比较有效的方法。《中华人民共和国反垄断法》由中华人民共和国第十届全国人民代表大会常务委员会第二十九次会议于 2007 年 8 月 30 日通过，自 2008 年 8 月 1 日起施行。《中华人民共和国反垄断法》的制定将有利于抑制跨国垄断势力，打击跨国企业操纵市场价格、产品质量和滥用市场支配地位等限制竞争的行为。

2. 价格监控

根据市场上同类产品的相对价格，确定某类产品可能的竞争价格。如果垄断价格超过了这个竞争价格，政府可以通过征收垄断税将这个差价收上来，或对其进行价格管制，使其价格处于一个相对合理的水平。

3. 减少进入障碍

各种制度性障碍限制了新企业的进入，在此情况下，就容易形成原有企业对市场的垄断。如果扫除新企业的进入障碍，变独家经营为多家经营，就可以变垄断为竞争。

4. 消除地方保护

有些垄断，是和地方保护相联系的。比如，电话业在一个城市基本上是独家经营的，尽管全国经营电话的企业有许多家，但他们往往由于地方保护而不能进入该城市而形成竞争。因此，打破地方保护，形成统一市场，有利于减少垄断，促进竞争，使所有依附于地方保护的公司转入正常竞争的轨道。

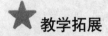 **教学拓展**

距离产生美

举世皆知，蒙娜丽莎的清丽无人能及，世界各地专程前来巴黎瞻仰她容貌的人们甚至踏坏卢浮宫的门槛，但是蒙娜丽莎的美，只能在距离油画两三米以外才能显现，如果贴近来看，唯有一堆皱巴巴、杂乱不堪的油彩；雄居五岳之首的泰山，那磅礴的气势也要从山外来看，真进入了山中，那石，那树，和别的山川没什么根本的不同；埃菲尔铁塔，从远处看蔚为壮观、气势磅礴，可走近了看，不过是一堆锈迹斑斑的钢条加铆钉。为什么？距离产生美。

政府与市场，同样需要距离。如麦迪逊所言："如果人都是天使，就不需要任何政府了。如果是天使统治人，就不需要对政府有任何外来的或内在的控制了。"完成治理的基本功，做到对市场的不妨害，是一个政府对经济事务管理的最低纲领（对一些政府来说，或许是最高目标）；这也是市场对政府的核心的、正当的和理性的要求。尤其在权力自上授予、对上负责的情况下，过于热心的参与往往是执政目标的暧昧所致。当地方政府在新的政治格局中获得了更大的权力时，这种区域竞赛似有进一步蔓延升温的迹象。当市场上的竞赛主体只是一些集合的、模糊的身影时，竞赛的魅力就已经失去了。

当前土地市场秩序混乱，在某种程度上是因为政府离市场太近。一位参加五部委土地联合督察组的官员说，这次检查发现经营性土地"招拍挂"出让还没有做到全覆盖，某省份至今仍有一半的市、县未建立"招拍挂"制度；违法审批、越权审批土地行为仍未得到根本遏制，如个别地方基层政府违反规划，随意将大量农用地转为建设用地，违规扩大土地作为基础设施投资综合补偿范围，违规低价出让土地，擅自批准减免地价和土地有偿使用费；一些市县在招商引资中竞相压低地价，恶性竞争吸引投资者；个别地区经营性用地招标拍卖挂牌不甚规范，仍以协议方式出让土地。市场经济客观要求政府必须将职能定位于制定土地市场规则、维护市场秩序及营造市场环境上，通过法律手段和经济手段等调控市场，减少对市场的直接干预，以保护土地市场稳定、公平、安全运行。要解决这些问题，首先就是要从现在开始逐步规范政府行为，而不是反过来在现在的机制下再去强化政府各部门对市场经济活动的干预。

当然，距离不能变成遥远，否则，美丽也就不存在了。政府与市场保持适当距离的时候，经济、社会的效率是最高的。政府与市场的距离渐行渐远，弊端开始显露。始于 20 世纪 80 年代末至 90 年代初的那一轮圈地运动，在某种程度上是因为政策法规不够完善、政府宏观调控不够所致。1989 年 3 月人大修改了宪法，补充了"土地使用权可以依法转让"一句，但是没有出台配套措施，没有对土地市场交易出台规范措施，也没有建立宏观调控机制。游戏规则存在漏洞，缺乏宏观调控，使一些炒家看到了发财的良机，只要通过关系获得土地，一转手就可以获取数倍乃至数十倍的暴利，于是，寻租现象蜂拥，"圈地运动"轰轰烈烈地开展起来了。在游戏规则日趋完善的今天，上个世纪的那种疯狂圈地行为将一去不复返，但是，其带来的教训值得我们铭记。

不过，即使我们的政府部门已经懂得了尊重市场，但如果不知道政府的边界在何处，仍有破坏市场规则的危险。这需要我们破除那些似是而非的论点，并将政府的边界写入约束政府的法律。今天，在我国许多美似花园的城市中，人们已经养成了不践踏绿地的习惯。我们的行政部门能否在市场的边界上驻足止步呢？

实 践 训 练

1．课堂实训

判断下列经济活动产生的影响属于生产的外部性还是消费的外部性；属于正外部性还是负外部性。

A．生产过程中的噪声、环境污染；

B．你邻居的高档轿车、居室装修豪华使你倍感压抑；

C．渔民过度捕捞；

D．你注射流感疫苗，减少了别人得流感的机会；

E．养蜂人酿蜜，周围果园产量提高；

F．旅游者蜂拥至旅游区而使物价上涨、舒适度下降；

G．高效率机器设备的应用将使手工生产者失业。

再列举出一些生产外部性、消费外部性、正外部性及负外部性的例子。

2．课外实训

（1）结合所学知识，召集你的室友商量如何解决宿舍"二手烟"问题。

（2）观察一下校园里有没有"公共物品"，这些公共物品的使用状况如何？作为学过经济学的我们，应该怎样做才能更好地使用这些公共物品？

（3）想一想为什么企业在招聘员工时通常都会有一定的学历要求？作为一个有能力的专科毕业生，如何才能进入一个要求有本科学历的的企业呢？

本 章 小 结

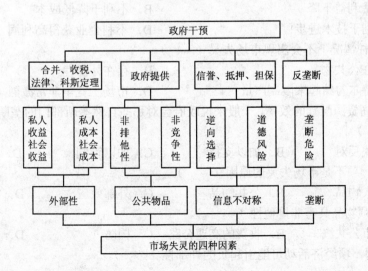

问题和应用

一、基本问题

（一）重要概念的记忆与解释

市场失灵 Market Failure　　　　　　　外部性 Externalities

私人成本 Private Cost　　　　　　　　社会成本 Social Cost

公共物品 Public Goods　　　　　　　　逆向选择 Adverse Selection

道德风险 Moral Hazard

（二）单项选择题

1. 外部性发生在当人们（　　　）。

    A. 无偿享有了额外受益或承担了不是由他导致的额外成本时

    B. 负担一个超出交易中购买价格的额外费用时

    C. 由于供给的减少而减少他们对一种商品的需求时

    D. 借款给一个公司而那个公司宣布破产时

2. 当一个消费者的行动对他人产生了有利的影响，而自己却不能从中得到补偿，便产生了（　　　）。

    A. 消费的外部经济　　　　　　　　B. 消费的外部不经济

    C. 生产的外部经济　　　　　　　　D. 生产的外部不经济

3. 如果某一经济活动存在外部经济，则该活动的（　　　）。

    A. 私人成本小于社会成本　　　　　B. 私人利益大于社会利益

    C. 私人利益小于社会利益　　　　　D. 私人成本大于社会成本

4. 下列存在搭便车问题的物品是（　　　）。

    A. 收费的高速公路　　　　　　　　B. 收学费的学校

    C. 路灯　　　　　　　　　　　　　D. 私人经营的商店

5. 下列不属于垄断的缺陷的是（　　　）。

    A. 消费利益下降　　　　　　　　　B. 不利于降低成本

    C. 不利于技术进步　　　　　　　　D. 不利企业获得高利润

6. 下列哪种情况下不会出现市场失灵（　　　）。

    A. 存在公共物品　　　　　　　　　B. 存在外部性

    C. 卡特尔勾结起来限制产量　　　　D. 市场上竞争非常激烈

7. 为了提高资源配置的效率，一般来说政府会对那些自然垄断部门的垄断行为采取以下哪种措施（　　　）。

    A. 坚决反对　　　　B. 加以支持　　　　C. 加以管制　　　　D. 任其发展

8. 下列哪一项不是市场失灵的原因（　　　）。

    A. 私人物品　　　　B. 公共物品　　　　C. 外部效应　　　　D. 垄断

9. 下面哪项物品具有非排他性（　　　）。

    A. 城市公共汽车　　　B. 收费的高速公路　　C. 国防　　　D. 艺术博物馆

10. 下面哪一项经济活动可能引起负的外部性（　　　）。

  A．汽车排出的废气   B．在街心花园种花

  C．清扫门前积雪   D．修复历史建筑

（三）判断题

1．养蜂者的活动对果园生产者的利益存在生产的外部影响。   （ ）

2．如果存在外部不经济，则私人成本小于社会成本。   （ ）

3．公共物品必须同时具有非竞争性和非排他性。   （ ）

4．存在消费的外部经济时，他人或社会从中受益。   （ ）

5．价格管制就是政府要对所有的商品的价格进行控制。   （ ）

6．买者与卖者之间的信息存在差别就是信息的不对称性。   （ ）

7．在二手车的交易中卖者比买者具有信息的优势。   （ ）

8．公共物品一般由政府通过税收来提供。   （ ）

9．公共物品的存在引起了搭便车问题。   （ ）

10．垄断的存在会引起市场的失灵。   （ ）

二、发散问题

设一个公共牧场的成本是 $C=5X^2+3\,000$，其中，X 是牧场上养牛的头数，牛的价格为 $P=1\,000$ 元。

1．求牧场利润最大化时的养牛头数。

2．若该牧场有 5 户牧民，牧场成本由他们平均分担，他们考虑的只是自己的收益与成本，这时牧场上将会有多少头牛？

3．根据前面两小题的计算结果说明，最后牧场会面临什么情况，为什么会有这种情况的产生？

三、案例分析

氟利昂是破坏臭氧层的元凶，它被广泛应用于汽车、空调及冰箱等电器的冷却方面。当它在 15～50 千米的高空受到紫外线照射后，就会生成新的物质和氯离子，从而破坏臭氧层，使局部区域例如南极上空出现臭氧层空洞，给人类健康和生态环境带来多方面的危害。《蒙特利尔议定书》就是联合国为了避免工业产品中的氟氯碳化物对地球臭氧层继续造成恶化及损害，于 1987 年 9 月 16 日邀请所属 26 个会员国在加拿大蒙特利尔签署的环境保护公约。该公约自 1989 年 1 月 1 日起生效。按照《蒙特利尔议定书》规定，我国于 2010 年 1 月 1 日全面禁用氟利昂类物质。

请运用所学知识分析为什么要禁用氟利昂类物质？

第八章 国民收入的核算与决定

本章地位

从本章开始，我们学习宏观经济学。宏观经济学是以整个国民经济活动作为研究对象，其核心理论是国民收入决定理论。要想从总体上把握整个国民经济活动，就必须要有一套确定总产出或总收入的方法，这套方法就是国民收入核算。

知识目标

1. 理解国内生产总值的含义；
2. 了解国民收入核算的基本指标；
3. 了解国民收入决定理论。

能力目标

初步掌握国民收入的核算方法。

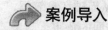

案例导入

两种国民收入核算体系

国际上曾经有两种国民收入核算体系，即物质产品平衡表体系（简称 MPS）和国民经济账户体系（简称 SNA）。物质产品平衡表体系是为适应对国民经济进行高度集中的计划管理的需要，由前苏联建立，后为东欧各国、古巴及蒙古等国采用。它以物质产品生产领域作为国民收入的核算范围，包括农业、工业、建筑业、交通运输业、邮电业及商业等行业中的物质生产部门，核算方法采用平衡法，由一系列平衡表所组成。国民经济账户体系，它适用于市场经济条件下的国民经济核算，首创于英国，继而在经济发达国家推行，现已为世界上绝大多数国家和地区所采用。它以全面生产的概念为基础，把国民经济各行各业都纳入核算范围，将社会产品分为货物和服务两种形态，完整地反映全社会生产活动成果及其分配和使用的过程，并注重社会再生产过程中资金流量和资产负债的核算。它运用复式记账法的原理，建立一系列宏观经济循环账户和核算表式，组成结构严谨、逻辑严密的体系。

我国曾经采用物质产品平衡表体系核算国民收入，从 1992 年开始建立国民经济账户体系为主体的国民收入核算体系，1995 年全部完成了向新的国民收入核算体系的转换。

 **讲授新课**

第一节　国民收入核算体系

国民收入，从广义上讲是指在一定时期内一国所创造的最终产品及劳务价值的总和。国民收入的核算就是在经济理论指导下，综合应用统计、会计及数学等方法，为衡量一国或一地区在一定时期内的经济活动和经济成果而构成的一个相互联系的指标系统。它包括五个经济总量指标：国内生产总值、国内生产净值、国民收入（狭义国民收入）、个人收入和个人可支配收入。在整个国民收入核算体系中，国内生产总值是最重要的一个总量指标。

一、国内生产总值

（一）国内生产总值的概念

国内生产总值（Gross Domestic Product，简称 GDP）是指一个国家在一定时期内（通常为一年）在本国所有常住单位所生产的全部最终产品和劳务的市场价值总和，是国民经济各行业在核算期内增加值的总和（各行业新创造价值与固定资产转移价值之和）。

（二）理解国内生产总值要注意几个要点

（1）国内生产总值是最终产品的价值，不包括中间产品的价值。社会最终产品是指在核算期内不需要再继续加工，直接可供社会投资和消费的产品。可供投资的产品包括机械设备、型钢等；可供消费的产品包括食品、服装及日用品等。中间产品是指在核算期间须进一步加工、目前还不能作为社会投资和消费的产品，包括各种原材料、燃料和动力。例如服装是最终产品，可以直接消费，但用于服装生产的原材料，如棉布、棉纱等产品就不是最终产品而是中间产品。需要说明的是某些产品，如煤炭、棉纱等，在核算期间没有参与生产而是以库存形式滞留在生产环节以外，这些产品也应理解为社会最终产品。

生活中，有些产品可以作为最终产品，也可以作为中间产品。例如面粉被消费者买回家蒸馒头自己吃，则为最终产品，若被食品厂买去烤制面包后卖给消费者，则为中间产品。这样把哪些面粉计入最终产品，哪些面粉计入中间产品，是很容易混淆的。用增值法来计算最终产品价值，可避免价值的重复计算。以面包为例，见表 8-1。

表 8-1　用增值法计算最终产品价值

产品名称	产品价值	中间产品价值	增值
小麦	5	—	5
面粉	10	5	5
面包	18	10	8
合计	33	15	18

表 8-1 中，面包是最终产品，其价值为 18，如果把各阶段上产品价值加总则为 33，这其中就包括了重复计算的中间产品价值 15。用增值法计算，就是将各阶段产品的增值加总，得到的是最终产品价值 18，避免了对产品价值的重复计算。

（2）国内生产总值中的最终产品不仅包括有形产品，而且包括无形产品——劳务的价值，要把旅游、医疗、教育和各种服务行业提供的劳务所获得到的报酬计入 GDP。

（3）国内生产总值是一定时期内（通常是一年）生产的最终产品的价值。是流量，不是存量。流量是今年新增加的量，存量是过去年份增加的量。今年的 GDP 是今年生产出来的包括今年已出售的和未出售的产品和劳务的价值，今年生产出来未出售的被视作为企业买下来的部分，应计入今年的 GDP。今年出售的以前年度生产的产品叫存货，不能计入今年的 GDP。

（4）国内生产总值是一个地域概念。它是在一国境内一年内生产的最终产品和劳务的价值，既包括本国的生产要素所生产的，也包括外国的生产要素所生产的。

（5）国内生产总值是一个市场价值的概念。各种最终产品的市场价值是在市场上达成交易的价值，都是用货币来加以衡量的。一种产品的市场价值就是用这种产品的单价乘以产量获得，例如有最终产品四个苹果三个梨子，苹果每个 1 元钱，梨子每个 0.8 元钱，苹果和梨子的市场价值就是 1×4+0.8×3=6.4（元），把它计入 GDP 就是 6.4 元。

（6）国内生产总值只包括合法市场活动所产生的价值。人们的生产包括为市场交换而进行的生产和为自己的消费而进行的生产。为自己消费而生产出来的产品和提供的劳务不计入 GDP，如家政公司清洁工人替客户打扫房间获得的收入要计入 GDP，而家庭主妇清扫自己家的房屋就没有收入，无法计入 GDP。此外，一些非法的交易活动如走私、贩毒等，不计入 GDP。

 知识窗

GDP 是 20 世纪最伟大的发明之一

在全世界，人们都很关注 GDP。因为它代表一国（或一个地区）在一定时期内生产活动（包括产品和劳务）的最终成果。

GDP 不是万能的，但没有 GDP 是万万不能的。

没有它，我们无法谈论一国经济及其景气周期，无法提供经济健康与否的最重要依据。所以诺贝尔经济学奖获得者萨缪尔森和诺德豪斯在《经济学》教科书中把 GDP 称为"20 世纪最伟大的发明之一"。在他们看来，与太空中的卫星能够描述整个地球的天气情况非常相似，GDP 能够提供经济状况的完整图像，帮助总统、国会和联邦储备委员会判断经济是在萎缩还是在膨胀，是需要刺激还是需要控制，是处于严重衰退还是处于通胀威胁之中。没有像 GDP 一样的灯塔般的总量指标，政策制定者就会陷入杂乱无章的数字海洋而不知所措。

（三）国内生产总值的核算方法

国内生产总值的核算方法有支出法、收入法和生产法三种。

1. 支出法

支出法又称最终产品法。是把一年内购买最终产品和劳务的总支出加总起来计算国内生产总值的方法。在国民经济的运行中，社会对最终产品和劳务的总支出包括四大部分：消费、投资、政府购买和净出口。

（1）消费。消费是指居民购买的用于消费的各种最终产品和劳务的支出。家庭消费支出包括三部分：耐用消费品，如彩电、冰箱和汽车等使用寿命较长的消费品；非耐用品，如食品、服装和报刊等使用期限较短的商品；服务，如医疗、教育和家政服务等。

（2）投资。投资包括固定资产投资和存货投资。固定资产投资是指非居民对新建筑物和耐用设备的购买，居民购买新建住房等。存货投资是指厂商存货价值的变量。

想一想：李立用 50 万元买了一套二手房；王海兵用 86 万元买了一套新建住宅；乔志刚则将自己多年的积蓄购买了 48 万元的股票和 31 万元的国债；利达公司有一批存货，2009 年底价值 100 万元，2010 年底价值 150 万元。本国的 GDP 因此增加了多少？

（3）政府购买。政府购买是各级政府购买商品和劳务的支出，主要包括政府在科学研究、教育、卫生、国防、治安、公共事业等方面的经常性支出及公务员的薪金。所有的政府购买支出都计入 GDP，而政府对企业和居民转移支付，如社会保障、社会救济、抚恤金及国债利息等方面的支出，由于这些支出是政府单方面的支出，没有发生相应的产品和劳务的交换，因此不能计入 GDP。

（4）净出口。净出口是一国产品和劳务的出口价值与进口价值之间的差额。出口是国外对本国产品和劳务的购买，是本国收入的增加，所以出口额应计入本国的 GDP。进口是本国对国外产品和劳务的购买，是本国收入的减少，所以进口额应从 GDP 中减去。如果出口额大于进口额，外贸有盈余，GDP 增加；如果进口额大于出口额，外贸赤字，GDP 减少。

把上述四个项目加总，即为国内生产总值的支出法公式：

$$GDP=消费+投资+政府购买+净出口 \tag{8-1}$$

表 8-2 是联合国经济合作发展组织用支出法核算的我国国内生产总值。

表 8-2　支出法计算的中国国内生产总值　　（单位：亿元）

	1990 年	2000 年	2005 年	2006 年	2007 年
按当年价格计算					
居民消费支出	9 451	45 855	71 218	80 157	
政府消费支出	2 640	15 661	26 605	30 167	
资本形成总额	6 747	34 843	80 646	94 099	
货物和服务出口	3 555	23 143	68 577	84 652	
减：货物和服务进口	2 905	20 753	58 351	67 995	
国内生产总值	18 548	99 215	183 868	211 923	249 530
按 2000 年价格计算					
居民消费支出	19 868	45 855	64 273	70 750	
政府消费支出	5 549	15 661	24 011	26 627	
资本形成总额	12 413	34 843	64 757	73 304	83 768
货物和服务出口	6 185	23 143	66 414	81 879	100 524
减：货物和服务进口	4 570	20 753	49 906	57 056	67 423
国内生产总值	36 806	99 215	156 740	174 922	195 737

资料来源：世界银行数据库

2. 收入法

收入法又叫要素支付法、要素成本法。是将一定时期内整个社会所有的生产要素生产的产品和提供的劳务所获得的收入加总核算 GDP 的方法。美国政府用收入法核算的 GDP 包括以下一些项目。

（1）工资收入。劳动者的实际收入应包括工资、津贴和各种福利费。在计算 GDP 时应该加上个人要交纳的所得税、社会保险费。

（2）净利息。指人们给企业提供的货币资金所获得的利息收入，包括银行存款利息、企业债券利息，但不包括政府公债的利息。

（3）租金收入。包括个人出租房屋、土地等获得的租金收入，专利及版权收入。

（4）公司税前利润。包括公司所得税、社会保险税、股东红利及公司未分配利润。

（5）非公司业主收入。如医生、律师、农民和小店铺主的收入，他们使用自有资金并且自我雇佣，其工资、利息、利润、租金加在一起作为非公司性企业主收入。

（6）企业间接税和企业转移支付。企业间接税虽然是由企业负责缴纳，但最终是由商品和劳务的购买者即消费者负担，所以称为间接税，它包括货物税、周转税及消费税等。企业转移支付包括企业对非营利组织的社会慈善捐款和消费者呆账。

（7）资本折旧。资本折旧属于投资范围，叫重置投资，重置投资与新投资构成总投资，应该计入 GDP。

综上所述，按收入法核算的国内生产总值的公式为

GDP=工资+利息+利润+租金+间接税和企业转移支付+资本折旧+统计误差　　（8-2）

3. 生产法

生产法又叫部门法、增加值法。用生产法核算 GDP，是指按提供物质产品与劳务的各个部门的产值来计算国内生产总值。这种计算方法反映了国内生产总值的来源。

按生产法计算时，各生产部门、商业和服务等部门都要把中间产品的价值扣除，只计算增加的价值。但卫生、教育、行政和家庭服务等部门无法计算其增加值，就按工资收入来计算其服务的价值。

按生产法核算国内生产总值，可以分为下列部门：农林渔业；矿业；建筑业；制造业；运输业；邮电和公用事业；电、煤气、自来水业；批发、零售商业；金融、保险、不动产；服务业；政府服务和政府企业。把以上部门生产的国内生产总值加总，再与国外要素净收入相加，并考虑统计误差项，就可以得到用生产法计算的 GDP 了。表 8-3 是联合国经济合作发展组织用生产法核算的中国国内生产总值。

表 8-3　生产法计算的中国国内生产总值　　　　　　　　　　（单位：亿元）

中　　国	2000 年	2004 年	2005 年	2006 年
按当年价格计算	99 215	159 878	183 868	210 871
农业、狩猎业和林业；渔业	14 945	21 413	23 070	24 737
采掘业	40 034	7 628	10 318	91 311
制造业		51 749	60 118	
电、煤气和水供应业		5 833	6 795	
建筑业	5 522	8 694	10 134	11 851
批发、零售贸易；机动车及个人、家庭用品修理业	7 483	11 585	9 331	
旅馆和饭店业	2 146	3 665	4 193	4 833

（续）

中 国	2000 年	2004 年	2005 年	2006 年
运输、仓储和通讯	6 161	9 304	10 836	12 032
金融中介	4 087	5 393	6 307	7 587
房地产、租赁及商务活动		9 802	11 156	
教育		4 893	5 656	
卫生和社会工作；其他团体、社会和个人服务活动		20 161		
增加值总额（按生产者价格计算）	99 215	159 878	183 868	210 871

资料来源：联合国数据库

从理论上讲，按支出法、收入法与生产法计算的 GDP 结果是相等的，但实际核算中常有误差。如果三种核算方法得出的结果不一致，一般以支出法所计算出的结果为准，加上统计误差项来调整收入法与生产法计算的结果，使其达到一致。

在实践中进行核算时不同的国家会在指标的选择上及方法的结合上各有不同。西方各国的 GDP 都是采用支出法来进行核算的，这是因为西方国家一直很重视消费支出和资本形成，个人消费和收入统计系统非常完善发达，而且西方国家的法律、金融及统计制度非常成熟，各种统计资料十分齐全，最终产品的使用去向又比较明确，资料收集比较容易，这就很便于用支出法来进行核算。而中国的国民收入核算体系是从物质产品平衡表体系（MPS）演化过来的，所以不论从理念上还是从技术上都偏重于从生产过程中来进行统计核算。在核算实践中，采用的是生产法与收入法相结合的统计方法，一般在物质生产产业使用生产法，在非物质生产产业使用收入法。表 8-4 是《中国统计年鉴》中公布的国内生产总值。

表 8-4　中国国内生产总值　　　　　　　　　　　　（单位：亿元）

年份	国民总收入	国内生产						人均国内生产总值/元
		总值	第一产业	第二产业	工业	建筑业	第三产业	
1998	83 024.3	84 402.3	14 817.6	39 004.2	34 018.43	4 985.8	30 580.5	6 796
1999	88 479.2	89 677.1	14 770.0	41 033.6	35 861.48	5 172.1	33 873.4	7 159
2000	98 000.5	99 214.6	14 944.7	45 555.9	40 033.59	5 522.3	38 714.0	7 858
2001	108 068.2	109 655.2	15 781.3	49 512.3	43 580.62	5 931.7	44 361.6	8 622
2002	119 095.7	120 332.7	16 537.0	53 896.8	47 431.31	6 465.5	49 899.0	9 398
2003	135 174.0	135 822.8	17 381.7	62 436.3	54 945.53	7 490.8	56 004.7	10 542
2004	159 586.7	159 878.3	21 412.7	73 904.3	65 210.03	8 694.3	64 561.3	12 336
2005	184 088.6	183 217.4	22 420.0	87 364.6	77 230.78	10 133.8	73 432.9	14 053
2006	213 131.7	211 923.5	24 040.0	103 162.0	91 310.9	11 851.1	84 721.4	16 165
2007	259 258.9	257 305.6	28 627.0	124 799.0	110 534.9	14 264.1	103 879.6	19 524
2008	302 853.4	300 670.0	34 000.0	146 183.4	129 112.0	17 071.4	120 486.6	22 698

注：本表按当年价格计算，资料来源：《中国统计年鉴》2009 年

二、国民收入核算中的其他指标

（一）国民收入核算中的五个基本总量

在国民收入核算体系中有国内生产总值、国内生产净值、国民收入（狭义的国民收入）、个人收入和个人可支配收入这五个基本总量指标。国内生产总值前面已作了详细的介绍，下

面介绍其他四个基本总量指标。

1．国内生产净值

国内生产净值（NDP）指一个国家（或地区）在一定时期内在本国领土上生产的最终产品按市场价值计算的净增加值，它等于国内生产总值减去生产过程中资本折旧的价值

$$NDP=GDP-折旧 \tag{8-3}$$

2．国民收入

国民收入有广义、狭义之分。本章第一节开始介绍了广义国民收入的概念。经济学中所讲的国民收入，如不作特别的说明都是指广义的国民收入。这里的国民收入（NI）是指狭义的国民收入。

狭义的国民收入是指一个国家（或地区）在一定时期内在本国领土上各种生产要素所有者得到的实际收入，即工资、利息、地租和利润的总和。从国内生产净值中扣除间接税和企业转移支付再加上政府补助金，就得到狭义的国民收入。国民收入（NI）用公式表示如下

$$NI =NDP-企业间接税-企业转移支付+政府补助金 \tag{8-4}$$

3．个人收入

个人收入（PI）是指一个国家一年内所有的个人所得到的收入总和。国民收入中有几个项目不能成为个人收入，这就是公司未分配利润、公司所得税和社会保险费；另外未被列入国民收入而实际上为个人所获得的收入，这些是政府转移支付和政府支付的利息，应计入个人收入。因此，从国民收入中减去公司所得税、公司未分配利润及社会保险费，加上政府给个人的转移支付和利息，即为个人收入。公式如下

$$PI =NI-公司所得税-公司未分配利润-社会保险费+政府的转移支付+利息 \tag{8-5}$$

4．个人可支配收入

个人可支配收入（DPI）是指一个国家一年内个人可以用来进行消费或储蓄的收入。因为具有一定个人收入的人都要缴纳个人所得税，所以，缴纳个人所得税以后的个人收入才是个人可支配收入。

$$DPI=PI-个人所得税 \tag{8-6}$$

（二）名义国内生产总值和实际国内生产总值

名义国内生产总值（Nominal GDP），是指用产品和劳务的当年价格计算的全部最终产品的市场价值。实际国内生产总值（Real GDP），是指用以前某一年作为基年，以基年的价格作为不变价格计算出来的全部最终产品的市场价值。

产品的价格变化是经常发生的，在这样的情况下，用名义 GDP 指标比较各年的总产出水平，GDP 的变化可能是由价格变化的因素引起的，因价格上升因素引起的 GDP 的增加是没有意义的，因为这时产品和劳务的数量没有增加，人们的消费水平没有提高，所以为了准确地比较各年的 GDP 水平，就必须剔除 GDP 统计中价格因素的影响。一般是用 GDP 折算指数来进行名义国内生产总值与实际国内生产总值的换算。

GDP 折算指数是名义国内生产总值与实际国内生产总值之比，公式表示如下

$$GDP 折算指数=某年名义 GDP/某年实际 GDP \tag{8-7}$$

即

$$某年实际 GDP=某年名义 GDP/物价指数$$

表 8-5 是以 2000 年为基年计算的 2000~2005 年的实际 GDP。

表 8-5 以 2000 年为基年的 2000~2005 年我国的实际 GDP 及增长率

年 份	名义 GDP/亿元	实际 GDP/亿元	实际 GDP 增长率/%	GDP 折算指数
2000	99 214.6	99 214.6		1
2001	109 655.2	107 449.7	8.3	1.020 5
2002	120 332.7	117 208.3	9	1.026 7
2003	135 822.8	128 958.9	10	1.053 2
2004	159 878.3	141 964.5	10.1	1.126 2
2005	183 217.4	156 775.3	10.4	1.168 7

根据《中国统计年鉴》数据库资料整理

（三）人均国内生产总值

人均国内生产总值（Real GDP per capita），也称作人均 GDP，将一个国家一年内实现的国内生产总值与这个国家的常住人口相比进行计算，得到人均国内生产总值。人均国内生产总值是衡量各国人民生活水平的一个标准，经常作为发展经济学中衡量经济发展状况的指标，是重要的宏观经济指标之一。国内生产总值反映了一国的总体经济实力和市场规模，而人均国内生产总值则反映了一国的富裕程度与生活水平。

改革开放以来中国的国内生产总值高速增长，2008 年已达 4.222 万亿美元，位列世界第三，显现了强大的总体经济实力，见表 8-6。

表 8-6 1970 年以来 GDP 总量排名前 10 名的国家 （单位：万亿美元）

排名	1970 年（除苏联）		1980 年（除苏联）		1990 年（除苏联）		2000 年		2006 年		2007 年		2008 年	
1	美国	1.026	美国	2.796	美国	5.803	美国	9.825	美国	14.979	美国	13.98	美国	14.33
2	日本	0.207	日本	1.028	日本-	3.052	日本	4.766	日本	5.083	日本	5.29	日本	4.844
3	西德	0.204	西德	0.826	德国	1.547	德国	1.875	德国	2.813	德国	3.28	中国	4.222
4	法国	0.147	法国	0.682	法国	1.22	英国	1.441	中国	2.588	中国	3.01	德国	3.818
5	英国	0.124	英国	0.537	意大利	1.105	法国	1.313	英国	2.292	英国	2.57	法国	2.978
6	意大利	0.108	意大利	0.455	英国	0.995	中国	1.081	法国	2.108	法国	2.52	英国	2.787
7	加拿大	0.085	中国	0.302	加拿大	0.583	意大利	1.078	意大利	1.728	意大利	2.09	意大利	2.399
8	澳大利亚	0.043	加拿大	0.269	西班牙	0.512	加拿大	0.724	西班牙	1.069	西班牙	1.41	俄罗斯	1.757
9	墨西哥	0.04	西班牙	0.222	巴西	0.465	巴西	0.60	加拿大	1.057	加拿大	1.36	西班牙	1.683
10	中国*	0.027	阿根廷	0.209	中国	0.388	墨西哥	0.581	印度	0.778	俄罗斯	1.14	巴西	1.665

*注：中国 1970 年排名第 13 位。根据世界银行数据库资料整理

从国内生产总值这个指标看中国是一个经济大国，但是从人均国内生产总值看，中国又是一个很不富裕的国家。2008 年中国人均国内生产总值 3 315 美元，列世界 106 位。

（四）国民生产总值

在 20 世纪 90 年代以前，世界上包括美国在内的许多国家采用国民生产总值（GNP）作

为经济的测量指标，由于对本国国民在国外获得收入的数据统计比较困难，从 1991 年以后各个国家逐渐开始采用 GDP 指标。

GNP 是一个国家（或地区）所有国民在一定时期内生产的最终产品和劳务的市场价值的总和。与 GDP 不同的是，GNP 是按国民原则计算的，即只要是本国（或本地区）的居民，无论是否在本国（或本地区）境内居住，其生产和经营活动新创造的增加值都计算在内。例如中国居民××通过劳务输出在日本工作获得 500 万日元的收入，这笔收入就应计入中国的 GNP 中；而因为 GDP 是按国土原则计算的，所以这笔收入作为 GDP 就应计入日本的 GDP 中。

GNP 和 GDP 之间的关系用公式表示如下

$$GNP=GDP+本国国民在国外获得的收入-外国国民在本国获得的收入 \qquad (8-8)$$

 知识窗

GDP 与 GNP 的竞争力意义

我国出口的产品大量是国外设在中国的跨国公司生产的产品，获利最大的是这些跨国公司。换句话说，"Made in China" 产品的较高的国际市场占有率在很大程度上反映的是跨国公司的国际市场占有率。

所以，中国的 GNP<GDP，而资本输出国的 GNP>GDP，这无论是对于中国经济还是中国企业界，都是一个意义极其巨大的课题：如果长期存在这一现象，中国经济的前途和社会福利将会受到长远的深刻的影响；如果中国自己企业的竞争力没有随着中国经济的增长和经济规模的扩大而持续提高，而只是单纯地依靠比较成本优势，甚至只是向跨国公司提供我们的比较优势资源，那么，即使中国的制造业规模有很大的扩张，也只能成为更大规模的"世界工场"而已。

三、国内生产总值指标的不足之处

国内生产总值作为国民收入核算体系中最主要的核算指标被各个国家广泛采用，它能从总体上反映一个国家的经济水平，但同时也存在许多不足之处。

1. 国内生产总值不能完全反映一个国家的真实产出

由于国内生产总值是根据商品和劳务的市场价值计算的，因而有许多生产活动并没有被反映到国内生产总值当中。比如农民自己生产并供自己消费的农产品折算的收入、大部分家务劳动等。还有一些地下经济活动由于各种原因无法公开化，因而也不能在国内生产总值中得到反映。可见一国的总体产出水平要比国内生产总值高。

2. 国内生产总值并不能反映一国的经济发展水平

各国的国内生产总值只能比较数值的大小，而不能比较产品和劳务的种类。如果两个国家的 GDP 相等，但一个国家的主要产品是科技含量很高的工业品，如航天航空产品、电子信息产品及生物医药产品，而另一个国家主要是生产粮食、猪肉、衣服、毛绒玩具等农业、手工业制品，显然这两个国家的经济发展水平是不可相提并论的。中国的 GDP 在 50 年后可能会赶上美国，但中国的科技、生产的发展水平要赶上美国还需要更长的时间。

3. 国内生产总值不能反映一国的真实生活水平

虽然用支出法核算国内生产总值比用收入法、生产法更能反映人们的消费水平。投资的增加可能会提高生产能力增加未来的消费量，但是又会造成当前消费水平的下降。政府购买与当前的消费关系也是不确定的，如果政府购买支出是把钱花在了解决社会不良状态方面，就很难说它是提高了人们的生活水平。净出口（$X-M$）一项中，出口是加项，进口是减项，但出口实际上跟本国人的消费无直接关系，进口才与本国人消费直接有关。还有闲暇，良好的工作条件是人们生活水平的一个重要组成部分，这些在 GDP 中都不能反映出来。

4. 国内生产总值不能反映经济增长的效率和代价

有些国家的经济增长带来了严重的环境污染和生态破坏，在这种情况下，尽管国内生产总值增长了，但对人们的生命健康却产生了危害。有的国家经济增长伴随着巨大的能源消耗，对资源采取低效的、掠夺式的利用，这样会伤及一国的可持续发展能力。

国内生产总值指标的缺陷受到经济学家们的普遍重视，有些经济学家试想改造现有的核算方法。比如美国经济学家威廉·诺德豪斯和詹姆斯·托宾曾经提出"经济福利尺度"概念，萨缪尔森也提出了"纯净经济福利"的概念等，他们都试图从闲暇、家务劳动计量及环境污染成本等角度考虑对国民经济核算进行改进。

知识窗

萨缪尔森的"纯净经济福利"概念

萨缪尔森提出的"纯净经济福利"概念的内容是：在 GDP 的基础上减去那些不能对福利作出贡献的项目（如超过国防需要的军备生产），减去那些对福利有负面作用的项目（如污染、环境破坏和对生物多样性的影响），同时加上那些对福利作出了贡献的项目（如家务劳动和自给性产品），以及闲暇的价值（用所放弃的生产活动的价值作为机会成本来进行计算）。

第二节　国民收入的构成

国民经济如一个非常复杂的机体，涉及的内容太多了，为了说明这些复杂的问题，我们需借助于模型并进行必要的假设来进行分析。

一、两部门经济收入流量循环模型及收入构成

假设一个国家的经济中只有两个部门，这两个部门一个是企业，一个是居民。

1. 两部门经济的收入流量循环模型

在这种经济中，居民向企业提供各种生产要素，并得到各种收入；企业用各种生产要素进行生产，向居民提供产品与劳务。这样两部门经济的收入流量循环模型如图 8-1 所示。

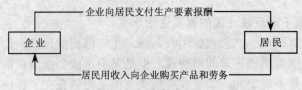

图 8-1　两部门经济收入流量循环模型

如果居民用挣来的钱都购买企业的产品和劳务进行消费，再去向企业提供自己的生产要素；相应地，企业把生产出来的产品和劳务全卖出去，收回成本并获得利润，进行再生产，这样社会经济就能正常运行了。

但问题是居民只是把一部分收入用来向企业购买产品和劳务，把另一部分存进了银行，储蓄起来；企业也要进行扩大再生产，需要投资就要向银行贷款。那么在图 8-1 的基础上，就要增加储蓄和投资，如图 8-2 所示。

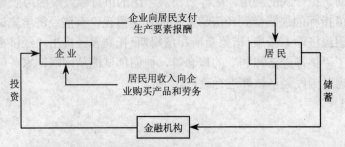

图 8-2　加储蓄和投资的两部门经济收入流量循环模型

图 8-2 说明居民把一部分收入存入金融机构，企业从金融机构获得投资。如果居民的储蓄都转化为投资，国民经济就能够正常地运转。

2．两部门经济的国民收入构成

可以从总需求与总供给两个角度来分析国民收入的构成。

从总需求的角度看，一国的国民收入是消费需求与投资需求的总和。消费需求与投资需求可以分别以消费支出和投资支出来表示，消费支出简称消费，投资支出简称投资。这样从总需求的角度看，国民收入即为

$$国民收入=消费需求+投资需求$$

$$=消费支出+投资支出$$

$$=消费+投资$$

如果以 Y 表示国民收入，以 C 表示消费，以 I 代表投资，则可以把上式写成

$$Y=C+I \qquad (8-9)$$

 **案例引用**

造成日本 20 世纪 90 年代经济衰退的原因是什么？

20 世纪 90 年代，日本经济在多年迅速增长和极度繁荣之后经历了长期衰退。在 1990 年以前的 20 年中，日本的工业生产翻了一番，但 1998 年和 1990 年的 GDP 仍然一样，实际 GDP 停止增长，有时甚至还下降，失业率却从 1990 年的 2% 上升到 1998 年的 4%。造成日本 20

世纪 90 年代经济衰退的原因是什么呢？

　　原因之一是消费支出减少。这归因于股票价格的大幅度下降。1998 年日本的股票价格不到 10 年前达到的顶尖水平的一半。与股市一样，日本的土地价格在 20 世纪 90 年代，崩溃之前的 80 年代也是天文数字。当股市和土地价格崩溃后，日本公民眼看自己的财富都消失了。而财富和收入的减少使得人们减少了消费支出。

　　原因之二是投资支出减少。这归因于银行系统出现了"信用危机"。在 20 世纪 90 年代，随着泡沫经济的破灭，银行陷入了困境，并加剧了经济活动的衰退。20 世纪 80 年代日本银行发放了许多以股票或者土地担保的贷款。当这些抵押品价值下降之后，债务人开始拖欠自己的贷款，从而使银行形成了大量的不良贷款。以商业银行为例，截止 2002 年 3 月底，美国高盛公司估计日本金融机构持有的不良资产为 236 万亿日元。这种旧贷款的拖欠减少了银行发放新贷款的能力，所引起的"信用危机"使企业为投资项目筹资更难，从而压低了投资支出。

　　消费和投资是总需求的两个重要组成部分，可见消费和投资的减少使得总需求不足，总需求不足就成为造成日本经济衰退的主要原因。

　　从总供给的角度看，一国的国民收入是由各种生产要素生产出来的，国民收入就是各种生产要素的收入的总和，即可以用工资、利息、地租与利润的总和表示。这些收入一部分用于消费，一部分储蓄起来，国民收入又可以分为消费和储蓄两个部分。所以

国民收入=各种生产要素的收入的总和

=工资+利息+地租+利润

=消费+储蓄

以 S 表示储蓄，则可以把上式写成

$$Y=C+S \tag{8-10}$$

二、三部门经济收入流量循环模型及收入构成

1. 三部门经济的收入流量循环模型

　　三部门经济是包括了企业、居民和政府的经济。政府在经济中的作用主要通过政府支出和税收来实现。政府支出包括对产品和劳务的购买和转移支付两部分。政府的税收是政府的主要收入来源。三部门经济的收入流量循环模型如图 8-3 所示：

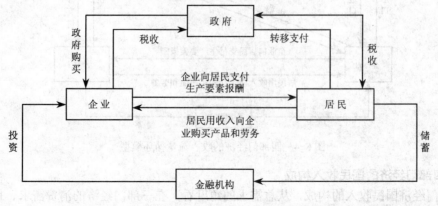

图 8-3　三部门经济的收入流量循环模型

2．三部门经济的国民收入构成

三部门经济国民收入的构成，从总需求的角度看，在两部门经济的消费需求与投资需求之外增加了政府的需求，政府的需求表现为政府购买，这样国民收入即为

国民收入=消费需求+投资需求+政府需求

=消费支出+投资支出+政府购买

=消费+投资+政府购买

如果以 G 代表政府购买，则可以把上式写成

$$Y=C+I+G \tag{8-11}$$

从总供给的角度看，在两部门经济的各生产要素供给之外加上了政府的供给，政府的供给应该得到相应的收入即税收，这样三部门经济的国民收入表示为

国民收入=各种生产要素的收入的总和

=工资+利息+地租+利润+税收

=消费+储蓄+税收

如果以 T 表示税收，则可以把上式写成

$$Y=C+S+T \tag{8-12}$$

三、四部门经济收入流量循环模型及收入构成

1．四部门经济的收入流量循环模型

在开放的经济中，一国的经济还要和国外的部门发生生产要素和产品的交换，因此四部门经济是包括了企业、居民、政府和国外部门的经济。一方面，国外部门作为供给者向国内三个部门提供产品和劳务，对本国来说就是进口；另一方面，国外部门作为需求者购买国内产品和劳务，对本国来说就是出口。四部门经济的收入流量循环模型如图8-4所示。

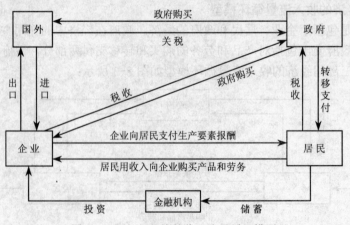

图8-4　四部门经济的收入流量循环模型

2．四部门经济的国民收入构成

四部门经济国民收入的构成，从总需求的角度看，在三部门经济的消费需求、投资需求

和政府需求之外又加了国外的需求，国外的需求对本国来说是出口。这样国民收入就是

国民收入=消费需求+投资需求+政府需求+国外需求

=消费支出+投资支出+政府购买+国外支出

=消费+投资+政府购买+出口

如果以 X 代表政府购买，则可以把上式写成

$$Y=C+I+G+X \tag{8-13}$$

从总供给的角度看，在三部门经济的各生产要素之外又加上了国外的供给，国外的供给对本国是进口，这样四部门经济的国民收入就可以表示为

国民收入=各种生产要素的收入的总和

=工资+利息+地租+利润+税收+进口

=消费+储蓄+税收+进口

如果以 M 表示进口，则可以把上式写成

$$Y=C+S+T+M \tag{8-14}$$

第三节　国民收入的决定

一、消费、储蓄及收入之间的关系

在简单的国民收入决定的研究中，假定只有居民和企业两个部门，因此社会总需求就是消费需求和投资需求的总和。假定投资是一个与收入无关的常数，仅考虑消费变动对总需求的影响。因此，有必要对消费和与其相关的储蓄进行分析。

（一）消费与收入的关系

生活中，影响消费的因素很多，如收入水平、商品价格、利率、习惯及年龄等。在研究国民收入决定时，假定其他因素不变，消费只受收入水平的影响，一般情况下，消费与收入同方向变动，收入增加，消费增加。收入减少，消费减少。因此消费函数公式为

$$C=f（Y） \tag{8-15}$$

式中，C 代表消费，Y 代表收入。

消费和收入之间的关系可以用平均消费倾向和边际消费倾向来说明。

平均消费倾向指消费在收入中所占的比例，以 APC 表示平均消费倾向，则有 APC=C/Y。边际消费倾向是消费增量在收入增量中所占的比例，以 MPC 表示边际消费倾向，则有 MPC=ΔC/ΔY。凯恩斯认为：生活中当人们的收入增加时，消费也在增加，但在增加的收入中，用于消费的部分所占的比例越来越小，这就是边际消费倾向递减的规律。边际消费倾向递减的规律决定了社会需求的不足，人们的收入越高，边际消费倾向递减的现象越是严重，消费越是不足。

在短期内，消费与收入之间的关系可能有下面几种情况：

（1）消费与收入相等，即全部收入都用于消费；

（2）消费大于收入，这种情况下就会有负储蓄；

（3）消费小于收入，这种情况下收入分为消费与储蓄两部分；

（4）收入增加会引起消费增加，但一般情况下消费的增加小于收入的增加。

消费与收入的关系可以用图 8-5 表示。图中横轴 OY 表示收入，纵轴 OC 表示消费。45°线 OC 是收支相抵线，线上任何一点都表示收入全部用于消费。ac 是短期消费曲线，消费曲线从 a 点出发，表示在短期中，没有收入时也存在自发性消费。消费曲线向右上方倾斜，表示随着收入的增加消费也增加。消费曲线与收支相抵线相交于 E 点，表示在消费线上的这一点收支相抵；在 E 点的左方消费大于收入，会有负储蓄；在 E 点的右方，消费小于收入，收入除了消费以外还有储蓄。随着消费曲线相右上方延伸，它和收支相抵线的距离越来越大，说明消费的增加越来越小于收入的增加。

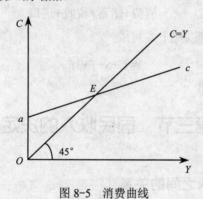

图 8-5　消费曲线

（二）储蓄与收入的关系

储蓄是收入中没用于消费的部分。有很多影响储蓄的因素，在研究国民收入决定时，假定其他因素不变，储蓄只受收入水平的影响，一般情况下，储蓄与收入呈同方向变动但不一定按比例的变动，收入增加，储蓄增加。收入减少，储蓄减少。储蓄函数表现的是储蓄与收入之间的关系，储蓄函数公式为

$$S=f（Y）\tag{8-16}$$

式中，S 代表储蓄，Y 代表收入。

储蓄和收入之间的关系可以用平均储蓄倾向和边际储蓄倾向来说明。平均储蓄倾向是指在任一收入水平上储蓄在收入中所占的比例，以 APS 表示平均储蓄倾向，则有 $APS=S/Y$。边际储蓄倾向是指储蓄增量在收入增量中所占的比例，以 MPS 表示边际储蓄倾向，则有 $MPS=\Delta S/\Delta Y$。因为人们的收入只用于消费和储蓄，同样人们收入的增量也分为消费增量和储蓄增量。

储蓄与收入的关系可以用图 8-6 表示。图 8-6 中，横轴 OY 表示收入，纵轴 OS 表示储蓄，储蓄曲线 S 向右上方倾斜表示储蓄与收入同方向变动，储蓄曲线与横轴相交于 E 点，E 点是收支相抵点，这时储蓄为零。在 E 点的左边，储蓄为负；在 E 点的右边，储蓄为正。

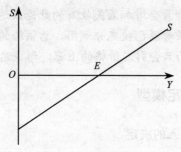

图 8-6　储蓄曲线

（三）消费与储蓄的关系

可以把消费曲线和储蓄曲线放在一个坐标图中加以分析，就可以发现消费和储蓄之间具有互补关系，如图 8-7 所示。

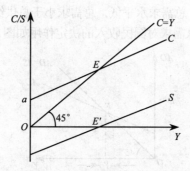

图 8-7　消费曲线和储蓄曲线

图 8-7 中，在 E 点的左方，消费曲线位于 45° 线的上方时，消费大于收入，储蓄为负，储蓄曲线位于横轴的下方；在 E 点的右方，消费曲线位于 45° 线的下方时，消费小于收入，储蓄为正，储蓄曲线位于横轴的上方。

由于全部收入分为消费和储蓄两部分，因此可以得出：①消费和储蓄为互补关系，两者之和等于收入，即 $C+S=Y$；②APC+APS=C/Y+S/Y=1；③MPC+MPS=$\Delta C/\Delta Y$+$\Delta S/\Delta Y$=1。

知识窗

凯恩斯的"节俭悖论"

根据总需求与国民收入的变动关系，可以得出储蓄与国民收入的关系。在收入既定的情况下，消费和储蓄呈反方向变动，消费增加，储蓄减少；反之，消费减少，储蓄增加。消费是总需求的组成部分，储蓄增加消费减少，总需求就会减少，从而引起国民收入减少；反之，储蓄减少消费增加，总需求就会增加，从而引起国民收入增加。

因此，凯恩斯认为，节俭对个人来说是一种美德，对整个社会来说却是一种缺点。因为，人人都崇尚节俭，社会上储蓄增加，如果这些储蓄不能转化为投资形成新的消费，社会需求就会减少，从而国民收入下降，失业增加，引起节俭萧条。因此，凯恩斯主张减少储蓄，增加消费。

但是，要注意的是，减少储蓄会增加国民收入的结论只适用于各种资源未充分利用，总供给可以无限增加的情况。如果资源已被充分利用，总供给的增加受到限制，总需求的增加就不会引起国民收入的增加，而只会引发价格的上涨，形成通货膨胀。

二、简单的国民收入决定模型

（一）总需求水平与国民收入的决定

由于短期内生产技术水平、经济资源状态都不会变化，因此可以假定短期内总供给不变，那么均衡的国民收入水平就是由总需求决定的。如果社会上需求不足，产品卖不出去，这时总需求小于总供给，产品价格必然降低，国民收入就会下降。如果社会上需求旺盛，产品供不应求，这时总需求大于总供给，产品价格必然上升，国民收入就会增加。当总需求等于总供给时，国民收入处于均衡状态。因此得出，均衡的国民收入水平是由总需求水平决定的，总需求水平高，总需求大于总供给，国民收入增加；总需求水平低，总需求小于总供给，国民收入减少；总需求等于总供给，国民收入达到均衡。总需求对国民收入的决定作用如图8-8所示。

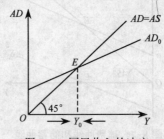

图8-8　国民收入的决定

在图8-8中，横轴OY代表国民收入，纵轴OAD代表总需求，45°线上任何一点都表示总需求等于总供给，AD_0表示短期总需求水平，当AD_0线在E点的左边，位于45°线上方时，总需求水平高，决定了国民收入的增加；当AD_0线在E点的右边，位于45°线下方时，总需求水平低，决定了国民收入的减少；当AD_0线与45°线相交于E点时，这时总需求等于总供给，决定了国民收入处于均衡状态，均衡的国民收入为Y_0。

（二）总需求水平的变动与国民收入的决定

经上面分析可知，国民收入的水平由总需求水平决定，当总需求水平为AD_0时，决定了均衡的国民收入为Y_0。如果总需求水平变动，必定会引起国民收入的同方向的变动，即总需求水平提高，均衡的国民收入增加，总需求水平下降，均衡的国民收入减少。可用图8-9加以说明。

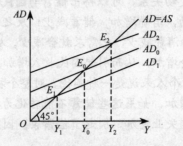

图8-9　总需求水平与均衡国民收入的变动

图 8-9 中，横轴表示国民收入，纵轴表示总需求，当总需求水平线 AD_0 与 45°线相交于 E_0 时，决定了均衡的国民收入为 Y_0；当总需求水平下降为 AD_1，和 45°线相交于 E_1 时，均衡的国民收入减少为 Y_1；当总需求水平上升为 AD_2，和 45°线相交于 E_2 时，均衡的国民收入增加为 Y_2。

知识窗

凯恩斯与简单的国民收入决定模型

在凯恩斯之前，经济学家认为"供给决定需求"，但 20 世纪的经济大危机时的供给严重过剩，使凯恩斯转向了"需求决定供给"，建立了以总需求为中心的宏观经济理论。凯恩斯认为，在短期中，总供给水平是既定的，因此，国民收入水平的大小取决于总需求水平。总需求增加，国民收入增加；总需求减少，国民收入减少，总需求不足是引起总供给过剩的根本原因。凯恩斯据此建立了简单的国民收入决定模型。

三、乘数原理

（一）乘数的含义

乘数，又称倍数，经济学中用来表示总需求的增加所引起的国民收入增加的倍数。若以 K 表示乘数，以 ΔY 表示国民收入增量，以 ΔAD 表示总需求增量，则乘数公式为

$$K=\Delta Y/\Delta AD$$

如果总需求增加了 100 万元，国民收入增加 500 万元，乘数即为 5，说明总需求的增加引起了国民收入 5 倍的增加。

总需求中的不同部分的增加对国民收入增加都会发生乘数作用。如果是总需求中的投资增加，便有投资乘数，如果是总需求中的政府支出增加，便会有政府支出乘数，如果是出口增加，便会有对外贸易乘数。下面我们以投资乘数为例加以分析。

（二）投资乘数

投资乘数是指以每单位投资引起的国民收入增加的倍数。若用 K 表示乘数，ΔY 表示国民收入的增加，ΔI 表示投资的增加，则

$$K=\Delta Y/\Delta I$$

"投资"一词在日常生活中使用得非常广泛，人们把买股票、买债券都叫做投资，但是这些投资都不是经济学意义上的投资。经济学中所讲的投资指的是资本的形成，也就是社会实际资本的增加，包括厂房、机器设备及新建住宅的增加等。凯恩斯认为投资的增加对国民收入的影响有乘数作用。

国民收入的增加之所以是投资增加的倍数，是因为投资的增加会引起对生产资料需求的增加，从而引起从事生产资料生产的人们的收入的增加。他们的收入增加又引起消费品需求的增加，从而导致从事消费品生产的人们的收入增加。如此推演下去，结果国民收入的增加会是投资增加的若干倍。

假定新增加的投资ΔI为100美元，它用于购买资本品便成了资本品生产者（雇主和工人）增加的收入；如果国民边际消费倾向（MPC）为0.9，资本品生产者新增收入的90%用于消费，于是向他们出售商品的人们便得到了90美元的收入；如果这些人又消费其收入的90%，即81美元，这又成为向他们出售商品的人们增加的收入，……如此这般继续下去，收入也随之增加。收入增加的总和为如下无穷等比数列

$$100+100\times0.9+100\times0.9\times0.9+\cdots+100\times0.9^{n-1}$$
$$=100（1+0.9+0.9^2+\cdots+100\times0.9^{n-1}）$$
$$=100\times1/（1-0.9）$$
$$=1\,000（美元）$$

上面的无穷等比数列表明，当投资增加100美元，MPC=0.9时，国民收入最终会增加1000美元。国民收入增量ΔY计算公式是

$$\Delta Y=\Delta I\times[1/（1-MPC）]$$

但是，乘数的作用是双重的，当投资减少时，它也会引起的国民收入成倍的减少。因此，西方经济学家们将乘数形象地比喻为是一把"双刃剑"。

四、IS-LM模型

简单的国民收入决定模型只是考察了产品市场的均衡，没有考虑货币市场的均衡。在一个包括产品市场和货币市场的宏观经济体系中，只有两个市场同时实现均衡时的国民收入才是均衡的国民收入。

IS-LM模型是一个将产品市场和货币市场联系起来讨论国民收入决定的模型。在IS-LM模型中，IS曲线描述了产品市场的均衡，LM曲线描述了货币市场的均衡，两者的结合用于分析产品市场和货币市场的同时均衡，还被用于分析财政政策和货币政策的相互作用，被称为整个宏观经济学的核心。

（一）IS曲线

1. IS曲线介绍

也称为投资储蓄曲线，I是指投资，S是指储蓄，是描述产品市场达到均衡，即$I=S$时，国民收入与利率之间存在着反方向变动关系的曲线。图8-10就是IS曲线。

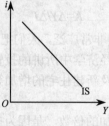

图8-10　IS曲线

图8-10中，横轴代表国民收入，纵轴代表利率，IS曲线上的任何一点都是$I=S$，说明产品市场是均衡的。IS曲线向右下方倾斜，表示产品市场实现均衡时，利率与国民收入呈反方向变

动。因为利率的高低与投资需求呈反方向变动，一般情况下，利率越低，投资者贷款成本越小，则获取利润的可能性就越大，投资就会增加；反之，利率越高，投资者贷款成本越大，则获取利润的可能性就越小，投资就会减少。可见，利率与投资呈反方向变动。而投资需求是总需求的一个重要组成部分，在其他条件不变的情况下，投资增加，总需求增加，国民收入就会增加；投资减少，总需求减少，国民收入就会减少。因此，利率与国民收入呈反方向变动。

2. IS 曲线的移动

（1）沿着本曲线上下移动。如果利率发生变动，国民收入也会发生变动。

如图 8-11 所示，利率从 i_1 下降到 i_2，国民收入从 Y_1 增加到 Y_2，完成了在本条曲线上从 a 点到 b 点的移动。

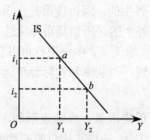

图 8-11　沿着本曲线上下移动

（2）IS 曲线的平行移动。在利率水平不变的情况下，如果国民经济中其他变量如投资（储蓄）、政府购买、税收等诸多因数发生变化，会引起曲线移动。

如图 8-12 所示，在同样的利率水平下，投资需求增加，引起总需求增加，导致国民收入上升，曲线从 IS_0 移动到 IS_1；相反，如投资需求减少，引起总需求减少，导致国民收入下降，则曲线从 IS_0 移动到 IS_2。

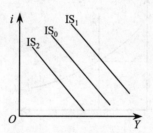

图 8-12　IS 曲线的平行移动

（二）LM 曲线

LM 曲线（LM 是流动性偏好与货币供应量的缩写，Liquidity Preference and Money Supply）又称货币需求—供应曲线，其中 L 代表货币的需求，M 代表货币的供给，是指货币市场达到均衡时利率与国民收入之间关系的曲线。

1. 货币需求

货币需求是指人们在经济活动中所希望持有的货币数量。因持有的动机不同，货币需求可分为交易性需求、预防性需求和投机性需求。

交易性需求是居民和企业为了购买日常生活用品、支付日常的业务开支而需要持有一定数量的货币。预防性需求是人们为了应付意外的支出而需要事先持有的一定数量的货币。交易性需求和预防性需求所需要的货币量与收入水平有关，收入越高，需求量越大；反之越小。

投机性需求是指人们为了抓住有利时机进行投机活动而需要的货币量。比如债券、股票就是很好的投机品种。以债券为例，债券的价格和利率有反方向变动关系，当利率水平很高的时候，债券的价格很低，人们预期债券价格会上涨，就会买进债券，多持有债券，少持有货币，于是货币的需求量下降；反之，利率下降，债券价格上涨，人们就会卖出债券，这时货币的需求量上升。因此，投机性需求所决定的货币需求量与利率存在反方向变动关系。

2. 货币供给

货币供给是指一个国家的银行系统向流通中投入、扩张或收缩货币量的行为和过程。

传统经济学认为货币的供给是外生的，因为货币是金币，金币的生产只受技术和制度因素决定。凯恩斯也认为货币的供给是外生的。所谓货币外生性是指货币供给是经济运行过程的一个外生变量，与当前经济运行内在要求无关，中央银行可以自主地变动货币供给量，调节利率。因此，它的货币供给曲线是一条垂线，与利率和实际经济运行状态之间没有直接的内在联系。

3. 货币的供需均衡

如图 8-13 所示，横轴表示货币需求量，纵轴表示利率，货币供给曲线 m 与货币需求曲线 L 的交点 E 是货币供需的均衡点，i_e 是与其相对应的均衡利率。如果市场利率低于均衡利率 i_e，利率水平低吸引人们对货币的需求。这时债券的价格是高的，人们就会卖出债券，减少对债券的持有，增加货币的持有，于是货币的需求量增加，债券价格下跌，利率上升，直到货币的需求与供给相等。反之，如果市场利率高于均衡利率 i_e，利率水平高影响了人们对货币的需求。这时债券的价格是低的，人们就会买进债券，增加对债券的持有，减少货币的持有，于是货币的需求量下降，债券价格上升，利率下降，直到货币的需求与供给相等。

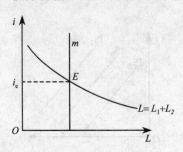

图 8-13   货币供需曲线

在货币供给量既定的情况下，货币市场的均衡只能通过调节货币的需求来实现。以 m 代表实际货币供给量，L_1 代表货币的交易需求，L_2 代表货币的投机需求，则货币市场的均衡是 $m=L=L_1(Y)+L_2(i)=kY-hi$。从这一等式可知，当 m 为一定量时，L_1 增加，L_2 必须减少，才能保持货币市场的平衡。因为 L_1 随着收入的增加而增加，L_2 随着利率的上升而减少，因此国民收入的增加使货币交易需求增加，利率必须相应提高，从而货币投机需求减少，这样才能维持货币市场的平衡。反之，收入减少时，利率必须相应地下降，否则，货币市场就不能保持均衡。

4. LM 曲线的具体形式

LM 曲线是指货币市场达到均衡时，表示利率与国民收入之间关系的曲线，如图 8-14 所示。

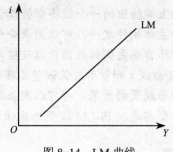

图 8-14　LM 曲线

图 8-14 中，横轴 Y 代表国民收入，纵轴 i 代表利率，LM 曲线上任何一点都代表了一定利率和收入的组合，在这样的组合中，货币的需求和货币的供给是相等的，货币市场实现了均衡。LM 曲线向右上方倾斜，表示货币市场上实现均衡时，利率与国民收入呈同方向变动，在其他条件不变的情况下，利率下降，国民收入减少。反之，利率上升，国民收入增加。

5. LM 曲线的移动

货币的投机需求、交易需求和货币供给量的变化会使 LM 曲线发生相应地移动。在其他条件不变的情况下，货币投机需求和 LM 曲线反方向变动；货币交易需求和 LM 曲线同方向变动；货币供给量和 LM 曲线同方向变动。

（三）IS-LM 曲线的具体形式

将 IS 曲线和 LM 曲线结合起来放在同一图上，就可以得到同时能使产品市场和货币市场达到均衡的 IS-LM 曲线，如图 8-15 所示。在图 8-15 中，IS 曲线上有一系列利率与相应国民收入的组合可使得产品市场达到均衡；LM 曲线上又有一系列利率和相应国民收入的组合可使得货币市场达到均衡。IS 曲线和 LM 曲线相交于 E 点，在此点产品市场和货币市场同时达到均衡，这时决定了均衡的利率水平为 i_e，均衡的国民收入为 Y_e。

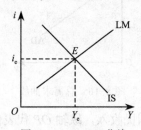

图 8-15　IS-LM 曲线

在其他条件不变的情况下，如果 IS 曲线向右上方移动，均衡国民收入增加，均衡利率上升；如果 IS 曲线向左下方移动，均衡国民收入减少，均衡利率下降。如果 LM 曲线向右下方移动，均衡国民收入增加，均衡利率下降；如果 LM 曲线向左上方移动，均衡国民收入减少，均衡利率上升。

 知识窗

希克斯—汉森与 IS-LM 模型

IS-LM 模型，是由英国现代著名的经济学家约翰·希克斯和美国凯恩斯学派的创始人汉森，在凯恩斯宏观经济理论基础上概括出的一个经济分析模型，也称"希克斯—汉森模型"。该模型一直是主流宏观经济学的主体构件之一，可以用来分析主要宏观经济变量（国民收入和利率）的决定、产品市场和货币市场失衡的原因，以及经济如何由失衡走向均衡，还可以用来分析财政政策调整（移动 IS 曲线）和货币政策调整（移动 LM 曲线）对利率和国民收入水平的影响，以及财政政策和货币政策的效果，并可以用来推导总需求（AD）曲线。20 世纪下半期的大多数计量经济学模型都是以 IS-LM 模型为基础建立起来的。

五、总需求—总供给模型

在前面对国民收入决定的分析中，是假定短期内总供给不变，那么均衡的国民收入水平就是由总需求决定的。但在现实中，总供给是可变的，价格水平也是变动的。在总需求—总供给模型中，我们要把总需求与总供给分析结合起来，说明总需求与总供给是如何决定国民收入以及价格水平的。

（一）总需求与总需求曲线

1．总需求

总需求是指一个国家一定时期内（通常为 1 年）在一定的价格水平上对产品和劳务的需求总量。在对外放的经济中，总需求包括消费、投资、政府支出和净出口四个部分。

2．总需求曲线

总需求曲线是表明产品市场与货币市场以及劳动市场同时达到均衡时总需求与价格水平之间关系的曲线，如图 8-16 所示。

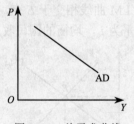

图 8-16　总需求曲线

在图 8-16 中，横轴 OY 代表国民收入，纵轴 OP 代表价格水平，总需求曲线是一条向右下方倾斜的曲线，说明总需求与价格水平呈反方向变动。

从形状上看，总需求曲线与微观经济分析中的需求曲线 D 形状相似，但实际上两者的内涵不同。需求曲线 D 表示的是特定商品的需求量与与其价格之间的关系，而总需求曲线 AD 表示的是全社会总需求量与总物价水平之间的关系。另外，需求曲线 D 反映的是物价水平上升与需求水平下降、物价水平下降与需求水平上升简单的变动关系，而总需求曲线 AD 反映的是物价水平与总需求的变动关系是一个复杂的联系，即物价水平变动影响着实际货币量、利率及投资等，进而影响总需求的反方向变动。

3．总需求曲线的移动

总需求由消费需求、投资需求、政府购买需求和国外进出口需求四个部分构成，当这四个部分中的任何一个部分发生变动时，总需求曲线都将发生变化。例如，当其他条件不变时，居民的消费欲望增强了，消费需求的增加导致总需求的增加，总需求曲线向右上方移动，在图 8-17 中表现为 AD_0 移动到 AD_1；在其他条件不变的情况下，政府实施紧缩财政政策，使购买需求下降导致总需求下降，总需求曲线向左下方移动，在图 8-17 中表现为 AD_0 移动到 AD_2。

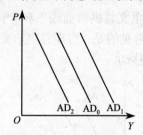

图 8-17 总需求曲线的移动

（二）总供给与总供给曲线

1. 总供给

总供给与总需求是宏观经济学中的一对基本概念，是指一个国家在一定时期内（通常为 1 年）在一定的价格水平上提供的产品和劳务总量。影响总供给的因素主要有资源的数量、技术水平、要素的生产率及劳动力状况等。它取决于资源利用的情况，在不同的资源利用情况下，总供给与价格水平之间的关系是不同的。

2. 总供给曲线

总供给曲线是表明产品市场与货币市场及劳动市场同时达到均衡时总供给与价格水平之间关系的曲线，如图 8-18 所示。

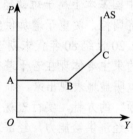

图 8-18 总供给曲线

从图 8-18 中可以看出，总供给曲线有三种情况。

（1）A～B 段为资源未充分利用阶段。这一段总供给曲线是一条与横轴平行的线，表明价格水平不变可以引起总供给的增加，因为这是社会上存在大量的闲置资源，所以在不提高价格水平的情况下可以使总供给增加。这是由凯恩斯提出来的，因此这种水平的总供给曲线也称"凯恩斯主义总供给曲线"。

（2）B～C 段为资源接近充分利用阶段。这时的总供给曲线是一条向右上方倾斜的线，表示总供给与价格水平同方向变动。这是因为资源接近充分利用的情况下，产量增加会引起生产要素价格的上升，成本增加，进而导致总价格水平上升。这种情况是在短期内存在的，因此被称为"短期总供给曲线"。

（3）C 以上为资源充分利用阶段。这时总供给曲线是一条垂直的线，表明无论价格如何上升，总供给也不会增加。这是因为从长期看，人类所拥有的资源是有限的，当资源已经得到充分利用时，无论怎么提高价格，总供给也不会增加。因此，这个阶段的总供给曲线被称为"长期总供给曲线"。

3. 总供给曲线的移动

由于现实中很难具备"凯恩斯主义总供给曲线"和"长期总供给曲线"存在的条件，这两条曲线是两种极端的情况，较为常见的是"短期总供给曲线"。因此讨论总供给曲线的移动主要是讨论"短期总供给曲线"的移动。

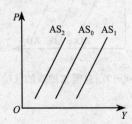

图 8-19　总供给曲线的移动

在图 8-19 中，总供给曲线向右下方移动，从 AS_0 移动到 AS_1，表示在价格不变的情况下，其他因素（如技术进步）的变动引起总供给的增加。总供给曲线向左上方移动，从 AS_0 移动到 AS_2，表示在价格不变的情况下，其他因素（如资源供给的减少）的变动引起总供给的减少。

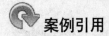 **案例引用**

20 世纪 90 年代我国总供给—总需求的变化

在 20 世纪 80 年代中期以前，中国基本上属于短缺经济，总供给不足是影响中国经济增长的主要因素。这一时期的宏观经济调控，侧重于增加供给，而抑制过快的消费增长则是该时期在需求管理方面的中心内容。自 20 世纪 80 年代末期至 90 年代初，中国基本生活用品短缺的局面基本上消失，供给方面的约束主要体现在若干基础设施的"瓶颈"制约上。这一时期需求变化对短期经济增长的影响也明显地表现出来，如 1989～1991 年，消费需求的增幅减缓，同时由于国家提出了"治理整顿"的方针，实行宏观紧缩，固定资产投资的增长也明显放慢。需求增长的缓慢使总需求低于经济供给能力，经济发展速度明显放慢，市场疲软，企业开工不足。虽然这一时期出口需求的增长较快，但出口增长主要是内需不足的被动反映，不能改变总需求不足的状态。而在 1992～1993 年，以邓小平南行讲话为契机，固定资产投资迅速扩张，成为带动需求增长和整个经济增长的主要动力。

供给和需求关系的变化，要求在宏观经济管理方面作出相应的调整，而在需求管理方面却导致经济波动的加剧，如 1989～1991 年，宏观紧缩力度过大，造成投资压缩过多。而在 1992～1993 年，对于旺盛的投资需求则没有及早实现紧缩的货币政策，导致高通货膨胀和部分虚假的经济繁荣。中国经济自 1993 年以来，进入一个新的发展阶段，由于实行适度从紧的宏观调控政策，自 1993 年起经济增长速度逐年回落，GDP 增长速度从 1993 年的 13.5%降至 1997 年的 8.8%，同时通货膨胀由 1993 年的 14.7%和 1994 年的 24.1%，降至 1997 年的 2.8%，成功地实现了经济的"软着陆"。

（三）总需求—总供给曲线的具体形式

总需求—总供给曲线是把总需求曲线和总供给曲线结合起来说明均衡国民收入与均衡价

格水平决定的曲线。如图 8-20 所示，总需求曲线 AD 与总供给曲线 AS 相交于 E 点，此时总需求等于总供给，决定了均衡的国民收入水平为 Y_0，均衡的价格水平为 P_0。

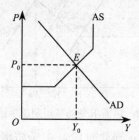

图 8-20　总需求—总供给曲线

（四）总需求和总供给变动对国民收入与价格水平的影响

均衡中的国民收入和价格水平取决于总需求和总供给之间的关系，无论总需求还是总供给发生变化，都会影响均衡的国民收入和价格水平。

1．总需求的变动对国民收入与价格水平的影响

根据总供给曲线的三种不同情况，可以将其分为

（1）"凯恩斯主义总供给曲线"阶段。由于存在大量闲置资源，总需求的增加不会引起价格水平的增加，只会引起国民收入的增加，因而此时的总供给曲线是一条水平直线，如图 8-21 所示。

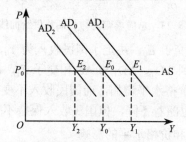

图 8-21　总需求变动与凯恩斯主义总供给曲线

图 8-21 中，AS 与 AD_0 相交于 E_0，决定了国民收入为 Y_0，价格水平为 P_0。当总需求增加时，总需求曲线由 AD_0 移动到 AD_1，AD_1 与 AS 相交于 E_1，决定了国民收入为 Y_1，价格水平仍为 P_0，表明总需求的增加使国民收入增加了，但价格水平未变。反之，总需求减少使得总需求曲线向左移动，国民收入水平下降，价格水平仍然不变。

（2）"短期总供给曲线"阶段。在短期总供给曲线阶段，总需求的增加，会使国民收入增加，价格水平也上升；总需求的减少会使国民收入减少，价格水平也会下降，即总需求的变动会引起国民收入与价格水平的同方向变动，如图 8-22 所示。

图 8-22 中，AS 与 AD_0 相交于 E_0，决定了国民收入为 Y_0，价格水平为 P_0。当总需求增加时，总需求曲线由 AD_0 移动到 AD_1，AD_1 与 AS 相交于 E_1，决定了国民收入为 Y_1，价格水平仍为 P_1，表明总需求的增加使国民收入由 Y_0 增加到了 Y_1，价格水平从 P_0 增加到 P_1。反之，总需求减少使得总需求曲线向左移动，国民收入水平下降，价格水平也下降。

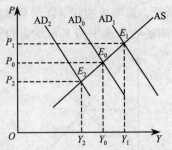

图 8-22　总需求变动与短期总供给曲线

（3）"长期总供给曲线"阶段。到此阶段，由于资源已经得到充分的利用，所以总需求的增加只会使价格水平上升，而国民收入不会变动；同样总需求的减少也只会使价格水平下降，而国民收入不会变动，即总需求的变动只会引起价格水平的同方向变动，而不会引起国民收入的变动，如图 8-23 所示。

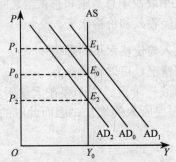

图 8-23　总需求变动与长期总供给曲线

图 8-23 中，AS 与 AD_0 相交于 E_0，决定了国民收入为 Y_0，价格水平为 P_0。当总需求增加时，总需求曲线由 AD_0 移动到 AD_1，AD_1 与 AS 相交于 E_1，决定了国民收入为 Y_0，价格水平为 P_1，表明总需求的增加使价格水平增加，而国民收入不变。反之，总需求减少使得总需求曲线移动到 AD_2，价格水平也随着下降，但国民收入保持不变。

2. 总供给变动对国民收入和价格水平的影响

由于凯恩斯主义总供给曲线和长期总供给曲线是两种极端的情况，现实中常见的是短期总供给曲线，因此在讨论总供给变动对国民收入和价格的影响时只讨论短期总供给变动的情况。

短期总供给的变动同样会影响国民收入与价格水平，在总需求不变时总供给增加产量增加，会使国民收入增加，价格水平下降；而总供给减少产量减少，会使国民收入减少，价格水平上升，如图 8-24 所示。

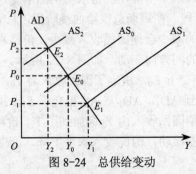

图 8-24　总供给变动

在图 8-24 中，AS_0 与 AD 相交于 E_0，决定了国民收入为 Y_0，价格水平为 P_0。当总供给增加时，总供给曲线由 AS_0 移动到 AS_1，AS_1 与 AD 相交于 E_1，决定了国民收入为 Y_1，价格水平为 P_1，表明总供给的增加使国民收入由 Y_0 增加到了 Y_1，而价格水平由 P_0 下降到 P_1。反之，总供给减少使得总供给曲线移动到 AS_2，价格水平也随着上升到 P_2，国民收入减少到 Y_2。

3. 总需求和总供给同时变动对国民收入和价格水平的影响

总需求和总供给同时变动对国民收入和价格水平将产生较为复杂的影响，这里不作介绍。

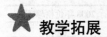

教学拓展

灾难经济学

灾难是多种多样的，对灾难的经济分析也是多种多样的。在这里，我们只集中从一个角度对灾难进行一种分析，即不同的灾难对于经济总需求及经济活动总量的影响是不同的。

灾难似乎可以分为两类，一类称为"需求刺激型灾难"，一类称为"需求抑制型灾难"。

战争和洪水（还有地震、台风等），是需求刺激型灾难的例子。以战争为例，战争是人类之间的相互残杀，因此它是一种灾难。在战争发生的时候，受战争蹂躏的那些地方，民不聊生，经济活动停止，当然谈不上什么扩大需求与扩展经济。但是，一方面战争本身要耗费大量的资源，构成参战方对军火、运输等产业的额外需求；另一方面，战争会造成破坏，战争一旦停止，人们要重建战争毁坏的一切，就会形成大量的经济需求。洪水也是这样，在洪水发生的那几天，需要抗洪救灾，增加了对救灾物资的需求，洪水退去，灾后重建就构成经济总需求的一部分。洪水和战争的一个共同点是，它们是破坏性的，它们破坏的是过去创造的国内生产总值，而重建增加了当前的国内生产总值，扩大了当前的总需求。尽管现实生活比我们这里分析的要复杂，比如一场战争对交战双方的经济影响是不同的（胜者总是获利方），战争时间的长短对当期经济的影响也是不同的，财富的破坏会因"财富效应"而减少战败国的需求等等。当年若不是第二次世界大战，美国经济还不知什么时候能从大萧条的泥坑中拔出来。而世界大战发生时，欧洲经济受到了毁灭性的打击，但大战后的重建又可以说是它们能持续长期增长的一个重要原因。

与此形成对照的是，2003 年所经历的"非典"这种传染性疫病的灾难，它属于另一个类型，即"需求抑制型灾难"。除了增加一点对医药的需求之外，这种灾难的经济影响基本上可以说是彻头彻尾的在抑制需求。这不仅是因为灾难夺去了一些人的生命而减少人类的经济活动，而且它使大量的人因惧怕被传染上疫病而减少甚至停止经济活动，从而减少了经济需求，减少资源的消费。这不仅表现为人们少外出、少购物、少旅游及少开会，还表现在许多贸易和投资的项目因人们减少旅行和开会而推迟甚至取消。人们对生命的珍惜，使人们减少其可能被传染上疫病的一切活动，包括经济活动。所有这些加在一起，这可能是一个巨大的数字。如果这种情况持续一个较长的时间，它真的可以使我们的国内生产总值增长率大大下降，因为国内生产总值是衡量人们经济活动量的一个指标！

实 践 训 练

1. 课堂实训

假设一经济社会生产四种产品，它们在 2006 年和 2008 年的产量和价格分别见表 8-7。

试计算:

(1) 2006 年和 2008 年的名义国内生产总值(GDP)。

(2) 如果以 2006 年作为基年,则 2008 年的实际国内生产总值是多少?

(3) 计算 2006~2008 年的国内生产总值价格指数,2008 年的价格比 2006 年的价格上涨了多少?

表 8-7 某经济社会 2006 与 2008 年四种产品的产量及价格

产品	2006 年产量	2006 年价格/美元	2008 年产量	2008 年价格/美元
A	25	1.50	30	1.60
B	50	7.50	60	8.00
C	40	6.00	50	7.00
D	30	5.00	35	5.50

2. 课外实训

与本地各级统计局联系,让学生能够为核算本地的 GDP 做一些工作。

本 章 小 结

国内生产总值
- 国内生产总值的概念
- 国内生产总值的理解 → 最终产品、有形无形、一定时期、地域、合法、市场价值
- 国内生产总值的核算 → 支出法、收入法、生产法
- 国民收入核算中的其他指标 → 五个基本总量、GNP、人均GDP、名义和实际GDP
- 国内生产总值指标的不足之处

国民收入的构成
- 两部门经济 → 收入流量循环模型 国民收入构成
- 三部门经济 → 收入流量循环模型 国民收入构成
- 四部门经济 → 收入流量循环模型 国民收入构成

国民收入的决定
- 消费、储蓄、收入之间的关系 → 消费与收入的关系 储蓄与收入的关系 消费与储蓄的关系
- 简单的国民收入决定模型 → 总需求水平与国民收入的决定 总需求水平变动与国民收入决定
- IS-LM模型 → IS曲线、LM曲线、IS-LM曲线
- 总需求—总供给模型 → 总需求与总需求曲线 总供给与总供给曲线 总需求—总供给曲线

一、基本问题

(一)重要概念的记忆与解释

国内生产总值 Gross Domestic Product   国民收入 National Income

国民生产总值 Gross National Product

边际消费倾向 Marginal Propensity to consume
IS 曲线 Investment and Savings Curve
LM 曲线 Liquidity Preference and Money Supply Curve
总需求 Aggregate Demand　　　　　　总供给 Aggregate Supply

（二）单项选择题

1. 国内生产总值等于（　　）。
   A. 国民生产总值减本国国民在国外获得的收入加外国国民在本国获得的收入
   B. 国民生产总值减本国居民国外投资的净收益
   C. 国民生产总值加本国居民国外投资的净收益
   D. 国民生产总值加净出口

2. 下列产品中应计入当年国内生产总值的是（　　）。
   A. 当年生产的面包　　　　　　　　B. 去年生产而在今年出售的衣服
   C. 一幅古画　　　　　　　　　　　D. 当年卖出的二手房

3. 一国的国内生产总值小于国民生产总值，说明该国公民从国外取得的收入（　　）外国公民从该国取得的收入。
   A. 大于　　　　　　　　　　　　　B. 小于
   C. 等于　　　　　　　　　　　　　D. 可能大于也可能小于

4. "棉布是中间产品"这一命题（　　）。
   A. 一定是对的　　　　　　　　　　B. 一定是不对的
   C. 可能对，也可能不对　　　　　　D. 以上的说法都对

5. 个人收入是（　　）。
   A. 在一定年限内，家庭部门获得的工资总和
   B. 在一定年限内，家庭部门获得的收入总和
   C. 在一定年限内，家庭部门能获得花费的收入总和
   D. 国民收入减去家庭未收到的收入加上来自生产的收入

6. 国内生产总值和国内生产净值之间的差额是（　　）。
   A. 所得税　　　　B. 直接税　　　　C. 间接税　　　　D. 折旧

7. 一国某年的名义 GDP 为 1 500 亿美元，当年的实际 GDP 为 1 200 亿美元，则 GDP 折算指数等于（　　）。
   A. 125%　　　　B. 150%　　　　C. 100%　　　　D. 180%

8. 在下列项目中，（　　）不属于政府购买。
   A. 地方政府办三所中学　　　　　　B. 政府给低收入者提供的一笔住房补贴
   C. 政府订购一批军火　　　　　　　D. 政府给公务人员增加薪水

9. 下面那一项不属于经济学意义上的投资（　　）。
   A. 企业增加一批库存商品　　　　　B. 建造一批商品房
   C. 居民购买一套新建商品房　　　　D. 家庭购买公司债券

10. 一般情况下，利率上升会使投资需求（　　）。
    A. 增加　　　　　　　　　　　　　B. 减少
    C. 不变　　　　　　　　　　　　　D. 以上三种情况都有可能

11. 在简单的国民收入决定模型中，引起国民收入增加的原因是（　　）。
    A. 消费减少　　　　　　　　　　　　B. 消费不变
    C. 消费增加　　　　　　　　　　　　D. 储蓄增加

12. 投资需求的增加会引起 IS 曲线（　　）。
    A. 向右移动　　　　　　　　　　　　B. 向左移动
    C. 向右移动，但均衡不变　　　　　　D. 向左移动，但均衡不变

13. 货币供应量增加使 LM 曲线右移，表示（　　）。
    A. 同一利息率水平下的收入增加　　　B. 利息率不变收入减少
    C. 同一收入水平下的利息率提高　　　D. 收入不变利息率下降

14. IS 曲线与 LM 曲线相交时表示（　　）。
    A. 产品市场处于均衡状态，而货币市场处于非均衡状态
    B. 产品市场处于非均衡状态，而货币市场处于均衡状态
    C. 产品市场与货币市场都处于非均衡状态
    D. 产品市场与货币市场都处于均衡状态

15. 在凯恩斯主义总供给曲线区域，决定产出的主导力量是（　　）。
    A. 供给　　　B. 需求　　　C. 工资　　　D. 技术

（三）多项选择题

1. 在国民经济核算体系中有不同的计算国内生产总值的方法，其中主要有（　　）。
    A. 支出法　　　B. 收入法　　　C. 部门法　　　D. 划分法

2. 当收入增加时，（　　）。
    A. 消费增加　　B. 消费减少　　C. 储蓄增加　　D. 储蓄减少

3. "四部门"经济是指（　　）。
    A. 居民　　　B. 企业　　　C. 政府　　　D. 对外贸易

4. 在一国经济实际运行中，社会经济对最终产品和服务的支出分为（　　）。
    A. 消费　　　B. 投资　　　C. 政府购买　　　D. 净出口

5. 国民收入核算的基本指标有（　　）。
    A. 国内生产总值　　　　　　　　　　B. 国内生产净值
    C. 国民收入　　　　　　　　　　　　D. 个人可支配收入

6. 总供给曲线一般包括（　　）。
    A. 凯恩斯主义总供给曲线　　　　　　B. 短期总供给曲线
    C. 长期总供给曲线　　　　　　　　　D. 长期总供给—总需求曲线

7. 下列关于消费函数和 45°线的说法正确的是（　　）。
    A. 消费函数所代表的消费曲线比 45°线平缓
    B. 当储蓄为零时，两条线相交
    C. 当消费曲线在 45°线下方时，存在正储蓄
    D. 消费曲线与坐标的纵轴不相交

8. 在封闭经济中，政府可以通过（　　）来增加产出水平。
    A. 增加货币供给量　　　　　　　　　B. 减税
    C. 减少政府支出　　　　　　　　　　D. 增加转移支付

（四）判断题

1. 国内生产总值的增加意味着国民的生活水平提高。　　　　　　　　（　　）

2. 无论是商品数量还是商品价格的变化都会引起实际国内生产总值的变化。　（　　）

3. 国民收入核算中最重要的是计算国民收入。　　　　　　　　　　（　　）

4. 某种物品是中间产品还是最终产品取决于它本身的性质。　　　　（　　）

5. 在任何情况下，个人储蓄的增加都会使实际国内生产总值减少，这是节俭的悖论。

　　　　　　　　　　　　　　　　　　　　　　　　　　　　　（　　）

6. IS 曲线是描述货币市场均衡时，利率和国民收入组合的轨迹。　　（　　）

7. 总供给曲线的不同形态主要取决于资源的利用状态。　　　　　　（　　）

8. 其他条件不变的情形下，如果利率上升，LM 曲线将向左移动。　（　　）

9. 物价水平的降低使得总供给曲线向右移动。　　　　　　　　　　（　　）

10. 面对不利的供给冲击，政府可以在不提高价格水平的情况下采取增加总需求的方法使宏观经济回到充分就业的产出水平。　　　　　　　　　　　　（　　）

二、发散问题

1. 已知总供给函数为 AS=500P，总需求函数为 AD=600−50P。

（1）求供求均衡点。

（2）如果总供给不变，总需求上升 10%，求新的供求均衡点。

（3）如果总需求不变，总供给上升 10%，求新的供求均衡点。

2. 在下列两项中，每一项所发生的情况在国民收入核算中有什么区别？①一个企业为经理买一辆小汽车或这个企业给这位经理发一笔额外的报酬让他自己买一辆小汽车。②你决定买本国产品消费而不是买进口产品消费。

3. 某公司今年生产的机器多卖掉一些是否比少卖掉一些所产生的 GDP 要多？

三、案例分析

2008 年 9 月 15 日以雷曼兄弟宣布破产为标志的全球金融危机开始，并在一个月内演绎到了极点，次级房贷陷入困境，银行业紧缩，造成信用市场冻结。即使美国政府通过 7 000 亿美元计划及欧洲各国政府支撑濒临倒闭的银行，也未能安抚惊慌的投资人。信贷市场的停滞引发了市场对全球经济前景的担忧，全球股市和商品市场大幅下挫。中国经济发展也不可避免受到严峻挑战。

中国政府启动的四万亿元投资计划震撼全球，各大投行、基层投资者、国内及境外媒体均对此给予了极大的关注，总体看，两年间投入四万亿元的措施的确是"生猛"的。在国际社会陷入全面经济衰退的今天，中国政府"保增长、促内需"的强力兴市之举，不仅让国内经济为之一震，也让欧美各国看到了中国改革开放 30 年来凝聚的"硬实力"——这是必须由强大的财政、充沛的国民储蓄及外汇储备做后盾的壮举，对此，欧美大多数国家只能"望中兴叹"，羡慕不已。不仅如此，中国政府此次还规定将 2 000 亿元资金在 2009 年"两会"前，即短短 110 天内投放于 11 个部委管辖的项目，按照温家宝总理的话说就是"出手要快，出拳要重，措施要准，工作要实"。显然，这不是简单的救市，而是要显示中国政府的实力和保增长的决心。

分析：中国政府的四万亿元投资会产生什么作用？以 IS-LM 模型进行分析。（提示，四万亿元的注入会使 IS 曲线向右上方移动，在 LM 曲线不变的情况下，利率发生什么变化？收入发生什么变化？如使利率不变，收入会发生什么样的变化？）

第九章　失业与通货膨胀

本章地位

失业和通货膨胀造成人力资源的浪费，造成社会分配不均，影响国民经济的发展和社会安定，是宏观经济学研究的基本问题之一。本章介绍失业和通货膨胀的有关知识。

知识目标

1. 理解失业的含义及其类型，了解治理失业的主要对策；
2. 理解通货膨胀的含义，主要分类及成因，了解治理通货膨胀的对策。

能力目标

能运用所学的知识，分析通货膨胀对经济的影响，进而对目前的社会问题和经济问题提出自己的看法。

案例导入

世界上各个国家对法定的工作年龄有不同的规定。在美国，工作年龄是 16~65 岁；属于失业范围的人包括：新加入劳动队伍第一次寻找工作，或重新加入劳动队伍正在寻找工作达 4 周以上的人；为了寻找其他工作而离职，在找工作期间作为失业者登记注册的人；被企业解雇而且无法回到原工作单位的人。而我国规定的工作年龄，男性为 16~60 岁，女性为 16~55 岁。年龄在规定范围内的人口数，称为"劳动适龄人口数"。年龄在规定范围之外，已退休或丧失工作能力的人，或在学习，或由于某种原因不愿意工作，或不积极寻找工作的人都不计入失业人数，也不计入劳动者人数。

讲授新课

第一节　失　业

一、失业概述

1. 失业的概念

失业是指在一定年龄范围内、有工作能力且愿意工作的人没有工作的情况。没有工作的人不一定就是失业者，对失业的理解可以概括为 3 个方面：

（1）符合法定劳动年龄的人没有工作。这里不仅有劳动年龄上的规定，还有具有劳动能力和劳动技能及国家法定许可等要求。我国目前的法定劳动年龄为男性 16～60 岁，女性 16～55 岁。在这个年龄范围内还要区分劳动者和非劳动者（在校学生、病残人员属于非劳动者）。

（2）愿意工作的人没有工作。如果他不愿意工作，能工作而不去寻找工作，或这一段时间想去旅游、度假或者休闲，就不能算作失业者。

（3）劳动者虽然从事一定的社会劳动，但劳动报酬低于当地城市居民最低生活保障标准的，视同失业。

2．失业的衡量

失业可以用人数（绝对数），也可以用百分比（相对数）来衡量。衡量失业最常用的标准是失业率。

（1）失业率。失业率是失业人数占劳动力总数的百分比，用公式表示为

$$失业率=\frac{失业人数}{劳动力总数}\times100\% \qquad (9-1)$$

失业人数是在失业范围内的、并到有关部门登记注册的失业者人数。劳动力总数指失业人数与就业人数之和。各国对失业率的统计方法略有不同。

表 9-1、图 9-1 及图 9-2 是我国 2009 年的人口构成，以及近 5 年全国城镇就业人数、失业人数及登记失业率的统计。

表 9-1　2009 年我国人口数及其构成　　　　　　（单位：万人）

指　　标	年　末　数	比重（%）
全国总人口	133 474	100.0
其中：城镇	62 186	46.6
乡村	71 288	53.4
其中：男性	68 652	51.4
女性	64 822	48.6
其中：0～14 岁	24 663	18.5
15～59 岁	92 097	69.0
60 岁及以上	16 714	·12.5
其中：65 岁及以上	11 309	8.5

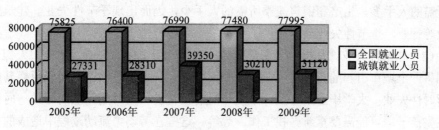

图 9-1　近五年全国就业和城镇就业人数（单位：万人）

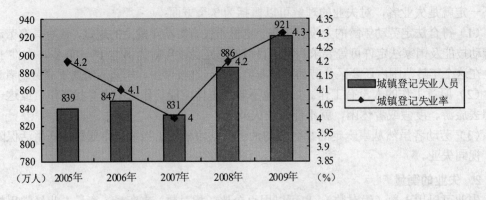

图 9-2 近五年城镇登记失业人数及登记失业率

资料来源：2009 年国民经济和社会发展统计公报

2009 年末全国就业人员 77 995 万人，比上年末增加 515 万人。年末城镇登记失业率为 4.3%，比上年末上升 0.1 个百分点。

想一想：你能根据上面的资料，你可以计算出我国的失业率吗？得出的结果和图 9-2 是否一致？

（2）充分就业和自然失业率，充分就业的概念是英国经济学家 J·M·凯恩斯在《就业、利息和货币通论》一书中提出的，是指在某一工资水平之下，所有愿意接受工作的人，都获得了就业机会。充分就业并不等于全部就业或者完全就业，而是仍然存在一定的失业。在充分就业情况下，仍然会存在摩擦性失业和结构性失业。充分就业下的失业率，称之为自然失业率。许多西方经济学家赞成自然失业率应该在 4%～6% 之间。

二、失业的类型

1．自然失业

自然失业是指由于经济中某些难以避免的原因所引起的失业，在任何动态市场经济中这种失业都是必然存在的。新古典经济学派和凯恩斯都把这类失业归为摩擦性失业和自愿失业。现代经济学家按照引起失业的具体原因把自然失业分成这样一些类型：

（1）季节性失业。季节性失业是在生产或销售处于淡季时而出现的失业。有些行业的生产与服务会随着季节的变化而变化，对劳动的需求也随着季节的变化而变化，生产和销售旺季所需的人手多，生产和销售淡季所需的人手少，因而出现季节性失业。建筑业、农业及旅游业等行业，季节性失业最明显。

（2）摩擦性失业。是指由于正常的劳动力周转所造成的失业。例如，人们从一个城市迁居到另一个城市引起的暂时性失业；一个人由于某种工作不够理想而想更换其他工作所引起的暂时性失业；大学毕业生寻找一个工作时需要花费一段时间，从而导致一时性失业；妇女在生完孩子后可能需要重新寻找工作，等等。这些在劳动力流动过程中造成的失业，以及一些新加入劳动力队伍或重新加入劳动力队伍过程中的失业均属于摩擦性失业。

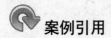 **案例引用**

从民工流看摩擦性失业

每年春节后的民工流，已经成为我国当前经济运行中的一个独特现象。我们知道，跨地区流动的成本是非常高的，不但有很高的物质成本，暂时失去工作的机会成本，还有信息搜集的成本。所以，远距离的流动导致了一部分摩擦性失业。进一步的问题是，民工为什么到这么远的地方打工，为什么20年来民工从来就没有成为当地的市民？原因在于户籍制度，也在于地区竞争。户籍制度限制了民工获得工作地的户口，地区竞争则要求政府协助当地企业限定工资和各种福利，以减少企业成本，从而有利于企业创造地区GDP和税收，在地区竞争中获胜。正是由于上述原因，使民工长期远距离流动，造成摩擦性失业。

（3）结构性失业，是指由于技术、产业调整及国际竞争改变了工作所需要的技术或改变了工作地点所造成的失业。例如，由于工艺发生重大变化，一部分人可能缺乏新工艺所要求的那种训练和技术，他们可能难以被雇佣。在结构性失业出现后，劳动的供给结构必须根据产业结构和产品结构去调整。在这种调整中，年长者调整的速度低于年轻者，因为年长者接受新知识的主动性及经济行为的灵活性低于年轻者。所以，结构性失业人口中，年长者多于年轻者。

2. 周期性失业

周期性失业又称需求不足的失业，也就是凯恩斯所说的非自愿失业。根据凯恩斯的分析，就业水平取决于国民收入水平，而国民收入水平又取决于总需求水平，总需求不足会引起社会生产力水平的下降从而引起失业率上升，它一般出现在经济周期的萧条阶段，故称周期性失业。

凯恩斯用三大心理规律来说明总需求不足的原因，这三大心理规律是边际消费倾向递减规律、资本边际效率递减规律和流动偏好规律。边际消费倾向递减规律是指人们的收入越是增加，消费支出在增加的收入中所占的比重就越小。由于消费是总需求的一个重要组成部分，边际消费倾向递减会导致总需求不足，假如没有相应的投资来填补这个缺口，产品就会有一部分无法销售出去，于是就出现了消费不足，引起生产紧缩和失业的增加。资本边际效率递减规律是指资本投入越增加，利润占资本投入的比重就越小。投资需求是总需求的另外一个重要组成部分，由于资本边际效率递减规律的作用，使人们对投资前景缺乏信心，造成投资需求不足。流动偏好规律是指人们总喜欢以现金的形式保存自己的一部分收入，这种以货币形式保存收入的心理动机，就是流动偏好。由于流动偏好的存在使投资需求雪上加霜。

3. 隐性失业

除了自然失业和周期性失业这两大类失业以外，还存在另一种失业，即隐性失业。隐性失业原指工人在危机期间为避免失业而被迫接受一些并不充分的工作。现在隐性失业指表面上虽然有工作，但实际上对生产并没有作出贡献的劳动者，即有"职"无"工"的人。隐性失业在大多数发展中国家特别是部分农业国普遍存在。从某种程度上说，我国的农业剩余劳动力，经营不善的企业中的劳动者，开工不足的企业中的劳动者和下岗职工都是隐性失业人员。

三、失业的影响及其治理

（一）失业的影响

1. 对经济的影响——奥肯定律

奥肯定律是美国经济学家阿瑟·奥肯（1929~1979）提出来的失业率上升与经济增长率下降相互关系的原理。奥肯定律表明失业率同实际国民收入增长率呈反方向变动关系，失业率每增加1%，则实际国民收入减少2.5%；反之，失业率每减少1%，实际国民收入增加2.5%。（在不同时期，失业率对实际国民收入增长率的影响会有不同，1:2.5 是一个平均数，在 20 世纪 60 年代是 1:3，70 年代是 1:2.5 至 1:2.7，80 年代是 1:2.5 至 1:2.9。）

失业导致整个社会财富缩水和居民生活水平下降，表 9-2 给出了 20 世纪中的高失业率期间，美国实际 GDP 的减少量。

表 9-2 失业引起的 GDP 损失

时 期	平均失业率/%	GDP 损失/1990 年价格，10 亿美元	占该时期 GDP 百分比
大危机时期（1930~1939 年）	18.2	2 420	27.6
大滞胀时期（1975~1984 年）	7.7	1 480	3.0
新经济时期（1985~1999 年）	5.7	240	0.3

资料来源 萨谬尔森：《经济学》（第十七版），534 页，人民邮电出版社，2004。

从表中可知，美国最大的经济损失发生在大危机时期，而 20 世纪 70 年代和 80 年代的石油危机与通货膨胀也使 GDP 损失高达 1 万多亿美元。相比之下 1985~1999 年的稳定增长时期失业率较低，损失非常小。

2. 对社会影响

失业的社会影响难以衡量。失业威胁着作为社会单位和经济单位的家庭的稳定。没有收入，家庭的要求和需要得不到满足，家庭关系会受到损坏，并给社会带来不稳定因素。另一方面，失业者过多还增加了社会福利支出，造成政府的财政困难。

（二）治理失业的对策

失业影响了经济发展，并给社会带来不稳定因素。政府可以从以下几方面着手积极地治理失业：

（1）充分发挥市场经济对资源配置的优化作用，必须保证生产要素的自由流动，而劳动力要素更是首当其冲。改革户籍制度，建立城乡统一的劳动力大市场，可以解决劳动力供求失衡的结构性矛盾，实现其在全国范围内的最优配置，不断丰富就业机会和拓宽劳动者的选择范围。

（2）减少农村隐形失业。我国农业长期以来只重视农产品的生产过程，而忽视农产品的深加工及市场营销环节，要调整农业内部生产结构，延伸农业产业链，加快形成科研、生产、加工及销售一体化，鼓励工商企业投资发展农产品的加工和营销，产生一批专门性的、专业化的加工和销售企业，增加农民的就业岗位。

（3）不仅要在数量上控制人口增长，更要在质量上改善中国劳动力供给状况。要加强基础教育和职业技术培训，同时提高在职职工和后备劳动力的素质，以增强其就业能力，减少结构性失业和摩擦性失业。

（4）为加快就业信息的流转，减少摩擦性失业。要建立更多公益性的就业服务机构，同时加强劳动力市场中介组织的建设和管理，通过举办经常性的招聘会及在报纸、电视和网络等各种媒体上的信息公布，及时、全面、便捷地向劳动者提供各种就业信息，增加其就业机会。

（5）加快建立和完善多层次的失业保障制度，以避免人们对一旦失业所面临的经济状况的恶化做出过分消极的心理预期，同时消除不必要的心理恐慌而造成的对消费和社会有效需求的抑制作用。

第二节　通货膨胀

一、通货膨胀的定义

通货膨胀是指流通中的货币供应量过度增加，货币不断贬值，导致物价持续上涨的过程。

在理解通货膨胀时应注意：①物价的上涨不是指一种或几种商品的物价上涨，而是物价水平的普遍上涨，即物价总水平的上涨；②不是指物价水平一时的上涨，而是指持续一定时期的物价上涨；③是纸币过多的发行引起的物价上涨。因资源短缺，商品供应量减少等原因引起的物价上涨不能叫做通货膨胀。

二、通货膨胀的衡量指标

1．通货膨胀率

通货膨胀状况一般用通货膨胀率来衡量。通货膨胀率可以理解为当年物价水平相对于上一年物价水平的变动比率，一般用下式表示

通货膨胀率=（当年物价水平−上一年物价水平）÷上一年物价水平×100%　（9-2）

2．物价指数

物价指数是用基期平均物价水平的百分比来衡量的某一时期的平均物价水平。基期是在比较物价水平时与现期相对应的某个时期，采用哪个时期作为衡量物价水平的基期一般由统计当局确定。通常将基期的物价指数定为 100，然后确定各时期的指数。物价指数不是各种商品的算术平均数，而是每种商品价格的加权平均数，每种商品价格的权重反映了该种商品在经济中的重要程度。

在计算通货膨胀率时所采用的最为普遍采用的物价指数有三种：

（1）消费者物价指数（CPI），又称居民消费价格指数，是衡量各个时期居民个人消费的商品和劳务零售价格变化的指标。

（2）生产者物价指数（PPI），又称批发物价指数，是根据大宗商品（工业制成品和原材料）的批发价格加权平均而得出的物价指数，是衡量不同时期商品批发价格变化程度和趋势的指标。

（3）国民生产总值平减指数，是按当年价格计算的国民生产总值与按基期不变价格计算的国民生产总值的比率，它可以反映全部生产资料、消费品和劳务费用的价格的变动，是反

映一国物价总水平变化程度的指标。

在这三种指数中，消费者物价指数 CPI 与人民生活水平关系最密切，因此，CPI 是衡量通货膨胀的最主要、最权威的指标。CPI 的计算公式是

$$CPI=（一组固定商品当期价格/一组固定商品基期价格）\times 100\%。 \qquad (9-3)$$

CPI 告诉人们的是，对普通家庭的支出来说，购买具有代表性的一组商品，在今天要比过去某一时间多花费多少。例如，若以 2005 年为基期，2005 年某国普通家庭每个月购买一组商品的费用为 1 000 元，而 2010 年购买这一组商品的费用为 1 100 元，那么该国 2010 年的消费价格指数为 CPI=1 100/1 000×100%=110%，也就是说物价上涨了 10%。

 知识窗

CPI 的构成

中国现行的 CPI 构成及权比：①食品 34%；②娱乐教育文化用品及服务 14%；③居住 13%；④交通通讯 10%；⑤医疗保健个人用品 10%；⑥衣着 9%；⑦家庭设备及维修服务 6%；⑧烟酒及用品 4%。

三、通货膨胀的类型

依据不同的划分标准，将通货膨胀划分为不同的类型。

1. 按照价格上升的速度划分

（1）温和的通货膨胀，是指每年物价的上升率在 10%以内，其中 3%以下的物价上升称为爬行的通货膨胀。低水平的通货膨胀是经济发展的润滑剂，因为人们感觉不到这种价格的上升，从而会将任何小于物价上升幅度的货币工资的上升当作实际工资的上升。这样，一方面，工人会积极地增加劳动供给；另一方面，厂商则积极增加劳动需求（因为实际工资在下降），最终使就业量和人们收入都有所增加。

（2）奔腾的通货膨胀，又称加速的通货膨胀，是指年通货膨胀率在 10%～100%。货币体系已被扭曲，货币流通速度加快，货币持有者视货币为烫手的山芋，都想将其尽快地花掉。通货膨胀有了惯性，使其停止已较为困难，政府应采取强有力的措施加以控制，否则将影响经济的正常运转。

（3）恶性的通货膨胀，又称超速的通货膨胀，是指年通货膨胀率在 100%以上的通货膨胀。发生这种通货膨胀时物价持续上涨，货币体系崩溃，正常经济秩序遭到破坏，甚至会导致旧政府的垮台。例如德国在 1922 年 1 月到 1923 年 1 月价格指数从 100 上升到 10 000 亿，提高了 99 亿倍。再如中国 1937 年 100 元法币可以买到两头黄牛，到 1949 年竟买不到一盒火柴。

 案例引用

津巴布韦发行面额 5 000 万津元纸币

津巴布韦中央储备银行宣布，从 2008 年 4 月 4 日起发行当今世界上面额最大的 5 000 万津

元纸币，以缓解津巴布韦市面上的现金短缺问题。津巴布韦《先驱报》4 日报道说，此次发行的新币有 5 000 万津元和 2 500 万津元两种面额。这是该国储备银行自 2007 年 12 月以来第三次发行超大面额钞票。2008 年 1 月，储备银行推出面额 1 000 万津元、500 万津元和 100 万津元的钞票。自 2007 年 10 月以来，津巴布韦出现现金短缺现象，在银行或自动取款机前，想取钱的人排成长龙，但往往排一天也取不到钱。2008 年 4 月津巴布韦的通货膨胀率达到 100 000%，居全球之冠。

2．按照通货膨胀的表现形式划分

（1）公开的通货膨胀，是指完全通过一般物价水平上升的形式表现出来的通货膨胀。

（2）隐蔽的通货膨胀，是指不以物价水平的上升而以物品短缺表现出来的通货膨胀。

3．按照公众对通货膨胀能否预期划分

（1）预期的通货膨胀，是指人们能在一定程度上给以预期的通货膨胀。由于人们将预期到的通货膨胀考虑到经济活动中去，故预期到的通货膨胀常常会演变成有惯性的通货膨胀，年复一年地持续下去。

（2）非预期的通货膨胀，是指人们没有正确地预期到的，或者说价格上涨的速度超出人们预料的通货膨胀。非预期到的通货膨胀没有预期的通货膨胀那种惯性。

4．按照对价格的不同影响划分

（1）平衡的通货膨胀，是指各种商品的价格都按相同的比例上升的通货膨胀。这些商品包括一般生活消费品和各种生产要素。

（2）不平衡的通货膨胀，是指各种商品价格上升的比例并不相同的通货膨胀。此时，各种商品的相对价格均发生改变。

四、通货膨胀的成因

1．需求拉动型通货膨胀

这是从总需求的角度来分析通货膨胀的原因，认为通货膨胀的原因在于总需求过度增长，总供给不足，即"太多的货币追逐较少的货物"，或者是"因为物品与劳务的需求超过按现行价格可得到的供给，所以一般物价水平便上涨。"总之，就是总需求大于总供给所引起的通货膨胀。对于引起总需求过大的原因又有两种解释：①凯恩斯主义的解释，强调实际因素对总需求的影响；②货币主义的解释，强调货币因素对总需求的影响。与此相应，就有两种需求拉动的通货膨胀理论。

20 世纪 50 年代，凯恩斯主义者汉森等人提出了需求拉动通货膨胀的解释，他们认为需求创造供给的必要条件是资源的充分存在，一旦总需求超出了由劳动力、资本及资源所构成的生产力界限时，总供给便无法再增加，这就形成了总需求大于总供给的膨胀性缺口，此缺口通常由商品缺口和生产要素缺口组成。只要存在此膨胀性缺口，物价就必然上涨，因为这时需求的增加已不能刺激供给的增加，即使失业存在，物价也会上涨，并且失业会和通货膨胀并存。

而货币主义认为，引起总需求过度的根本原因是货币的过量发行。美国经济学家 M. 弗里德曼认为，通货膨胀是发生在货币量增加的速度超过了产量增加速度的情况下，而且每单位产品所配给的货币量增加得越快，通货膨胀的发展就越快。

2. 成本推动型通货膨胀

因为引起成本增加的原因有所不同，因此，成本推动的通货膨胀又可以根据其原因的不同而分为以下几种：

（1）工资成本推动型通货膨胀。工资是成本中的主要部分。工资的提高会使生产成本增加，从而引起价格水平上升。在劳动市场存在着工会的卖方垄断的情况下，工会利用其垄断地位要求提高工资，雇主迫于压力提高了工资之后，就把提高的工资加入生产成本中，提高产品的价格，从而引起通货膨胀。

工资的增加是从个别部门开始的，但由于各部门之间工资的攀比行为，个别部门工资的增加往往会导致整个社会的工资水平上升，从而引起普遍的通货膨胀，而且，这种通货膨胀一旦开始，还会形成"工资—物价螺旋式上升"，即工资上升引起物价上升，物价上升又引起工资上升，这样，工资与物价不断互相推动，形成严重的通货膨胀。

（2）利润推动型通货膨胀，又称价格推动的通货膨胀，是指市场上具有垄断地位的厂商为了增加利润而提高产品价格所引起的通货膨胀。在不完全竞争的市场上，具有垄断地位的厂商控制了产品的销售价格，可以提高价格以增加利润。尤其是在工资增加时，垄断厂商为获得更高的利润，会更大幅度地提高产品价格，使价格的上升幅度大于工资的上升幅度，形成通货膨胀。

（3）进口成本推动型通货膨胀。这是指在开放经济中，由于进口的原材料价格上升而引起的通货膨胀。在这种情况下，一国的通货膨胀通过国际贸易渠道而影响到其他国家。例如20 世纪 70 年代初，西方国家通货膨胀严重的重要原因之一就是世界市场石油价格的大幅度上升。这种通货膨胀发生时，物价的上升会导致生产减少，从而又引起萧条。

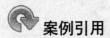 **案例引用**

欧佩克对美国经济的影响

美国经济中一些最大的经济波动源于中东的产油地区。原油是生产许多物品与劳务的关键投入，而且，世界大部分石油来自沙特阿拉伯、科威特和其他中东国家。当某个事件（通常起源于政治）减少了来自这个地区的原油供给时，世界石油价格上升，相关的企业成本增加。结果是总供给减少，引起滞胀。

第一起这样的事件发生在 20 世纪 70 年代中期。有大量石油储藏的国家作为欧佩克成员走到了一起。欧佩克是一个卡特尔——一个企图阻止产油国之间的竞争并减少石油生产以提高价格的卖者集团。他们的共谋使石油价格的确大幅度上升了，从 1973 年到 1975 年，石油价格几乎翻了一番，世界石油进口国都经历了同时出现的通货膨胀和衰退。在美国，按 CPI 衡量的通货膨胀率几十年来第一次超过10%，失业率从 1973 年的 4.9%上升到 1975 年的 8.5%。

在几年后几乎完全相同的事又发生了。在 20 世纪 70 年代末期，欧佩克国家再一次限制石油的供给以提高价格，从 1978 年到 1981 年，石油价格翻了一番还多，结果又是滞胀。每年的通货膨胀率又上升到 10%以上，失业从 1978 年和 1979 年的 6%左右在几年后上升到 10%左右。

世界石油市场又是总供给有利的来源。1986 年欧佩克成员之间爆发了争执，成员国违背限制石油生产的协议，在世界原油市场上，价格下降了一半左右。石油价格的这种下降减少了美国企业的成本，使总供给曲线向右移动。结果，美国经济经历了滞胀的反面：产量迅速增长，失业减少，而通货膨胀率达到了多年来的最低水平。

与这种通货膨胀相对应的是出口性通货膨胀，即由于出口迅速增加，国内产品供给不足，价格上涨，引起通货膨胀。

3. 需求拉动和成本推动混合型通货膨胀

这是把总需求与总供给结合起来分析通货膨胀的原因。通货膨胀的根源往往不是单一的总需求或总供给，而是这两者共同作用的结果。如果通货膨胀是由需求拉动开始的，即过度需求的存在引起物价上升，这种物价上升又会使工资增加，即供给成本的增加引起了成本推动的通货膨胀。如果通货膨胀是由成本推动开始的，工资增加，利润上升，消费水平提高，物价上涨，总需求增加，又形成需求拉动型通货膨胀。

4. 结构型通货膨胀

由于经济结构的变动而引起通货膨胀。经济中可以分为扩展部门与非扩展部门。扩展部门正在扩大，需要更多的资源与工人，而非扩展部门已在收缩，资源与工人过剩。如果资源与工人能迅速地由非扩展部门流动到扩展部门，则这种结构性通货膨胀就不会发生。但在现实中，由于种种限制，非扩展部门的资源与工人不能迅速地流动到扩展部门。这样，扩展部门由于资源与人力短缺，从而引起资源价格上升，工资上升。而非扩展部门尽管资源与人力过剩，但资源价格并不会下降，尤其是工资不仅不会下降，还会由于攀比行为而上升。这样，就会由于扩展部门的总需求过度和这两个部门的成本增加，尤其是工资成本的增加而产生通货膨胀。

五、通货膨胀的影响

1. 通货膨胀对收入分配的影响

（1）通货膨胀有利于利润收入者，而不利于工资收入者。对于固定收入阶层（如靠领救济金和退休金的人）来说，其收入是固定的货币数额，落后于上升的物价水平，其实际收入因通货膨胀而变少，他们接受的每一元收入的购买力将随价格的上升而下降。而且，由于他们接受的货币收入没有变化，因而他们的生活水平必然相应地降低。相反，那些靠变动收入维持生活的人，则会从通货膨胀中得益，这些人的货币收入的上涨会高于价格水平和生活费用上涨。例如，那些从利润中得到收入的企业主就能从通货膨胀中获利，如果产品价格比资源价格上升得快的话，则企业的收益将比它的成本增长得快。

同样的道理，在雇主与工人之间，通货膨胀将有利于雇主而不利于工人。因为工人的工资一般比较固定，而雇主则可以从通货膨胀中获利。

（2）通货膨胀有利于债务人，而不利于债权人。具体地说，通货膨胀靠牺牲债权人的利益而使债务人获利。例如甲向乙借款1万元，一年后归还，而这段时间内价格水平上升一倍，那么一年后甲归还给乙的1万元相当于借时的一半。

（3）通货膨胀有利于政府而不利于公众。因为：①随着名义工资的增加，个人的所得税将增加；②政府是净债务人，通货膨胀使政府的内债负担下降；③通货膨胀往往是由于政府发行过多的货币引起的，是政府直接剥削了民众。

2. 通货膨胀对资源配置的影响。

在市场经济中，资源的配置是通过价格进行的。在通货膨胀期间，价格变动是紊乱的，由此引起的资源的重新配置也不一定是合理的，厂商不知道生产那一种产品更有利可图，消费者不知道购买哪一家商店的产品更便宜，价格会在一定程度上失去合理配置资源的作用，降低经济效率。通货膨胀对价格体系的扰乱还会给经济体系核算带来困难，干扰资源的配置，降低经济效率。

第三节 失业与通货膨胀的关系——菲利普斯曲线

失业和通货膨胀是两个受到密切关注的经济指标，新西兰经济学家菲利普斯根据 1861～1957 年间英国失业率与货币工资变动率的统计资料，提出了一条关于失业率与货币工资增长率之间交替关系的曲线，称为"菲利普斯曲线"。

一、菲利普斯曲线的含义

菲利普斯曲线是反映失业率与工资变动率之间呈反方向变动关系的曲线。根据成本推动型通货膨胀理论，货币工资增长可以引发通货膨胀。因此，这条曲线可以表示失业率与通货膨胀率之间的交替关系，即失业率高，则通货膨胀率低；失业率低，则通货膨胀率高。失业率与通货膨胀率之间存在反方向变动关系。

在图 9-3 中，横轴表示失业率，纵轴表示通货膨胀率，向右下方倾斜的曲线就是菲利普斯曲线，表示较低的失业率与较高的通胀率相对应，较高的失业率与较低的通胀率相对应。

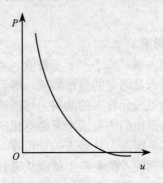

图 9-3 菲利普斯曲线

二、菲利普斯曲线提出的重要观点

（1）通货膨胀是由于工资成本推动所引起的，把货币工资增长率与通货膨胀率联系了起来。

（2）承认了通货膨胀与失业的交替的关系，这就否定了凯恩斯关于失业与通货膨胀不会并存的观点。

（3）当失业率为自然失业率时，通货膨胀率为零，因此，把自然失业率定义为通货膨胀率为零时的失业率。

（4）菲利普斯曲线为政策选择提供了理论依据，这就是可以运用扩张性宏观经济政策，以较高的通货膨胀率来换取较低的失业率；也可以运用紧缩性宏观经济政策，以较高的失业率来换取较低的通货膨胀率。

三、对菲利普斯曲线的解释

1. 货币主义者的观点

货币主义者在解释菲利普斯曲线时引入了适应性预期的概念，即人们根据过去的经验来形成并调整对未来的预期，当上一期的预期价格高于实际价格时，对下一期的预期价格要相应减少；反之，则相应增加。他们根据适应性预期，把菲利普斯曲线分为短期菲利普斯曲线与长期菲利普斯曲线。

在短期中，人们来不及调整通货膨胀预期，预期的通货膨胀率可能低于以后实际发生的通货膨胀率。短期菲利普斯曲线正是表明在预期的通货膨胀率低于实际发生的通货膨胀率的短期中，失业率与通货膨胀率之间存在交替关系的曲线。所以，向右下方倾斜的菲利普斯曲线在短期内是可以成立的。

在长期中，工人将根据实际发生的情况不断调整自己的预期。工人预期的通货膨胀率与实际上发生的通货膨胀率迟早会一致。这时，工人会要求增加名义工资，使实际工资不变，从而通货膨胀就不会起到减少失业的作用。这时菲利普斯曲线是一条垂线，表明失业率与通货膨胀率之间不存在交替关系。而且在长期中，经济中能实现充分就业，失业率是自然失业率。

2. 理性预期学派的观点

理性预期学派所采用的预期概念是合乎理性的预期，其特征是预期值与以后发生的实际值是一致的。在这种预期的假设之下，短期中也不可能有预期的通货膨胀率低于以后实际发生的通货膨胀率的情况，即无论在短期或长期中，预期的通货膨胀率与实际发生的通货膨胀率总是一致的，从而也就无法以通货膨胀为代价来降低失业率。所以，无论在短期或长期中，菲利普斯曲线都是一条从自然失业率出发的垂线，即失业率与通货膨胀率之间不存在交替关系。

失业与通货膨胀关系理论的发展，是对西方国家经济现实的反映。凯恩斯的论述反映了20世纪30年代大萧条时的情况，菲利普斯曲线反映了50～60年代的情况，而货币主义和理性预期学派的论述，反映了70年代以后的情况。凯恩斯主义、货币主义与理性预期学派，围绕菲利普斯曲线争论，表明了他们对宏观经济政策的不同态度。凯恩斯主义者认为，无论在短期与长期中，失业率与通货膨胀率都存在交替关系，从而认为宏观经济政策在短期与长期中都是有用的。货币主义认为，短期中失业率与通货膨胀率存在交替关系，而长期中不存在这种关系，从而认为宏观经济政策只在短期中有用，而在长期中无用。理性预期学派认为，无论在短期或长期中，失业率与通货膨胀率都没有交替关系，因此，宏观经济政策就是无用的。

实 践 训 练

1. 课堂实训

就失业和通货膨胀问题，分组讨论，给出自己的治理办法。

2. 课外实训

本章介绍了失业和通货膨胀的衡量——失业率，通货膨胀率及物价指数；文中也提到了中国的失业率的衡量及中国的消费物价指数的构成与比重。其实，每个国家的衡量标准不尽相同，请利用课余时间查阅资料，了解一下和中国不同的衡量标准。要求分小组进行，下次课分组汇报。

本 章 小 结

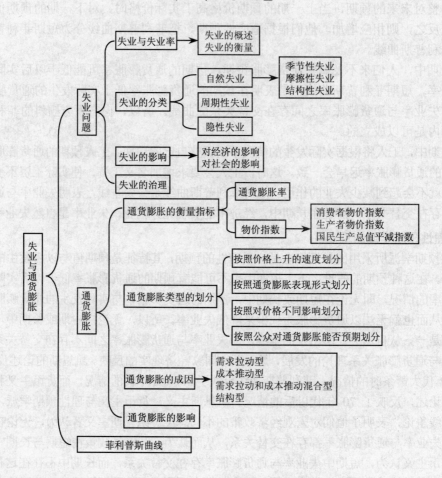

问题和应用

一、基本问题

（一）重要名词的记忆与解释

失业 Unemployment   充分就业 Full Employment

奥肯定律 Okun's Law   通货膨胀 Inflation

消费者物价指数 Consumer Price Index   菲利普斯曲线 Phillips Curve

（二）单项选择题

1. 失业率是指（   ）。

    A. 失业人口与全部人口之比

    B. 失业人口与全部就业人口之比

C. 失业人口与全部劳动人口之比

D. 失业人口占就业人口与失业人口之和的百分比

2. 自然失业率是指（　　　）。

A. 周期性失业率

B. 摩擦性失业率

C. 结构性失业率

D. 摩擦性失业和结构性失业造成的失业率

3. 某人由于刚刚进入劳动力队伍尚未找到工作，这是属于（　　　）。

A. 摩擦性失业　　　　　　　　　　B. 结构性失业

C. 周期性失业　　　　　　　　　　D. 永久性失业

4. 由于经济萧条所造成的失业属于（　　　）。

A. 摩擦性失业　　　　　　　　　　B. 结构性失业

C. 周期性失业　　　　　　　　　　D. 自愿失业

5. 奥肯定理说明了（　　　）。

A. 失业率和总产出之间高度负相关的关系

B. 失业率和总产出之间高度正相关的关系

C. 失业率和物价水平之间高度负相关的关系

D. 失业率和物价水平之间高度负相关的关系

6. 通货膨胀是指（　　　）。

A. 货币发行量过多引起价格水平普遍、持续的上涨

B. 货币发行量超过了流通中的货币量

C. 货币发行量超过了流通中的商品的价值量

D. 以上均不正确

7. 一般用来衡量通货膨胀的物价指数是（　　　）。

A. 消费者物价指数　　　　　　　　B. 生产物价指数

C. GDP 平减指数　　　　　　　　　D. 以上均正确

8. 根据通货膨胀的原因，可将其划分为（　　　）。

A. 需求拉动型通货膨胀　　　　　　B. 成本推动型通货膨胀

C. 结构型通货膨胀　　　　　　　　D. 以上划分均正确

9. 需求拉动的通货膨胀（　　　）。

A. 通常用于描述某种供给因素所引起的价格波动

B. 通常用于描述某种总需求的增长所引起的价格波动

C. 表示经济制度已调整过的预期通货膨胀率

D. 以上都不是

10. 根据短期菲利普斯曲线，失业率和通货膨胀率之间的关系是（　　　）。

A. 正相关　　　　B. 负相关　　　　C. 无关　　　　　　D. 不能确定

（三）判断题

1. 失业率是指失业人口与全部人口之比。　　　　　　　　　　　　（　　　）

2. 自然失业率是指摩擦性失业和结构性失业造成的失业率。　　　　（　　　）

　　3．奥肯定理说明了失业率和总产出之间高度负相关的关系。　　　　　　（　　）

　　4．长期菲利普斯曲线向右下方倾斜。　　　　　　　　　　　　　　　　（　　）

　　5．根据短期菲利普斯曲线，失业率和通货膨胀率之间的关系是正相关。　（　　）

　　6．成本推动的通货膨胀又称供给型通货膨胀，是指由厂商生产成本增加而引起的一般价格总水平的上涨。　　　　　　　　　　　　　　　　　　　　　　　　　　　　　　　（　　）

　　二、发散问题

　　1．请思考，西方国家解决失业问题的途径和方法有哪些？就你所知，我国又采取了哪些措施解决"就业难"的问题？

　　2．曼昆在《经济学原理》中概括了"经济学的十大原理"，最后一条就是"社会面临通货膨胀与失业之间的短期权衡取舍"，也有经济学家认为，适度的通货膨胀可以刺激经济的增长，通过本章的学习和你的思考，你怎么看待失业和通货膨胀之间的选择？

　　三、案例分析

　　我国改革开放以后经历的主要通货膨胀阶段

　　第一阶段：1987～1988 年。处于一个经济扩张的阶段，物价指数在前一期经济扩张的拉动下，持续走高，上升到了改革开放以来的第一个历史高点。以 1985 年的物价指数为基点，1986 年的物价指数上涨 6.0%，1987 年的物价指数上涨 13.7%，1988 年的物价指数上涨 34.8%。此次通货膨胀的主要原因依然是政府为了满足社会固定资产的投资增长要求和解决企业的资金短缺问题，从 1986 年开始加大政府财政支出，不断扩大政府财政赤字，特别是 1988 年实行财政的"包干"体制以后，社会的需求进一步猛增。与此同时，为了解决政府赤字问题，货币连年超经济发行，到 1988 年第四季度，市场中的货币流通量为 2 134 亿元，比上年同期上涨 46.7%。1988 年 5 月政府宣布物价补贴由暗补转为明补，6 月份政府一再表示要下决心克服价格改革的障碍，7 月份政府尝试着开放了名牌烟酒的价格。这一系列措施加剧了居民的不确定性心理预期，引发了 8 月中旬的抢购风潮和挤兑银行存款的现象，银行存款减少了 26 亿元，官方宣布的通货膨胀率达到 18.5%。为了整顿严重的通货膨胀，中央对经济实行全面的"治理整顿"，其措施之严厉堪称改革开放以来之最。

　　第二阶段：1993～1995 年。1993 年上半年，通货膨胀压力又开始上升，金融业陷入无序状态。国内金融市场，大量资金集中于沿海地区的房地产市场，银行、金融机构和地方政府为了实现各自不同的利益，逃避央行的规定和监管，为房地产业大量融资，使得货币量超量投放，信贷规模一再突破计划。中央政府于 1993 年夏开始实行紧缩的货币政策，时任朱镕基总理亲自担任中国人民银行的行长。采取的主要措施包括：加强金融纪律；使国有银行与其隶属的信托投资公司分离；所有专业银行必须立即取消计划外贷款；限制地区间贷款；派出工作组到各省检查执行情况等。与此同时外汇市场上，人民币大幅度贬值，人民币兑美元比率由 1:5.64 骤然下降到 1:8.27，国际收支恶化。由于国内巨大的需求压力，在高涨的投资需求下，财政赤字和货币供应超常增长，使得通货膨胀全面爆发。1992～1993 年我国经济中出现的严重的泡沫现象和高通货膨胀率及潜在的金融风险，中央从 1993 年夏开始实施"软着陆"的攻关调控，在货币政策方面出台了 13 条压缩银行信贷规模的措施，使新增货币供应量从 1993 年的 1 528.7 亿元减少到 1994 年的 1 423.9 亿元和 1995 年的 596.8 亿元。由于这次调控吸取了以前货币紧缩过度造成经济过冷的教训，这个货币政策的实施中一直遵循着"适度从紧"的原则，最终于1996年成功地实现了经济的"软着陆"。

第三阶段：2003年。全国居民消费价格总水平比上年上涨1.2%；工业品出厂价格上涨2.3%；农产品生产价格上涨4.4%。当年中国的通货膨胀压力主要来自于对投入工厂、道路及其他基础设施项目建设的原材料和其他商品的庞大需求。与此同时，随着经济的高速增长，中国对原材料的需求量急剧增加。2003年中国的原油进口比2002年增加31.2%，达到创纪录的9110万吨。在这次通货膨胀中我国采取了稳健的货币政策。

阅读完材料，请思考：这几次引起通货膨胀的原因有什么异同？国家分别采取了什么样的治理政策？

第十章 经济周期与经济增长

本章地位

自从 19 世纪初世界爆发第一次经济危机开始,经济社会就处于周期性的繁荣与萧条的交替中。经济周期性波动的原因是什么,如何才能使经济长期稳定增长,是经济学家普遍关心的问题和长期研究的内容。本章介绍经济周期与经济增长的有关理论知识。

知识目标

1. 了解经济周期的含义和引起经济波动的原因;
2. 了解经济增长的含义和影响经济增长的因素;
3. 了解哈罗德—多马模型和新古典经济增长模型。

能力目标

了解经济增长的规律,把握经济波动的节奏。

案例导入

2008 年金融危机与中国经济

2008 年的国际金融危机使中国经济也步入了萧瑟的冷冬,高速发展的中国经济连续几个季度增速减缓,国内生产总值增长速度从第一季度的同比增长 10.6%下滑到第三季度的 9%;另一方面,随着全球贸易萎缩,中国的出口贸易业遭受到巨大的冲击,前三个季度中国出口增速4.8%,净出口对经济增长的拉动也比上年同期减少了 1.2%。经济衰退导致很多人失业,珠江三角洲等许多农民工密集的地区出现大规模的农民工返乡潮,很多工厂开工不足,一些地区用电量环比下降。政府的政策调控也有了明显的变化,宏观调控首要任务已由上半年的"双防"(防过热、防通胀)转为"一保一控"(保持经济平稳较快发展、控制物价过快上涨),年底又转向积极的财政政策和适度宽松的货币政策,这些都表明中国面临的经济形势已经相当的严峻。有人惊呼中国经济已经步入了经济周期的衰退阶段。

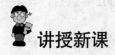

讲授新课

第一节 经 济 周 期

一、经济周期的含义

经济周期，指经济运行中周期性出现的经济繁荣与萧条交替更迭、循环往复的一种现象，表现为国民总产出、总收入和总就业的波动，是国民收入或国民经济的周期性波动变化。

经济周期作为经济增长过程中反复出现并具有规律性的相互交替的经济现象，具有以下特征：

（1）经济周期是市场经济不可避免的经济现象。

（2）经济周期是经济活动总体性、全局性的波动。

（3）一个完整的周期表现为高峰和低谷的交替波动。

（4）周期的长短由影响周期的具体性质决定。

（5）大多数宏观经济指标同时波动甚至互动。

二、经济周期的阶段

一个经济周期通常分为繁荣、衰退、萧条、复苏四个阶段。

假定一个经济周期从繁荣阶段开始，此时的经济处于高水平时期，消费旺盛，物价上涨，利率上升，就业扩大，产量增加，社会总产出逐渐达到最高水平。繁荣阶段不可能长期保持下去，当消费趋缓、投资下降时，经济就开始下滑，走向衰退阶段。

在衰退阶段初期，由于消费需求的减少，投资也逐步减少，进而生产下降、失业增多。随着消费的不断减少，产品滞销，价格下降，企业利润减少，致使企业投资进一步减少。相应地，社会收入也不断减少，最终使得经济跌落到萧条阶段。

请注意：经济衰退不一定表现为总产出、总收入绝对量的下降，增长率的下降也称为经济衰退。经济衰退不同于经济危机，但经济衰退时如果控制不好可能演化成经济危机。

在萧条阶段，经济活动处于最低水平，这一阶段存在着大量的失业，大批生产能力闲置，工厂亏损甚至倒闭。随着时间的推移，现有设备不断损耗和消费引起的库存减少，企业开始增加投资更新设备，于是设备制造业产量逐渐上升，就业人数开始增加，经济逐渐进入复苏阶段。

 **案例引用**

日本 20 世纪 90 年代的萧条

20 世纪 90 年代，日本的经济在多年的高速增长后，经历了持久的衰退。实际 GDP 在 10 年中的平均增长率仅为 1.3%，与此前 20 年平均 4.3% 的增长率无法相比。工业生产停滞，在 1980~1991 年上升 50% 后，1992~2002 年下降了 8%。失业率从 1990 年的 2.1% 上升到 2002

年的 5.4%，这是 1953 年日本政府开始编辑统计资料以来最高的失业率。2002 年以后，日本经济开始复苏，但是仍然举步维艰。

复苏阶段是经济走出萧条的阶段。这一阶段的生产和销售逐渐回升，就业增加，价格有所上涨，整个经济呈现上升的势头。随着就业与生产的继续扩大，经济向繁荣过渡，但是还没有达到较高的水平。

如图 10-1 所示。其中横轴 T 表示时间，纵轴 Y 表示经济水平。

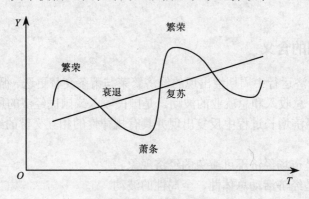

图 10-1　经济周期四个阶段

三、经济周期的类型

1．短周期、中周期和长周期

（1）短周期，由美国经济学家基钦于 1923 年提出，基钦根据美国和英国的资料提出经济周期分为大周期和小周期，小周期平均长度约为 40 个月，大周期则是小周期的总和，一般包括 2～3 个小周期。基钦认为经济周期实际上就是平均长度约为 40 个月的短周期。所以，短周期也叫"基钦周期"。

（2）中周期，是指平均长度为 8 至 10 年的经济周期。1860 年，法国经济学家朱格拉在《论法国、英国和美国的商业危机及其发生周期》一书中系统地分析了这种周期，故中周期又叫"朱格拉周期"。朱格拉认为经济社会不断面临三个连续的阶段，这三个阶段就是繁荣、危机和清算。这三个阶段反复出现就形成了周期现象。

（3）长周期，这一划分是前苏联经济学家康德拉季耶夫于 1926 年发表的《经济生活中的长波》一文中提出的，他认为经济发展过程有一个较长的循环，平均长度为 50 年左右，故长周期又称为"康德拉季耶夫周期"。

2．其他的经济周期

（1）库兹涅茨周期，一种长经济周期。1930 年美国经济学家库兹涅茨提出的一种为期 15～25 年，平均长度为 20 年左右的经济周期。由于该周期主要是以建筑业的兴旺和衰落这一周期性波动现象为标志加以划分的，所以也被称为"建筑周期"。

（2）熊彼特周期，1936 年，经济学家熊彼特以他的"创新理论"为基础，对各种周期理论进行了综合分析后提出。熊彼特认为，每一个长周期包括 6 个中周期，每一个中周期包括三个短周期。短周期约为 40 个月，中周期约为 9～10 年，长周期为 48～60 年。他以重大的创新为标志，划分了三个长周期。第一个长周期从 18 世纪 80 年代到 1842 年，是"产业革命时期"；第二个长周期从 1842 年到 1897 年，是"蒸汽和钢铁时期"；第三个长周期从 1897 年以后，是"电气、化学和汽车时期"。在每个长周期中仍有中等创新所引起的波动，这就形成若干个中周期。在每个中周期中还有小创新所引起的波动，形成若干个短周期。

四、经济周期的成因

对导致经济周期性波动的原因，西方经济学家作了不少探讨，其结论可分为外因论和内因论两种。外因论认为经济周期主要是由创新、政治事件及人口增长等经济体系的一系列外部因素引起；内因论则认为经济周期主要由经济体系内投资、储蓄、政府支出、货币供给和企业心理等经济体系的一系列内部因素引发。下面对这些理论做一简单的介绍：

（一）外因论

外因论亦称为外生经济周期理论。该理论认为，经济周期的根源在于市场经济体制之外的某些事物的波动。

1．创新理论

创新是奥地利经济学家熊彼特提出的、用以解释经济波动与发展的一个概念。按照熊彼特的观点，所谓创新是指引进一种新的生产函数，是新技术、新工艺、新材料、新产品及新市场等生产要素的一种"新组合"。创新理论认为创新是经济周期波动的主要原因，因为技术的革新和发明不是均匀的连续的过程，有其高潮和低潮，因此就导致经济的上升和下降，形成经济周期。

2．政治性周期理论

该理论将经济周期的根源归于政府对通货膨胀采取的周期性制止政策。主要代表人物是波兰经济学家卡莱斯基。该理论认为，经济周期与政策的稳定性和经济政策的行为紧密相关。政府为了维持较高的经济增长速度，往往扩大总需求，从而导致通货膨胀。政府制止通货膨胀的唯一方法是人为地制造一次衰退。当经济出现衰退后，政府在人民的压力下又不得不再次执行充分就业政策，结果又推动了新的通胀，也就不可避免地出现第二次人为衰退。

3．太阳黑子理论

该理论由英国经济学家杰文斯于 1875 年提出。他认为，经济周期的波动性是由于太阳黑子的周期性变化。太阳黑子的周期性变化会影响气候的周期变化，而这又会影响农业收成，农业的收成又会影响整个经济。太阳黑子的出现是有规律的，大约每十年左右出现一次，因而经济周期大约也是每十年一次。

（二）内因论

内因论也称为内生经济周期理论。该理论认为，经济周期的根源在于市场经济体制内部的某些事物的波动。主要有：

1．投资过度理论

该理论把经济周期的循环归因于投资过度。由于投资过多，与消费品生产相比，资本品生产发展过快，资本品生产的过度发展促使经济进入繁荣阶段，但资本品过度生产从而导致的过剩又促使经济进入萧条阶段。

2．消费不足理论

该理论以西斯蒙第、马尔萨斯和霍布森为代表。该理论认为，经济中出现萧条是由于社会对消费品的需求赶不上社会对消费品生产的增长，这种不足又根源于国民收入分配不公所造成的过度储蓄。

3．纯货币理论

该理论由英国经济学家霍特里提出。该理论认为，货币供应量和货币流通速度直接决定了名义国民收入的波动，经济波动完全是由于银行体系交替地扩张和紧缩信用造成的，尤其是短期利率起了重要的作用。

4．心理理论

该理论认为经济循环周期取决于投资，而投资的大小主要取决于业主对未来的预期，而预期是一种心理现象，心理现象又具有不确定性。因此，经济波动的最终原因取决于人们对未来的预期。当预期乐观时，增加投资，经济步入复苏与繁荣；当预期悲观时，减少投资，经济则陷入衰退与萧条。

（三）乘数—加速理论

前面介绍的几种理论都是凯恩斯主义产生以前的经济周期理论，凯恩斯主义产生后至今，经济周期理论中最有代表性和最具影响力的是乘数—加速理论。本书在第八章中已经介绍了乘数理论，下面介绍加速理论。

1．加速理论

乘数理论说明投资的变动对产量（或国民收入）变动的影响，而加速理论则说明产量的变动会加速引起投资的变动。

为什么产量的变动会引起投资的变动呢？因为产量的增加或减少与投入的资本设备有密切的关系。在技术水平不变的情况下，增加产量就要增加厂房、机器设备等，因而投资必须相应地增加，由于现代化机器大生产必须使用大量固定资本，因此投资的增加速度要快于收入增加的若干倍，或者说是加速进行的。如生产价值100万元的产品，需要增加200万元的设备，于是资本与产量的比率就是

$$a=\Delta I/\Delta Y=2 \qquad (10-1)$$

a 就是加速系数，表示投资增量与产量增量的比，这里加速系数为2，表示产量的增加引起了2倍的投资增加。

乘数与加速相互作用对经济周期影响作用的具体过程可以描述如下：假定经济处于萧条后的复苏阶段，这时生产开始恢复，投资增加，在乘数作用下，投资的增加引起国民收入较大的增长。随着国民收入的增长，在加速的作用下，又会引起投资的进一步增加。这样，在乘数—加速不断的相互作用下，经济活动水平逐步扩张直至进入繁荣阶段。但是，经济繁荣在社会实现充分就业时达到极限，在国民收入增长速度放慢甚至停止增长时，投资水平就会下降，在乘数的作用下，投资的下降会使国民收入成倍的下降，在加速的作用下，国民收入的下降又会导致投资水平更快的下降。如此，经济就会在国民收入和投资水平的不断收缩过程中进入萧条阶段。萧条过后，必要的生产设备更新又会引起投资的增加，通过乘数的作用又使国民收入水平开始回升，国民收入的回升在加速的作用下投资水平又快速上升。这样在乘数—加速的相互作用下，经济不断地重复繁荣、衰退、萧条、复苏，形成周期性的波动。

2. 乘数—加速模型

该模型是美国的汉森和萨缪尔森所提出，所以又称汉森—萨缪尔森模型。

乘数—加速模型就是把乘数和加速的作用紧密地结合在一起，提出了一个乘数与加速原理相结合的经济模型，其基本公式是

$$Y_t = C_t + I_t + G_t \tag{10-2}$$

式中，Y_t 指现期收入，C_t 指现期消费，I_t 指现期投资，G_t 指现期政府支出。

公式（10-2）表明在封闭经济中，国民收入由消费、投资和政府支出构成（不考虑开放经济中的净出口）。

$$C_t = bY_{t-1} \tag{10-3}$$

公式（10-3）表明现期消费取决于边际消费倾向（b）和前期国民收入水平（Y_{t-1}）。

$$I_t = ab(Y_{t-1} - Y_{t-2}) \tag{10-4}$$

公式（10-4）表明投资由加速系数（a）与国民收入增长量决定。

$$G_t = \overline{G} \tag{10-5}$$

公式（10-5）表明政府支出为常数。

结合上述公式，得出公式

$$Y_t = bY_{t-1} + ab(Y_{t-1} - Y_{t-2}) + \overline{G} \tag{10-6}$$

据此可得到乘数—加速模型的完整含义：

（1）在经济中投资、国民收入及消费相互影响，相互调节。如果政府支出为既定（即政府不干预经济），只靠经济本身的力量自发调节，那么就会形成经济周期。

（2）周期中各阶段的出现，正是乘数与加速原理相互作用的结果。而在这种自发调节中，投资是关键的，经济周期主要是投资引起的。

（3）政府可以通过干预经济的政策来影响经济周期的波动，即利用政府的干预（比如政府投资变动）就可以减轻经济周期的破坏性，甚至消除周期，实现国民经济持续稳定的增长。

假定 a=0.5，b=1，G_t 为 1 000 亿元，这样，根据上面公式推算出一定时期内各年的收入，从而反映该时期内经济波动的情况，见表 10-1。

表 10-1 乘数—加速对经济的影响

年（t）	现期消费 （$C_t = bY_{t-1}$）	政府支出 G_t	引致投资 （$I_t = ab(Y_t - Y_{t-1})$）	现期收入 （$Y_t = C_t + G_t + I$）	经济波动周期
1	--	1 000	--	1 000	复苏
2	500	1 000	500	2 000	繁荣
3	1 000	1 000	500	2 500	繁荣
4	1 250	1 000	250	2 500	繁荣
5	1 250	1 000	0	2 250	衰退
6	1 125	1 000	−125	2 000	衰退
7	1 000	1 000	−125	1 875	萧条
8	937.5	1 000	−625	1 875	萧条
9	937.5	1 000	0	1 937.5	复苏
10	968.75	1 000	31.25	2 000	复苏
11	1 000	1 000	31.25	2 031.25	繁荣

结论：通过乘数—加速的综合作用，经济靠自身调节自发地形成衰退、萧条、复苏、繁荣的周期性循环。

第二节 经济增长

一、经济增长的含义与特征

1. 经济增长的含义

一般把经济增长看作一国在一定时期内生产商品与提供劳务潜在能力的扩大或商品与劳务的增加，通常用国内生产总值增长率或人均国内生产总值增长率来衡量。

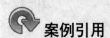 **案例引用**

日本和德国经济增长的奇迹

第二次世界大战以后日本和德国两国的经济高速增长是两个成功的经济增长案例。这两国是当今世界上的经济超级大国，但在 1945 年这两个国家的经济却是步履蹒跚。第二次世界大战摧毁了两国大量的资本存量，在战后的几十年中，这两个国家经历了最迅速的增长，在 1948 到 1972 年间，日本每年人均产出增长率为 8.2%，德国每年人均产出增长率为 5.7%，相比之下，美国每年人均产出增长率仅为 2.2%。

美国经济学家库兹涅茨给经济增长下的定义是：一国经济增长，可以定义为给居民提供种类日益繁多的经济产品的能力长期上升，这种不断增长的能力是建立在先进技术及所需要的制度和思想意识之相应的调整的基础上的。

这一定义包含了以下三层意思：

（1）经济增长是一国经济实力的长期增长，包括生产商品和劳务的能力长期扩大，或总产量、国内生产总值和国民生产总值的增加等，这种增加不仅是总量的增加，也包含了人均指标的增长。

（2）技术进步是实现经济增长的必要条件，技术是影响经济增长诸多因素中的非常重要的因素，没有技术进步就不能实现现代经济增长。

（3）制度和意识形态的相应调整是实现经济增长的充分条件，技术进步为经济增长提供了潜在的可能性，而要使这种可能性变为现实，就必须要有社会制度和意识形态与之相适应，才能使技术得到运用，才能有效地正确使用人类先进知识宝库中的创造与革新，从而促进经济增长。

请注意：经济增长与经济发展的区别

经济增长是指一国经济更多的产出，其增长程度以国内生产总值等指标及它们的人均值的增长率来表示。经济发展是一个比经济增长更广的概念。经济发展不仅包括经济增长的内容，还包括伴随经济增长过程而出现的技术进步、结构优化、制度变迁、福利改善及人与自然之间关系的进一步和谐等方面的内容。一般而言，经济增长与经济发展的关系可以理解为，经济增长是手段，经济发展是目的；经济增长是经济发展的基础，经济发展是经济增长的结果。

2．经济增长的特征

库兹涅茨根据英、美、法等十多个国家近百年的经济增长统计分析，总结出经济增长的六大特征。

（1）人均产量和人口的高增长率。这里包括三个指标：产量增长率（即实际国民生产总值增长率）、人口增长率、人均产量增长率（即人均国民生产总值增长率）。经济增长中最显著的特点就是这三个增长率都是相当高的。

（2）由于技术进步，生产率不断提高。无论是劳动生产率还是其他生产要素的生产率都是迅速提高的。

（3）经济增长过程中经济结构的转变率很高。经济增长使产业结构、产品结构、消费结构、收入分配结构及就业结构等都得到不断的改善。经济增长使农业过剩人口转向城市和工业，小业主转向大企业，结果促进了农业向非农产业、工业向第三产业的转变。同时，经济结构反过来又推动经济增长的步伐加快。

（4）社会结构和意识形态的迅速转变。经济增长使僵化的社会结构变得较为灵活，使传统的思想观念转变为工业化、城市化和国际化等意识。

（5）经济增长不是某一个国家或地区的独特现象，而是在世界范围内迅速扩大，成为各国追求的目标。

（6）经济增长在世界范围内是不平衡的，发达国家与发展中国家的经济差距相当大，因而世界经济增长受到限制。

二、经济增长的因素

经济增长是一个复杂的经济和社会现象，影响经济增长的因素有很多，不同国家、不同时期，各种因素所起的作用会有所不同，正确地认识和估计这些因素对经济增长的贡献，对理解和认识现实的经济增长及制定促进经济增长的政策都至关重要，因此，很多西方经济学家都投身于这方面的研究，并且做出了重要的贡献。

 **案例引用**

1997 年东南亚金融危机

20 世纪 80 年代以后，亚洲经济飞速发展，其中东南亚国家年平均增长率都在 6%以上，创造了经济增长的奇迹。世界各国经济研究人员都看好亚洲，以至于认为 21 世纪是"亚洲的世纪"。正当人们处于无限憧憬之中时，自 1997 年 7 月起，爆发了一场始于泰国、之后迅速扩散到整个东南亚并波及世界的东南亚金融危机，许多东南亚国家和地区的外汇市场、股市轮番暴跌，金融系统乃至整个社会经济受到严重创伤。1997 年 7 月至 1998 年 1 月仅半年时间，东南亚绝大多数国家和地区的货币贬值幅度高达 30%～50%，贬值幅度最高的印尼盾达 70%以上。同期，这些国家和地区的股市跌幅达 30%～60%。据估算，在这次金融危机中，仅汇市、股市下跌给东南亚国家和地区造成的经济损失就达 1 000 亿美元以上。受汇市、股市暴跌影响，这些国家和地区出现了严重的经济衰退。

美国著名经济学家丹尼森于 1962 年出版《美国经济增长因素和我们面临的选择》一书，以对经济增长因素详尽的分析而著称于世。他从对美国经济增长分析和估计入手，试图从中找出经济增长的因素，并度量它们所起作用的大小，以此作为美国加速经济增长的参考。丹尼森把经济增长因素归为两大类：一是生产要素投入量；二是生产要素生产率。在丹尼森看来，属于生产要素投入量的有两项，即劳动在数量上的增长和质量上的提高，以及资本在数量上的增加。属于生产要素生产率的有三项，即资源配置的改善、经济的规模、知识的进展及其在生产上的应用。丹尼森认为，知识进展能使同样产品的生产要素所需投入量减少。促进经济增长的新技术的采用，只是在知识有所进展时，才有可能实现。丹尼森还估计，将来生产率的提高将主要是由知识进展提供的，知识进展对于经济增长的重要性愈来愈显著。

库兹涅茨认为经济增长因素主要是知识存量的增加、劳动生产率的提高和经济结构的优化：①随着社会的发展与进步，人类社会迅速增加了技术知识和社会知识的存量，当这种存量被利用的时候，它就成为推动经济增长的重要源泉。当然，知识本身并不直接是生产力，它转化为现实生产力需要一系列的诸如劳动力的训练、对适用知识的判断及企业家克服困难的能力等中介因素。在这些中介因素的作用下，知识才会转变为现实的生产力。②现代经济增长的重要特征是人均产值的高增长率，通过对劳动投入和资本投入对经济增长贡献的长期分析，库兹涅茨认为，人均产值的高增长率来自于劳动生产率的提高。③发达资本主义国家的经济增长过程中，经济结构迅速转变。比如，农业活动转向工业活动，再由工业活动转向服务性行业。与此相对应，劳动力的部门分配和社会产值比重也发生变化，第三产业劳动力数量占社会劳动力数量的比例和第三产业产值占国民收入的比重不断上升，特别在最近的一个世纪里，这两个比例迅速变化，这都是经济结构迅速变化的结果。

随着时代的进步，经济的不断发展，人们对影响经济增长的因素有了更多的认识。现在，我们可以概括出下列六种因素：

1. 劳动力投入量的增加

劳动力是生产要素中的能动性要素，是经济增长的直接推动者。在其他条件不变的情况下，劳动力投入量的增加会引起国民收入不同幅度的增长。一个国家一定时期劳动力投入量的增加包括劳动力数量的增加和劳动力质量的提高。劳动力数量的增加来源于人口的增加、就业率的提高和纯劳动时间的增加，劳动力质量的提高是由于人们文化技术水平和身体健康水平的提高。从各国经济发展中可以看到，劳动力对经济增长的影响作用正逐渐由数量推动转向质量推动，特别是第二次世界大战以后，随着科学技术的进步和知识经济的兴起，技术密集型、资本密集型产业逐渐替代劳动密集型产业，经济增长对劳动力数量的需求下降，而对劳动力质量的需求上升。因此，为提高劳动力质量而进行的人力资本投资就成为经济增长的重要源泉。

2. 物质资本存量的增加和配置的改善

资本的增长速度对经济增长有着重要的影响。这是因为，资本是经济增长的物质条件。这里的资本是物质资本，是指在一定时间里可用来生产其他产品的耐用品，它们以厂房、机器设备及原材料等形式存在。当劳动力数量和技术水平一定时，资本的增加会带来使用价值的增加，而使用价值的增加是经济增长的核心内容。资本增长的速度取决于计算期初的资本存量、计算期国民收入水平、积累率及建设周期。期初存量对资本增长速度的影响是双重的，较大的存量一方面作为计算速度的分母而减少速度值，另一方面它又可能形成较多的国民收入而增大积累资金，从而使资本的增长速度增加。计算期国民收入水平越高，在建设周期及积累率一定时，所形成的新增资本就越多，资本的增长速度就越快。

影响经济增长速度除了资本存量以外，还有资本的配置状况。资本的配置状况是指资本存量在各个部门、各个地区和各个单位的分配情况。资本的配置不合理，会导致短缺与停滞并存的现象，降低资本效率，对经济增长造成不利影响。而配置状况的改善，意味着资本产出率较高的部门、生产单位所拥有的资本存量相对增加，意味着固定资本和流动资本之间的比例趋于合理。逐渐提高资本效率，使既定的资本存量有更多的产出，从而提高经济增长速度。

3．自然资源开发和利用的程度

自然资源是存在于自然界中能够为人们发现经济用途并加以利用的自然要素和条件。按照自然资源的天然特点，大致可以分为生态资源、生物资源、土地资源和矿产资源四大类。一个国家的自然资源状况对经济增长具有重要的促进作用和制约作用。一国的自然资源丰富，将为经济较快增长提供有利条件；相反自然资源贫乏可能会对经济增长造成限制。当然丰富的自然资源如果得不到有效的开发利用，也不能有效地促进经济较快的增长。不过自然资源大规模的开发需要大量的资金，没有一定量的资金，是无法对自然资源进行开发利用的。

4．技术的进步状况

技术进步在经济增长中的作用体现在生产率的提高上，技术进步是内涵经济增长的最重要因素。在经济增长中，技术进步是作为一种渗透性因素作用到劳动、资本及自然资源等要素上，通过提高生产要素的质量，系统地改善生产要素的组合过程来提高生产要素的使用效率，促进经济增长。技术进步包含着生产设备的更新、生产工艺和方法的完善、劳动者素质的提高和对稀缺资源的节约等。①技术进步促进了生产设备技术水平的提高和生产工艺水平的改进，从而提高了产出率。②技术进步促进了劳动者素质的提高，这不仅有利于资源配置的改善，而且有利于要素生产率的提高。③技术进步促进了全社会对稀缺资源的节约利用。④技术进步促进了经济结构的巨大变革，使宏观经济效益得到提高。

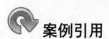 **案例引用**

克鲁格曼的预言

美国经济学家克鲁格曼在1994年就撰文指出，东南亚国家的高速经济增长是没有牢固基础的"纸老虎"，迟早要崩溃。历史不幸被克鲁格曼言中，1997年东南亚金融危机的爆发引发了这个地区的严重经济衰退。

克鲁格曼之所以认为东南亚的经济增长是"纸老虎"，是因为这些国家的经济增长是由劳动与资本的大量增加带动的，缺乏技术进步的支持。克鲁格曼认为东南亚经济增长中技术进步作用不明显，没有起到应有的中心作用。这些国家和地区缺乏科技创新能力，仅仅依靠投入实现经济增长，到一定程度就会引起劳动和资本的边际生产力递减，增长必然放慢，甚至衰退。克鲁格曼甚至认为，即使像日本这样的经济大国，由于其主要技术仍然是引进的，缺乏原创性，即使没有各种复杂因素引发经济危机，其经济增长也迟早要出问题。

克鲁格曼的观点固然冷酷，但它能使我们更加清醒地认识到，21世纪将是技术进步更加迅猛的时代，发展中国家只有确立技术进步在经济增长中的中心地位，才能实现经济长期的快速增长。

5．经济管理水平

经济管理水平从微观和宏观两个层次影响经济增长。从微观角度看，管理可以通过各类资源的有效组合，促进经济增长；从宏观角度看，单个企业管理状况的好坏对国民经济增长虽无多大影响，但普遍的企业管理状况却是经济增长的决定性因素之一。如果企业管理水平有了普遍的改善，则社会劳动生产率和资本生产率都将得到提高。这样，就可以实现在要素投入量既定的条件下宏观经济的较快增长。

6. 国际经济技术合作水平

国际间的合作与交流，对国民经济的增长和发展也会产生很大的影响。首先，繁荣的国际贸易可以促进国内经济增长，对我国参与经济全球化进程，分享国际经济合作的巨大好处起了不可估量的作用；其次，积极地引进国外的先进技术、充分利用外资，可以弥补国内资金不足，提高国内生产技术水平，有利于国内经济增长；此外，世界经济的繁荣和国际经济关系的正常化，都有利于推动国内经济增长。

想一想：对比我国以及其他发展中国家的发展现状，你能列举出一些阻碍发展中国家经济增长的因素吗？

三、经济增长模型

经济学家通过经济增长模型来描述经济增长的机制，探讨影响经济增长的因素，预测经济增长率。现代经济理论中，具有代表性的经济增长模型有哈罗德—多马模型、新古典经济增长模型和新剑桥经济增长模型。

（一）哈罗德—多马模型

20世纪40年代英国经济学家哈罗德和美国经济学家多马各自建立了一个经济增长模型，因两人所提出的模型基本相似，故称哈罗德—多马模型，该模型是当代增长经济学中第一个广为流行的经济增长模型。

1. 哈罗德—多马模型的假定

（1）全社会只生产一种产品，这种产品既可以作为投资品，也可以作为消费品；

（2）只有劳动和资本两种生产要素，不能互相替代，它们在生产中与产量的比率是固定的；

（3）在一定时期内技术水平不变，规模报酬也不变。

2. 基本公式

（1）哈罗德模型的基本公式

$$G=\frac{s}{v} \tag{10-7}$$

式中，G 表示经济增长率，s 表示储蓄率即储蓄在国民收入中所占的比率，v 表示资本—产量比率。公式说明经济增长率取决于储蓄率和资本—产量比率，而资本—产量比率是假定不变的，这样经济增长率就取决于储蓄率。比如 s 为 20%，v 为 4%，G 等于 5%；如果 s 增加到 24%，v 不变，G 即为 6%。

（2）多马模型的基本公式

$$G=s\times\sigma$$

式中，σ 表示资本生产率，即哈罗德公式中的的资本—产量比率 v 的倒数，所以多马公式与哈罗德公式是相同的，以下的的分析就以哈罗德公式为例。

3．经济长期稳定增长的条件

为进一步说明经济长期稳定增长的条件和经济波动的原因，哈罗德引进了实际增长率、有保证的增长率和自然增长率三个概念。

实际增长率就是实际发生的增长率，以 G 表示；有保证的增长率就是理想的增长率，以 G_w 表示；自然增长率是技术发展与人口增长所允许达到的增长率，以 G_n 表示。

哈罗德认为，经济长期稳定增长的条件是实际增长率、有保证的增长率、自然增长率三者相等，即 $G_A=G_w=G_n$。如果三者不相等，就会引起经济波动。具体地说，短期中，当实际增长率低于有保证的增长率时，就会由于实际储蓄率低于有保证的储蓄率而引起储蓄增加投资减少而形成经济收缩，导致萧条。反之，当实际增长率高于有保证的增长率时，就会由于实际储蓄率高于有保证的储蓄率而引起储蓄减少投资增加而形成经济扩张，导致繁荣。在长期中，当有保证的增长率低于自然增长率时，表明经济增长没有达到人口增长与技术进步所允许的程度，这时由于生产的增加不会受到劳动力不足与技术水平的限制，厂商将增雇工人，扩大生产，从而社会经济出现长期繁荣的趋势。反之，当有保证的增长率高于自然增长率时，就会由于经济增长受到劳动力不足与技术水平的限制而出现长期停滞的趋势。

（二）新古典经济增长模型

二战以后出现的一系列新问题表明哈罗德—多马模型已经不符合西方国家的实际情况，为解决哈罗德—多马模型中的一些缺陷，美国经济学家索洛、托宾等人运用新古典学派的边际生产力、生产函数等基本概念提出了一系列类似的经济增长模型，这些模型统称新古典经济增长模型。

1．新古典经济增长模型的基本假设

（1）全社会只生产一种产品，这种产品在满足消费以后可以作为投资品；

（2）全社会有资本和劳动两种生产要素，且这两种要素是可以互相替代的，资本—产量的比率也是可变的；

（3）任何时候劳动力和资本都可以得到充分的利用，不存在生产要素的闲置。

2．新古典模型的基本公式

$$G = a\left(\frac{\Delta K}{K}\right) + b\left(\frac{\Delta L}{L}\right) + \frac{\Delta A}{A} \qquad (10\text{-}8)$$

式中，$\Delta K/K$ 表示资本增加率；$\Delta L/L$ 表示劳动增加率；$\Delta A/A$ 代表技术进步率；a 表示经济增长中资本所作的贡献比例；b 表示经济增长中劳动所作的贡献比例，a 与 b 之比为资本—劳动的比例。

这一模型的含义是：①决定经济增长的因素是资本的增加、劳动的增加和技术的进步；②资本—劳动的比率是可变的，从而资本—产量的比率也是可变的。这是对哈罗德—多马模型的重要修正；③资本—劳动比率的改变是通过价格的调节来进行的。如果资本量大于劳动量，则资本的相对价格下降，劳动的相对价格上升，生产中就会更多的利用资本，更少的利用劳动，采用资本密集型生产来实现经济增长；反之，如果资本量小于劳动量，只能通过劳动密集型生产实现经济增长。

3. 经济长期稳定增长的条件

新古典模型从资本—产量比率的角度探讨了经济长期稳定增长的条件。这一模型认为，在长期中实现均衡的条件是储蓄全部转化为投资，即对凯恩斯储蓄等于投资这一短期均衡条件的长期化。这种情况下，如果储蓄倾向不变，劳动增长率不变，则长期稳定增长的条件就是经济增长率（$\Delta Y/Y$）和资本存量增长率（$\Delta K/K$）必须相等，即$\Delta Y/Y=\Delta K/K$。如果$\Delta Y/Y>\Delta K/K$，就意味着收入的增长快于资本存量的增长，从而资本生产率提高，就会刺激厂商用资本代替劳动。随着使用的资本量的增加，一方面使资本边际生产力下降，另一方面也使资本价格提高，最终使资本使用量减少，最后达到$\Delta Y/Y=\Delta K/K$。

可见，通过市场调节，会使经济在长期中保持$\Delta Y/Y=\Delta K/K$，实现稳定增长。

（三）新剑桥经济增长模型

这一模型是英国经济学家罗宾逊、卡尔等人提出的。这一模型着重分析收入分配的变动如何影响并决定经济增长中的储蓄率，以及收入分配与经济增长之间的关系。

1. 新剑桥模型的基本假设

（1）社会成员分为利润收入者和工资收入者；

（2）利润收入者和工资收入者的储蓄倾向不变；

（3）利润收入者的储蓄倾向大于工资收入者的储蓄倾向。

2. 新剑桥模型的基本公式

$$G = \frac{\left(\dfrac{P}{Y}S_P + \dfrac{W}{Y}S_W\right)}{C} \tag{10-9}$$

式中，C 表示资本—产量比率；P/Y 是利润在国民收入中所占的比例；W/Y 是工资在国民收入中所占的比例。因为国民收入分为利润和工资两个部分，所以 $P/Y+W/Y=1$。S_P 是利润收入者的储蓄倾向（即储蓄在利润中所占的比例），S_W 是工资收入者的储蓄倾向（即储蓄在工资中所占的比例）。根据假设，利润收入者的储蓄倾向大于工资收入者的储蓄倾向（$S_P>S_W$），并且 S_P 和 S_W 都是既定的，于是储蓄率的大小取决于国民收入的分配状况。当 $S_P>S_W$ 时，利润在国民收入中所占的比例越大，则储蓄率越高；相反，工资在国民收入中所占的比例越大，则储蓄率越低。

在资本—产出比率不变的情况下增长率取决于储蓄率。要提高储蓄率，就要改变国民收入的分配，使利润在国民收入中占有更大的比例。因此经济增长是以加剧收入分配的不平等为前提的。经济增长的结果，也必然加剧收入分配的不公。这是新剑桥模型的重要结论。

3. 经济长期稳定增长的条件

要使经济按一定的增长率增长，就必须保持稳定的储蓄率。社会储蓄率取决于利润收入者与工资收入者的储蓄倾向以及他们的收入在国民收入中所占的比例。因假定前者是不变的，因此要保持一定的储蓄率就必须使国民收入中工资与储蓄保持一定水平，这个过程也是通过价格调节来实现的。如果利润在国民收入中的比例加大，则储蓄率提高，投资增加，最终是工资增加，储蓄率下降，这是增长过快的结果。反之，如果利润在国民收入中的比例减少，则储蓄率下降，投资减少，最终是工资下降，储蓄率上升，这是增长过慢的结果。

要使经济稳定增长，利润和工资在国民收入中要保持一定的比例，但这一比例不是不变的，随着经济增长，在国民收入中利润的比率提高，工资的比率下降。

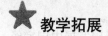 **教学拓展**

库兹涅茨曲线

库兹涅茨曲线（Kuznets curve），又称倒 U 曲线（inverted U curve）、库兹涅茨倒 U 字形曲线假说。美国经济学家西蒙·史密斯·库兹涅茨于 1955 年所提出的收入分配状况随经济发展过程而变化的曲线，是发展经济学中重要的概念。

在经济增长与收入分配的关系上，库兹涅茨提出了"倒 U 字假说"。库兹涅茨认为，随着经济发展而来的"创造"与"破坏"改变着社会、经济结构，并影响着收入分配。库兹涅茨利用各国的资料进行对比研究，得出如下结论："在经济未充分发展的阶段，收入分配将随同经济发展而趋于不平等。其后，经历收入分配暂时无大变化的时期，到达经济充分发展的阶段，收入分配将趋于平等。"

如果用横轴表示经济发展的某些指标（通常为人均收入），纵轴表示收入分配不平等程度的指标，则库兹涅茨揭示的收入分配与经济增长的关系呈现"倒 U 字"的形状，如图 10-2 所示，图中的 Ku 曲线就是库兹涅茨曲线。从 A 点到 B 点的曲线比较陡峭，表示随着人均收入的增长，收入分配趋向于不平等；B 点与 C 点之间的曲线较为平缓，表示收入分配没有太大的变化；从 C 点开始，曲线向右下方倾斜，故 C 点趋向于 D 点就表示收入分配趋于平等。

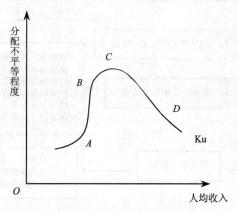

图 10-2 库兹涅茨曲线

库兹涅茨在说明这一倒 U 字形时，设想了一个将收入分配部门划分为农业、非农业两个部门的模型。在此情况下，各部门收入分配不平等程度的变化可以由如下三个因素的变化来说明。这三个因素是：按部门划分的个体数的比率；部门之间收入的差别；部门内部各方收入分配不平等的程度。库兹涅茨推断这三个要素将随同经济发展而起下述作用：在经济发展的初期，由于不平等程度较高的非农业部门的比率加大，整个分配趋于不平等；一旦经济发展达到较高水平，由于非农业部门的比率居于支配地位，比率变化所起的作用将缩小，部门之间的收入差别将缩小，使不平等程度提高的重要因素财产收入所占的比率将降低，以及以收入再分配为主旨的各项政策将被采用等，各部门内部的分配将趋于平等。

实 践 训 练

1．课堂实训

根据书中介绍的经济增长的因素，对比发展中国家的经济现状，讨论阻碍发展中国家经济增长的主要因素是什么。

2．课外实训

通过访问中国国家统计局网站（http://www.stats.gov.cn）查阅中国前几年 GDP 资料，观察 GDP 是如何变化的，并画出过去五年的 GDP 曲线图。由此，你能否了解我国经济增长的趋势？我国的经济还能继续增长吗？

本 章 小 结

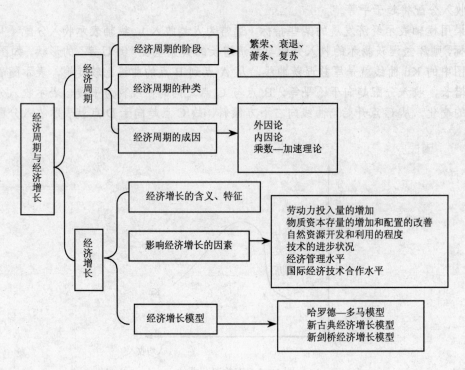

 问题和应用

一、基本问题

（一）重要名词的记忆与解释

经济周期 Economic Cycle

经济增长 Economic Growth

乘数—加速原理 Multiplier-Accelerator Principle

哈罗德—多马模型 Harrod-Domar Model

(二)单项选择题

1. 库兹涅茨提出经济增长的主要因素有（　　）。
   A. 知识存量增长 B. 生产率的提高
   C. 结构变化 D. 以上都是

2. 康德拉季耶夫周期是（　　）。
   A. 长周期 B. 中周期
   C. 长度约 50 年 D. 长度约 8～10 年

3. 在实际的资本—产量比率大于合意的资本—产量比率时，资本家的反应是（　　）。
   A. 增加投资 B. 减少投资
   C. 保持原投资水平 D. 以上都可能

4. 朱格拉周期的平均长度一般为（　　）。
   A. 50 年 B. 40 个月
   C. 10 年左右 D. 4 年左右

5. 根据哈罗德的分析，当有保证的增长率大于实际增长率时，经济会（　　）。
   A. 持续高涨 B. 均衡增长
   C. 长期萧条 D. 无法确定

6. 经济周期的核心问题是（　　）。
   A. 价格的波动 B. 利率的波动
   C. 国民收入的波动 D. 股票的波动

7. 下列哪一种情况与经济周期的关系最为密切（　　）。
   A. 失业 B. 政府赤字 C. 利率 D. 货币供给

8. 下列关于经济波动的叙述中，第（　　）个是正确的。
   A. 经济波动在其衰退阶段是总需求和经济活动下降的时期，表现为 GDP 的下降
   B. 在一定时期内，经济波动是围绕着长期经济增长趋势而上下波动的
   C. 乘数作用导致总产出的增加，加速作用导致总产出的减少，乘数和加速数的交织作用造成经济的周期性波动
   D. 如果政府不加以政策调控，经济波动将无限地扩张与收缩

9. 根据经济统计资料，下列中受经济周期性波动影响最大的是（　　）。
   A. 资本品的生产 B. 农产品的生产
   C. 日用消费品的生产 D. 没有一定的规律

10. 所谓"资本形成"是指（　　）。
    A. 总投资 B. 重置投资
    C. 净投资 D. 存货投资

11. 投资增加意味着（　　）。
    A. 居民收入和消费水平的提高 B. 厂商生产能力的提高
    C. 国民收入增加 D. 以上各项都对

12. 加速原理断言（　　）。
    A. GDP 增加导致投资数倍增加 B. GDP 增加导致投资数倍减少

C. 投资增加导致 GDP 数倍增加　　　　D. 投资增加导致 GDP 数倍减少

13. 下述哪一项说法符合加速原理（　　　）。

　　A. 投资变动引起国民收入数倍变动

　　B. 消费支出随着投资变动而数倍变动

　　C. 投资变动引起国民收入增长率数倍变动

　　D. 消费需求变动将最终引起投资数倍变动

14. 加速原理发生作用的条件是（　　　）。

　　A. 国民收入或消费支出持续增长

　　B. 经济活动由衰退转向扩张

　　C. 经济中生产能力已被充分利用，没有剩余

　　D. 任何时候均可

15. 新古典综合派认为，之所以会发生周期性波动，是因为（　　　）。

　　A. 乘数作用　　　　　　　　　　　B. 加速数作用

　　C. 乘数和加速数交互作用　　　　　D. 外部经济因素变动

16. 在乘数加速数的作用下，当经济趋于扩张时，国民收入增加将因（　　）而放慢。

　　A. 加速系数下降　　　　　　　　　B. 边际消费趋向提高

　　C. 失业的存在　　　　　　　　　　D. 充分就业

17. 在乘数加速数的作用下，当经济趋于衰退时，国民收入减少将因（　　）而放慢。

　　A. 失业增加　　　　　　　　　　　B. 边际消费倾向下降

　　C. 加速系数上升　　　　　　　　　D. 总投资降为零

18. 乘数原理和加速数原理的关系是（　　　）。

　　A. 前者说明国民收入的决定，后者说明投资的决定

　　B. 二者都说明投资决定

　　C. 前者解释经济如何走向繁荣，后者是经济怎样陷入萧条

　　D. 只有乘数作用时国民收入变动比乘数—加速数作用相结合时的变动要更大一些

19. 经济增长的标志是（　　　）。

　　A. 失业率的下降　　　　　　　　　B. 先进技术的广泛运用

　　C. 社会生产能力的不断提高　　　　D. 城市化速度加快

20. 经济增长的几何表现为（　　　）。

　　A. 生产可能性曲线内的某一点向曲线上移动

　　B. 生产可能性曲线向外整体移动

　　C. 生产可能性曲线外的某一点向曲线上移动

　　D. 生产可能性曲线上的某一点沿曲线移动

（三）判断题

1. 经济周期是经济中不可避免的波动。　　　　　　　　　　　　　　　　　　（　　　）

2. 在经济周期的四个阶段中，经济活动高于正常水平的是繁荣和衰退，经济活动低于正常水平的是萧条和复苏。　　　　　　　　　　　　　　　　　　　　　　　　　　　（　　　）

3. 经济增长的最简单定义就是国民生产总值的增加和社会福利的增加及个人福利的增加。

（　　　）

4．经济增长和经济发展所研究的是同样的问题。　　　　　　　　　　（　　）

5．经济增长的源泉是资本、劳动及技术进步。　　　　　　　　　　　（　　）

6．哈罗德模型认为，如果有保证的增长率大于实际增长率，经济将会出现高涨。

　　　　　　　　　　　　　　　　　　　　　　　　　　　　　　　　（　　）

7．新古典模型认为资本—产量比率是可变的。　　　　　　　　　　　（　　）

8．经济增长可表示为总产量的增长，不能表示为人均产量的增长。　　（　　）

（四）简答题

1．经济周期分为哪几个阶段？各个阶段的基本特征是什么？

2．什么是经济增长？库兹涅茨给经济增长所下的定义有什么含义？

3．哈罗德模型的基本公式是什么？其主要结论如何？

4．新古典经济增长模型给你哪些启示？

二、发散问题

分析题

我们生活的世界，贫富差距究竟有多大？最富有的工业国家和最贫穷的非工业国家相比，人均收入之比是 400:1。美国、日本、西欧发达国家与大多数发展中国家人均收入的差距高达 10 倍到 30 倍。而在 250 年前，最富和最穷国家人均收入之比大约为 5:1，欧洲与东亚（如中国）或南亚（如印度）的人均收入之比大约在 1:1 左右。

请回答：为什么各国的经济增长会有如此大的差距？

第十一章　宏观经济政策

本章地位

市场并不是万能的，"看不见的手"在调节资源配置时往往会出现"失灵"的情况，这种"失灵"通常要由政府"看得见的手"来进行纠正。政府通过制定各项宏观经济政策来干预经济活动，稳定社会经济。本章将重点介绍财政政策和货币政策。

知识目标

1. 了解宏观经济政策目标；
2. 知道财政政策与货币政策的内容；
3. 理解财政政策与货币政策的调节作用。

能力目标

能够解读国家的宏观经济政策，并用来指导自己的经济活动。

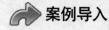

案例导入

中国应对 2008 年金融危机的政策措施

2008 年下半年，发端于美国的金融危机逐渐演变成了全球性金融危机。面对金融危机，中国政府及时采取了一系列的政策措施。货币政策则从 2008 年 7 月份就及时进行了较大调整，包括调减公开市场对冲力度，相继停发 3 年期中央银行票据、减少 1 年期和 3 个月期中央银行票据发行频率；引导中央银行票据发行利率适当下行，保证流动性供应。中国人民银行 9 月、10 月、11 月及 12 月连续下调基准利率，下调存款准备金率，增加市场货币供应量，扩大投资与消费。2008 年 10 月 27 日还实施首套住房贷款利率 7 折优惠，支持居民的首次购买普通自住房和改善型普通住房。财政政策方面实行减免税收；增值税转型，调高出口产品的出口退税率；启动扩大内需的刺激经济的 4 万亿投资计划；制定钢铁、机械、船舶、装备制造及纺织等十大产业振兴计划；采取积极措施提高农民收入，拉动农村消费需求，包括扩大家电下乡的范围，启动汽车下乡计划；增加对农业的投入，加大种粮补贴等。

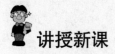

讲授新课

第一节　宏观经济政策概述

一、宏观经济政策的目标

宏观经济政策是指国家或政府为了增进整个社会经济福利、改进国民经济的运行状况、达到一定的政策目标，有意识和有计划地运用一定的政策工具制定的解决经济问题的指导原则和措施。政府要达到的政策目标有以下几个方面。

1. 充分就业

失业率的高低与社会的稳定之间存在着很大的关系，较高的失业率会浪费人力资源，导致社会的不稳定。因此，各国政府都把充分就业作为宏观调控的首选目标。充分就业是经济学中的一个假设，指的是除了正常的暂时不就业，所有的人都找到合适的工作，人力资源没有浪费现象。在充分就业情况下，仍然会存在摩擦性失业和结构性失业。这时的失业率称为自然失业率。在不同国家和不同时期具有不同的自然失业率的具体数值，美国 20 世纪 50、60 年代的自然失业率为 3.5%～4.5%，70 年代的自然失业率为 4.5%～5.5%，80 年代的自然失业率为 5.5%～6.5%，即劳动力人口达 93.5%～94.5% 的就业率就是实现了充分就业。

想一想：为什么达 93.5%～94.5% 的就业率就是实现了充分就业？

2. 物价稳定

物价稳定是指物价总水平保持稳定，在短期内不发生显著的波动。一般用价格指数来衡量价格水平的变化，包括消费物价指数（CPI），批发物价指数（PPI）和国民生产总值折算指数（GNP deflator）三种。稳定物价就要抑制住通货膨胀、避免通货紧缩、维持币值的稳定。通货膨胀会导致价格体系被破坏、加剧社会分配不公平现象，从而对资源配置效率、财富分配及稳定的预期等方面都有较大的破坏作用。通货紧缩将引起企业和公众对经济的不良预期，使经济将陷入衰退之中。因此各国政府都将保持物价稳定作为宏观经济政策的重要目标之一。物价变动的合理幅度是相对的，可依一定的时期、条件和环境而发生变化。一般认为，年 3%～5% 的物价上涨幅度，可视为物价总水平基本稳定。

3. 经济增长

经济增长指一个国家或地区生产的物质产品和服务的持续增加，它意味着经济规模和生产能力的扩大，可以增加社会财富和就业机会。经济增长率的高低体现了一个国家或地区在一定时期内经济总量的增长速度，也是衡量一个国家或地区总体经济实力增长速度的标志。经济增长通常用一定时期内实际国民生产总值年均增长率来衡量。经济增长会增加社会福利，但并不是增长率越高越好。这是因为经济增长一方面要受到各种资源条件的限制，不可能无限地增长。另一方面，经济增长也要付出代价，如造成环境污染，引起各种社会问题等。因此，经济增长就是实现与本国具体情况相符的、可持续的适度增长。消费、投资和出口是拉动经济增长的三驾马车。

 知识窗

"三驾马车"

"三驾马车"原意是指三匹马拉一辆车。汉代以前，军队中还没有骑兵，有步兵和战车兵，战车以两马拉一车。中军统帅的战车和其他不同，是三匹马来拉，叫"三驾马车"，是统帅的标志。经济学上常把投资、消费、出口比喻为拉动 GDP 增长的"三驾马车"，这是对经济增长原理最生动形象的表述。投资、消费和出口，是拉动经济增长的最主要力量。以 2007 年为例，我国 GDP 为 246 619 亿元，在"三驾马车"中，社会消费品零售总额 89 210 亿元，全社会固定资产投资 137 239 亿元，贸易顺差 2 622 亿美元。

4. 国际收支平衡

一国国际收支状况不仅反映了这个国家的对外经济交往情况，还反映出该国经济的稳定程度。当一国国际收支出现长期或巨额的赤字时，会引起本币对外币价格向下浮动，如果一国不愿其发生，就必须要耗费国际储备，引起货币供应的缩减，影响本国生产和就业。国际储备的下降还影响到一国的对外金融实力，使其国家信用下降。当一国国际收支出现长期或巨额盈余时，也会给国内经济带来某些不良的影响，这是因为累积的国际储备增加所造成的货币供应增长会带来物价水平的上升，加剧通货膨胀。同时一国盈余意味着他国赤字。一国盈余过多，则必然影响其他国家的经济状况，引起国际摩擦，不利于国际经济关系的稳定。如果国际收支盈余是由于出口过多造成的，那么本国在这期间可供使用的生产资源就会减少，长期如此势必影响本国的经济发展速度。

二、宏观经济政策工具

1. 需求管理

需求管理是通过对总需求的调节，实现总需求等于总供给，达到既无失业又无通货膨胀目标的政策工具。在有效需求不足时，总需求小于总供给，政府采取扩张性的政策措施，刺激总需求增长，克服经济萧条，实现充分就业；在有效需求过度增长的情况下，总需求大于总供给时，政府采取紧缩性的政策措施，抑制总需求，以克服因需求过度扩张而造成的通货膨胀。需求管理政策工具是以凯恩斯的总需求分析理论为基础制定的，包括财政政策和货币政策。

2. 供给管理

供给管理是通过对总供给的调节，来达到一定目标的政策工具。供给管理政策工具具体包括收入政策、指数化政策、就业政策和经济增长政策。

（1）收入政策，是指政府为了影响货币收入或物价水平而采取强制性或非强制性的限制工资和价格的措施，其目的通常是为了影响或控制价格，制止通货膨胀。

（2）指数化政策，是指政府定期地根据通货膨胀率来调整各种收入的名义价值，以使其实际价值保持不变，包括工资指数化和税收指数化。

（3）就业政策，是一种旨在改善劳动市场结构，以减少失业的政策，包括人力资本投资政策和完善劳动力市场政策。人力资本投资政策是指由政府或有关机构向劳动者投资，以提

高劳动者的文化技术水平与身体素质，适应劳动力市场的需要。完善劳动力市场政策是指政府应该不断完善和增加各类就业介绍机构，为劳动的供求双方提供迅速、准确而完全的信息，使劳动者找到满意的工作，企业也能得到其所需的员工。

（4）经济增长政策，主要包括：提高劳动力的数量和质量、资本积累、促进技术进步、经济的计划化和平衡增长。

3．国际经济管理

国际经济管理是对国际经济关系进行调节的政策工具。现实中每一个国家的经济应是开放的，各国经济之间存在着日益密切的往来与相互影响。一国的宏观经济政策目标中要有国际经济关系的内容（即国际收支平衡），其他目标的实现不仅有赖于国内经济政策，而且也有赖于国际经济政策。

第二节　财　政　政　策

一、财政政策的内容与运用

财政政策是政府通过对财政收支总量和结构的变化调控宏观经济，使经济目标得以更好地实现的经济政策，包括财政收入政策和财政支出政策。

（一）财政收入

财政收入，是指政府为履行其职能、实施公共政策和提供公共物品与服务而抽取的一切资金的总和。财政收入是衡量一国政府财力的重要指标，政府在社会经济活动中提供公共物品和服务的范围和数量，在很大程度上取决于财政收入的充裕状况。据报道，2010 年前五个月中国财政收入 35 470 亿元，比 2009 年同期增加 8 362 亿元，增长 30.8%。结合对下半年预期，全年可能将实现财政收入 8 万亿。政府的财政收入由以下几部分组成：

1．税收收入

税收是政府为实现其职能的需要，凭借其政治权利并按照特定的标准，强制、无偿地取得财政收入的一种形式，它是现代国家财政收入最重要的收入形式和最主要的收入来源。我国税收收入按照征税对象可以分为五类税，即流转税、所得税、财产税、资源税和行为税。

①流转税是以商品交换和提供劳务的流转额为征税对象的税收，流转税是中国税收收入的主体税种，占税收收入的 60%多，主要的流转税税种有增值税、营业税、消费税及关税等。②所得税是指以纳税人的所得额为征税对象的税收，我国目前已经开证的所得税有个人所得税和企业所得税。③财产税是指以各种财产（动产和不动产）为征税对象的税收，我国目前开征的财产税有土地增值税、房产税、城市房地产税和契税。④资源税是指对开发和利用国家资源而取得级差收入的单位和个人征收的税收，目前我国的资源税类包括资源税、城市土地使用税等。⑤行为税是指对某些特定的经济行为开征的税收，其目的是贯彻国家政策的需要，目前我国的行为税类包括印花税、城市维护建设税等。

国家通过对税种、税率、减免税及纳税人等的确定和变更，使经济结构、经济水平等发生变化，从而进行宏观上的调控。税收对宏观经济的调节可以通过以下两种方式来实现。

（1）制度性的调节机制，当经济形势发生周期性变化时，政府税收会自动发生增减变化，从而自动抵消经济波动的部分影响。这种自发的制度性调节机制在累进税制下体现最充分。当经济高涨时，国民收入增加，纳税人适用的累进税率提高，税收增幅高于国民收入增幅，抑制了社会总需求；当经济衰退时，国民收入减少，纳税人适用的累进税率降低，税收减幅小于国民收入减幅，增加了社会总需求。经济学称这种调节机制为"内在稳定器"。

（2）相机抉择，是指政府根据经济运行的不同状况，相应地采取灵活多变的税收措施，以消除经济波动，谋求既无失业，又无通货膨胀的稳定增长。财政政策相机抉择的基本原则是"逆经济风向行事"。在经济高涨时期，政府实行增税的紧缩性财政政策，通过提高税率，设置新税，扩大征收范围，降低起征点和免征额，以缩小总需求。当经济衰退时，政府则实行减税的扩张性财政政策，通过降低税率，增加减免税，提供税收优惠等措施增加纳税人可支配收入水平，从而增加消费支出和投资支出，以提高总需求。

 案例引用

个人所得税的计算

每月取得工资收入后，先减去个人承担的基本养老保险金、医疗保险金、失业保险金，以及按省级规定标准缴纳的住房公积金，再减去免征额 2000 元/月（2008 年 3 月 1 日起至今），为应纳税所得额，再按 5%至 45%的九级超额累进税率计算缴纳个人所得税。

计算公式是：应纳个人所得税税额=应纳税所得额×适用税率−速算扣除数

例如，王某当月取得工资收入 9000 元，当月个人承担住房公积金、基本养老保险金、医疗保险金、失业保险金共计 1000 元，免征额为 2000 元，则王某当月应纳税所得额=9000−1000−2000=6000 元。应纳个人所得税税额=6000×20%−375=825（元）。

表 11-1 九级超额累进税率表

级 数	含 税 级 距	不含税级距	税率（%）	速算扣除数
1	不超过 500 元的	不超过 475 元的	5	0
2	超过 500 元至 2000 元的部分	超过 475 元至 1825 元的部分	10	25
3	超过 2000 元至 5000 元的部分	超过 1825 元至 4375 元的部分	15	125
4	超过 5000 元至 20000 元的部分	超过 4375 元至 16375 元的部分	20	375
5	超过 20000 元至 40000 元的部分	超过 16375 元至 31375 元的部分	25	1375
6	超过 40000 元至 60000 元的部分	超过 31375 元至 45375 元的部分	30	3375
7	超过 60000 元至 80000 元的部分	超过 45375 元至 58375 元的部分	35	6375
8	超过 80000 元至 100000 元的部分	超过 58375 元至 70375 元的部分	40	10375
9	超过 100000 元的部分	超过 70375 元的部分	45	15375

注：1. 含税级距适用于由纳税人负担税款的工资、薪金所得；不含税级距适用于由他人（单位）代付税款的工资、薪金所得。

2. 新的个人所得税法将于 2011 年 9 月 1 日起施行，个税起征点将从现行的 2000 元提高到 3500 元，所得税率结构由 9 级缩减为 7 级。

2. 国债收入

国债是政府财政收入的一部分，是政府对公众的债务。国债收入具有自愿性、有偿性和灵活性的特点，它是政府运用信用形式筹集资金的特殊形式。政府为行使其职能必须有一定的财政支出，政府的主要收入来自税收，当收入小于支出时，就会产生财政赤字。因此，为了追加收入，弥补财政缺口，政府便发行国债，筹集社会上的闲散资金，将其使用权转移到

国家手中。国债也是调节经济活动的重要手段。当一国经济活动中出现市场需求不足、经济增长下滑时，政府便可通过发行国债，将社会上的闲置资金聚集起来投入到基础设施建设中，以缓解供需矛盾，刺激经济恢复增长。政府还可通过发行国债，将筹集到的资金投向新技术产业，可起到调节、优化产业结构的作用。

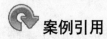 **案例引用**

2008 年 1 500 亿元中央国债资金投向重点

（1）直接改善农村生产生活条件项目 443 亿元。包括：农村饮水安全工程、农村沼气建设、农村公路改造工程、农村党员远程教育工程及广播电视村村通工程等。

（2）节能减排、环境保护与生态建设项目 206 亿元。包括：三峡库区水污染治理、松花江、丹江口及淮河等重点流域水污染治理、循环经济和资源节约重大示范项目及重点工业污染治理工程、国家环境突发事件应急监测等环境监管能力建设等。

（3）经济与社会协调发展项目 95 亿元。包括：历史文化名城名镇街区保护、流浪未成年人救助保护机构与儿童服务设施建设、食品药品监督管理系统基础设施建设等。

（4）重大基础设施项目 315 亿元。包括：南水北调 42 亿元、西部铁路项目 22 亿元、中西部支线机场 4 亿元及国防交通 8 亿元等。

（5）涉及广大群众生命财产安全和切身利益，需要抓紧解决的建设项目 125 亿元。包括：煤矿安全改造 30 亿元、采煤沉陷区治理 22 亿元及供水管网等建设与改造等。

（6）自主创新等产业升级结构调整项目 83 亿元。包括：提高自主创新能力及高技术产业发展项目 11 亿元、重大科技基础设施 6 亿元、重大装备本地化、东北等老工业基地调整改造及工业结构调整 26 亿元、其他结构调整等项目 10 亿元。

（7）其他项目 153 亿元。包括：中西部地区特殊教育、应急通信系统建设、国家地方志馆及国家一类口岸查验设施等项目。

3. 国有资产收益

国有资产收益是指国家凭借国有资产所有权获得的利润、租金、股息、红利及资金使用费等收入的总称。

4. 收费收入

收费收入是指国家政府机关或事业单位在提供公共服务、实施行政管理或提供特定公共设施的使用时，向受益人收取一定费用的收入形式。具体可以分为使用费和规费两种。使用费是政府对公共设施的使用者按一定标准收取费用，如对使用政府建设的高速公路、桥梁及隧道的车辆收取的使用费；规费是政府对公民个人提供特定服务或是特定行政管理所收取的费用，包括行政收费（如护照费、商品检测费、毕业证费）和司法规费（如民事诉讼费、出生登记费、结婚登记费）。收费收入具有有偿性、不确定性的特点，不宜作为政府财政收入的主要形式。

5. 其他收入

其他收入包括基本建设贷款归还收入、基本建设收入及捐赠收入等。

想一想：为什么税收是国家财政最重要的收入形式和最主要的收入来源？

（二）财政支出

财政支出是指在市场经济条件下，政府为提供公共产品和服务，满足社会共同需要而进行的财政资金的支付。按照财政支出是否能直接得到等价的补偿进行分类，可以把财政支出分为购买性支出和转移性支出。

1. 购买性支出

购买性支出也称为政府购买，是指政府购买商品和劳务的交易。它由两部分组成，一部分是购买进行日常政务活动所需要的物品和劳务的消费性支出，如购买办公用品、支付公务员工资；另一部分是进行政府投资所需要的各种投资性支出，如基本建设拨款。购买性支出直接形成社会需求和购买力，反映了社会资源和要素中由政府直接配置与消耗的份额。

购买性支出对国民收入的分配有间接影响。当购买支出增加时，政府对社会产品的需求增长，从而导致市场价格水平上升和企业利润率提高；企业因利润率提高而扩大生产规模，所需生产资料和劳动力也随之增多。所需生产资料增多，可能刺激生产这类生产资料的企业扩大生产；所需劳动力增多，会扩张对消费资料的社会需求，进而导致生产消费资料的企业扩大生产规模。由政府购买支出增加所引发的上述过程，将会在全社会范围内产生一系列互相刺激和互相推动的作用，从而导致社会总需求的连锁性增加，使经济呈现繁荣局面。

相反，如果政府减少购买支出，随着政府需求的减少，全社会的投资和就业都会减少，从而导致连锁性的社会需求萎缩。这既可能对过度的总需求起到一定的抑制使用，又可能导致社会总需求不足。

2. 转移性支出

转移性支出是指政府按照一定方式，将一部分财政资金无偿地、单方面转移给居民和其他受益者，主要由社会保障支出和财政补贴两部分组成。与购买性支出不同，转移性支出与商品和劳务交易行为没有发生直接联系，不以取得本年产出为补偿，而是为了实现社会公平目的而采取的资金转移措施。社会保险，社会救济，扶助贫困人口等支出都属于转移性支出。

二、财政政策的功能

1. 乘数效应

财政政策的乘数效应包括正反两个方面。政府投资或公共支出扩大、税收减少，对国民收入有加倍扩大的作用，从而产生宏观经济的扩张效应。政府投资或公共支出削减、税收增加，对国民收入有加倍收缩的作用，从而产生宏观经济的紧缩效应。

（1）投资或公共支出乘数效应。它是指投资或政府公共支出变动引起的社会总需求变动对国民收入增加或减少的影响程度。一个部门或企业的投资支出会转化为其他部门的收入，这个部门把得到的收入在扣除储蓄后用于消费或投资，又会转化为另外一个部门的收入。如此循环下去，就会导致国民收入以投资或支出的倍数递增。以上道理同样适用于投资的减少。投资的减少将导致国民收入以投资的倍数递减。公共支出乘数的作用原理与投资乘数相同。

（2）税收乘数效应。它是指税收的增加或减少对国民收入减少或增加的影响程度。由于增加了税收，消费和投资需求就会下降。一个部门收入的下降又会引起另一个部门收入的下降，如此循环下去，国民收入就会以税收增加的倍数下降，这时税收乘数为负值。相反，由于减少了税收，使私人消费和投资增加，从而通过乘数影响国民收入增加更多，这时税收乘数为正值。

（3）预算平衡乘数效应。预算平衡乘数效应指的是这样一种情况：当政府支出的扩大与税收的增加相等时，国民收入的扩大正好等于政府支出的扩大量或税收的增加量，当政府支出减少与税收的减少相等时，国民收入的缩小正好等于政府支出的减少量或税收的减少量。一个增加，另一个减少，从而实现预算平衡。

2. 挤出效应

社会财富的总量是一定的，政府占用的资金过多，会使非政府部门可占用资金减少，这种情况称为财政的"挤出效应"。挤出效应以下列几种情况出现：

（1）政府通过向公众（企业、居民）和商业银行借款来实行扩张性的财政政策，引起利率上升和借贷资金需求上的竞争，导致民间部门（或非政府部门）支出减少，从而使财政支出的扩张部分或全部被抵消。民间支出的减少主要是民间投资的减少，也有消费支出和净出口的减少。

（2）在实现了充分就业的情况下，政府购买支出增加引起了价格水平的上升，这种价格水平的上升也会减少私人消费与投资，引起挤出效应。

（3）政府通过增加税收来为其支出筹资。在这种情况下，增税减少了私人收入，使私人消费与投资减少，引起挤出效应。

（4）政府通过在公开市场上出售政府债券来为其支出筹资。由于货币供给量没有增加，政府债券出售使债券价格下降，利率上升，利率上升减少了私人投资，引起挤出效应。

3. 财政政策的局限性

（1）有些财政政策的实施会遇到阻力。如增税一般会遭到公众的普遍反对；减少政府购买可能会引起大垄断资本的反对；削减政府转移支付则会遭到一般平民的反对。

（2）财政政策会存在"时滞"。①财政政策的形成过程需要较长的时间。因为财政政策的变动一般是一个完整的法律过程，这个过程包括议会与许多专门委员会的讨论，政府部门的研究，各利益集团的院外活动等。这样，在财政政策最终形成并付诸实践时，经济形势可能已经发生意想不到的变化，因此会影响其所要达到的目标。②财政政策发挥作用也有时滞。有些财政政策对总需求有即时的作用，如政府购买的变动对增加总需求有直接而迅速的作用；减税对增加个人可支配收入有即时的作用，但对消费支出的影响则要一定时间后才会产生。

（3）公众的行为可能会偏离财政政策的目标。如政府采取增支减税政策扩大总需求时，人们并不一定会把增加的收入用于支出，也可能转化为储蓄。另外，财政政策的实施，还会受到一些政治因素的影响。

第三节　货币政策

一、货币政策的基础知识

1. 银行体系

银行体系是指决定金融机构本身及其管理机构的组成设置和职能的制度。一般来说，一个国家较为完善的银行体系是以中央银行为核心，商业银行为主体，加上各种专业银行和其他金融机构而组成。

（1）中央银行。中央银行是一国最高的货币金融管理机构，在一国金融体系中居于主导地位，在中央政府领导下，制定和实施货币政策，控制货币供应量，保持币值稳定，同时实施金融监督管理，维护金融秩序。中央银行的主要业务有：货币发行、集中存款准备金、贷款、再贴现、为商业银行和其他金融机构办理资金的划拨清算和资金转移的业务等。中央银行是"发行货币的银行"，对调节货币供应量、稳定币值有重要作用。中央银行是"银行的银行"，它集中保管商业银行的准备金，并对它们发放贷款，充当"最后贷款者"。中央银行是"国家的银行"，它是国家货币政策的制订者和执行者，也是政府干预经济的工具，同时为国家提供金融服务，代理国库，代理发行政府债券，为政府筹集资金，代表政府参加国际金融组织和各种国际金融活动。中国的中央银行是中国人民银行。

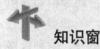

知识窗

部分国家（地区）中央银行

中国人民银行（中华人民共和国）；香港金融管理局（中国香港，行使中央银行部分职能，除了10元纸钞的发行由它负责外，发钞权由汇丰银行、渣打银行及中国银行香港分行负责）；澳门金融管理局（中国澳门，行使中央银行的部分职能，发钞权由大西洋银行和中国银行澳门分行负责）；蒙古银行（蒙古）；韩国银行（韩国）；日本银行（日本）；中央银行（中国台湾）；印度储备银行（印度）；欧洲中央银行（欧盟）；英格兰银行（英国）；瑞士中央银行（瑞士）；美国联邦储备委员会（美国）；法兰西银行（法国)；加拿大中央银行（加拿大）。

（2）商业银行。商业银行是银行体系的主体，是中央银行执行货币政策的主要调控传导渠道，是能够接受个人和企业存款、给个人和企业发放贷款和办理代客结算的金融机构。商业银行的业务包括资产业务、负债业务、中间业务。目前我国商业银行主要有：中国工商银行、中国农业银行、中国银行、中国建设银行和交通银行五大国家级商业银行；招商银行、兴业银行、中国光大银行、华夏银行、上海浦东发展银行和深圳发展银行等股份制商业银行；以及城市商业银行和一些外资银行。

（3）专业银行。专业银行是指有特定经营范围和提供专门性金融服务的银行。专业银行的出现是社会分工发展在金融领域的体现。随着社会经济的发展，要求银行必须具有某一专业领域的知识和服务技能，从而推动了各式各样专业银行的产生。专业银行按服务对象设有中国农业银行、中国进出口银行和中国储蓄银行等；按贷款用途设有投资银行、抵押银行和贴现银行等。

（4）政策性银行。政策性银行是指由政府发起出资成立，为贯彻和配合政府特定经济政策和意图而进行融资和信用活动的金融机构。我国的政策性银行主要有三家：国家开发银行、中国农业发展银行及中国进出口银行。政策性银行不以营利为目的，是其与商业银行的根本区别所在。

（5）我国的银行体系除了中央银行、商业银行、专业银行、政策性银行外，还有银行监管机构、自律组织和非银行金融机构。中国银行业监督管理委员会，简称银监会，负责对全国银行业金融机构、非银行金融机构及其他金融机构，并对它们的业务活动实施监管。中国银行业协会是在民政部登记注册的全国性非营利社会团体，是中国银行业的自律组织。银监会监管的非银行金融机构包括金融资产管理公司、信托公司、企业集团财务公司、金融租赁公司、汽车金融公司和货币经纪公司。

其他金融机构包括非银行金融机构，如保险公司、租赁公司、金融公司和信用合作社等。

2. 货币供给

货币供给是指某一国或货币区的银行系统向经济体中投入、创造、扩张（或收缩）货币的金融过程。

（1）货币供给层次。国际上对货币层次的划分因不同国家统计口径及表示方法的区别会有所不同。我国把货币供给划分为下面几个不同的层次：

M_0=现金

M_1（狭义货币）=M_0+单位活期存款+个人持有的信用卡存款

M_2（广义货币）=M_1+个人储蓄存款+单位定期存款

M_3=M_2+商业票据+大额可转让定期存单

M_1 反映着经济中的现实购买力；M_2 不仅反映现实的购买力，还反映潜在的购买力。若 M_1 增速较快，则消费和终端市场活跃；若 M_2 增速较快，则投资和中间市场活跃。中央银行和各商业银行可以据此判定货币政策。M_2 过高而 M_1 过低，表明投资过热、需求不旺，有危机风险；M_1 过高 M_2 过低，表明需求强劲、投资不足，有涨价风险。

（2）货币创造。货币创造就是银行通过存贷款业务使流通中的货币量增加。银行能创造货币是由于现代银行实行的是存款准备金制度，即银行不是把所吸收的存款都留在金库中以备存款人随时提取，而是按中央银行规定的法定准备金率留够准备金，其他存款则作为贷款发放出去。

如 A 商业银行吸收了 1 000 元存款，中央银行规定法定准备金率为 10%，则 A 银行留下 100 元，其他的 900 元则可以贷给客户甲，这 900 元就构成一部分货币供给。而客户甲又把 900 元作为存款存入与他有业务关系的 B 银行，B 银行得到这笔 900 元的存款后，也按 10% 准备金率留下 90 元，剩下的 810 元贷给客户乙，这 810 元同样构成一部分货币供给。客户乙与甲一样又将 810 元存入 C 银行，同样 C 银行又可以贷出 729 元。这个过程一直持续下去。这样整个货币创造就是：

$$1\,000+900+810+729+\cdots=10\,000$$

1 000 元的存款通过各银行发放贷款和吸收存款的过程，使流通中的货币增加到 10 000 元，这就是银行创出了货币。以 D 代表各银行的存款总额，R 代表最初的存款，r 代表法定准备金率（$0<r<1$），银行能创造出的货币为

$$D = \frac{R}{r} \tag{11-1}$$

从这个公式看出，商业银行体系所能创造出来的货币量与法定准备率成反比，与最初存款成正比，说明法定准备率的高低决定银行能创造出的货币的多少。银行所创造的货币量与最初存款的比例，称为简单货币乘数。在上文例子中，简单的货币乘数为：$m=D/R=1/r=1/10\%=10$。

3. 货币需求

现代经济理论认为，居民、企业等持有货币是出于不同的动机，包括交易性动机、预防性动机和投机性动机等。与此相对应，货币需求也可以分为交易性货币需求、预防性货币需求和投机性货币需求。

（1）交易性货币需求。交易性货币需求是居民和企业为了交易的目的而形成的对货币的需求，居民和企业为了顺利进行交易活动就必须持一定的货币量，交易性货币需求是由收入水平和利率水平共同作用的。

（2）预防性货币需求。预防性货币需求是指人们为了应付意外事故而形成的对货币的需求。预防性货币需求与利息率有密切的关系：当利率低，持有货币的成本低，人们就会持有较多的货币以预防意外事件的发生；当市场利率足够高，持有货币的成本高，人们就会将持有货币的一部分变为生息资本，以期获得较高的利息。

（3）投机性货币需求。投机性货币需求是由于未来利息率的不确定，人们为了避免资本损失或增加资本收益，及时调整资产结构而形成的货币需求。

二、货币政策工具及调节作用

1．公开市场业务

公开市场业务是指中央银行通过买进或卖出有价证券，吞吐基础货币，调节货币供应量的活动。与一般金融机构所从事的证券买卖不同，中央银行买卖证券的目的不是为了盈利，而是调节货币供应量。根据经济形势的发展，当中央银行认为需要收缩银根时，便卖出证券，相应地收回一部分基础货币，减少金融机构可用资金的数量；相反，当中央银行认为需要放松银根时，便买进证券，扩大基础货币供应，直接增加金融机构可用资金的数量。

根据各国中央银行买卖证券的差异，公开市场可分为广义和狭义的公开市场。所谓广义公开市场，是指在一些金融市场不发达的国家，政府公债和国库券的数量有限，因此，中央银行除了在公开市场上买进或卖出政府公债和国库券，还买卖地方政府债券、政府担保的债券及银行承兑汇票等，以达到调节信用和控制货币供应量的目的。所谓狭义公开市场，是指主要买卖政府公债和国库券。在一些发达国家，政府公债和国库券发行量大，且流通范围广泛，中央银行在公开市场上只需买进或卖出政府公债和国库券，就可以达到调节信用，控制货币量的目的。

公开市场业务与其他货币政策工具相比，具有主动性、灵活性和时效性等特点。公开市场业务可以由中央银行充分控制其规模，中央银行有相当大的主动权；公开市场业务是灵活的，多买少卖，多卖少买都可以，对货币供应既可以进行"微调"，也可以进行较大幅度的调整，具有较大的弹性；公开市场业务操作的时效性强，当中央银行发出购买或出售的意向时，交易立即可以执行，参加交易的金融机构的超额储备金相应发生变化；公开市场业务可以经常、连续地操作，必要时还可以逆向操作，由买入有价证券转为卖出有价证券，使得该项政策工具不会对整个金融市场产生大的波动。

2．法定存款准备金率

法定存款准备金是指金融机构为保证客户提取存款和资金清算需要而准备的资金，金融机构按规定向中央银行缴纳的存款准备金占其存款总额的比例就是存款准备金率。存款准备金制度是在中央银行体制下建立起来的，世界上美国最早以法律形式规定商业银行向中央银行缴存存款准备金。存款准备金制度的初始作用是保证存款的支付和清算，之后才逐渐演变成为货币政策工具。中央银行通过调整存款准备金率，影响金融机构的信贷资金供应能力，从而间接调控货币供应量。

法定存款准备金率政策的真实效用体现在它对货币乘数的调节。从公式 11-1 可知货币乘数的大小与法定存款准备金率成反比。因此，若中央银行采取紧缩政策，提高法定存款准备金率，则限制了存款货币银行的信用扩张能力，降低了货币乘数，最终起到收缩货币供应量效果；反之亦然。

存款准备金率作为货币政策工具，中央银行拥有完全的自主权，是货币政策中最容易实施的一个。它能够迅速地改变货币供应量，同时影响所有的金融机构。但这种政策工具对经济的调整强度大，作用剧烈，因此往往作为货币政策的一种自动稳定机制，而不是作为中央银行日常调控货币供给额的工具。

3．再贴现政策

再贴现是指商业银行持客户未到期的商业票据向中央银行请求贴现，以取得中央银行的信用支持。对中央银行来说，再贴现是买进商业银行持有的票据，流出现实货币，扩大货币供应量。对商业银行来说，再贴现是出让已贴现的票据，解决一时资金短缺。整个再贴现过程，实际上就是商业银行和中央银行之间的票据买卖和资金让渡的过程。

再贴现政策，就是中央银行通过制订或调整再贴现利率来干预和影响市场利率及货币市场的供应和需求，从而调节市场货币供应量的一种金融政策。中央银行根据政策需要提高再贴现率时，存款货币银行借入资金的成本上升，货币供给减少，反之降低再贴现率时，货币供给增加。和存款准备金率相比再贴现率更加灵活弹性更大一些，作用力度相对缓和一些。但其主动权掌握在商业银行手中，只有当商业银行向中央银行贴现时再贴现率政策才能实施。

4．利率政策

利率政策是我国货币政策的重要组成部分，也是货币政策实施的主要手段之一。中国人民银行根据货币政策实施的需要，适时地运用利率工具，对利率水平和利率结构进行调整，进而影响社会资金供求状况，实现货币政策的既定目标。目前，中国人民银行采用的利率工具主要有：调整中央银行基准利率，包括存贷款利率、再贴现利率、存款准备金利率及超额存款准备金利率；制订金融机构存贷款利率的浮动范围；制定相关政策对各类利率结构和档次进行调整。

 **案例引用**

2008 年 1 月～2010 年 12 月中利率调整情况及原因

2008 年，受次贷危机影响，我国开始实行宽松的货币政策，进入降息周期。

2008 年 10 月 9 日，1 年期存款利率从 4.14 调整到 3.87。

2008 年 10 月 30 日，1 年期存款利率从 3.87 调整到 3.60。

2008 年 11 月 27 日，1 年期存款利率从 3.60 调整到 2.52。

2008 年 12 月 23 日，1 年期存款利率从 2.52 调整到 2.25。

2010 年 10 月 19，日晚间央行宣布，自 10 月 20 日起，同时上调金融机构人民币存贷款基准利率 0.25 个百分点。调整后，存款基准利率升至为 2.50%；贷款基准利率升至 5.56%。其他各档次存贷款基准利率也据此相应地进行调整。这次加息预示着中国进入了新的加息周期，主要原因来源于通货膨胀的压力。相对人民币每年 3%～5%的升值幅度，此次小幅加息对汇率、楼市等的影响幅度都不是很大，继续加息具有前提条件。什么时候加，如何加还要看接下来的经济情况，但从宏观角度上来看，加息周期启动的迹象已经非常明显。（注：此后央行又于 2010 年 12 月 26 日、2011 年 2 月 9 日两次上调利率。）

5．汇率政策

汇率政策指一国政府利用本国货币汇率的升降来控制进出口及资本流动以达到国际收支均衡之目的。汇率政策工具主要有汇率制度的选择、汇率水平的确定及汇率水平的变动和调整。中国目前实行的是以市场供求为基础、参考一揽子货币进行调节的、有管理的浮动汇率制度。

第四节　财政政策和货币政策的配合

一、财政政策和货币政策的差异

1．制定政策的主体有差别

财政政策是由国家财政机关制定的，必须经全国人大或其常委会通过，而货币政策是由中央银行在国务院领导下直接制定的。

2．政策目标有区别

虽然经济增长、物价稳定、充分就业和国际收支平衡等都是财政政策和货币政策的宏观经济目标，但各有侧重。货币政策侧重于物价稳定，而财政政策多侧重于其他更广泛的目标。在供给与需求结构的调整中，财政政策起着货币政策所不能取代的作用，调节产业结构、促进国民经济结构的合理化。在调节收入分配公平方面，货币政策也往往显得无能为力，只能通过税收、转移支付等财政政策手段来解决。

3．政策手段有区别

财政政策主要手段是税收、政府公共支出及政府转移支出；货币政策主要手段是公开市场业务、法定存款准备金率、贴现率及信用控制等。它们在其特性、运作方式等方面都有很大差异。

4．政策时滞不同

由于财政预算具有法律性质，因此，从发现经济问题到财政政策实施需经过财政部门提出、政府部门研究、报权力机关讨论并批准，往往需要时间较长。货币政策恰好相反，认识清楚问题需要时间长，但做出决策和付诸实施时间短。在我国由央行决定，可以较快地做出决策并且根据经济运行的变化随时调整。

5．对利率与投资的影响不同

财政政策是指通过政府支出和税收来影响宏观经济的政府行为。在短期中，财政政策主要影响物品和劳务的总需求，是刺激或减缓经济发展的最直接的方式，其对利率的影响是间接的，而对投资的影响是直接的。货币政策是指政府通过控制货币供给量来影响宏观经济的行为。货币政策主要是通过影响利率来实现的，货币量的增加会使短期利率下降，并最终刺激投资需求与消费需求。货币政策对利率的影响是直接的，而对投资的影响是间接的。

 **案例引用**

2008 年我国宏观经济政策

2008 年是我国历史上极不平常的一年，在国内冰雪、洪涝、地震等自然灾害接连不断、全球金融危机扩大蔓延的背景下，我国宏观经济逆转下行，外需急剧萎缩，出口对经济增长的贡献大幅下降，企业效益明显下滑，中小企业倒闭现象愈演愈烈，资产价格下跌惨重，宏观经济面临着前所未有的压力。面对严峻的经济运行形势，宏观调控发生了戏剧性的变化。宏观调控目标由年初的"双防"（防止通胀、防止经济下滑）调整为年中的"一保一控"（即保持经济平稳较快发展、控制物价过快上涨），到 9 月的"保增长"、11 月的"保增长、扩内需"，再到中央经济工作会议的"保增长、扩内需、调结构"。宏观调控政策也相应地由"稳健的财政政策、从紧的货币政策"，调整为"稳健的财政政策、灵活审慎的货币政策"，后又转变为"积极的财政政策、适度宽松的货币政策"。同时，中央政府出台了 4 万亿的经济刺激计划，各地政府也出台了总计 18 万亿的刺激经济计划。

二、财政政策和货币政策的配合

财政政策和货币政策是国家调控宏观经济的两大政策。总的来说，财政政策和货币政策的调控目标是一致的，但是财政政策和货币政策各自使用的政策工具和作用不尽相同，各有其局限性。因此，为了达到理想的调控效果，通常需要将财政政策和货币政策配合使用。财政政策与货币政策的配合使用，一般有四种模式：

1．扩张性的财政政策和扩张性的货币政策，即"双松"政策

一方面通过减少税收或扩大政府支出、加大政府转移力度来增加社会总需求，增加国民收入，但这也会引起利率水平提高。另一方面通过降低法定准备金率、降低再贴现率、买进政府债券等松的货币政策增加商业银行的储备金，增加货币供给，抑制利率的上升，以消除或减少松的财政政策的挤出效应，使总需求增加，其结果是可在利率不变的条件下，刺激经济，消除经济衰退和失业，比单独运用财政政策或货币政策更有缓和衰退、刺激经济的作用。这种政策的适用条件是：社会上大部分企业开工不足，设备闲置；劳动力就业不足；大量资源有待开发；市场疲软。

2．紧缩性的财政政策和紧缩性的货币政策，即"双紧"政策

当经济过度繁荣，通货膨胀严重时，通过增加税收和减少政府支出规模等紧的财政政策压缩总需求，从需求方面抑制通货膨胀。同时利用提高法定存款准备金率等紧的货币政策增加商业银行的准备金，使利率提高，投资下降，货币供给量减少，有利于抑制通货膨胀，其结果是抑制经济过度繁荣，使总需求和总产出下降。这种政策的适用条件是：经济处于高通货膨胀、不存在高失业率、国际收支出现巨额赤字。削减总需求一方面有利于抑制通货膨胀、保证货币和物价的稳定，另一方面有助于改善国际收支状况，减少国际收支赤字。

3．扩张性的财政政策和紧缩性的货币政策

扩张性的财政政策通过减税、增加政府支出，有助于克服总需求不足和经济萧条，而紧缩性的货币政策会减少货币供给量，进而抑制由于松的财政政策引起的通货膨胀的压力。这种政策实施的条件是：经济衰退、社会总需求不足、物价稳定、失业率高、国际收支赤字。

4．紧缩性的财政政策和扩张性的货币政策

一方面，采取紧的财政政策，通过增加税收，控制支出规模，压缩社会总需求，抑制通货膨胀；另一方面，采取松的货币政策增加货币供应，以保持经济适度增长。这种政策的实施条件是：经济过热、物价上涨、通货膨胀、社会失业率低、国际收支出现过多顺差。

财政政策与货币政策配合会对产出与利率产生不同的影响，具体见表 11-2。

表 11-2　财政政策与货币政策配合使用的效果

政 策 配 合	产　出	利　率
双松	增加	不确定
双紧	减少	不确定
松财紧货	不确定	上升
紧财松货	不确定	下降

可以看出，上述四种组合各有特点，在现实生活中，这四种政策搭配与选择是一个很复杂的问题。采取哪种形式，应视当时的经济情况而定，灵活、适当地加以运用。

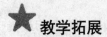 **教学拓展**

我国 1993 年至 2009 年的宏观调控政策

这十六年中国的宏观调控阶段性特点，可划分为三个阶段。

第一阶段是从 1993 年到 1997 年。1993 年政府调控的主要目标是针对经济总量出现投资过热，一些地区一窝蜂地建开发区、大上工业项目，用大量的银行贷款搞房地产。从 1993 年到 1994 年，通货膨胀率上蹿到两位数，形势很严峻。当时的投资主体还不是真正的市场主体，刚从计划向市场转轨，企业没有自负盈亏、自我约束的机制。当时如果政府不及时调控，国有企业亏损及民营企业向银行的贷款一旦成为呆账，最后都得由国家来兜底。所以，1993 年宏观调控采取的是"急刹车"措施。这种办法受到多方面的争议，比如指责外汇储备多了，说"一个工业项目也不准上"，是用行政手段压制发展等。现在反过头去看，1997 年金融危机，为什么我国香港受到冲击而内地安然无恙？其实就得益于 1993 年以后的宏观调控。这样稳住了金融，化解了风险，批评之声随之消失。如果当时不用行政手段，不用一刀切的办法就调控不住。

第二阶段是从 1998 年到 2002 年。这次政府调控的任务不是控制需求，而是扩大内需。1999 年，国务院提出发挥投资与消费对国内需求的"双向带动"作用，并出台了相关的消费信贷政策，鼓励人们实行消费信贷。也就是说，到 2002 年，我们一直是在扩大内需。不过，重复建设还是有控制的，同时也注重结构问题。比如，由于加工工业过剩，所以国务院明确国债资金不搞加工工业，而把重点放在基础设施上：农林水利基本建设，能源、道路交通，城乡电网改造，粮食仓库，生态环境保护等。

第三阶段是从 2003 年下半年到 2009 年。宏观调控提出两道闸门：耕地实行严格的审批制度；金融实行紧缩政策。这次调控与前些年显然又不同了，这次不是压缩总需求。有人说，GDP 增长超过 9%，政府须得对总量予以调控；更多的学者认为，总量增长是否过热，不能单看 GDP。的确，对一国经济运行状态作判断，不可只看一个指标，而是要看三个指标的配比。这三个指标分别是：GDP、财政收入、通胀指数。假如 GDP 增长超过财政收入的增长；而通胀率又高于 GDP 的增长率，那我们可以肯定，经济一定出现了过热。因为财政收入反映的是经济效益，通胀率是供求失衡的信号。财政收入跟不上 GDP 增长，说明经济运行效益不佳；通胀率跑到 GDP 的前面，则表明需求过旺，供应严重短缺。相反，若财政收入快于 GDP 增长，而 GDP 增长高于通胀率，就无论如何得不出经济过热的结论。从统计数字看，2008

年我国 GDP 增长 9%；财政收入增长 20%；而通胀率不到 4%。可见当时中国经济的问题并非总量失衡。

实 践 训 练

1．课堂实训

假设某银行吸收存款 100 万元，法定准备金率为 10%，请计算：

（1）按规定银行要留多少准备金？

（2）通过银行信贷能创造出多少货币？

（3）如准备率下调至 5%，能创造出多少货币？

（4）结合（2）和（3）的结果，对中央银行调整法定准备金率的政策效果作出评价。

2．课外实训

查阅近年来我国的法定存款准备金率及利率的变动情况。

本 章 小 结

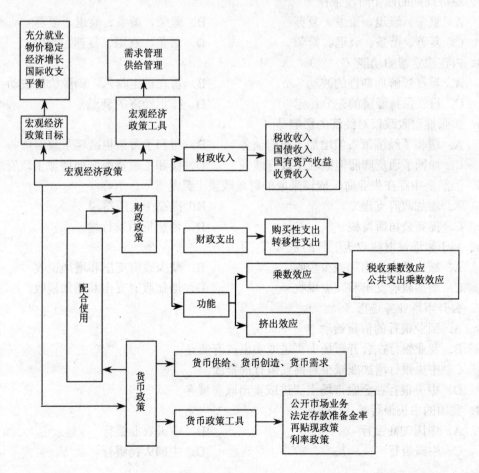

问题和应用

一、基本问题

(一) 重要概念的记忆与解释

经济政策 Economic Policy

财政政策 Fiscal Policy

购买性支出 Purchase Expenditure

货币政策 Monetary Policy

法定存款准备金率 Cash Reserve Ratio

利率政策 Interest Rate Policy

充分就业 Full Employment

转移性支出 Transfer Expenditure

公开市场操作 Open-Market Operation

再贴现率 Rediscount Rate

汇率 Exchange Rate

(二) 单项选择

1. 紧缩性货币政策的运用会导致（　　　）。
    A. 减少货币供应量，降低利率
    B. 增加货币供应量，提高利率
    C. 减少货币供应量，提高利率
    D. 增加货币供应量，降低利率
2. 经济周期的四个阶段依次为（　　　）。
    A. 繁荣、衰退、萧条、复苏
    B. 繁荣、萧条、衰退、复苏
    C. 复苏、萧条、衰退、繁荣
    D. 萧条、衰退、复苏、繁荣
3. 内在稳定器的功能（　　　）。
    A. 旨在缓解周期性的波动
    B. 旨在稳定收入，刺激价格波动
    C. 旨在保持经济的充分稳定
    D. 推迟经济的衰退
4. 扩张性财政政策对经济的影响是（　　　）。
    A. 缓和了经济萧条但增加了政府债务
    B. 缓和了萧条也减轻了政府债务
    C. 加剧了通货膨胀但减轻了政府债务
    D. 缓和了通货膨胀但增加了政府债务
5. 当经济中存在失业时，应该采取的财政政策工具是（　　　）。
    A. 增加政府支出
    B. 提高个人所得税
    C. 提高公司所得税
    D. 增加货币发行量
6. 属于紧缩性财政政策工具的是（　　　）。
    A. 减少政府支出和减少税收
    B. 减少政府支出和增加税收
    C. 增加政府支出和减少税收
    D. 增加政府支出和增加税收
7. 公开市场业务是指（　　　）。
    A. 商业银行的信贷活动
    B. 商业银行在公开市场上买进或卖出政府债券
    C. 中央银行增加或减少对商业银行的贷款
    D. 中央银行在金融市场上买进或卖出政府债券
8. 我国的中央银行是（　　　）。
    A. 中国工商银行
    B. 中国农业银行
    C. 中国银行
    D. 中国人民银行

9. 中央银行在公开市场卖出政府债券是企图（　　）。
    A. 收集一笔资金帮助政府弥补财政赤字
    B. 减少商业银行在中央银行的存款
    C. 减少流通中基础货币以紧缩货币供给
    D. 赚取买卖债券获取差价利益

10. 中央银行在公开的证券市场上买入政府债券会使货币供给量（　　）。
    A. 增加　　　　　B. 减少　　　　　C. 不变　　　　　D. 难以确定

11. 一般地，存款准备金率上升，利率会有（　　）的压力。
    A. 增加　　　　　　　　　　　　B. 减少
    C. 不变　　　　　　　　　　　　D. 以上几种情况都有可能

12. 中央银行提高贴现率会导致货币供应量的（　　）。
    A. 增加和利率提高　　　　　　　B. 减少和利息率提高
    C. 增加和利率降低　　　　　　　D. 减少和利率降低

13. 如果中央银行认为通货膨胀压力太大，其紧缩政策为（　　）。
    A. 在公开市场出售政府债券　　　B. 迫使财政部购买更多的政府债券
    C. 在公开市场购买政府债券　　　D. 降低法定准备金率

（三）判断题

1. 扩张性的财政政策与紧缩性的货币政策相结合会使利率上升。　　　　（　　）
2. 中央银行购买政府债券将引起货币供给量的减少。　　　　　　　　　（　　）
3. 中央银行提高法定准备金率的目的是为了增加货币供给量。　　　　（　　）
4. 中央银行提高再贴现率，提高准备金率和在公开市场上卖出债券对供币供给的影响是相同的。　　　　　　　　　　　　　　　　　　　　　　　　　　　　（　　）

二、发散问题

查阅近年我国针对房地产市场采取了哪些宏观调控政策，这些政策对房地产市场有何影响？．

三、案例分析

资料1：中国人民银行2010年1月29日发布报告，对2010年中国宏观经济运行作出预测称，2010年宏观调控局势更为复杂，保持物价稳定等任务更为艰巨，央行并分析了物价上面临的压力，但亦强调仍会保持货币信贷合理充裕。

当日发布的《二〇〇九年宏观经济形势分析报告》说，2010年中国物价水平将面临上涨压力。央行对中国银行储户的调查问卷显示，中国储户对未来物价上涨预期指数高达73.4%，已是连续四个季度上升。

央行预测，国际大宗商品价格上涨，国内货币信贷存量较高，国内需求继续回升和资源性基础产品价格调整等，都将对2010年最终物价水平产生上涨压力。不过，国内粮食连续增产、部分行业产能过剩、消费市场供给充裕，又将在一定程度上抑制物价上涨。

央行认为，2010年中国经济继续向好趋势有望巩固。中国将继续实施适度宽松的货币政策，保持正常连续性、稳定性，提高政策针对性和灵活性，保持货币信贷合理充裕，但又强调，信贷均衡投放、结构优化、防范和化解金融风险、维护国际收支平衡等问题至关重要。

资料 2：欧洲央行（ECB）执委会成员汤普古格罗（Gertrude Tumpel-Gugerell）2010 年 7 月 3 日出席欧盟主办的会议时表示，物价稳定是欧洲央行首要目标，而欧洲的财政整顿措施短期内将对经济产生影响，但不会到严重的地步。从长远来看，财政整顿是利大于弊。"我们仍然坚定地致力于在中长期内保持价格稳定。从开始采用欧元以来，在过去 11 年间欧元区的平均年通货膨胀率只有 1.98%，我们过去是这样做的，将来也会继续这么做。"汤普古格罗表示。

请运用本章所学知识结合两则资料谈一谈宏观政策目标、宏观政策种类，以及如何运用宏观经济政策。

第十二章　对外经济知识

本章地位

对外经济是表示一国与国外有着广泛的经济往来，存在国际贸易，对外有进出口和货币、资本的往来，存在着国际收支。本章旨在帮助学生了解国际贸易和国际收支的基础知识。

知识目标

1. 理解国际贸易的相关概念、了解主要的国际贸易术语；
2. 了解国际贸易中存在的贸易壁垒；
3. 理解外汇和汇率的概念，知道汇率变动对经济的影响。

能力目标

认识到国际贸易的复杂性和艰巨性，提高经营的风险意识。

案例导入

"丝绸之路"

中国对外贸易历史悠久，早在西汉时期，中国就有了与中东、欧洲往来的"丝绸之路"。丝绸之路东起长安，向西经河西走廊和新疆，越过帕米尔高原，进入中亚、西亚和南亚。这是一条横贯亚洲大陆的商路，全长约 7 000 多公里，在中国境内约 4 000 多公里。

公元前 138 年和 119 年，汉武帝派张骞两次出使西域，带去中国的丝绸、铁器、纤维纸、镜子和其他豪华制品，还有肉桂、生姜、谷子、高粱等药材食品，买回印度的香料、象牙，罗马的金银、玻璃，缅甸的宝石、翡翠，以及中亚和西亚的毛皮、马匹及胡桃等。丝绸之路的开辟，有力地促进了东西方的经济文化交流，对促成汉朝的兴盛产生了积极的作用。这条丝绸之路，至今仍是中西方交往的一条重要通路。

讲授新课

第一节　国 际 贸 易

一、国际贸易的一些重要概念

1. 国际贸易与对外贸易

国际贸易，是指世界各国（或地区）之间进行的以货币为媒介的商品交换活动。它既包含着有形产品（实物产品）交换，也包含有无形产品（劳务、技术及咨询等）的交换。

对外贸易，是立足于一个国家或地区去看待它与其他国家或地区的产品与劳务的国际贸易活动。

2．出口贸易与进口贸易

出口与进口是一个国家对外贸易的两个组成部分。一个国家向其他国家输出本国商品、技术和服务的活动称为出口。一个国家从其他国家输入商品、技术和服务的活动称为进口。尽管一个国家能够制造自己所需要的绝大多数商品，但仍然需要大量地进口商品，这些商品由其他国家生产而由本国进口到国内消费。

3．对外贸易额与对外贸易量

对外贸易额，是以货币表示的对外贸易总额。一定时期内一国从国外进口的商品的全部价值，称为进口贸易总额或进口总额；一定时期内一国向国外出口的商品的全部价值，称为出口贸易总额或出口总额。两者相加为进出口贸易总额或进出口总额，是反映一个国家对外贸易规模的重要指标。

对外贸易量，是按一定时期的不变价格为标准来计算各个时期的贸易值。以货币所表示的对外贸易值经常受到价格变动的影响，为剔除价格变动的影响，并能准确反映一国对外贸易的实际数额，以固定年份为基期计算的当期进口或出口价格指数去除当期的进口额或出口额，得到相当于按不变价格计算的进口额或出口额，之和即为对外贸易量。

4．贸易差额

贸易差额，是一国在一定时期内（如一年或一个月）出口总值与进口总值之间的差额。

进出口贸易收支是一国国际收支中经常项目的重要组成部分，是影响一个国家国际收支的重要因素。当出口总值与进口总值相等时，称为贸易平衡。当出口总值大于进口总值时，出现贸易盈余，称贸易顺差或出超。当进口总值大于出口总值时，出现贸易赤字，称贸易逆差或入超。

5．有形贸易与无形贸易

有形贸易，是指在进出口贸易中进行的实物商品的交易，因为这些实物商品看得见、摸得着，故称为有形贸易，也叫商品贸易。有形商品的进口和出口都要办理海关手续，并在海关的进出口统计中反映出来，从而构成一个国家一定时期对外贸易总额。

无形贸易，是指在国际贸易活动中所进行的所有非物质形态的商品贸易，主要是指劳务、技术、旅游、金融及保险等。无形贸易通常不办理海关手续，在海关的进出口统计中反映不出来，而在国际收支中反映出来，是国际收支的重要组成部分。

6．国际贸易商品结构与对外贸易商品结构

国际贸易商品结构，是指一定时期内某大类商品或某种商品在整个国际贸易中的构成，即某大类商品或某种商品贸易额与整个世界出口贸易额之比。国际贸易商品结构可以反映出整个世界的经济发展水平、产业结构状况和科技发展水平。

对外贸易商品结构，是指一定时期内一国进出口贸易中各种商品的构成，即某大类或某种商品进出口贸易与整个进出口贸易额之比。一个国家对外贸易商品结构主要是由该国的经济发展水平、产业结构状况、自然资源状况和贸易政策决定的。

7．对外贸易依存度

对外贸易依存度又称为对外贸易系数，是指一国的进出口总额占该国国内生产总值的比重。对外贸易依存度反映一国对国际市场的依赖程度，是衡量一国对外开放程度的重要指标。为了准确地表示一国经济增长对外贸依赖程度，人们又将对外贸易依存度分为进口依存度和出口依存度。进口总额占 GDP 的比重称为进口依存度，反映一国市场对外的开放程度；出口总额占 GDP 的比重称为出口依存度，反映一国经济对外贸的依赖程度。一般来说，对外贸易依存度越高，表明该国经济发展对外贸的依赖程度越大，同时也表明对外贸易在该国国民经济中的地位越重要。伴随经济的全球化，对外贸易在各国经济中的比重都在增加。

想一想：我国外贸依存度为 2007 年 72.1%，2008 年为 68.8%，与发达国家的 14%～20% 相比显然是高了。你认为外贸依存度高是好事还是坏事。

二、国际贸易理论

1．重商主义的贸易理论

最早的国际贸易理论是重商主义，它产生于 15 世纪，时值资本主义经济的原始积累时期。重商主义贸易政策的理论是：国际贸易是一种"零和游戏"，一方得益必定使另一方受损，要增加一国的财富总量就必须在国际贸易中多出口、少进口，实现贸易收支的顺差，形成外国对本国的贵金属支付。为此，国家需要采取的政策措施是奖励出口、限制进口，使贵金属在本国积累起来，从而增加本国的财富总量。重商主义的代表人物有海尔斯、斯塔福德及托马斯孟等。

知识窗

《蜡烛工的请愿》——巴斯底特

在重商主义盛行时期，保护主义蔓延，被激怒的法国经济学家巴斯底特，在 1845 年虚构的法国蜡烛工人请愿的故事中，极大地讽刺了贸易保护主义：

......

我们正在经受着无法容忍的外来竞争，他（外来竞争者）看来有一个比我们优越得多的生产条件来生产光线，因此可以用一个荒谬的低价位占领我们整个国内市场。我们的顾客全部都涌向了他。当他出现时，贸易不再与我们有关，许多有无数分支机构的国内工业一下子停滞不前了。这个竞争对手不是别人，就是太阳。

我们所请求的是，请你们通过一道法令，命令关上所有窗户、天窗、屋顶窗、帘子、百叶窗和船上的舷窗。一句话，所有使光线进入房屋的开口、边沿、裂缝和缝隙，都应当为了受损害的工厂而关掉……如果你们尽可能减少自然光，从而创造对人造光的需求，哪个法国蜡烛制造商会不欢欣鼓舞？

2．绝对优势理论

亚当·斯密是西方古典经济学的主要奠基人之一，也是国际贸易理论的创始者，是倡导自由贸易的带头人。斯密认为国际贸易应该遵循国际分工的原则，使各国都能从中获得更大的好处。

他强调，国际分工的基础是在各自占有优势的自然禀赋中后天获得的有利条件。前者是指自然赋予的有关气候、土壤、矿产及地理环境等方面的优势。一个国家在生产某些特定商品时，或许有非常巨大的自然优势，使得其他国家无法与之竞争。后者是指通过自身努力而掌握的特殊技艺，或称之为技术。各国应当按照各自的优势进行分工，然后交换各自的商品，从而使得各国的资源、劳动、资本都得到最有效的利用。相反，不注意发挥优势进行生产，只能导致国民财富的减少。譬如，苏格兰可以用暖房栽培葡萄，然后酿出上等美酒，但成本要比国外高 30 倍。如果苏格兰禁止一切外国酒进口而自己来生产，那就十分荒唐可笑。

亚当·斯密的"绝对优势理论"。意在说明为了更多地增加国民财富，一国应该专业化生产和出口那些本国具有绝对优势的商品，进口那些本国具有绝对劣势，即外国具有绝对优势的商品。一国的自然优势和后天获得的优势又总是体现为生产某产品的成本优势，即该国生产特定商品的实际成本绝对地低于其他国家所花费的成本，因此这个理论又称为"绝对成本说"。

绝对优势理论可以解释发展水平相近的国家之间的贸易，但不能解释发展水平相差较大的国家之间发生贸易。这是绝对优势理论的局限之处。

假设国际市场上有两种商品大米和汽车，A 国和 B 国等量（100 人）劳动生产的两种商品的数量见表 12-1。

表 12-1　等量劳动所生产的产品

	大米/吨	汽车/辆
A 国	100	40
B 国	150	100

B 国在两种商品的生产上均具有绝对优势，按照绝对优势贸易理论，两国将无法开展国际贸易。但事实是两国仍在进行贸易活动。

3. 比较优势理论

亚当·斯密之后的另一位著名的古典经济学家是大卫·李嘉图。其贸易学说是他整个经济理论中的一个重要组成部分。大卫·李嘉图创立的著名的"比较优势贸易理论"奠定了国际贸易理论演进的重大基础，以后一个多世纪的有关研究很大程度上都是对其理论的补充、发展和修正。李嘉图在其代表作《政治经济学及赋税原理》一书中论证了以"比较优势贸易理论"为中心的国际贸易理论。

李嘉图所讲的比较优势是一种相对的优势，李嘉图指出，从个人之间的分工来看，每个人都可以拥有生产某种产品的比较优势。例如，在国际分工中，如果两国生产力不等，甲国生产任何一种商品的成本均低于乙国，处于绝对优势；而乙国的劳动生产率在任何商品的生产中均低于甲国，处于绝对劣势，这时两国仍存在进行贸易的可能性。即遵循"两利相权取其重，两弊相权取其轻"的原则。如果一个国家在本国生产一种产品的机会成本低于在其他国家生产该产品的机会成本，则这个国家具有生产该产品的比较优势。见表 12-1，A 国生产大米具有比较优势，A 国可以生产大米和 B 国交换汽车，这样对两国都是有利的。

想一想：萨缪尔森说："如果经济学理论可以选美的话，李嘉图的比较优势理论一定会摘得桂冠。"你同意萨缪尔森对于比较优势理论的评价吗？为什么？

4. 要素禀赋理论

该理论是现代国际贸易理论的新开端，与李嘉图的比较成本说模式并列为国际贸易理论的两大基本模式。此理论由瑞典经济学家赫克歇尔和俄林提出，又称赫克歇尔一俄林理论。要素禀赋理论认为：在各国生产同一种产品的技术水平相同的情况下，两国生产同一产品的价格差别来自于产品的成本差别，这种成本差别来自于生产过程中所使用的生产要素的价格差别，这种生产要素的价格差别则取决于各国各种生产要素的相对丰裕程度，即相对禀赋差异，由此产生的价格差异导致了国际贸易和国际分工。比如，劳动力丰裕的国家劳动力价格较低，这些国家就生产并且出口劳动密集型产品，而进口资本密集型产品；相反，资本丰裕而且价格较低的国家则生产并且出口资本密集型产品，而进口劳动密集型产品，这样对各国都是有利的。

知识窗

"里昂惕夫之谜"

里昂惕夫是美国著名计量经济学家，他创立了投入产出分析法，并以此突出贡献获得了1973 年诺贝尔经济学奖。里昂惕夫认为，如果 H-O 理论正确，则美国作为资本丰裕的国家应该出口资本密集型产品，进口劳动密集型产品。但是计算的结果令人困惑：在 1947 年美国向其他国家出口的是劳动密集型产品，而进口的是资本相对密集型产品。考虑到可能有战争的影响因素，在之后的 1951 年，里昂惕夫用同样的方法重新计算，得出的结果仍然如此。这就是著名的"里昂惕夫之谜"。

三、国际贸易术语

贸易术语是在长期的国际贸易实践中产生的，用来表明商品的价格构成，说明货物在交接过程中有关的风险、责任和费用划分问题的专门术语。由于贸易术语与商品价格的密切关系，通常贸易术语也被称为价格术语。

由于在国际贸易中货物主要的运输方式还是以海洋运输为主，迄今为止使用得最多的是装运港交货三种术语：FOB、CFR 与 CIF，这三种术语在国际贸易业务中被人们称为常用贸易术语。

1. FOB

FREE ON BOARD（...named port of shipment）——装运港船上交货（……指定装运港），也称"离岸价"，是指卖方必须在合同规定的日期或期间内，在指定装运港将货物交至买方指定的船上，并负担货物越过船舷为止的一切费用和货物丢失或损坏的风险。货物在装船时越过船舷，风险即由卖方转移至买方。

2. CFR

COST AND FREIGHT（...named port of destination）——成本加运费（……指定目的港），是指卖方必须在合同规定的日期或期间内，在装运港将货物交至运往指定目的港的船上，负担货物越过船舷为止的一切费用和货物丢失或损坏的风险，并负责租船或订舱，支付从装运港到目的港的正常运费。

3. CIF

COST，INSURANCE AND FREIGHT （...named port of destination）——成本加保险费、

运费（……指定目的港），也称"到岸价"，是指卖方必须在合同规定的日期或期间内在装运港将货物交至运往指定目的港的船上，负担货物越过船舷为止的一切费用和货物丢失或损坏的风险，负担租船或订舱，支付从装运港到目的港的正常运费，并负责办理货运保险，支付保险费。

四、国际贸易政策

（一）关税

1. 关税的定义

关税是指进出口货物经过一国关境时，由政府设置的海关向进出口商征收的一种税赋。欧洲早在古希腊、雅典时代，关税就已出现，但统一国境关税是在封建社会解体和出现了资本主义国家后产生的，这种国境关税制一直沿用至今，成为世界各国对外贸易政策借以实施的主要措施之一。

知识窗

英国是最早实行统一的国境关税制的国家，英国资产阶级革命在 1640 年取得胜利后，便建立了这种国境关税制。法国在 1660 年开始废除内地关税，到 1791 年才建立国境关税制。比利时、荷兰受法国的影响，也设立统一的国境关税。随后世界各国普遍采用，实行至今。

2. 关税的作用

征收关税的作用主要有两个方面：一是增加本国财政收入；二是保护本国的产业和国内市场。其中以前者为目的而征收的关税称为财政关税，以后者为目的而征收的关税称为保护关税。

最初征收关税的目的主要是获得财政收入。财政关税在资本主义发展初期占有重要的位置。由于当时经济不够发达，其他税源有限，财政关税便成为一国财政收入的重要组成部分。以美国为例，1805 年美国联邦政府的财政收入中，关税收入约占 90%～95%。以后随着资本主义经济的发展，发达国家的财政收入以直接税为主，关税作为财政收入的作用逐渐减弱。到 1947 年美国的关税占财政收入的比重已下降到 46.3%，1964 年占 9.6%，1986 年占 5.4%，2004 年，美国关税仅占财政收入的 1.6%。

尽管关税的财政收入作用逐渐减弱，但是对本国产业的保护作用却一度明显增强。保护关税的一个重要问题是税率的确定，税率越高对本国生产和本国市场的保护性就越强。保护关税通过提高税率来加重进口商品的成本负担，削弱其竞争力，从而限制外国商品进口和保护国内同类商品生产。另外，保护关税还可以通过调整关税税率的高低来控制进出口商品的数量，以此调节商品价格，保证国内市场供求平衡，从而达到保护国内市场的目的。

除财政作用和保护作用外，关税还具有涉外作用。关税一直与国际经济关系和外交关系有着密切的联系，比如，各国可以利用关税税率的高低和不同的减免手段来对待不同类型国家商品的进口，以此开展其对外经贸关系；通过提供优惠待遇可以改善国际关系，争取友好贸易往来；利用关税壁垒，可以限制对方商品进口甚至作为惩罚或报复手段；发展中国家还普遍利用关税减让作为"入门费"来取得关贸总协定缔约国地位，或者作为对外谈判的筹码，迫使对方让步。

3．关税的分类

关税种类繁多，主要可分为以下几类：

进口税是指进口商品进入一国关境时或者从自由港、出口加工区、保税仓库进入国内市场时，由该国海关根据海关税则对本国进口商所征收的一种关税。进口税是保护关税的主要手段。通常所说的关税壁垒，实际上就是对进口商品征收高额关税，以此提高其成本，进而削弱其竞争力，起到限制进口的作用。关税壁垒是一国推行保护贸易政策所实施的一项重要措施。一般说来，进口税税率可分为普通税率、最惠国税率、特惠税率和普惠制税率四种。

出口税是出口国家的海关在本国产品输往国外时对出口商所征收的关税。目前大多数国家对绝大部分出口商品都不征收出口税，因为征收出口税会抬高出口商品的成本和国外售价，削弱其在国外市场的竞争力，不利于扩大出口。但目前世界上仍有少数国家（特别是经济落后的发展中国家）征收出口税。

过境税又称通过税或转口税，是一国海关对通过其关境再转运第三国的外国货物所征收的关税。其目的主要是增加国家财政收入。过境税在重商主义时期盛行于欧洲各国。随着资本主义的发展，交通运输事业的发达，各国的货运业竞争激烈；同时，过境货物对本国生产和市场没有影响，于是，到19世纪后半期，各国相继废除了过境税。二战后，关贸总协定规定了"自由过境"的原则。目前，大多数国家对过境货物只征收少量的签证费、印花费、登记费及统计费等。

进口附加税又称特别关税，是进口国家在对进口商品征收正常进口税后，还会出于某种目的，再加征部分进口税，加征的进口税部分，就是进口附加税。进口附加税不同于进口税，不体现在海关税则中，并且是为特殊目的而设置的，其税率的高低往往视征收的具体目的而定。一般是临时性的或一次性的。目前各国为了实现其特定的保护目的，进口附加税主要会采用以下几种形式：反倾销税、反补贴税、紧急关税、惩罚关税和报复关税五种。

 **案例引用**

进口附加税

关税及贸易总协定对缔约方的关税正税加以约束，不能任意提高。在规定的例外情况之外，不准征收超过正税的附加税。但为了抵制倾销、贴补，允许缔约方对构成倾销或贴补的进口商品征收反倾销税或反贴补税。美国在1971年由于国际收支出现危机，为了限制进口，对进口商品一律征收10%的附加税；有些国家为了增加财政收入或限制高价奢侈品的进口，对其征收附加税；有些国家（如澳大利亚）曾因某种商品一时进口量过多使国内生产受到威胁而征收紧急进口税。旧中国曾征收过"二五附加税"，即对进口货物除征收"值百抽五"的正税外，另征2.5%的附加税。新中国成立后，从1985年开始，对一些国内已能生产，但又大量进口的消费品，如汽车、机电产品等，一些国内幼稚工业或新兴工业产品和一些盲目引进的生产线，于进口关税之外，另征收进口调节税，不过这些调节税已于1992年4月全部取消。

差价税，又称差额税，是当本国生产的某种产品的国内价格高于同类进口商品的价格时，为削弱进口商品的竞争力，保护本国生产和国内市场，按国内价格与进口价格之间的差额征收的关税。征收差价税的目的是使该种进口商品的税后价格保持在一个预定的价格标准上，以稳定进口国内该种商品的市场价格。

（二）非关税壁垒

1. 非关税壁垒的定义

非关税壁垒，是指除关税措施以外的一切限制进口的措施，它和关税壁垒一起充当政府干预贸易的政策工具。

关税壁垒早在资本主义发展初期就已出现，但普遍建立起来却是在 20 世纪 30 年代。由于世界性经济危机的爆发，西方各国为了缓和国内市场的矛盾，对进口的限制变本加厉，一方面高筑关税壁垒；另一方面采用各种非关税壁垒措施阻止他国商品进口。第二次世界大战后，特别是 20 世纪 60 年代后期以来，在关贸总协定的努力下，关税总体水平得到了大幅度下降，因而关税作为政府干预贸易的政策工具的作用已逐渐减弱。于是发达国家为了转嫁经济危机，实现超额垄断利润，转而主要采用非关税壁垒措施来限制进口。到 20 世纪 70 年代中期，非关税壁垒已经成为贸易保护的主要手段，形成了新贸易保护主义。据统计，非关税壁垒从 20 世纪 60 年代末的 850 多项增加到 70 年代末的 900 多项，目前已达 2 000 多项，还有不断加强的趋势。

2. 非关税壁垒的种类

（1）进口配额，又称进口限额，是一国政府对一定时期内（通常为 1 年）进口的某些商品的数量或金额加以直接限制。在规定的期限内，配额以内的货物可以进口，超过配额不准进口或者征收较高关税后才能进口。因此，进口配额制是限制进口数量的重要手段之一。

（2）自愿出口限制，又称"自愿出口配额"，是指出口国家或地区在进口国的要求或压力下，"自愿"规定某一时期内（一般为 3 年）某些商品对该国的出口限额，在该限额内自行控制出口，超过限额即禁止出口。

 **案例引用**

二十世纪八十年代日本汽车业的"自愿出口限制"

由于 20 世纪 70 年代后期石油危机的出现，尤其是 1979 年的石油价格急剧上涨，美国国内市场上对小型的节能型汽车需求剧增。日本由于本身资源的限制，其汽车厂商开发的车型大都是小型的、节能的。此种"领先性"的需求使得日本汽车在石油价格上涨后十分畅销。美国市场对日本汽车的需求大幅度上升，美国本土的汽车销量迅速减少，通用、福特和克莱斯勒三大汽车制造商相继出现亏损，失业人员大量上升。1980 年 6 月，美国汽车工会根据《美国 1974 年贸易法》第 201 条，以外国汽车进口使本国产业受到严重损害为由向美国国际贸易委员会提出诉讼，要求提高进口关税并实施进口配额限制。

为解决实际问题，又不至于违反美国在 GATT 的承诺，1981 年 2 月美国众议院贸易委员会贸易代表访日，与日本通产省进行磋商。同年 5 月日本政府以通商产业大臣声明的形式发表对美出口轿车的限制措施，同意自愿限制对美国轿车出口，将出口限制在每年 168 万辆以内，为期三年。虽然自愿出口限制原定 1984 年 3 月结束，但出于各种原因，直到 1994 年日本的汽车自愿出口限制才最终取消。

（3）技术性贸易壁垒，是指一国以维护生产、消费安全及人民健康为理由，制定一些苛刻繁杂的规定，使外国产品难以适应，从而起到限制外国商品进口的作用。

（4）绿色壁垒，是一种新兴的非关税壁垒措施，是指一国以保护有限资源、生态环境和人类健康为名，通过制定苛刻的环境保护标准，来限制国外产品的进口。绿色壁垒以其外表的合理性及内在的隐蔽性成为继关税之后，国际上广泛采用的一种国际贸易壁垒。随着人们对食品安全认识的不断提高和环保标准的不断升级，"绿色贸易壁垒"已成为发达国家对发展中国家在国际贸易中的一把"双刃剑"。"绿色贸易壁垒"既有合法性，又具隐蔽性，既能不断提高本国市场准入条件和环保标准，将发展中国家的产品拒之门外，又能将发达国家的"绿色"产品打入世界市场。

 **案例引用**

我国农牧渔产品遭遇绿色壁垒

2002 年初，欧盟从中国进口的虾、对虾中发现强力抗生素的药物残留，认为对人体健康构造潜在威胁，导致欧洲部分地区陷入食品恐慌。其后不久，欧盟委员会有关机构通过了全面禁止进口中国动物源性食品的决议。该决议称：近期欧盟食品兽医局所做的调查显示，中国对药物残余的控制体系存在严重缺陷，问题出在兽医使用了受禁的药物。受到进口限制影响中国动物产品包括：兔肉、禽肉、蜂蜜、软体动物肉类、甲壳类、冻虾、对虾和宠物产品，几千万美元产品在荷兰港口销毁。2002 年 1~3 月份，我国出口水产品又被美国、日本等国严查。随后，美国食品药物管理局（FDA）公布了禁止在进口动物源性食品中使用的 11 种药物。其后日本对中国的动物源性食品每批检测这 11 种药物残留。这一系列事件给我国的畜禽产品和水产品出口前景蒙上了阴影。

第二节　国际收支与汇率

一、国际收支

（一）国际收支的定义

国际收支是一定时期内一国与其他各国之间全部经济交易的货币价值总和。一国与他国经济交易的内容包括商品劳务与商品劳务之间的交换、金融资产与商品劳务之间的交换、金融资产与金融资产之间的交换，对在这些交换中发生的货币收入与支出所作的系统记录就是国际收支。一国的国际收支状况集中反映在一国的国际收支平衡表中。

（二）国际收支平衡表

国际收支平衡表是一种统计报表，它系统地记载了一定时期内一国与其他国家的各项经济交易，反映了该国国际收支的具体构成和总体面貌。

国际收支平衡表按照现代会计学复式记账原理编制，用借、贷为符号，以"有借必有贷，借贷必相等"为原则来记录每笔国际经济交易。国际收支平衡表通常由以下几个账户组成：

（1）经常项目。记录商品与劳务的交易及转移支付。

（2）资本项目。记录国际间资本的流动或一国资本的输入、输出情况。

（3）储备项目。是国家货币当局对外交易净额，包括黄金、外汇储备等的变动。

（4）净误差与遗漏项目。由于统计资料的不完整、核算的差错等原因，收支平衡表中往往出现借贷不相等的情况，需要设置这个项目轧平，使国际收支平衡表最终达到平衡。

表 12-2 是摘要的 2009 年中国国际收支平衡表。

表 12-2　2009 年中国国际收支平衡表（摘要）　　　　　　（单位：亿美元）

项　　目	行　次	差　　额	贷　方	借　方
一、经常项目	1	2 971	14 846	11 874
A. 货物和服务	2	2 201	13 333	11 132
1. 货物	3	2 495	12 038	9 543
2. 服务	4	−294	1 295	1 589
B. 收益	18	433	1 086	653
C. 经常转移	21	337	426	89
二、资本和金融项目	24	1 448	7 464	6 016
A. 资本项目	25	40	42	2
B. 金融项目	26	1 409	7 422	6 014
1. 直接投资	27	343	1 142	799
2. 证券投资	30	387	981	594
3. 其他投资	41	679	5 299	4 620
三、储备资产	64	−3 984	0	3 984
四、净误差与遗漏	70	−435	0	435

资料来源：国家外汇管理局网（http://www.safe.gov.cn）。

（三）国际收支的不平衡及调节

由于各种原因，一国的国际收支难以达到完全平衡，会出现一定的差额。国际收支平衡表中当经常项目与资本项目的借方与贷方相等，也就是国际经济活动中一国的总支出与总收入相等时，称为国际收支平衡。当经常项目与资本项目的借方与贷方不相等时，就是国际收支不平衡。如果是贷方大于借方，即总收入大于总支出，则国际收支顺差，说明国际收支有盈余。如果是借方大于贷方，即总支出大于总收入，则国际收支逆差，说明国际收支有赤字。

 **案例引用**

中国国际收支状况的变化

改革开放 30 年，中国发生了翻天覆地的变化。在此期间，中国的对外经济迅猛发展，国际收支也呈现一些突出的特点。

1. 1982～1984 年国际收支顺差阶段

这一时期经常项目出现较大数额的顺差，分别达到 56.74 亿美元、42.40 亿美元和 20.30 亿美元。同时，资本项目 1982 年净流入 3.38 亿美元，1983 年和 1984 年分别净流出 2.26 亿和 10.03 亿美元。但这一时期资本项目的规模在整个国际收支中所占比重较小，因此，1983 年和 1984 年经常项目的顺差弥补了资本项目的逆差，从而使 1982～1984 年的整个国际收支为顺差，国家外汇储备连年增加，虽然增加的绝对金额在减少。

2. 1985~1989 年国际收支顺差与逆差并存阶段

这一时期，除 1987 年经常项目为顺差外，其余年份均为逆差：1985 年为-114.17 亿美元、1986 年为-70.34 亿美元、1988 年为-38.02 亿美元、1989 年为-43.17 亿美元。引起经常项目的逆差的重要因素是外贸的逆差。但从资本项目看，五年都为资本净流入：1985 年为 89.72 亿美元、1986 年为 59.43 亿美元、1987 年为 60.02 亿美元、1988 年为 71.32 亿美元、1989 年为 37.2 亿美元。资本项目的净流入弥补了 1988 年的经常项目逆差而有余，因而当年外汇储备增加。但 1985 年、1986 年和 1989 年的资本项目顺差却未能弥补这三年的经常项目逆差，因而这三年的外汇储备减少。

3. 1993 年至今国际收支顺差阶段

从这 16 年来看，除 1993 年经常项目为逆差外，其余年份均为顺差；同期资本项目除 1992 年及 1998 年略微净流出，都为净流入。

从以上三个阶段可以看出，1982~2009 年我国国际收支的发展经历了小额顺差——顺逆互现—— 更大顺差这样一个从低到高的发展过程。

国际贸易收支失衡，主要是贸易逆差会带来负面的影响。其实，不管是贸易逆差还是贸易顺差，都会给国家经济带来不利的影响。

1. 国际收支持续逆差对国内经济的影响

（1）导致外汇储备大量流失。储备的流失意味着该国金融实力甚至整个国力的下降，损害该国在国际上的声誉。

（2）导致该国外汇短缺，造成外汇汇率上升，本币汇率下跌。一旦本币汇率过度下跌，会削弱本币在国际上的地位。导致该国货币信用的下降，国际资本大量外逃，引发货币危机。

（3）使该国获取外汇的能力减弱，影响该国发展生产所需的生产资料的进口，使国民经济增长受到抑制，进而影响一国的国内财政及人民的充分就业。

（4）持续性逆差还可能使该国陷入债务危机。

2. 国际收支持续顺差对国内经济发展的影响

（1）持续顺差会破坏国内总需求与总供给的均衡，使总需求迅速大于总供给，冲击经济的正常增长。

（2）持续顺差在外汇市场上表现为有大量的外汇供应，这就增加了外汇对本国货币的需求，导致外汇汇率下跌，本币汇率上升，提高了以外币表示的出口产品的价格，降低了以本币表示的进口产品的价格。导致在竞争激烈的国际市场上，国内商品和劳务市场将会被占领。

（3）持续顺差会使该国丧失获取国际金融组织优惠贷款的权力。

（4）影响了其他国家经济发展，导致国际贸易摩擦。

（5）一些资源型国家如果发生过度顺差，意味着国内资源的持续性开发，会给这些国家今后的经济发展带来隐患。

考虑到国际收支平衡对经济的影响，一般要运用财政政策、金融政策、贸易管制政策和国际借贷等手段对国际收支进行调节。

3. 国际收支的调节措施

（1）财政政策。财政政策指采取扩大或缩减财政支出和调整税率的方式来调节国际收支的顺差或逆差。当国际收支大量顺差、国际储备较多时，采取增加财政预算、扩大财政支出、降低税率、刺激投资等手段，提高国内消费水平，促使物价上涨，增加国内需求和进口，减少顺差。当国际收支大量逆差时，则可采取削减财政预算、压缩财政支出、增加税收、紧缩通货等措施，迫使国内物价下降，增加出口商品的国际竞争能力，减少逆差。

（2）金融政策。金融政策指采取利率调整、汇率调整和外汇管制等政策来调节一国的国际收支。

1）利率调整。提高或降低银行存贷款利率和再贴现率，可以吸引或限制短期资本的流入，调节国际收支失衡。当国际收支出现大量顺差时，可以降低利率，促使资本外流，使顺差缩小。当国际收支出现逆差时，可以提高利率，吸引外资流入，使逆差缩小。但是，提高利率会使本币汇率上升，容易影响国内投资，抑制商品出口，使逆差扩大，从根本上影响国际收支的改善。因此，只有在币值严重不稳，国内经济和金融状况不断恶化时才采取调整利率的措施。

2）汇率调整。通过货币法定升值或贬值，提高或降低本币的汇率，改善国际收支。货币升值后，本国商品的国际市场价格就会相应提高，进口商品的国内价格就会下降，在客观上起到鼓励进口、抑制出口的作用，从而使顺差减少；相反，货币贬值能在一定程度上减少逆差。但运用汇率手段调节国际收支失衡，往往会遭到其他国家的抵制。

3）外汇管制。一国政府机构以行政命令的方式，直接干预外汇的自由买卖或采取差别汇率。当一国国际收支逆差扩大、外汇入不敷出时，制定严格的外汇管制条例，对外汇买卖、外汇的收入和支出实行严格管制，控制外汇的支出和使用，防止资本外逃，可以达到改善国际收支的效果。

（3）贸易管制政策。贸易管制政策的着眼点是"奖出限入"。在奖出方面，主要是实行出口信贷、出口信贷国家担保制和出口补贴。在限入方面，主要是实行关税壁垒、进口配额制和进口许可证制。

（4）国际借贷。国际借贷指通过国际金融市场、国际金融机构筹资或政府间贷款，获取资金弥补国际收支逆差。但在国际收支严重不平衡的情况下，获得国际贷款的条件往往很苛刻，以致增加还本付息的负担，使今后的国际收支更加恶化。因此，国际借贷只能作为调节国际收支失衡的权宜之计。

二、外汇与汇率

（一）外汇

1．外汇的概念
外汇有静态和动态之分。

静态的外汇又分为广义的外汇和狭义的外汇。广义的外汇泛指一切以外币表示的债权或金融资产。狭义的外汇一般是指以外国货币表示的，在国际支付中使用的用于国际结算的支付手段，具体包括以外币表示的汇票、支票、本票和以银行存款形式存在的外汇，其中以银行存款形式存在的外汇是狭义外汇的主体。

动态的外汇是指外汇兑换的过程。也就是通过银行体系，把一种货币兑换成另一种货币，并借助于各种信用工具，把货币资金转移到另一个国家，以清偿国际间由于贸易、非贸易往来产生债权债务的过程，这是一种非现金结算的专门性经营活动。

2．外汇的分类

按照能否自由兑换，可分为自由外汇和记账外汇。

自由外汇指无需经过发行货币国家批准，即可以在国际市场上自由买卖，随时使用，又可以自由转换为其他国家货币的外汇。它在国际交往中能作为支付手段广泛地被使用和流通，如美元、英镑、瑞士法郎、日元及欧元等主要西方国家货币。

记账外汇指不经过管汇当局批准不能自由转换为其他国家货币的外汇。记账外汇通常只能根据协定，在两国间使用。一般只在双方银行账户上记载，既不能转让给第三国使用，也不能兑换成自由外汇。

（二）汇率

1．汇率及其标价法

（1）汇率的定义。汇率又称汇价、外汇牌价或外汇行市，是不同国家的货币之间兑换的比率或比价，也可以说是以一种货币表示的另一种货币的价格。汇率是国际贸易中最重要的调节杠杆。

（2）汇率的标价方法。常用的标价方法包括直接标价法、间接标价法和美元标价法。

直接标价法。直接标价法是以一定单位的外国货币为标准来计算折合若干单位的本国货币。目前在国际经济交往中，大多数国家（或地区）采用的都是这种方法，我国也采用这种标价方法，如2011年3月4日人民币兑换美元汇率为6.5671，即1美元兑换6.5671元人民币。

间接标价法。间接标价法是以本国货币为标准，用一定单位的本国货币来计算折合若干单位的外国货币。在国际外汇市场上，欧元、英镑和澳元等均为间接标价法，如2011年3月5日欧元兑换美元汇率为1.3985，即1欧元兑换1.3985美元。

美元标价法。这是对美国以外的国家而言的。即各国均以美元为基准来衡量各国货币的价值，非美元外汇买卖时，则是根据各自对美元的比率套算出买卖双方货币的汇价。

2．汇率的种类

按照不同的分类标准，汇率可以分为很多种类，主要有：

（1）按国际货币制度的演变划分，有固定汇率和浮动汇率。

1）固定汇率，是指由政府制定和公布，并只能在一定幅度内波动的汇率。

2）浮动汇率，是指由市场供求关系决定的汇率。其涨落基本自由，一国货币市场原则上没有维持汇率水平的义务，但必要时可以进行干预。

自2005年7月21日起，我国开始实行以市场供求为基础、参考一揽子货币进行调节的、有管理的浮动汇率制度。人民币汇率不再盯住单一美元，形成更富弹性的人民币汇率机制。

（2）按制订汇率的方法划分，有基本汇率和套算汇率。

1）基本汇率，各国在制定汇率时必须选择某一国货币作为主要对比对象，这种货币称之为关键货币。根据本国货币与关键货币实际价值的对比，制定出对它的汇率，这个汇率就是基本汇率。一般美元是国际支付中使用较多的货币，各国都把美元当做制定汇率的主要货币，常把对美元的汇率作为基本汇率。

2）套算汇率，是指各国按照对美元的基本汇率套算出的、直接反映其他货币之间价值比率的汇率。

（3）按银行买卖外汇的角度划分，有买入汇率、卖出汇率、中间汇率和现钞汇率。

1）买入汇率，也称买入价，即银行向同业或客户买入外汇时所使用的汇率。采用直接标价法时，外币折合本币数较少的那个汇率是买入价，采用间接标价法时则相反。

买入价又有现汇买入价和现钞买入价。现汇买入价是指银行买入客户手中的外币现汇的价格。现钞买入价是指银行买入客户手中的外币现钞的价格。现汇比之现钞，银行可以节省一定的现金保管和海外调运费用，故其价格可以更高些。

表 12-3　2011 年 1 月 16 日　16 时 50 分 01 秒人民币最新汇率

币　　种	交易单位	中　间　价	现汇买入价	现钞买入价	卖　出　价
美元（USD）	100	658.70	656.72	651.45	660.68
港币（HKD）	100	84.73	84.56	83.97	84.90
欧元（EUR）	100	881.01	877.49	849.73	884.53
英镑（GBP）	100	1 045.03	1 040.85	1 007.93	1 049.21
日元（JPY）	100	7.94	7.91	7.66	7.97

2）卖出汇率，也称卖出价，即银行向同业或客户卖出外汇时所使用的汇率。采用直接标价法时，外币折合本币数较多的那个汇率是卖出价，采用间接标价法时则相反。

买入卖出之间有个差价，这个差价是银行买卖外汇的收益，一般为 1%～5%。银行同业之间买卖外汇时使用的买入汇率和卖出汇率也称同业买卖汇率，实际上就是外汇市场买卖价。

3）中间汇率，也称中间价，是买入价与卖出价的平均数。西方报导汇率消息时常用中间汇率，套算汇率也用有关货币的中间汇率套算得出。

4）现钞汇率，一般国家都规定，不允许外国货币在本国流通，只有将外币兑换成本国货币，才能够购买本国的商品和劳务，因此产生了买卖外汇现钞的兑换率，即现钞汇率。按理现钞汇率应与外汇汇率相同，但因需要把外币现钞运到各发行国去，由于运送现币现钞要花费一定的运费和保险费，因此，银行在收兑外币现钞时的汇率通常要低于现汇买入汇率。

3. 汇率的变动及影响汇率变动的原因

汇率是经常变动的。汇率变动是指货币对外价值的上下波动，包括货币贬值和货币升值。一国货币汇率下跌是指一国货币对外价值的下降，或称货币贬值。汇率下跌的程度用货币贬值幅度来表示。货币汇率上涨是指一国货币对外价值的上升，或称货币升值。汇率上涨的程度用货币升值幅度来表示。

引起汇率变动最直接最表面的原因是外汇供求关系的变化。在自由兑换的条件下，某种外汇供过于求，这种外汇的价格就下跌；某种外汇供不应求，这种外汇的价格就上升。除此以外，影响汇率变动的因素还有：

（1）国际收支。如果一国国际收支为顺差，则该国货币汇率上升；如果为逆差，则该国货币汇率下降。

（2）通货膨胀。如果通货膨胀率高，则该国货币汇率低。

（3）利率。如果一国利率提高，则汇率高。

（4）经济增长率。如果一国为高经济增长率，则该国货币汇率高。

（5）财政赤字。如果一国的财政预算出现巨额赤字，则其货币汇率将下降。

（6）外汇储备。如果一国外汇储备高，则该国货币汇率将升高。

（7）投资者的心理预期。投资者的心理预期在目前的国际金融市场上表现得尤为突出。汇兑心理学认为外汇汇率是外汇供求双方对货币主观心理评价的集中体现。评价高，信心强，则货币升值。这一理论在解释无数短线或极短线的汇率波动上起到了至关重要的作用。

（8）各国汇率政策的影响。

想一想：截至 2010 年 9 月末，国家外汇储备余额为 26 483 亿美元，总量为世界第一，中国高额的外汇储备有什么利弊？

4. 汇率变动对经济的影响

（1）汇率变动对进出口贸易收支的影响。汇率变动会引起进出口商品价格的变化，从而影响到一国的进出口贸易。一国货币的对外贬值有利于该国增加出口：本币贬值后，以外币表示的出口商品价格就降低，从而提高了出口商品的竞争能力，有利于扩大商品出口。货币的对外贬值有利于该国抑制进口：以本币所表示的进口商品的价格则会提高，进口商品在本国的销售受到影响，从而起着抑制进口的作用。

反之，如果一国货币对外升值，会有利于进口，而不利于出口。

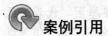 **案例引用**

本国货币升值不利于出口

我国企业的出口商品，一般都以美元报价。从 2005 年到 2010 年间，人民币迅速升值。原来 1 美元=8.8 元人民币，现在升为 1 美元=6.6 元人民币。如果一款商品单价是人民币 10 元，从 2005 年到 2010 年不变。但由于汇率的变动，你的人民币报价不变，但美元报价已经变了。原先单价是 10/8.8=1.136 美元，现在已经变成 10/6.6=1.515 美元了，这个商品价格已经涨了 33.4%了。如果成交额大的话，比如 100 万美金，那么客户现在要多付 33.4 万美金。这就意味着，你的商品在进口国已经涨价了，产品一涨价竞争力就下降，久而久之，会被第三国同样的商品所取代。因此对出口商来说，本国货币升值对出口是很不利的。反之也是一样的道理。

（2）汇率变动对国内物价水平的影响。本币贬值后，国内物价将会上升，并逐渐扩展。因为，货币贬值后，进口商品的物价用贬值国货币来表示就会上升，进口原材料、半成品的价格上涨，就会直接影响到本国商品生产成本的提高。另一方面，由于进口消费品价格的提高，会影响到本国工资水平的提高，这又间接地影响到商品生产成本的增加，使物价上升。

（3）汇率变动对国际资本流动的影响。汇率变化对资本流动的影响表现为两个方面：一是本币对外贬值后，人们对该国货币今后变动趋势的预期。如果人们预期进一步贬值将不可避免，那么，为避免再遭损失，人们就会将资金从本国转移到其他国家，引起本国资本外逃。但如果人们认为贬值已使本国货币汇率处于均衡水平，那么，原先因本币定值过高而外逃的资金就会抽回到国内。

贬值在一定情况下也会吸引外资的流入，因为在贬值不造成汇率不稳和金融危机的前提下，一定的外资在本币贬值后可以购买更多的投入品和工厂。

（4）汇率变动对一国国内就业、国民收入及资源配置的影响。一国本币汇率下降，外汇汇率上升，有利于促进该国出口增加而抑制进口，这就使得其出口工业和进口替代工业得以大力发展，从而使整个国民经济发展速度加快，国内就业机会因此增加，国民收入也随之增加。反之，如果一国货币汇率上升，该国出口受阻，进口因汇率刺激而大量增加，造成该国出口工业和进口替代业萎缩，则资源就会从出口工业和进口替代业部门转移到其他部门。

（5）汇率变动对国际经济的影响。小国的汇率变动只对其贸易伙伴国的经济产生轻微的影响，发达国家汇率的变动则对国际经济产生比较大的，甚至巨大的影响。

1）发达国家汇率下降，货币贬值，将会不利于其他工业国和发展中国家的贸易收支，由此加剧发达国家和发展中国家的矛盾，加剧工业国之间的矛盾，也可能引起贸易摩擦与汇率战，并影响经济的景气。

2）发达国家的货币一般作为国际间的计价手段、支付手段和储备手段，故其汇率变动将会引起国际金融领域的动荡，这对整个国际经济的发展将是十分不利的。

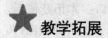 **教学拓展**

美国为什么要狂印钞票？

国内成品油价又临调价窗口，原因是国际油价在最近一个月上涨超过13%，距离87美元/桶的近两年高点只有一步之遥；国际金价则在最近两个月上涨了约18%，并不断创造历史新高。这两大商品均用美元计价，美元快速贬值是推高它们价格的重要原因。代表美元与一揽子货币汇率的美元指数最近两个月下跌了将近7%，也就是美元贬值了7%。作为世界货币的美元为什么要贬值？美国为什么强烈要求人民币升值？在这场由美元挑起的货币战争中美国想得到什么？

一、卖更多东西出来。

美元贬值最直接的动机是促进国内经济，这也是美国日渐临近中期选举的需要。美国财长盖特纳指责中国操纵汇率，导致美国出口不旺，失业率居高不下，因而要求人民币大幅升值。盖特纳为什么要这么说？

首先要搞明白中美货币汇率变动对双方贸易的影响：当人民币升值时，美国商品价格就会相对更便宜，此时美国商品比中国商品更有价格优势，这有利于美国扩大生产并将商品出口到中国，同时增加本国就业；反之则有利于中国商品出口到美国，并增加中国就业。

比如一个汉堡值1美元，在汇率1:7时要花人民币7元来买，如果人民币升值到1:3，那么只要3元人民币就能买到，花同样的钱买到了更多的汉堡，美国汉堡出口量也大了，生产汉堡的美国企业就需要更多的工人，美国的就业也就增加了。

中国是美国最大的消费品进口国，在盖特纳看来，正是由于中国操纵汇率，人民币对美元升值缓慢，导致中国低价商品大量出口到美国，压制了美国本土制造业，造成美国人失业。

10月份以来，日本、韩国、泰国和新加坡等国采取单边行动，阻止本国货币对美元大幅升值，就是为了避免本币升值影响本国出口。

二、打击中国经济。

美国的目的不会如此简单，中国已经超过日本成为仅次于美国的全球第二大经济体，人民币对美元形成了挑战。美国显然不愿看到这一幕，怎么遏制中国？挑起货币战争是最好的方法之一。

长期以来，中国经济对外贸出口的依赖程度非常高，而美国作为中国最大的贸易伙伴，又是数量庞大的中国出口企业的"衣食父母"。一旦人民币对美元大幅升值，这些出口企业将遭受严重的出口危机。2005～2008年，人民币对美元大幅升值超过17%，中国外贸出口在本轮金融海啸中陷入困境。

与此同时，人民币大幅升值后，人民币资产将非常具有吸引力，比如股市、楼市及实体经济等。大量国际投机资金进入中国，会推高它们的价格，导致市场虚热，泡沫堆积。这种情况在2006～2007年已经出现过一次，当时正值人民币汇改之后，对美元汇率连续两年升值近10%，大量热钱进入股市、房地产及实体经济，国内贷款剧增，钱多到泛滥成灾。这一时期上证综指大涨353%，房屋价格迅猛上升，制造业出现严重的产能过剩。

现在的情形与当时有些相似，经济刺激政策引发通胀压力上升，房屋价格继续上涨，外贸出口刚刚开始好转。宏观调控却进入两难境地：不加息，贷款会继续猛增，物价和楼市难以控制，经济增长转型升级无法顺利完成；加息，热钱将大量涌入，泡沫继续扩大，好不容易有所恢复的实体经济也将因为融资困难重陷低迷。而美国此时要求人民币大幅升值，让中国的宏观调控更加为难。

三、赖掉更多债务。

美元的发行人是美联储和商业银行，但这些都是私营机构，美国政府的开支来自于其财政部发行的国债。美国国债是怎么变成美元的呢？美国财政部先将国债抵押给美联储；然后美联储和商业银行发行等量美元用于美国政府开支。由于美元是世界贸易主要结算货币，美元就这样进入世界各国外汇储备库中。也就是说，每一张美元都是美国政府所欠债务的借条。

弄明白美国政府的生钱之道，就不难从另一个角度理解美国为什么愿意让美元贬值了。

欠债终究是要还的，而且还要付利息。实际上，高消费、低储蓄、高赤字的美国早已入不敷出，美国不愿偿还也无力偿还。怎么办？通过美元贬值来稀释债务。美元贬值后，它的实际购买力会下降，美国所欠的巨额国债就缩水了。这就好比借一笔钱给别人，过几年货币"不值钱"了，当时可以买1头牛的这笔钱现在只买得到更便宜的1只羊，实际债务就减轻了。

目前中国持有大约3.2万亿美元外汇储备，其中包括1.16万亿美元的美国国债，是美国最大的债权国。欠债最怕什么？当然是债主催债。去年中国连续几个月抛售美国国债，实际上是催债。美国大为紧张，因为没有偿还能力，美国国债的信用会因此受损，再发国债就很困难，美国政府将陷入债务危机，就像出现在欧洲的糟糕情况一样。如果能够成功迫使人民币大幅升值，中国持有的大量美国国债就会相应缩水，美国得以暂时化解债务危机。

四、巩固美元霸主地位。

美元持续贬值，会不会威胁其世界货币的霸权地位？不仅不会，反而会强化。

就商品市场而言，黄金、石油这两大战略物资的定价权都控制在美国手中，美国还以超过8000吨的储备成为世界最大的黄金储备国。黄金是世界各国央行应对通胀维持货币稳定的重要工具，一旦世界经济出现风吹草动，各国央行就会购买黄金规避风险。石油则是现代经济发展的命脉。美国乐于用美元贬值来推动这两大商品价格大幅上涨的理由是，在价格上涨时，其他国家必定耗费巨额美元外汇来购买，美元需求上升，美元地位也随之强化，顺便还可以消化部分美国国债。

不仅如此，美国拥有全球实力最雄厚、设计最复杂的金融市场，当黄金和石油价格涨到一定程度，泡沫堆积足够疯狂之后，美国只要轻轻戳破这个泡沫就能大把大把地赚钱：美国抛售黄金套取大量美元，并使国际金价暴跌；同时利用金融杠杆大肆做空石油，致使油价暴跌。就这样，世界财富重新又回到了美国。

2009 年美国投行高盛净利润达到创纪录的 134 亿美元，靠的就是在大宗商品市场制造泡沫，以及利用金融衍生品大发欧洲债务危机的"国难财"。

无论从哪一个角度来看，美元挑起的这场货币战争都像是一场用棒棒糖拐卖儿童的骗局，先给点甜头尝尝，等受害者深陷其中，它再来个一锅端。1974 年在中东，1985 年在日本，1997 年在东南亚，美元至少三次用同样的方法达到了目的。中国有句名言：将欲取之，必先予之。美国把这句话彻底参透了，这次它要用来对付中国。（2010 年 10 月 13 日）

实 践 训 练

1．课堂实训

表 12-4 是三种主要贸易术语的区别。

表 12-4　三种主要贸易术语的区别

名　　称	交货地点	风险转移	运　　输	保险费
FOB	装港船上	装港船舷	买方	买方
CFR	装港船上	装港船舷	卖方	买方
CIF	装港船上	装港船舷	卖方	卖方

根据表 12-4，讨论分析以下案例：

（1）我国黑龙江某外贸公司以 FOB 条件签订了一批皮衣买卖合同，装船前检验时货物的品质良好且符合合同的规定。货到目的港后卖方提货检验时发现部分皮衣有发霉现象，经调查确认是由包装不良导致货物受潮。买方向卖方索赔，但卖方认为货物在装船前品质是合格的，发霉是在运输途中发生的，因此拒绝承担赔偿责任。对此争议应做何处理？

（2）我国某出口公司以 CIF 条件向法国出口货物一批，卖方在合同规定的时间和装运港装船，但货船离港后不久便触礁沉没。次日，当卖方凭提单、保险单及发票等有关单据通过银行向买方要求付款时，买方以无法收到合同中规定的货物为由，拒绝接受单据和付款。我方应该如何处理？

（3）我方以 CFR 贸易术语与 B 国的 H 公司成交一批消毒碗柜的出口合同，合同规定装运时间为 4 月 15 日前。我方备妥货物，并于 4 月 8 日装船完毕。由于遇星期日休息，我公司的业务员未及时向买方发出装运通知，导致买方未能及时办理投保手续，而货物在 4 月 8 日晚因发生了火灾被火烧毁。问：货物损失责任由谁承担，为什么？

2．课外实训

一般来说，不管是贸易顺差还是贸易逆差，都属于国际收支失衡。我国在对外贸易中，持续的贸易顺差，给我国带来经济增长的同时，也引起了许多问题。请结合本章中提到的国际贸易壁垒的相关内容，课后查阅资料，分小组讨论分析我国的贸易顺差所引起的国际贸易问题，并完成分析报告。

本 章 小 结

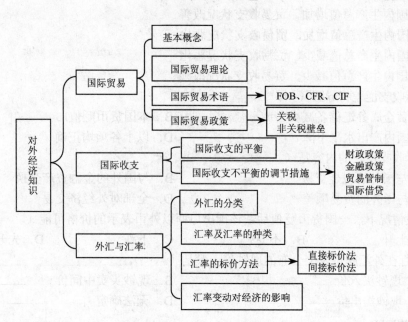

问题和应用

一、基本问题

（一）重要名词的记忆与解释

国际贸易　International Trade　　　关税壁垒　Tariff Barriers

国际收支　Balance Of Payments　　外汇　Foreign Currency Exchange

顺差　Favorable Balance

（二）单项选择题

1. 下列属于无形贸易商品的是（　　）。

    A．服装　　　　　B．旅游　　　　　C．玩具　　　　　D．钢材

2. 一个国家对进口商品除了征收正常进口税外，往往还根据某种目的加征额外的进口税。这种加征的额外关税叫附加税。其中包括（　　）。

    A．差价税　　　　B．反倾销税　　　C．特惠税　　　　D．选择税

3. 当一定时期内一国出口总额超过进口总额时称为（　　）。

    A．贸易顺差　　　B．贸易逆差　　　C．贸易失衡　　　D．贸易平衡

4. 中国是一个劳动要素丰裕而资本要素稀缺的国家，所以应生产并出口劳动密集型

产品，进口资本密集型产品。中国这种进出口贸易格局可用（　　）来解释。

    A. 比较优势论　　　　　　　　　B. 要素禀赋论

    C. 技术差距论　　　　　　　　　D. 产品生命周期

5. FOB 是常用国际贸易术语，也称（　　）。

    A. 目的地价　　　　B. 离岸价　　　　C. 过舷价　　　　D. 到岸价

6. 汇率贬值将引起：（　　）。

    A. 国内生产总值增加，贸易收支状况改善

    B. 国内生产总值增加，贸易收支状况恶化

    C. 国内生产总值减少，贸易收支状况恶化

    D. 国内生产总值减少，贸易收支状况改善

7. 国际收支逆差将导致（　　）。

    A. 黄金、外汇储备减少　　　　　B. 本国货币贬值

    C. 国内产出水平下降　　　　　　D. 以上各项均正确

8. 国际收支反映的内容是（　　）。

    A. 与国外的现金交易　　　　　　B. 与国外的金融资产交换

    C. 与国外的贸易顺差　　　　　　D. 全部对外经济交易

9. 一般情况下，一国货币贬值后，该国出口商以外币表示的价格可能（　　）。

    A. 上升　　　　　　B. 不变　　　　　C. 下跌　　　　　D. 先升后跌

10. 银行在外汇牌价表上公布的现钞价一般是（　　）。

    A. 现钞买入价　　　　　　　　　B. 现钞买卖中间价

    C. 现钞卖出价　　　　　　　　　D. 无法确定

二、发散问题

1. 通过学习，我们知道国际贸易理论分为两大类，即保护贸易理论和自由贸易理论，相应地，国际贸易政策就有自由贸易政策和保护贸易政策。一般来说，当一个国家弱小的时候，需要保护贸易政策来帮助本国的经济发展，而当国家强大之后，则又需要自由贸易政策来开拓市场。针对现今贸易形势，请思考，你认为我国是需要保护贸易还是自由贸易？

2. 本章介绍了影响汇率变动的原因，有长期因素，也有短期因素。那么，请分析，人民币对美元汇率的变动，对中美的经济会产生什么样的影响？

3. 若 2009 年 7 月 16 日我国 A 公司按当时汇率 USD1=EUR0.712 向德国 B 商人报出销售花生的美元价和欧元价，任其选择。B 商人决定按美元计价成交，与 A 公司签订了数量为 1000 吨的合同，价值为 750 万美元。但到了同年 9 月 6 日，美元与欧元的汇率却变为 USD1=EUR0.745，于是 B 商人提出改按 6 月 6 日所报欧元价计算，并以增加 0.5% 的货价作为交换条件。你认为 A 公司能同意 B 商人的要求吗？为什么？

参 考 文 献

[1] 曼昆. 经济学原理[M]. 梁小民译. 北京：三联书店、北京大学出版社，2004.

[2] 萨缪尔森，诺德豪斯. 经济学[M]. 萧琛，等译. 北京：人民邮电出版社，2008.

[3] 萨缪尔森. 经济学[M]. 高鸿业译. 北京：商务印书馆，1979.

[4] 厉以宁. 西方经济学[M]. 北京：高等教育出版社，2005.

[5] 高鸿业. 西方经济学[M]. 北京：中国人民大学出版社，2005.

[6] 梁小民. 西方经济学导论[M]. 北京：北京大学出版社，2004.

[7] 刘树林，陈为. 经济学原理[M]. 武汉：武汉理工大学出版社，2004.

[8] 连有，王瑞芬. 西方经济学[M]. 北京：清华大学出版社，2008.

[9] 唐树伶. 经济学基础[M]. 北京：清华大学出版社、北京交通大学出版社，2008.

[10] 刘新华，修晶，戚瑞双. 上海：上海财经大学出版社，2008.

[11] 吴敬琏. 当代中国经济改革[M]. 上海：上海远东出版社，2004.

[12] 威廉姆森. 资本主义经济制度[M]. 段毅才，王伟. 译. 北京：商务印书馆，2004.

[13] 马克·利伯曼，罗伯特·霍尔. 经济学导论[M]. 程坦译. 大连：东北财经大学出版社，2003.

参考文献

[1]
[2]
[3]
[4]
[5]
[6]
[7]
[8]
[9]
[10]
[11]
[12]
[13]